KB069734

GOD'S † KNIGHT

ORIGIN

가즈 나이트 7
ORIGIN

이경영 지음

네오
픽션

차
례

용어 해설

등장인물

리오 스나이퍼
모두와 소식을 끊고 은둔생활을 한 무속성의 가즈 나이트. 그러나 싸워야 하는 자로서의 숙명은 그를 편하게 놔두지 않는다. 더구나 이번 일에는 전혀 뜻하지 않은 인연이 기다리고 있는데…….

바이칼 레비턴스
서룡족의 제왕 드래곤 로드(Dragon Load). 냉정한 판단력과 리오 이상의 막강한 힘을 보유하고 있지만 어린아이처럼 군것질을 좋아하고 의외로 요리도 잘한다. 리오의 판단이 흐려질 때 예리한 조언으로 도움을 준다.

세이아 드리스
어째서 현세에 다시 나타났는지 무엇 때문에 기억을 잃었는지 알 수 없는 수수께끼의 여성. 동생 라이아와 함께 살고 있다.

와카루
전작 전투에서 살아남은 인물. 현재 인간이라고 할 수 없을 정도의 힘을 가지고 있으며, 바이오 버그까지 지휘하고 있다. 신이 되기 위해서라고 하지만, 그의 진정한 목적을 아는 사람은 아무도 없다.

리디아
동룡족의 공주. 주룡 쥬빌란의 동생이자 용제 바이칼의 동생이기도 하다. 그녀의 어지러운 과거는 베일에 싸여 있다.

아란 슈발츠

데스 발키리의 일원. 절망의 힘을 가지고 있다. 리오 이상으로 붉은 머리칼을 가지고 있으며 타이트한 복장을 즐겨 입는다. 리오에게 상당한 관심을 가지고 있지만 다른 여성들의 관심과는 다르다. 리오에 대해 상당히 많이 알고 있다.

처크 켄트

지크의 할아버지이자 대한민국 수도방위 지부장. 매일같이 지크에게 꾸중을 하지만 그를 레니 이상으로 사랑하고 가장 잘 이해하는 사람이다. BSP 창단 멤버지만 그 이상의 뭔가를 깊이 숨기고 있다.

쥬빌란

동룡족의 우두머리인 주룡. 바이칼과는 반대로 국정에 상당히 신경을 쓰며, 더 성숙한 모습을 보여 주기도 한다. 검술, 마법 등 바이칼과 비교해 대등하다고 일컬어지는 그도 의외의 약한 모습을 가지고 있는데…….

츄우 란

데스 발키리로서, 혼돈의 힘을 가지고 있다. 그 때문에 성격이 약간 이상한 면을 보이기도 한다. 홍창 바로크를 사용한다.

레베카 프람베르그

데스 발키리. 파괴의 힘을 가지고 있다. 가진 힘답게 상당히 거칠며, 상당히 발달된 근육을 가지고 있다. 토올 해머를 사용한다.

알테미스 슈크라드

데스 발키리. 살육의 힘을 가지고 있다. 톱니가 있는 크리스털 소드를 사용하며, 피를 보고 즐거워하는 기묘한 취미를 가지고 있다. 성격이 잔혹하다.

슈렌 스나이퍼
본명은 슈리메이어 반 스나이퍼. 불의 가즈 나이트로서 데스 발키리에 대한 임무를 띠고 지크의 세계에 내려온다. 그러나 뜻하지 않은 사건과 사람을 접하게 된다.

릭 발레트
서룡족 제1전룡단장. 전룡단장 중에서 검술이 가장 뛰어나며, 나이에 비해 지휘 능력도 탁월해 단원들 사이에서는 상당한 신뢰를 얻고 있다. 리오를 존경하지만 여성에게 매우 약하다.

시에
전작에서 지크가 떠맡게 된 어린 베히모스. 레니의 양녀가 된다.

라이아 드리스
언니 세이아와 함께 그동안의 행적이 베일에 싸인 아이. 현재 보통 아이들과 마찬가지로 중학교에 다닌다.

휀 라디언트
초대, 최강의 칭호를 가진 빛의 가즈 나이트. 선신계와 관련된 임무를 위해 지크의 세계에 내려와 있다. 그가 수행하는 임무에 대한 자세한 사항은 비밀에 붙여져 있다.

플루소
슈렌에 의해 몸과 마음에 큰 상처를 입은 동룡족 장군. 슈렌과 관련된 사건 이후, 그녀는 해부자라 불릴 정도로 극악무도해진다. 슈렌에게 직접 배운 봉술을 기초로 한 그녀의 무술 실력은 슈렌이 긴장할 정도로 상당하다.

올파드

무룡왕이란 별칭을 가진 동룡족 군주. 휀, 바이론, 리오 등과 대결에서 패배하지 않을 정도의 엄청난 실력을 가지고 있다. 외팔이면서도 두 개의 검을 사용해, 자신만의 이도류(二刀流)를 구사한다.

레소드 스라이트

전룡단 제8단장. 릭과 동기인 그는 릭과 함께 전룡단장 중 최고다. 릭만큼 무술이 뛰어나지는 않지만 군대 운용 능력은 그를 능가하며, 부관으로서의 자질도 상당히 뛰어나다.

4장
떨어지는 인공의 별

1

두 바이칼의 만남

저녁이 되어서야 돌아온 리오는 세이아, 라이아를 집까지 바래다 주고 나서야 쉴 수 있었다. 바이칼은 피곤한지 소파에 털썩 쓰러져 그대로 곯아떨어졌다.

먼저 돌아와 있던 레니, 시에와 간단히 얘기를 나눈 리오는 소파에 주저앉으며 한숨을 쉬었다. 조금 후 지크와 티베, 마티가 돌아왔는데 그들은 오자마자 리오 주위를 둘러싸며 말했다.

"리오! 아니, 어쩌자고 그런 짓을 한 거야! 우리조차 방송에 나가지 않도록 주의하는데…… 하여튼 넌 오늘 진짜 큰일 난 거라고!"

"뭐?"

리오는 설마 하는 생각에 반문을 던졌지만, 그 설마는 이내 사실로 드러났다.

"정말이라니까요, 리오 씨! 아까 8시, 9시 뉴스에 토픽으로 나갔어요!"

티베의 다급한 목소리는 리오의 안색을 흐리게 하기에 충분했다. 그는 이내 머리를 감싸 쥐며 고민했다.

한편 TV에 나온 리오의 모습을 관심 있게 지켜보는 젊은이가 또 한 명 있었다. 뉴스벌룬의 대형 화면에서 펼쳐지는 활극을 묵묵히 감상하던 그는 고개를 저으며 가던 길을 계속 갔다.

"흥, 실종됐다던 녀석이 쇼나 하고 있다니, 우습군. 웅?"

블루블랙 머리카락을 긁적이던 청년의 눈이 일순간 멎었다. 자신과 같은 색 머리카락에 비슷한 얼굴을 한 여성이 활극의 주인공에게 안겨 사라지는 모습을 보았기 때문이다.

"리디아!"

청년은 곧장 어딘가를 향해 뛰었다. 먼 거리를 상당히 빠른 속도로 뛰고 있었지만 청년은 지친 기색도 보이지 않았다. 오히려 뭔가를 찾았다는 기쁨에 청년의 가슴은 두근거렸다.

한참을 뛰던 청년은 어느 집 앞에서 발걸음을 멈췄다. 거리가 거리였던 만큼, 속도가 속도였던 만큼 숨을 잠시 몰아쉰 청년은 굳은 표정으로 초인종을 눌렀다.

"누구세요? 아, 아니?"

문을 연 사람은 다름 아닌 레니였다. 그를 보자 놀라 아무 말도 못 하는 그녀를 묵묵히 밀고 들어간 그는 소파에 앉아 고민하는 리오와 그를 둘러싼 사람들에게 다가갔다.

"웅? 어머니, 누가 찾아왔길래……엉?"

문득 그를 본 지크는 움찔하며 뒤로 주춤거렸다. 티베와 마티 등도 경악을 금치 못했다.

TV에 나왔다는 이유로 고민의 고민을 거듭하던 리오는 뭔가 이상한 느낌이 들었는지 주위를 흘끔 둘러보았다.

"음? 모두 왜 그래?"

지크는 말 대신 눈짓으로 옆을 가리켰다. 그가 가리킨 쪽을 서서히 돌아본 리오는 반가움에 벌떡 일어서며 그를 맞이했다.

"아, 바이칼! 드디어 왔구나!"

"닥치고, 리디아나 내놔!"

바이칼은 자신에게 내민 리오의 손을 강하게 뿌리치며 고함을 질렀다. 무슨 일인지 이해할 수 없던 리오는 잠시 친구의 눈을 바라보다가 혹시나 하는 생각에 반대편 소파를 가리켰다.

"혹시, 저 아이를 말하는 거야?"

부릅뜬 바이칼의 눈동자는 즉시 그쪽으로 향했다. 리오가 가리킨 소파에는 피곤에 지친 또 다른 바이칼이 곤히 잠자고 있었다. 그녀를 본 바이칼은 안도의 한숨을 내쉬며 리오에게 말했다.

"올라가자. 이 사건에 대해 확실히 말할 때가 된 것 같다."

일단 바이칼, 아니 리디아를 지크의 방으로 옮기고 나서 얘기가 시작됐다. 바이칼의 얼굴에 언제나 서려 있던 냉랭함은 이미 사라진 지 오래였다. 리오와 지크는 큰 관심을 가지고 바이칼의 얘기에 집중했다.

"사실 내겐 두 분의 어머니가 계시다. 이 사실은 신룡 브리간트 님과 주신만이 알고 있지. 두 분의 어머니 중 한 분은 너희가 알다시피 별을 주관하는 여신 '빌라이저'이시고, 다른 한 분은 동룡족 중 세 번째 권력을 가지고 있던 군주 '구르칸'의 딸 '이베린'이다."

그 말에 리오는 놀란 얼굴로 물었다.

"잠깐, 설마 서룡족 용제가 동룡족의 여성을 사랑했단 말이야?"

바이칼은 고개를 끄덕였다.

"그래. 하지만 그런 금단의 사랑은 이뤄지지 못하는 법. 이베린은 사실 아버지를 사랑했으나, 구르칸의 권력욕에 의해 그 당시 동룡족의 우두머리와 강제로 결혼했고, 이베린이 아버지를 배신했다는 헛소문을 서룡족 사이에 퍼뜨렸다. 아버지께서는 믿지 않으셨지만 결국 현재 나의 어머님이신 빌라이저와 결혼했고, 두 용족은 30년의 차이를 두고 태자를 얻게 됐다. 현재 동룡족 우두머리인 쥬빌란이 먼저 태어났고, 이후에 이 몸이 태어났다."

소설 같은 이야기였다. 이런 사실을 처음 접하는 지크로선 아직 이해가 안 간다는 얼굴을 하고 있었지만, 리오는 뭔가 수수께끼가 풀린다는 느낌에 표정을 굳혔다. 바이칼의 얘기는 계속됐다.

"얼마 후, 이상한 사건으로 인해 용족전쟁이 다시 터졌고, 그때의 전쟁은 우리 승리로 끝났다. 그리고 아버지께서 군주 구르칸과 그때의 주룡을 직접 없애셨는데, 내 나이는 50세, 인간의 나이로 치자면 두 살 정도 됐을 때였지. 어쨌거나 전쟁에서 승리하신 아버지께선 동룡족의 대비였던 '이베린'을 우리 쪽으로 데려오셨다. 모든 포로를 풀어 주시고 모든 전리품을 포기하신 채 말이다. 결국 이베린은 아버지의 후처가 됐고, 몇 년 후 아이를 가지게 됐다. 그 아이가 바로 지금 저기서 자고 있는 리디아다."

바이칼은 거기까지 얘기한 뒤 잠시 말을 끊었다. 눈을 가늘게 뜬 채 바이칼의 말을 듣던 리오는 한 가지 의문을 가지게 됐다.

"그런데 왜 네 동생이 다시 동룡족에게 가게 됐지? 게다가 그 이베린이란 동룡족 여성도 드래고니스에선 본 일도 들은 일도 없는데? 빌라이저 님께도 들은적 없고 말이야."

리오의 질문을 들은 순간 바이칼은 주먹을 불끈 쥐었다. 곧 그는 쓰디쓴 표정으로 말을 이었다.

"리디아가 다섯 살이 될 무렵(인간의 나이로는 거의 갓난아이) 갑자기 동룡족 사신이 드래고니스를 찾아왔다. 그 사신은 나이 어린 쥬빌란이 병에 걸렸다는 말을 전해 왔다. 그것도 난치병에 걸렸다고. 쥬빌란이 아버지와 어머니를 당신에 의해 동시에 잃었다는 사실을 불쌍히 여기신 아버지께선 결국 이베린을 잠시 보내기로 하셨다. 젖을 떼지 않은 리디아와 함께 말이다."

"그러고 나서 연락이 끊어졌다, 이건가."

"그래. 아마 너도 기억날 거다. 네가 참가한 용족전쟁 때의 일 말이야. 마지막에 쥬빌란과 네가 승부를 짓기 위해 갔을 무렵……."

바이칼의 말을 들은 리오는 기억이 났는지 고개를 끄덕였다.

"아, 그래. 넌 나에게 밖을 맡으라고 한 다음 혼자 용궁 안으로 들어갔지."

바이칼은 고개를 끄덕인 뒤 얘기를 계속했다.

"그때 난 성장한 리디아의 모습을 볼 수 있었다. 하지만 나와 아버지가 같다는 것을 모르는지 리디아는 날 적으로 생각하고 있었다. 이베린이 리디아를 비롯한 모든 동룡족에게 아이의 아버지가 누구인지 말하지 않은 탓이었다. 말을 하게 된다면 리디아는 물론이고 서룡족도 피해를 입을 가능성이 있었다. 그러나 그 교활한 쥬빌란은 알고 있었다. 물론 그 녀석도 리디아에게 모조품 솔 스톤(여의주)을 주어 다른 동룡족들을 속이긴 했지만 그건 나중을 위한 비장의 카드로 그렇게 한 것일 뿐이었지. 어쨌든 너에 의해 그때의 용족전쟁이 마룡들의 책략이었다는 것이 판명된 후 서룡족과 동룡족은 다시금 냉전에 들어갔다. 그 이후는 그럭저럭이었고……."

바이칼은 말을 맺으며 길게 한숨을 쉬었다. 리오는 슬그머니 리디아에게 시선을 돌렸다. 그녀는 아직도 곤히 잠들어 있었다.

"그런데 어떻게 리디아가 쥬빌란의 손에서 벗어난 거지? 게다가 데스 발키리라는 괴집단에게 인질로 잡혔다는데……."

다시 냉랭한 표정을 지은 바이칼은 팔짱을 끼며 말했다.

"어떻게 벗어난 건지, 데스 발키리가 뭔지 내가 알 바 아냐. 현재 중요한 것은 리디아가 나에게 돌아왔다는 것이다. 아, 그리고 너희는 일단 리디아에게 내가 오라버니라는 사실을 밝히지 마라. 밝혀도 내가 밝힐 테니까."

지크는 피식 웃으며 비아냥댔다.

"하긴 얼마나 감동의 재회를 하고 싶었으면 그랬겠어. 걱정 마. 네가 밝히겠다고 하면 우리는 케이크나 준비할게."

"닥쳐. 어쨌거나 오늘부터 난 이 집에 머물 테니 그리 알도록. 오라버니의 입장에서 동생을 보호하려는 것이니 불만은 없겠지."

그러자 지크는 발끈했다.

"무, 무슨 소리야! 그 좋은 드래고니스 놔두고 왜 하필 여기냐고! 그렇지 않아도 방이 모자라 어머니께 눈치받고 있는데 말이야! 호텔로 가면 안 되겠어?"

그의 사정에도 불구하고 바이칼의 표정은 전혀 변하지 않았다.

"흥, 이 몸이 머무르는 것 자체가 영광인 걸 모르는군. 인간이 만든 일개 호텔 따위가 그 영광을 차지할 가치가 있다고 생각하나?"

그러자 잠시 후 멍한 표정을 짓던 리오와 지크는 곧 어이없다는 듯 웃었고, 바이칼은 불쾌한 듯 인상을 구기며 소리쳤다.

"뭐가 그리 우스워! 또 이 몸을 농락할 생각인가!"

리오는 바이칼의 머리카락을 헝크러뜨리며 이유를 설명했다.

"후훗, 네가 아무리 고급 호텔에 머문다 해도, 호텔 측에서는 자신들이 영광을 받는 건지, 아니면 망신을 당하는 건지 모를걸? 네가 방명록에 '용제 바이칼'이라고 써 봤자, 사람들은 특이한 별명이구나 하며 그냥 넘어갈 거라고."

정곡을 찔린 듯 바이칼의 얼굴이 금세 붉어졌다. 웃음을 참지 못해 옆에서 뒹구는 지크를 뒤로하고 리오는 먼저 방을 나섰다.

"난 식사나 할 테니 이후의 일은 둘이 상의해. 그럼 내일 보자."

리오가 나간 직후, 지크는 결국 웃음을 터뜨리며 다시금 방바닥을 굴렀다. 또다시 유린당한 바이칼은 버럭 화를 냈다.

"시끄러워! 남의 약점을 잡는 게 그렇게 즐겁나!"

"약점은 네 스스로가 만들고 있잖아. 힛힛힛힛."

힘겨웠는지 방바닥을 치며 계속 웃는 지크의 모습에 바이칼은 이를 갈며 고개를 돌렸다.

"아 참, 그 어쩔 수 없던 사건에 대해서는 리오에게 말 안 했겠지?"

그 질문에 지크는 즉시 웃음을 멈췄다. 주위를 잠시 둘러본 그는 조그마한 목소리로 대답했다.

"말 안 했어. 이거 무덤까지 들고 가는 거다, 우리. 밝혀지면 너나 나나 매장이야! 너나 나나 서로에게 첫 키스를 뺏긴 셈이니 손해 볼 건 없다. 알았지?"

"음."

바이칼은 진지한 얼굴로 고개를 끄덕였다. 지크의 의견에 쉽사리 동감하지 않는 그였지만, 그래도 이번 대화는 조약 체결같이 중요한 일이었다.

그것으로 그 일은 끝나는 듯했지만 둘은 알지 못했다. 리오가 밖에서 문손잡이를 잡은 채 굳어 있다는 사실을.

'무서운 녀석들.'

속으로 생각한 리오는 들킬세라 조심스레 아래층으로 내려갔다.

"미안하다니까. 오늘은 슈렌을 만나기로 했으니 제발 몇 시간만 집을 부탁할게, 음? 알았지, 바이칼?"

리오는 손을 모은 채 바이칼에게 굽신거리며 부탁했고, 계속 뚱한 표정을 짓고 있던 바이칼은 시끄럽다는 듯 귀를 막으며 말했다.

"알았으니 사라져, 귀찮은 녀석."

"홋, 고마워. 그럼 갔다 오지."

리오가 바이칼의 머리카락을 쓰다듬은 후 곧바로 밖으로 나가자 바이칼은 팔짱을 낀 채 한숨을 쉬며 TV를 켰다. 리오가 없는 동안 자신이 좋아하는 만화 프로그램으로 채널을 돌렸다.

"아, 바이칼 씨도 그 만화 좋아하시네요? 저도 좋아하는데……."

"'씨'가 아니라 '님'이다."

"죄송해요."

바이칼, 아니 리디아는 시무룩한 표정을 지은 채 바이칼이 있는 건너편 소파에 앉았다. 그러나 그녀의 그런 표정도 그리 오래 가지는 않았다. 둘은 곧 약속이나 한 듯 TV에 집중했다.

2

인공생명체 프로젝트

"웬만하면 이 프로젝트는 중단하시오. 이건…… 사이보그도 아니고……!"

처크는 흥분한 목소리로 자기 앞에 서 있는 존 루이션 박사에게 소리쳤다. 그러나 존 박사는 미소 지으며 처크에게 말했다.

"지부장님, 이 프로젝트가 실용화된다면 바이오 버그에 의한 BSP 대원들의 사망이나 부상 등에 따른 비용을 상당히 절감할 수 있습니다. 대원을 아끼기로 소문난 당신이라면 협조해 주시리라 생각하고 있었는데…… 아닙니까?"

처크는 한숨을 길게 쉰 뒤, 애용하는 시가를 입에 물고 불을 붙이며 말했다.

"분명히 비용은 절감되겠죠. 나 역시 대원들의 부상이나 사망을 처리하는 데 들어가는 비용이 엄청나다는 것을 알고 있소. 하지만 로봇이라면 모를까 사람 손으로 만든 인공생명체를 바이오 버그와 싸우게 한다는 것은 허락할 수 없소. 그건 바이오 버그를 바이오 버그로 상대한다는 것과 같은 것이 아니오."

존 박사는 어깨를 으쓱하며 처크에게 말했다.

"하핫, 잘못 이해하고 계시는 군요. '조안'과 '마린'은 바이오 버그와는 다릅니다. 이들의 통제는 최근 개발된 생체 AI칩을 사용해서 지금은 완전히 부도 처리된 제너럴 블릭의 BX 시리즈 전투 로봇보다 안전하고⋯⋯."

"듣기 싫소."

처크의 단호한 한마디에 존 박사는 말을 멈췄다. 처크는 의자를 돌려 창밖을 보며 연기를 길게 뿜었다.

"현재 바이오 버그들은 인류 최대의 적⋯⋯ 그러나 그들 역시 인류가 만들어 낸 것이오. 신에게 인류가 도전한 것에 대한 죗값이죠. 당신이 만들어 낸 두 생체병기의 스펙이 엄청나다는 것은 인정하오. 그러나 그것 역시 잘못 이용된다면 또 다른 바이오 버그가 될 뿐이오. 난 더 이상 인류가 생명 창조에 관여하는 것을 원하지 않소. 또 한 가지, 그 계획이 실용화된다면 BSP 대원들에게 지급될 월급은 전부 당신의 은행 계좌에 입금되겠지."

"⋯⋯!"

순간 존 박사의 얼굴은 굳어졌고 처크는 재를 털며 말을 이었다.

"그런 루트는 당연한 것이니 화내지 마시오. 대가는 지불해야 하니까. 분명히 말하지만 존 박사 당신이 만든 그 생체병기를 당신이 없애지 않는 한 천벌을 받게 될 것이오. 예전의 그들처럼 말이오. 더 이상 말하고 싶지 않으니 돌아가시오."

존 박사는 쓴웃음을 지었다. 그는 처크의 책상 위에 펴 놓았던 서류들을 다시 가방에 넣은 뒤, 말없이 나갔다.

그가 나간 것을 확인한 처크는 시가를 끄고 선글라스를 벗은 후 창문 너머 파란 하늘을 바라보며 중얼거렸다.

"……불안하군."

SC-1 구역의 번화가는 멋들어지게 차려입은 젊은이들로 언제나 붐비는 곳이었다. 형형색색의 머리카락과 옷은 마치 잘못 맞춰진 퍼즐처럼 현란하기 그지없었다.

그중 지나가는 젊은이들의 시선을 흡입하는 남자가 한 명 있었다. 목을 덮은 티셔츠에 가벼운 정장을 입은 푸른 장발의 남자, 슈렌이었다. 나무 그늘 아래 마련된 벤치에 앉은 그의 모습은 패션 잡지에 나오는 그 어떤 모델도 따라잡을 수 없을 것만 같았다.

그런 그에게 접근하는 또 한 명의 남자가 있었다.

"슈렌, 오래 기다렸어?"

"아니."

슈렌은 살짝 눈을 뜨며 자신에게 다가온 남자를 바라보았다. 모자를 쓴 붉은 장발의 남자, 리오였다.

"휴, 변장하느라 고생했다고. 아직도 나를 알아보는 사람들이 많아서 말이야. 그런데 갑자기 오게 된 이유가 뭐야?"

자리를 털며 일어선 슈렌은 평소대로 나지막이 말했다.

"가서 설명해 주지. 좋은 일은 아냐."

"야간 근무는 지크와 케빈이다. 오늘 하루 수고 많았다. 해산."

처크는 여느 때와 다름없이 종회를 끝냈다. 야간 근무를 해야 하는 지크는 한숨을 쉬며 자리에서 일어났다. 헤이그를 비롯해 전원이 나갈 무렵, 지크가 탁자에 앉아 한숨을 쉬고 있는 모습을 본 프시케는 걱정스러운 표정으로 다가와 물었다.

"저, 피곤하신가 봐요, 지크 씨?"

"음? 아, 아니야. 그냥 맘에 걸리는 것이 있어서."

"걸리는 것이라뇨?"

프시케가 계속 묻자, 지크는 할 수 없다는 듯 머리를 긁적이며 말했다.

"프시케도 리진이나 챠오에게 들었을지도 몰라. 닥터 와카루라는 대머리 늙은이에 대해서 말이야. 상당히 위험한 과학자 할아버지라서 아무 일도 일어나지 않는 게 더 불안하거든. 차라리 일이라도 터졌으면 좋겠는데……."

"그렇군요. 하지만 너무 불안해하지 마세요, 지크 씨. 활동하고 있는 BSP 요원은 지크 씨 혼자만이 아니니까요."

"헤헷, 하긴 그래. 아, 퇴근할 사람을 이렇게 잡아 뒀네. 먼저 가라고. 난 야근이니까."

"네, 그럼 수고하세요."

프시케는 곧바로 회의실을 빠져나갔고, 지크는 탁자에서 내려와 회의실을 나서려 했다. 그때 문이 열리며 루이가 들어왔다. 그녀는 안경을 추켜올리며 지크에게 말했다.

"아버지께서 오늘 이모 집에 가 보라고 하셨어. 나중에 봐."

"응, 그래…… 잠깐, 우리 집?"

지크는 순간 기겁을 하며 되물었고, 루이는 고개를 끄덕이며 대답했다.

"요즘 레니 이모께서 어떻게 지내는지 한번 가 보라고 하셨어."

"자, 자, 잠깐, 지금 우리 집에는 군식구가 많거든? 하하하…… 그, 그러니까 오늘은 좀 피해 줬으면 싶은데."

"티베와 마티가 산다는 건 나도 알아. 그럼 오늘 야근 수고해."

루이는 곧바로 회의실을 빠져나갔고, 지크는 회의실 안에 있는 전화기를 급히 들어 버튼을 눌렀다. 지금 집에 리오나 두 명의 바이칼, 그리고 시에가 있다는 것을 그녀가 알게 되면 문제가 복잡해지기 때문이었다.

"자, 받아라, 제발…… 통화 중이잖아! 빌어먹을!"

"네, 알았어요, 리오 씨. 바이칼 님, 전화 받으세요."

리디아는 TV를 보고 있는 바이칼에게 전화를 건네주었고, 바이칼은 무뚝뚝한 표정으로 통화를 시작했다.

"나다."

"아, 그래. 지금 슈렌하고 같이 있는데, 난 오늘 지크 대신 라이아를 학교에서 데리고 와야 하기 때문에 슈렌하고 같이 못 갈 것 같아. 그러니 슈렌이 도착하면 좀 부탁해."

그러자 바이칼은 불쾌한 표정을 지으며 리오에게 말했다.

"나를 가정부로 착각하고 있는 건가."

"너 말고 다른 바이칼은 슈렌을 본 적이 없잖아. 그러니 부탁해. 그럼 이따 보자."

전화는 곧 끊어졌다. 바이칼은 전화기를 소파에 내던지며 이를 갈았다. 전화기에서 신호음이 울리자 리디아는 미안하다는 표정을 지으며 바이칼에게 말했다.

"저…… 바이칼 님, 전화기를 제대로 놔야……."

"시끄러워."

"네."

얼마 후 슈렌이 도착했다.

"오랜만이군."

슈렌은 지크의 집 안으로 들어오며 짧게 인사했다. 바이칼은 말없이 소파에 다시 앉았고, 집 안을 둘러본 슈렌은 바이칼의 앞에 바이칼과 비슷하게 생긴 소녀가 서 있자 눈을 살짝 뜨며 말했다.

"닮았군."

"닥쳐."

순간 바이칼이 슈렌을 쏘아보았다. 그러나 슈렌은 무시하듯 리디아를 묵묵히 바라보며 말했다.

"슈렌이라고 합니다."

"아, 죄송해요. 먼저 인사를 드려야 하는데…… 리디아입니다."

그녀는 고개를 숙여 슈렌에게 인사했다. 그녀의 이름을 들은 슈렌은 가만히 바이칼을 바라보았다. 시선을 의식하면서도 바이칼이 고개도 돌리지 않자 슈렌은 조용히 말했다.

"뉴스를 보는 게 어떤가."

곧 화면은 뉴스로 바뀌어졌고 집 안에 있는 세 사람 사이에 오랫동안 침묵이 흘렀다. 그렇게 적막감이 감돌자 둘에게 미안해진 리디아는 일어서서 부엌으로 갔다.

"저, 제가 차를 내올게요."

"넌 가져오다가 엎지르잖아."

"……죄송해요."

다시 침묵이 흘렀다. 그리고 퇴근을 한 티베와 마티가 집으로 돌아오고 나서야 집 안은 다시 북적거렸다.

"다녀왔습니다! 어머? 이게 누구셔! 슈렌 씨 아니세요!"

"슈렌 씨? 아아…… 그분."

둘이 들어오자 슈렌은 고개를 살짝 끄덕여 인사했다.

"오랜만입니다."

"……끝이에요?"

티베는 슈렌의 인사가 짧디짧자 이상하다는 눈빛으로 그를 바라 보았다. 그러자 마티가 티베의 허리를 손가락으로 콕 찌르며 귓속 말로 말했다.

"저 남자 원래 말수가 적잖아."

"아 참, 그랬지. 호호호홋, 죄송해요. 그건 그렇고 혹시 저녁 식사 하셨나요?"

"아직 못 했습니다."

"그러세요? 다행이네요. 제가 곧 준비할게요."

티베가 그렇게 말하며 부엌으로 향하자, 그녀를 보던 마티는 인 상을 약간 찡그리며 나지막이 중얼거렸다.

"제정신인가? 웬일로 저녁 식사 준비를……."

그런데 조금 후 티베가 부엌에서 나오더니 머리를 긁적이며 미 안하다는 얼굴로 말했다.

"헤헷, 죄송해요. 라면이 다 떨어졌네요."

"……."

분위기는 전환되지 않았다.

"담배 좀 그만 피워, 케빈. 몸에 뭐 좋다고 쉴 새 없이 피워대?"

케빈과 함께 순찰차를 타고 야간 순찰을 돌던 지크는 운전하고 있는 케빈이 계속 담배를 피우자 짜증을 내며 말했다. 케빈은 피식 웃으며 말했다.

"푸, 시어머니 같군. 이건 기호식품이라고. 너도 못 피우는 건 아 니잖아."

"쳇, 누가 굴뚝 아니랄까 봐. 음, 하여튼 오늘은 조용하구먼."

"남자끼리 드라이브하긴 딱 좋지. 하하하핫."

"징그러운 녀석……."

지크는 쓴웃음을 지으며 시트에 푹 눌러앉았다.

한참 동안 순찰을 돌던 둘은 운전을 교대하기 위해 차를 세웠고, 운전대를 잡은 지크는 귀찮았는지 자동 항법장치에 운전을 맡긴 후 편안히 몸을 뒤로 젖혔다. 그러나 그런 편한 순찰도 갑작스러운 호출음에 그리 오래가지 못했다.

"어라? 본부 호출이네? 네, 순찰 중인 지크입니다."

"비상사태입니다! A급 바이오 버그 둘이 본부에 침입했습니다! 현재 지하 3층까지 방어선이 돌파되었고, 4층 입구를 막은 방어선도 그리 오래 버티지 못할 것 같습니다!"

지크와 케빈은 순간 황당한 표정을 지었다. BSP 본부 주위에는 바이오 버그들에게만 통하는 특별한 고주파 사이클 전자방어막이 두껍게 쳐져 있어서 본부의 핵심부로 들어가기 위해서는 전자 방어막을 돌파하거나 수십 겹의 장갑판으로 보호되어 있는 지하를 공략하는 수밖에 없었다. 간단히 말해 본부 건물이 그렇게 간단히 바이오 버그들에게 침입당할 리 없었다. 현 상황이 이해되지 않은 지크는 인상을 쓰며 무전기에 대고 소리쳤다.

"잠깐! 전자방어막은 반응도 하지 않았잖아요!"

"그게…… 잘 모르겠습니다! 건물 외부의 고주파 방어막에는 아무런 손상도 없었습니다만…… 경보는 본부 현관에서 울리기 시작했습니다. 어떤 특별한 경로로 들어온 것 같습니다!"

"알았어요! 우리도 즉시 갈 테니 다른 대원들에게도 연락을 취하세요! 이만!"

지크는 통신을 끊자마자 운전을 수동으로 전환하고 즉시 본부를 향해 도로를 질주했다. 케빈은 안전벨트를 매고 자신의 권총 '하데스 웨폰' 안에 든 탄환을 점검하며 말했다.

"A급은 오랜만이지? 오늘은 야간 축제가 화려하겠군."

"그러게 말이야. 그건 그렇고 어떻게 본부 현관에 침투한 거지? 본부 주위의 전자방어막은 두께가 1킬로미터에 가까운데? 전자파 방어용 옷이라도 입은 건가?"

"아니면 바이오 버그가 아니든가."

"……?"

케빈은 그냥 빈말로 했지만, 지크는 문득 일리가 있다는 생각을 했다. 바이오 버그 경보기는 바이오 버그를 제외한, 지구상에 등록된 모든 생물들의 몸에서 뿜어 나오는 주파수를 감지해 바이오 버그의 유무를 확인하는 장치였다. 바꿔 말하면 보통 사람들은 없다고 생각하는 생물인 용족도 그 감지기에는 바이오 버그로 감지되는 것이었다.

"그렇다면 누구지? 바이칼인가?"

"음? 무슨 소리야?"

"아, 아니야. 하하하……."

"그렇게 인정받고 싶은가요?"

상당히 큰 키에 타이트한 가죽 스커트와 재킷을 입고 있는 붉은 장발의 미녀, 아란은 자기 앞에 서서 노트북 모니터를 지켜보고 있는 존 루이션 박사의 어깨에 팔을 두르며 물었다.

존 박사는 미소를 띠며 고개를 끄덕였다.

"최고의 팀워크와 능률성을 자랑하는 이 나라 BSP 본부의 핵심부를 이들이 장악한다면 다른 BSP 지부장들과 BSP 간부들이 내 아이들과 제 능력을 충분히 인정할 것입니다. 후후, 대한민국 지부장님은 너무 완고하셔서요. 이렇게라도 양해를 구해야 하겠죠. 아, 좋군요. 아이들이 4층 방어선까지 돌파했습니다. 후,후 이 정도 되면 정식 멤버들이 오실 때가 됐는데……. 그건 그렇고 당신은 저를 오늘 아침에 만났으면서 이런 일에 협조해 주시는 이유가 뭐죠?"

존 박사는 눈을 가느다랗게 뜬 채 아란에게 물었다. 그녀는 존 박사의 턱을 손가락으로 매만지며 말했다.

"후훗, 재미있어 보여서요."

"그렇습니까? 좋군요……."

겉으로는 그렇게 말했지만 존 박사의 느낌은 좋지 않았다. 오늘 아침 스스로를 아란 슈발츠라 밝히고 계속 도와주고 있는 그녀에게 풍기는 느낌이 그리 썩 좋지는 않은 것이다. 게다가 이번 일은 자신이 혼자 해도 그리 어려울 것이 없었기에 존 박사는 그녀를 그다지 신용하고 있지 않았다.

"BSP 본부는 21시 이후로 민간인 출입을 허가하지 않습니다."

그때 존 박사 뒤에서 목소리가 들려왔다. 그는 흠칫 놀라며 뒤를 돌아보았다. 큰 키에 적갈색 머리를 묶어 내린 여성, 린 챠오가 블래스터를 들고 자신과 옆에 있는 아란을 주시하고 있었다.

"이런 큰일이군요. 설마 BSP 여러분이 이렇게 빨리 오실 줄은 미처 생각지 못했습니다. 게다가 지하 주차장이라면 발견되지 않을 거라고 생각했는데…… 아무래도 이번 일은 여기까지……."

"오호, 그 유명한 BSP? 후훗, 지크 스나이퍼라는 사람이 당신 동료인가요?"

아란은 존 박사의 말을 무시하고 챠오 앞으로 다가갔다. 챠오는 그 여성에게서 풍기는 이상한 느낌에 정신을 바짝 차리며 고개를 끄덕였다.

"그렇습니다만 당신은 누구시죠?"

챠오의 물음에 아란은 붉은 머리카락을 입으로 문 뒤 차갑게 대답했다.

"알 것 없어."

순간 챠오의 눈에 희미하게 보일 정도의 속도로 가슴에 발차기가 날아들었다. 챠오는 반사적으로 방어 자세를 취해 겨우 그녀의 발차기를 막았다. 그러나 챠오는 뒤로 죽 밀려났고, 겨우 중심을 잡은 챠오는 입고 있던 코트를 벗고 전투 자세를 취했다.

"응?"

순간 그녀가 팔에 대고 있던 세라믹제의 방어구가 소리를 내며 산산조각 났다. 블래스터의 탄환도 튕겨 낼 수 있는 방어구가 그렇게 깨지자 챠오는 아연실색하지 않을 수 없었다. 지금까지 맨주먹이나 발로 이 방어구를 깬 사람은 자신과 지크 외에 없었다.

"어머? 막았군요? 후훗, 괜찮아요. 지크라는 사람을 기다릴 때까지 지루하지 않을 것 같군요. 당신은 생각보다 좋은 장난감이 될 것 같으니까…… 후후후훗."

"예? 알았어요! 지금 출발할게요!"

본부로부터 긴급 호출을 받은 마티와 티베는 저녁을 준비하고 있는 레니에게 인사하고 급히 집을 빠져나갔다. 둘의 모습을 본 바이칼은 다시 TV에 눈을 돌리며 중얼거렸다.

"칠칠치 못하군. 단 두 마리에게 속수무책으로 침입당하다니. 역시 인간이란……."

"그 두 마리와 상관없어."

"……?"

갑작스러운 슈렌의 말에 바이칼은 움찔하며 그를 바라보았다. 슈렌은 어딜 가려는지 소파에서 일어나 현관 쪽으로 향하며 방금 전 집에 돌아온 리오에게 말했다.

"같이 가자. 지크로도 모자라니까."

"뭐? 설마…… 지크 이상의 적이라고? 바이오 버그가 아니라는 말이야?"

리오가 안색을 바꾸며 묻자 슈렌은 살짝 고개를 끄덕였다.

"그들은 미끼에 불과해. 가면서 설명해 주지."

"알았어. 거절할 이유도 없지."

슈렌이 현관문을 열자 순간 바깥쪽으로 열린 현관문에 무언가 부딪히는 소리가 들렸다. 그와 함께 여자의 비명 소리가 들려왔다.

"앗!"

슈렌은 눈을 살짝 뜨며 밑을 내려다보았다. 케이크 상자를 안고 있는 여성이 바닥에 넘어져 있었다. 슈렌이 묵묵히 그녀에게 손을 뻗자 빨갛게 부어 오른 이마를 쓰다듬던 그녀는 움찔하며 그를 올려다보았다. 슈렌은 조용히 그녀에게 말했다.

"미안하오."

"……?"

그때 저녁 식사를 만들던 레니가 현관 쪽으로 나왔다. 그녀는 현관문 앞에 쓰러진 여성을 알고 있는지 리오에게 양해를 구하고 그녀에게 다가갔다.

"루이, 괜찮니?"

"이모? 제가 집을 잘못 찾아온 건 아니었나요?"

슈렌은 가만히 둘을 바라보았고, 보다 못한 리오가 결국 그의 팔을 잡아당기며 말했다.

"사과는 나중에 하자고. 지금 상황이 안 좋잖아."

"그렇군."

슈렌과 리오는 곧바로 밤길을 달려갔다. 둘을 바라보던 루이는 갑자기 무언가 떠올랐는지 흠칫 놀라며 소리쳤다.

"자, 잠깐! 그 붉은 머리카락 남자, 설마?"

"음? 리오 씨? 너도 알고 있었니?"

레니는 루이를 일으켜 세우며 물었다. 루이는 그녀를 바라보며 급박한 목소리로 되물었다.

"저 두 사람, 지금 어디로 가는 거죠?"

"두 분? 아, BSP 본부에 무슨 일이 생겼다면서 그곳으로 가는 것 같던데?"

그 순간 루이는 들고 있던 케이크 상자를 레니에게 맡기고 어디론가 뛰어가며 소리쳤다.

"죄송해요! 나중에 다시 찾아뵐게요!"

현관 앞에서 상자를 든 채 멍하니 서 있던 레니는 멋쩍은 미소를 지으며 고개를 저었다. 그러고는 천천히 케이크 상자를 열어 보고 그녀는 아쉽다는 듯 한숨을 쉬었다.

"어머, 생크림 케이크인데 다 뭉그러졌네."

"아앗!"

아란의 일격을 방어할 수밖에 없었던 챠오는 결국 벽에 등을 세게 부딪히고 말았다. 계속 방어만 하느라 팔이 심하게 저렸다. 아란의 일격이 너무나 강했기에 직접 공격을 받지 않았어도 챠오의 몸은 상당한 충격을 받은 상태였다.

그녀를 벽까지 몰아붙인 아란은 천천히 챠오에게 접근했다. 그녀와 완전히 밀착한 아란은 챠오의 귓불을 이로 살짝 깨물며 귀에 대고 소곤거렸다.

"후훗, 맘에 드는 타입이야, 넌. 그런데 이걸 어쩌냐? 너하고 즐길 장소가 마땅치 않네? 후후후훗. 미안해, 더 재미있는 상대가 나타났거든?"

아란은 챠오의 목을 부드럽게 매만지며 옆을 살짝 돌아보았다. 그곳에는 어느새 지크와 케빈이 버티고 서 있었다.

지크는 쓸쓸히 웃으며 아란에게 말했다.

"이런, 조금 늦게 올 걸 잘못했나? 막 즐기기 직전인 모양인데, 헤헷. 하여튼 꽤 괄괄한 분 같은데 어디 나랑 한번 실력 대결을 해 보실까?"

"후훗, 좋아요. 원하던 바였어요."

아란은 챠오에게서 떨어져 양손에 힘을 주며 지크에게 다가갔다. 지크는 움찔하며 표정을 굳혔다. 엄청난 느낌이었다. 챠오가 살아 있다는 것이 기적 같을 정도였다.

"케빈, 챠오를 데리고 의무실에 가 줘. 아무래도 레벨이 높은 아가씨 같으니까 말이야."

"오호, 그래? 아쉽군. 정말 미녀인데……."

케빈은 곧 챠오를 부축하고 엘리베이터 쪽으로 향했다. 도중에 존 박사와 눈을 마주친 그는 씩 웃으며 말했다.

"아, 미안하오. 지금은 동료가 먼저라서……. 걱정 말고 여기서 놀고 계시오. 이제 얼마 놀지도 못할 테니까."

케빈과 챠오가 엘리베이터 안으로 사라지자 지크는 주먹을 돌리며 전투할 준비를 했다. 아란은 붉은 머리카락을 하나로 묶은 뒤 자세를 취했다.

그것을 본 지크는 그녀가 더더욱 리오와 닮았다고 생각했다.

'피부가 흰 것 빼고는 리오랑 비슷하네. 머리를 묶으니 더해. 이런 잡념은 버려야지……'

"자, 예의상 레이디 퍼스트. 맞는 것도 레이디 퍼스트다! 어라?"

지크는 순간 눈을 동그랗게 떴다. 힘이 꽤 실린 자신의 정권을 아란이 손바닥으로 가볍게 막았다. 지크가 재빨리 주먹을 빼자 아란은 손바닥에 입김을 후 불고 고개를 저으며 중얼거렸다.

"휴, 안타깝군요. 접근전 기술은 최고라는 바람의 가즈 나이트의 정권 지르기가 겨우 이 정도인가요?"

"뭐?"

순간 엄청난 속도의 돌려차기가 지크의 안면에 날아들었고, 지크는 간발의 차이로 그녀의 공격을 피하고 뒤로 약간 물러서며 정신을 가다듬었다. 아란은 빙긋 웃으며 지크에게 말했다.

"제 이름은 아란 슈발츠, '데스 발키리' 중 한 명이죠. 제 임무는 당신을 없애는 것……이 아니라 실력 평가예요. 당신들이 신계 최강의 사자라는 헛소문을 무마시킬 겸. 호호홋."

"데스 발키리? 오호, 재미있는데? 난 또 괜히 힘 뺐잖아. 헤헤헷. 난 또 챠오랑 비슷한 수준이라고. 좋아, 진짜로 상대해 줄게, 제대로 덤벼 봐!"

그와 동시에 둘은 지금까지와 비교할 수 없는 엄청난 속도로 격돌했고, 희미하게 보이는 둘의 움직임에 존 박사는 넋을 잃었다.

"미안!"

낮은 자세에서 나온 지크의 라이트 어퍼컷이 아란의 복부에 작렬했고, 그 틈을 놓치지 않고 지크는 왼팔 팔꿈치로 아란의 턱을 연속으로 가격했다. 아란이 몸을 뒤로 젖히자 지크는 회심의 미소를 지으며 오른손 정권 지르기를 마지막 일격으로 선사했다.

"치료비는 대 주지!"

콰앙.

"……?"

지크는 뭔가 이상하다는 것을 느꼈다. 분명 챠오의 가문에서 배운 석충권(石衝拳)이 들어갔는데도 아란은 멀쩡히 서 있었다. 아란이 자신에게 주먹을 뻗은 채 가만히 멈춰 서 있는 지크의 머리카락을 쓰다듬으며 중얼거렸다.

"호홋, 석충권이군요. 역시 정보대로 어지간한 전투 기술은 다 익히신 것 같은데요? 그럼 답례로 비슷한 걸 선사해 드리죠."

폭음과도 같은 소리가 BSP 본부의 지하 주차장을 울림과 동시에 어느새 쓰러진 지크는 잠시 후 의식을 회복했다. 입에서 피가 흐르는 것을 느낀 그는 팔뚝으로 피를 닦은 후 몸을 일으켜 세웠다.

'붕권(崩拳)……? 그런데 무슨 붕권이 이렇게 세지?'

지크는 내장 파열이 되지 않은 게 다행이라 생각했다. 아주 잠깐이지만 그가 의식을 잃을 정도였다면 보통 사람의 경우 내장 파열이 문제가 아니었다. 폭발력이 없는 대(對)전차포탄을 직격으로 맞은 것과 같았을 것이다.

지크는 입안에 고인 피를 뱉고 힘없이 미소 지었다.

"헤헷, 굉장한 아가씨군. 정말 몇 개월 만에 제대로 된 상대를 만나는지 모르겠어."

지크는 그렇게 중얼거리며 주먹을 불끈 쥐었다. 그의 손에서 곧 푸른색 스파크가 튀더니 상체 전부를 휘감았다.

지크는 다시 자세를 취하며 아란에게 말했다.

"좋아. 가즈 나이트로서 상대해 주지, 언니. 헤헤헷."

아란은 웃으며 자세를 잡았다.

"후훗, 정신을 차리셨나요? 자, 다시 즐겨 봐요, 허니."

"좋지!"

그때 아란의 머리 양쪽이 어느 순간 지크의 손에 잡혔고, 그녀의 복부에 지크의 무릎 차기가 강렬히 꽂혔다.

"큭!"

그녀의 자세가 흐트러진 것을 놓치지 않은 지크가 발꿈치로 그녀의 후두부를 가격했고, 아란은 얼굴부터 콘크리트 바닥에 충돌하고 말았다. 그녀와 충돌한 콘크리트 바닥이 함몰되는 동시에 지크는 마무리로 그녀의 몸을 강하게 걷어찼다.

"꺼져!"

아란의 몸은 공중으로 간단히 날려 갔으나 그녀는 공중에서 몸을 비틀어 중심을 다시 잡고 안전하게 착지했다.

그녀는 콘크리트 조각이 묻은 얼굴을 손으로 털며 씩 미소를 지었다.

"정말 소문대로 보이지 않을 정도의 속도군요. 이것이 가즈 나이트로서의 지크인가요?"

지크는 손가락을 까딱이며 대답했다.

"아직도 놀이라고 착각하고 있는 말괄량이 아가씨에게 버릇을 고쳐 주려고 한 것뿐이지. 헤헤헷."

"후훗, 스코어는 일대일이란 소리군요. 그럼 역전을 해 볼까요?"

아란은 그렇게 말하며 자신의 스커트 벨트를 풀었다. 지크는 순간 당황했는지 손을 저으며 아란에게 소리쳤다.

"자, 잠깐! 미인계는 통하지 않아!"

아란은 빙긋 웃으며 벨트를 오른손에 거머쥐었다. 그러자 그 벨트는 붉은색 연기를 뿜어내며 점점 형태를 바꾸기 시작했다.

붉은 연기가 걷히고 나타난 것은 새빨간 날을 번뜩이는 한 자루 검이었다. 검을 본 지크는 눈살을 찌푸리며 나지막이 중얼거렸다.

"별걸 다 가지고 다니시는군, 야한 누나?"

"후훗, 역전을 하려면 이 정도는 돼야죠. 아, 그리고 부탁 있어요."

그녀가 갑자기 부탁이라는 말을 꺼내자 지크는 눈을 동그랗게 뜨고 머리를 긁적였다.

"부, 부탁?"

그러자 아란은 살짝 윙크하며 지크에게 말했다.

"제발 부탁이니 제 호칭 좀 통일해 주시겠어요? 듣는 저도 헷갈리는군요, 후후훗."

"쳇."

3

악마의 여전사, 데스 발키리

"최고위 악신 '아롤'이 개조한 네 명의 여성과 또 한 명의 여성, 그 다섯이 바로 '데스 발키리'다."

"아롤? 3대 고위신 중 한 명이 개조한 것이라면 상당히 강하겠 군. 그들의 능력은 어느 정도지?"

BSP 건물 쪽으로 가며 슈렌의 설명을 듣던 리오는 심각한 표정 을 지으며 다시 물었다. 슈렌은 고개를 살짝 저으며 대답했다.

"확실히는 몰라. 하지만 우리와 비슷한 수준이라고 생각하면 돼. 하지만 개조된 시기가 상당히 짧기 때문에 경험상으로는 휀과 바이론, 너 세 명에겐 미치지 못할 거야."

"가즈 나이트와 비슷한 수준이라…… 그럼 아롤이 힘 좀 썼을 것 같은데?"

"신계 시간으로 5천 년간 수면을 해야 한다는군. 악신 쪽의 세력 이 약간 위축됐다고 해도 틀리진 않지만 데스 발키리의 영향으로 그렇지도 않을 전망이야. 아롤이 없는 동안 그 뒤를 맡을 악신계 2위 하데스는 고신이었을 때부터 그리 호전적이진 않았기 때문에 우리 쪽과는 크게 마찰이 없을 것 같아."

"그렇다면 다행이군. 하지만 데스 발키리들이 왜 지크를 시험하려 하는 거지?"

"지크는 경험에 비례한 힘의 성장 속도가 가즈 나이트 일곱 명 중 최고야. 그러니 역시 경험이 적은 데스 발키리 쪽에선 지크를 실험 대상으로 노리는 게 당연하겠지. 하여간 난 그것을 막기 위해 여기 왔어."

리오는 고개를 끄덕이며 중얼거렸다.

"그랬군. 하긴 네가 괜히 이곳에 올 이유는 없을 테니까."

슈렌은 다시 시선을 멀리 보이는 BSP 본부 쪽으로 돌렸다.

"꽤 강한데!"

지크는 자신과 칼을 맞대고 있는 아란을 향해 힘겹게 말했고, 아란도 상당히 힘든 듯 땀을 흘리며 씁쓸한 미소를 지었다.

"역시…… 우리보다 훨씬 전에 만들어진 남자답군요. 디아블로 님께서 말씀하시길 선신계엔 저희를 상대할 자가 대천사장 벨제뷰트 외에 없다고 하셨는데 가즈 나이트를 상대로 괜히 자만한 것 같군요!"

둘은 서로 상대를 밀친 후 재차 격돌했다.

지하 주차장 사방으로 튀는 불꽃과 마찰음을 보고 듣던 존 박사는 갑자기 밀려드는 허무감에 간이 의자에 털썩 주저앉았다.

"하, 하핫. 괜히 바보가 된 느낌이군. 보통 사람의 눈에 보이지도 않는 속도를 5분 동안 낼 수 있는 괴물 같은 지구력이 인간의 몸에서 나오다니! 내 아이들은 장난감이란 말인가? 하하하하."

5분여에 걸친 지크와 아란의 대격돌로 지하 주차장의 콘크리트 기둥들은 거의 남아나지 않았다. 무처럼 잘려 나가 바닥을 뒹굴고 있는 것이 태반이었고, 가루가 된 기둥들도 상당수였다.

"이런, 기가!"

지크는 몸에 흐르던 스파크에 힘이 떨어지자 아란과 거리를 벌린 후 다시 몸에서 스파크를 뿜어냈다. 아란 역시 숨을 돌리며 떨어진 기와 힘을 보충했다.

"어머, 아란. 고생하는구나?"

둘의 격전이 잠시 소강 상태에 있던 그때, 주차장 입구에서 다른 여성의 목소리가 들려왔다. 지크와 아란은 동시에 그쪽으로 시선을 돌렸다.

주차장 입구에 두 명의 여성이 서 있었다. 한쪽은 눈가에 붉은 화장을 한 동양계 여성이었고, 한쪽은 스포츠 머리의 백인 여성으로 둘 다 키는 아란과 비슷한 정도였다. 지크의 눈엔 둘 다 아란과 같은 데스 발키리로 보였다. 그의 예상은 적중한 듯 아란은 쓸쓸히 웃으며 말했다.

"츄우. 레베카? 후훗, 너희가 어쩐 일이지?"

그러자 단정한 검은 머리카락의 동양계 여성, '츄우 란'은 자신의 머리카락을 부드럽게 쓸어내리며 아쉽다는 듯 말했다.

"호훗, 어쩐 일이긴. 동료를 도와주러 온 착한 소녀들이지. 안 그래, 레베카?"

옆에 있던 레베카는 허리에 손을 대며 당당히 고개를 끄덕였다.

"그럼. 그리고 네가 가즈 나이트에게 당하기라도 한다면 아롤 님이 깨어나신 뒤에 우리가 할 말이 없어진다고. 도와주러 왔으니 감사하게 생각해."

둘의 말을 들은 아란은 들고 있는 칼을 어깨에 대며 피식 웃었다. 그걸 본 지크는 이제 전투가 끝났나 싶어 무명도를 내렸지만, 그 모습을 본 츄우는 실망스러운 표정을 지으며 떼를 썼다.

"어머, 오빠 너무해요! 저는 아직 가즈 나이트하고 싸워 보지도 못한 비운의 소녀라고요! 자자, 아란은 좀 쉬게 할 테니 이제 저랑 싸워요!"

"뭐, 뭐라고?"

지크는 순간 정신이 멍했다. 지금 아란이라는 여자와 싸운 것도 힘겨운데 힘을 쓰지 않아 펄펄 날 게 분명한 그녀들과 또 싸운다는 것은 고문에 가까운 일이었다.

하지만 그런 생각은 잠시뿐이었다. 지크는 어디서 용기를 얻었는지 무명도를 잡은 손에 힘을 주며 씩 웃었다.

"헤헷, 좋아. 진정한 남자는 9회말 2사 만루에 나타나는 법! 맛을 보여 주마!"

그때였다.

"거기까지다. 뭐 하는 거야, 지크."

츄우와 레베카 뒤에서 지크 귀에 친근한 목소리가 들려왔다. 그는 곧 안도의 한숨을 쉬며 다시 무명를 내렸다.

"휘유, 정의의 사자 등장이군. 어라? 이게 누구야, 슈렌 아냐? 헤헤헷, 언제 온 거야, 넌?"

츄우와 레베카는 곧바로 뒤를 돌아보았다. 그들 뒤에 원래 복장을 갖춘 리오와 슈렌이 서 있었다. 리오는 머리를 긁적이며 슈렌에게 나지막이 물었다.

"저 여자들이 그 데스 발키리?"

"음."

슈렌은 헝겊을 둘러 둔 그룬가르드를 엄지손가락으로 매만지며 고개를 살짝 끄덕였다. 그런 슈렌에게 츄우가 바짝 접근하더니 어린 소녀처럼 눈을 반짝이고 박수까지 치며 좋아했다.

"어머머, 말로만 듣던 신계 최고의 로맨티스트 슈렌 님이시군요. 영상으로만 보다가 실제 모습을 보니 더 가슴이 뛰네요. 저는 츄우란이라고 해요. 잘 부탁해요, 슈렌 님?"

하지만 슈렌은 묵묵히 츄우를 바라볼 뿐이었다. 츄우는 무안한지 넓은 옷소매로 자신의 얼굴을 반쯤 가린 채 뒤로 물러섰다.

그녀들의 모습을 보던 리오는 속으로 가만히 생각했다.

'악신 계열이라 그런지 인격파탄자가 좀 있군.'

그렇게 생각하고 있던 리오의 눈에 지하 주차장에서 천천히 걸어 나오는 아란의 모습이 들어왔다. 아란 역시 리오와 시선을 마주쳤고 둘은 아무 말 없이 서로를 바라보았다.

"……?"

리오는 무언가 이상한 느낌이 들었다. 마치 어디선가 그녀를 만났던 것 같은 느낌이었다.

리오의 표정이 굳어질 대로 굳어진 반면, 아란은 평소대로 요염한 미소를 띤 채 말했다.

"후훗, 당신이 바로 소문난 바람둥이 리오 스나이퍼 씨군요. 과연 바람둥이란 말이 어울릴 정도네요? 딱 내 타입이야. 후후."

"음? 아아, 그런가? 이상하게 소문이 났군."

리오는 머리를 흔들어 정신을 가다듬은 후 빙긋 웃으며 답했다. 아란은 머리칼을 풀어 헤치고 츄우와 레베카를 돌아보며 말했다.

"자, 이 두 사람의 시험은 너희에게 맡기겠어. 바람의 가즈 나이

트에 대한 시험은 끝났으니까. 난 호텔 가서 샤워나 할게. 리오 씨
도 저와 함께 가시겠어요? 넓은 호텔 방은 너무 무섭거든요. 후훗."

리오는 어깨를 으쓱할 뿐이었다.

"후, 지금은 이 아가씨들과 일을 처리해야 할 것 같으니 뒤로 미
루지. 기약은 없지만."

"그래요? 아쉽군요. 후훗. 자, 그럼 다음에 또……."

아란의 모습은 곧 사라졌다. 그녀가 사라진 쪽을 가만히 바라보
던 리오는 곧 디바이너를 뽑으며 슈렌에게 말했다.

"둘은 내가 맡을 테니 넌 지크를 좀 도와줘. 지크 녀석 지금 기진
맥진한 것 같으니까. 그리고 BSP 본부가 당하면 좀 귀찮아지거든."

"음."

슈렌은 살짝 고개를 끄덕이고 지하 주차장 입구로 향했다.

그때 전혀 예상치 못한 일이 발생했다.

"잠깐! 이곳은 저녁 9시 이후엔 민간인의 출입을 금하며, 현재는
비상 중이기 때문에 더더욱 접근할 수 없습니다! 당신들을 공무
집행 방해죄 및 국제연합 시설물 무단침입죄로 모두 체포하겠습
니다!"

리오를 비롯한 모두는 목소리가 들려온 쪽을 바라보았다. 그곳
에는 차에서 방금 내린 루이가 권총을 들고 서 있었다.

"루이?"

그중에서 제일 놀란 사람은 지크였다. 그는 허겁지겁 주차장 밖
으로 뛰어나오며 루이에게 소리쳤다.

"이런 바보! 루이, 어서 돌아가! 이곳은 위험하다고!"

"아, 지크?"

약간 지저분해진 지크의 모습을 본 루이는 들고 있던 권총을 슬

44

그머니 내렸다. 그때 루이의 말이 귀에 거슬렸던 레베카가 손에 기를 집중한 후 루이 쪽으로 조준하며 소리쳤다.

"에이, 귀찮단 말이야! 법이고 뭐고 닥치고 이거나 먹어!"

레베카의 손에서 곧 커다란 기탄이 튀어 나갔다. 리오는 곧장 그 기탄을 없애기 위해 몸을 움직였으나 날아가는 속도를 잡기에 역부족이었다.

순간 슈렌의 그룬가르드가 리오의 어깨 위를 빠르게 스쳐 날아가 기탄과 충돌하며 커다란 폭발을 일으켰다.

"꺄아악!"

리오에게는 그리 강한 폭발이 아니었기에 그저 팔로 막아도 피해가 없었지만 루이는 달랐다. 정면으로 맞지 않아 죽음의 위기에서 벗어났지만 그리 멀리 떨어지지 않은 지점에서 폭발이 일어났기에 그녀는 온몸에 큰 충격을 받고 뒤로 멀찌감치 날려 갔다.

그 모습을 본 리오와 슈렌은 즉시 루이 쪽으로 달려갔고, 지크도 그쪽으로 허겁지겁 다가왔다. 그녀는 다행히 목숨은 건졌지만 몸에 받은 충격이 컸기에 리오는 한숨을 푹 쉬며 말했다.

"할 수 없지. 슈렌, 이 아가씨 좀 의무실로 데려다줘. 지크는 슈렌을 안내해 준 다음 본부 내에 침입했다는 녀석들 좀 처리해 주고."

"진짜 저 둘을 맡을 거야? 생각보다 꽤 세다고."

"후, 너희 본부 걱정이나 해."

슈렌과 지크는 루이를 데리고 지하 주차장으로 들어갔다. 리오가 혼자 남자, 츄우와 레베카는 상당히 화가 난 듯했다.

"이봐요, 이봐! 우리는 더 많은 가즈 나이트들을 시험해 봐야 한단 말이에요! 당신 혼자 가지고 놀아 봤자 재미도 없고요!"

"당신이 아무리 공격력 최고의 가즈 나이트라 하지만 이건 우리

자존심을 건드린 것이라고! 진짜로 할 생각이면 각오해!"

둘의 모습을 가만히 바라보던 리오는 피식 웃으며 고개를 숙였다. 그리고 디바이너로 어깨를 툭툭 치며 말했다.

"나와 슈렌이 뒤로 접근하는 것조차 느끼지 못한 주제에 이기겠다? 훗, 재미있군. 자, 말하기도 귀찮으니 이제 천천히 즐겨 보지."

"흥, 우리를 너무 우습게 보는 것 같군, 리오 스나이퍼! 죽어!"

리오의 말에 흥분한 레베카는 주먹을 불끈 쥐고 엄청난 속도로 돌진했다. 리오가 사정거리 내에 들어오자 그녀는 탄환을 쏟아 붓듯 오른손 주먹으로 리오의 얼굴을 가격했다. 그러나 레베카의 주먹은 허무하게도 리오의 오른손에 간단히 잡혀 버렸다. 리오는 빙긋 웃으며 여유 있게 말했다.

"우습게 보이는데 어떡하지? 후훗."

"으, 으윽?"

레베카는 잔뜩 긴장하며 뒤로 물러섰다. 리오는 오른손 손바닥을 바지에 문지르며 생각했다.

'상당한 힘인데? 1년 전의 나였다면 분명 손이 산산조각 났을 거야. 지크 말대로 주의하는 게 좋겠군.'

디바이너를 다시 오른손으로 든 리오는 츄우와 레베카를 향해 손을 까닥거렸다. 얼굴에서 미소를 지운 둘은 각자의 무기를 꺼내며 전투 준비를 했다.

"……상당하군요."

츄우는 낮게 중얼거리며 손을 앞으로 뻗었다. 그러자 그녀의 발 앞에 미세한 빛의 원형이 생성되었고, 그 원형에서 곧 날이 길고 넓은 창이 서서히 튀어나왔다.

츄우는 그 창을 양손으로 잡아 들며 말했다.

"흉창 '바로크'입니다. 명계에서도 이름난 창이니 당신도 잘 알고 있을 거예요."

그녀 옆에 있던 레베카 역시 양손을 앞으로 뻗었고, 곧 거기에서 엄청난 스파크가 일었다. 스파크 덩어리는 점점 형체를 이루어 자루가 긴 해머로 변했다.

레베카는 그 해머를 한 손으로 돌리며 소리쳤다.

"토울 해머! 당신은 이제 다 산 거야!"

바로크가 나왔을 때는 별로 놀라지 않았으나 레베카가 토울 해머를 꺼냈을 때는 리오도 내심 놀라지 않을 수 없었다. 그 해머는 무게도 무게지만 신계의 어떤 무기보다 뇌력을 많이 지니고 있어서 한 방 한 방의 파괴력이 상상을 초월하는 무기였다. 고신 '토울'이 썼던 무기인 만큼 위력은 가공할 만했다.

'바로크는 어떻게 한다 쳐도 토울 해머는 막을 엄두가 안 나는군. 신검치고는 강도가 낮은 편인 디바이너로 직접 방어하기에는 무리가 따를 거야. 엑스칼리버를 너무 빨리 돌려드렸나? 하는 수 없지.'

리오는 곧 파라그레이드를 꺼냈다. 리오가 기를 주입하자 파라그레이드의 얇고 긴 오리하르콘에서 우윳빛의 넓은 날이 양쪽으로 퍼져 나왔다.

파라그레이드를 본 츄우는 눈썹을 찡그리며 레베카에게 물었다.

"너, 저 무기 알고 있니? 난 첨 봐."

"나도 처음 봐. 하지만 그래 봤자 이 토울 해머의 일격은 받아 내지 못해! 하하하!"

두 개의 무기를 양쪽에 든 리오는 심호흡을 하며 기를 끌어 올렸다. 그의 몸에서 푸른색의 기가 폭발적으로 분출됐다.

기를 웬만큼 끌어 올린 리오가 두 개의 검을 머리 위에서 교차하자, 그의 양 손등에 붉은색의 작은 마법진이 떠올랐다.

리오의 손등에 그려진 마법진에서 순간 화염이 치솟았고, 그 화염은 각각의 검을 휘감아 맹렬히 타올랐다. 그 모습을 본 레베카는 움찔하며 약간 긴장된 목소리로 중얼거렸다.

"개인 마법검? 고대 주신 오딘이 즐겨 썼다는 가속성(加屬性) 물리 공격술! 쓴다는 얘기는 들었지만 두 개의 검에 동시에 사용할 줄은 몰랐는걸? 하하, 정말 끓어오르는데! 좋아, 그럼 내가 먼저 공격하겠어!"

레베카는 씩 웃으며 해머를 양손에 쥐고 리오에게 돌진했다.

리오는 우선 마법검을 덧붙인 자신의 기술로 한 명만을 공격하여 치명상을 입힌 뒤 다른 한 명을 공격하려는 계획을 세웠고, 그 계획은 의외로 빨리 실행됐다. 레베카의 물불을 안 가리는 성격이 그의 계획을 앞당긴 것이다.

리오는 자신에게 돌진해 오는 레베카에게 빠르게 접근했다. 레베카는 리오가 자신의 공격 범위 안쪽에 들어오자 해머를 위로 치켜들며 일갈을 터뜨렸다.

"죽엇! 우아아아앗!"

토울 해머의 위력은 역시 대단했다. 단 한 번의 일격으로 사방 수십 미터의 지면이 원형으로 붕괴되어 버렸다. 그 충격 여파도 만만치 않아서 멀리서 지켜보던 츄우까지 중심을 잃고 흔들거렸다.

"틀렸어."

그러나 그녀의 공격은 정작 리오를 맞추지 못했다. 레베카는 흠칫 놀라며 자신의 옆으로 돌아선 리오를 재공격하기 위해 해머를 제자리로 돌리려고 애썼다.

그러나 그보다 리오의 공격 속도가 더 빠른 것은 당연했다.

"하앗!"

리오가 약간 더 빨리 디바이너의 날 등으로 레베카의 다리를 후려쳤고, 레베카는 해머를 휘두르던 그대로 공중으로 솟아올랐다. 리오의 공격은 이제부터 시작이었다.

"간다!"

리오의 일갈과 동시에 레베카의 몸은 화염으로 이루어진 수십 개의 부채꼴에 휘감긴 채 점점 공중으로 떠올랐다. 그런 엄청난 광경을 이제까지 본 일이 없던 츄우는 잔뜩 긴장한 채 아랫입술을 깨물 따름이었다.

"으아악!"

이윽고 레베카의 몸은 수십 미터 상공에서 일어난 대폭발에 지상으로 추락했고, 리오는 가뿐히 착지했다. 화염과 폭발이 공격의 주가 되는 플레임 랩소디에 완전히 휘말린 레베카는, 아스팔트 위에 쓰러져 움직이지 못했다. 리오는 호흡을 조절하며 츄우 쪽을 바라보았다.

"자, 다음은 아가씨 차례인가?"

"예, 예? 아, 호호호홋, 저, 저는 그러니까 당신을 상대할 마음의 준비가 아직…… 호호호호홋."

츄우가 생각지도 못한 사태였다. 자신들 데스 발키리 다섯 명 중 최고의 물리력과 맷집을 가진 레베카가 리오의 공격 단 한 번을 받아 내지 못하고 쓰러진 것은 확실히 예상밖의 일이었다.

리오는 마법검 효과가 사라진 디바이너로 어깨를 툭툭 치며 씁쓸히 미소 지었다.

"후, 이런. 하지만 여기서 끝낸다면 나도 더 이상 바랄 건 없지.

그럼 헤어질까?"

"아직이야!"

아스팔트에 쓰러져 의식을 잃고 있던 레베카가 정신을 차린 듯 크게 소리쳤다. 츄우와 리오는 그녀가 쓰러져 있는 곳을 다시 바라보았다. 레베카는 눈을 부릅뜬 채 자리에서 서서히 일어났고, 리오는 내심 놀라며 몇 걸음 물러섰다.

'플레임 랩소디를 직격으로 맞고도 멀쩡하다니, 대단한걸? 마치 사바신을 보는 것 같군.'

리오는 표정을 굳히며 레베카를 바라보았다. 그녀는 한쪽 무릎을 꿇은 채 숨을 헐떡이며 리오를 쏘아봤다.

"대단한데? 하아, 하아…… 이 정도 공격은 데스 발키리가 된 이후 처음이야! 하아, 하아…… 재미있어…… 하아, 몸이 떨릴 정도로! 하하하핫!"

그런 레베카의 모습을 본 리오는 얼굴을 살짝 찡그린 후, 다시 자세를 취하며 말했다.

"실례되는 말이지만, 혹시 맞는 걸 즐기거나 하지 않나?"

"이봐! 누굴 변태 취급하는 거야!"

"아, 아냐. 미안."

리오는 자신이 많이 오염됐나 생각하며 씁쓸한 미소를 지었다.

"이봐, 챠오! 괜찮은 거야?"

루이를 데리고 의무실에 들어온 지크는 문이 열리기 무섭게 안쪽에 대고 소리쳤다. 의무실 안에 가득 누워 있던 본부 경비대 대원들은 인상을 찡그리며 지크를 바라보았다. 지크는 순간 어색한 미소를 지으며 머리를 긁적였고, 곧 의무실 담당 의사가 다가왔다.

"죄송합니다. 제1의무실은 만원이니 다른 의무실로 가 주십시오. 부상자가 속출하는 상태라 아마 웬만한 의무실도 가득 차 있을 것입니다."

"그래요? 젠장, 도대체 어떤 괴물들이길래 이렇게 당해 버린 거지? 자, 루이! 조금만 참아! 자, 가자, 슈렌!"

"음."

루이를 안고 있던 슈렌은 지크를 따라 다른 의무실로 뛰어갔다. 제1의무실 담당의는 밖으로 나가는 슈렌의 뒷모습을 보며 잠시 고개를 갸웃거렸다. 자신의 기억으로 파란 장발의 BSP는 대한민국에 없었기 때문이다.

몇 개의 의무실을 거친 지크는 제8의무실에서 겨우 빈 자리를 찾았다. 챠오 역시 거기 누워 있었다.

슈렌이 루이를 빈 침대에 눕혀주는 동안, 지크는 챠오에게 다가가 그녀의 상태를 보았다.

"어이, 괜찮은 거야?"

"그럭저럭."

이마에 붕대를 감은 채 링거를 맞던 챠오는 변함없이 지크에게 쌀쌀히 대했다. 지크는 어깨를 으쓱하며 다시 챠오에게 물었다.

"케빈은? 그 녀석은 어디 갔어?"

"아까 도착한 헤이그 선배님과 마티, 티베와 본부 12구역까지 침범한 바이오 버그를 막으러 갔어. 잠깐, 저 사람 혹시 슈렌 씨?"

루이의 응급처치를 하고 있는 담당의 옆에 서 있는 슈렌을 보자, 챠오는 움찔했다.

"맞아. 주차장 앞에서 루이에게 생각지 못한 일이 일어나 슈렌하고 함께 루이를 데려왔어."

"그럼, 리오 씨도 함께 온 거야?"

챠오의 입에서 '리오'라는 말이 조심스레 튀어나오자 지크는 허무한 표정을 지었다. 역시나 마수에 걸려든 것인가. 지크가 아무대답도 하지 않자 챠오는 인상을 찡그리며 지크에게 되물었다.

"리오 씨도 온 거냐고!"

"네네, 밖에서 신나게 싸우고 있답니다. 자, 넌 몸조리나 잘하고있어. 난 헤이그 선배님들을 따라가 볼 테니까. 윽!"

순간 지크는 몸을 크게 숙이더니 선혈을 토해 냈다. 그것을 본챠오의 눈은 경악에 휩싸였다. 곧 간호원들이 지크에게 달려왔으나 지크는 괜찮다는 손짓을 한 뒤 팔뚝으로 입가의 피를 닦았다.

'아까 붕권을 맞은 충격이 지금 나타나는 건가? 빌어먹을! 아무래도 폐가 뒤틀린 것 같은데? 어쩐지 기가 빨리 소모된다 했지.'

지크는 왼손으로 가슴을 툭툭 치며 다시 몸을 일으켰다.

"기다려."

그때 슈렌이 그룬가르드로 나가려던 지크를 제지했다. 그는 대신 의무실의 출입구 쪽으로 걸어가며 나지막이 말했다.

"쉬고 있어. 폐만 망가진 게 아니라 내장도 손상을 입었으니까."

"쳇, 알았다고. 내 동료들이랑 싸우지나 마라."

슈렌은 아무 말 없이 의무실을 나섰다. 지크는 한숨을 내쉰 후챠오 옆에 있는 침대로 걸어가 누웠다.

팔베개를 하고 누워 있는 지크를 챠오는 걱정스러운 눈으로 흘끔흘끔 쳐다보았다.

"아가씨보다는 상태 괜찮으니 걱정하지 마세요, 헤헤헷."

지크가 씩 웃으며 말하자 민망해진 챠오는 얼굴을 붉히며 옆으로 돌아누웠다. 지크는 천장을 바라보며 가만히 생각에 잠겼다.

'리오 녀석, 진짜 잘되어 가는 거야? 느낌으로는 둘 다 그 아란이라는 여자하고 맞먹던데'

4

생체병기와 영웅

"지, 지지 않아!"

그 이후에도 리오에게 엄청나게 맞은 레베카는 다리를 후들거리면서도 끝까지 몸을 일으켰다. 리오는 한숨을 쉬면서 고개를 저었다.

플레임 랩소디 직격타는 레베카에게 확실히 먹혀 들어간 상황이었고, 이후 가해진 추가 타격에 그녀는 지금 리오가 둘로 보였다.

그녀를 지켜보고 있는 츄우 역시 레베카의 상태가 위험하다는 것은 알고 있었다.

그러나 함부로 나서지는 못했다. 힘의 차이를 인정하고 마는 꼴이기 때문이었다.

'아란을 그냥 보내지 말걸! 흑흑흑.'

츄우는 결국 울상을 짓고 말았다.

한참 두 사람을 보던 리오는 결국 디바이너와 파라그레이드를 거두며 말했다.

"좋아, 오늘은 내가 진 것으로 해 두지."

그러자 레베카와 츄우는 눈을 번쩍 떴다. 특히 레베카는 주먹을 불끈 쥐며 리오에게 소리쳤다.

"무, 무슨 소리야! 우리가 무서운 건 아니겠지!"

리오는 손바닥을 펴 보인 채 빙긋 웃으며 고개를 저었다.

"아, 그렇진 않아. 하지만 이런 시범 경기에 무리하고 있는 너도 좀 그래 보이고, 또 나도 시범경기에서 진다 해서 손해 볼 건 없거든. 게다가 진짜 진 게 아니라는 건 너희들이 더 잘 알 테고 말이야. 이렇게 말하면 예전 꼬마들은 다 알아들었으니 잘 생각해 봐."

그의 말에 츄우와 레베카는 움찔했다. 리오는 그 둘의 옆을 스쳐 지나가며 말했다.

"자, 난 내 형제들을 도와주러 가 볼 테니 나중에 보지. 물론 불미 스러운 일로 안 만나길 바라겠다. 후훗."

손을 흔들며 지하 주차장으로 들어가는 리오를 보며, 츄우는 자신의 창 바로크를 거두며 쓸쓸한 표정을 지었다. 시험 결과는 자신들의 완전한 참패였다.

"쳇, 원래 리오 스나이퍼 정도의 강자는 건들지 않는 것으로 계획되어 있었는데…… 지크를 보면 레디나 사바신은 그리 강하진 않은 것 같지만 휀이나 바이론 정도의 녀석들은 아란이나 알테미스가 아니면 살아남기 힘들겠어. 물론 유로는 제외지만…… 흑흑, 레베카, 넌 어떻게 생각하니?"

하지만 츄우는 대답을 들을 수 없었다. 이미 기절해 바닥에 쓰러져 있었다. 그녀는 자신보다 덩치가 큰 레베카를 부축한 뒤 징 징대며 어디론가 날아갔다.

"자살했군. 약을 먹은 건가."

리오는 지하 주차장에 만들어 둔 간이 데스크 위에 쓰러진 존 박사를 살펴보며 고개를 저었다. 그는 눈이 뒤집혀 있었다. 그 옆에는 노트북이 떨어져 파손되어 있었다. 리오는 반으로 나뉘어진 노트북을 들어 왼쪽에 장착된 레이저디스크 장치를 뽑아 보았다.

다행히 기억장치에는 별 이상이 없었다. 리오는 또 다른 기억장치가 있는지 다시금 살펴보았다.

파손된 노트북 오른쪽에는 또 하나의 기억장치인 젤 디스크가 장착되어 있었다.

"인간의 기억세포를 응용해 만들었다는 젤 디스크가 이것이군. 어쨌거나 둘 중 쓸 만한 거 하나는 건질 수 있겠지."

두 개의 장치를 챙긴 리오는 곧바로 본부 안쪽을 향해 뛰었다.

헤이그와 마티, 티베 등은 정체불명의 생체병기와 한창 사투를 벌이고 있었다.

본부 안에 있는 복도는 밀폐된 공간이기에 고급 마법을 썼다가는 무슨 일이 벌어질지 모르기 때문에 티베는 거의 활약을 하지 못하고 있었고, 헤이그 역시 중화기는 사용하지 못했다. 결국 제대로 싸울 수 있는 사람은 마티뿐이었다.

"하앗!"

마티의 날카로운 돌려차기가 전신 타이트를 입고 있는 인간형의 생체병기에게 날아들었으나, 그 병기는 간단히 마티의 공격을 피하고 반격을 가했다. 물론 마티도 그 공격을 피했으나 처음부터 계속 그런 상황이 반복되고 있어서 점차 지쳐 가고 있는 중이었다.

팔에 장착된 이온 쇼크 건으로 마티를 엄호하던 헤이그의 걱정은 점점 커져 갔다.

지금 세 사람으로도 생체병기 하나를 못 잡고 있는데 리진과 케빈, 프시케가 있는 쪽도 상황이 전혀 다르지 않을 것 같았다.

"실례하겠소."

그때 뒤에서 낯선 목소리가 들려와 헤이그는 무심결에 몸을 벽에 붙였다.

그러자 그의 앞을 푸른 장발의 남자가 빠른 속도로 스쳐 지났고 그를 본 마티와 티베는 한숨을 돌리며 그에게 길을 비켜 주었다.

헤이그는 그 남자의 오른손에 들린 긴 창을 눈여겨보았다. 짙은 적색 창으로 주인의 푸른 장발과는 상반되는 색이었다. 그는 창을 들고 자세를 취하며 헤이그에게 말했다.

"다른 쪽 사람들을 도와주십시오."

그의 나지막한 목소리를 들은 헤이그는 고개를 갸웃거리며 그에게 다가가려 했으나 티베와 마티가 그의 가슴을 떠밀며 말했다.

"걱정 마세요, 선배님, 이쪽은 이제 상황 끝이니까요. 호호홋."

"맞아요, 선배님. 저희는 걱정 마시고 케빈 선배를 도와주세요."

"뭐? 하지만…… 흠, 좋아. 얘기는 나중에 듣지. 그럼 부탁해."

헤이그는 곧 케빈 등이 있는 다른 구역으로 향했다. 그가 멀리 사라지자 티베는 장갑을 벗고 여유 있게 부채질을 하며 중얼거렸다.

"어휴, 더워. 오랜만에 뛰니 왜 이리 덥니. 슈렌 씨 때문인가?"

"티베, 엎드려!"

순간 마티가 티베를 덮치며 손으로 그녀의 머리를 눌렀다. 두 사람이 바닥에 쓰러지자마자 거대한 화염 덩어리가 그들의 머리 위를 스치고 지나갔다.

티베는 눈을 동그랗게 뜬 채 화염이 날아온 방향을 바라보며 소리쳤다.

"슈렌 씨, 위험하잖아요!"

"이쪽으로 피하십시오."

슈렌의 말을 들은 티베는 반대편으로 고개를 돌려보았다. 아까 그들의 머리 위를 지나간 화염탄 속에는 자신들과 싸우던 생체병기가 들어 있었다.

슈렌이 가한 화염 공격에 검게 그을린 그 생체병기는 다시 몸을 일으켜 티베와 마티, 정확히 말하자면 슈렌 쪽으로 달려왔다.

티베는 결사적으로 피하려 했으나 자신을 덮친 마티가 잘못 쓰러졌는지 의식을 잃고 있어서 몸을 빨리 움직일 수가 없었다. 그 상황을 본 슈렌은 달려오는 생체병기를 어깨로 밀쳐 냈고, 생체병기가 튕겨 나간 사이 티베는 마티를 들어 겨우 슈렌 뒤로 피했다.

슈렌은 생체병기를 묵묵히 바라보며 티베에게 말했다.

"나중에 선배란 분을 뵈면 적당히 이야기를 둘러대기 바랍니다."

"예? 하지만 어떻게……."

그러나 슈렌은 티베의 말이 시작되기도 전에 몸에서 화염을 뿜으며 적을 향해 돌진했고, 상대방도 슈렌에게 맹렬히 달려들었다.

자세를 낮춘 슈렌은 무턱대고 달려드는 상대방의 목을 왼손으로 잡았다.

뒤에서 지켜보던 티베는 곧 놀라운 광경을 보았다.

슈렌의 몸에서 뿜어 나오던 화염이 진공청소기에 빨려 들어가는 먼지처럼 슈렌의 왼손에 모조리 빨려 들어가는 것이었다. 티베는 뭔가 이상하다는 생각에 귀를 막고 몸을 숙였다. 그와 동시에 슈렌의 왼손에 응축된 화염이 대폭발을 일으켰다.

"켁!"

목 부위에 엄청난 충격을 받은 생체병기는 슈렌의 손에서 풀려나 멀찌감치 날려갔다.

반대편 복도 벽까지 날려 가 충돌한 생체병기는 바닥에 힘없이 떨어졌다.

자세를 바로 한 슈렌은 왼쪽 손가락을 조금 움직여 보고 티베 쪽으로 돌아서며 말했다.

"저희의 이름은 밝혀도 괜찮습니다. 그러나 저희가 이 세계 출신이 아니라는 것만은 말씀하지 말아 주십시오."

"예? 아아, 걱정하지 마세요. 가즈 나이트라는 것도 밝히지 않을 테니까요."

티베 입에서 가즈 나이트라는 말이 나오자, 슈렌의 눈이 잠깐 꿈틀거렸다. 하지만 슈렌은 이내 고개를 끄덕이며 돌아섰다.

"감사합니다. 그럼 전 이만 집으로 돌아가겠습니다."

"음? 그럼 헤이그 선배님 쪽은 어떻게 해요?"

그러나 슈렌이 대답 없이 사라지자 티베는 뚱한 표정을 지으며 투덜댔다.

"쳇, 매너 빵점이군. 그건 그렇고 이 아가씨를 어떻게 옮긴다……?"

티베는 옆에 쓰러져 있는 마티를 내려다보며 고민에 빠졌다. 마티는 그때까지도 일어날 생각을 하지 않았다.

"으앗! 케빈! 어떻게 좀 해 봐요!"

리진은 지크 이상의 몸놀림으로 자신의 육탄 공격은 물론 케빈의 총탄까지 피하고 있는 여성형 생체병기를 향해 결국 블래스터를 쏘기 시작했다.

하지만 케빈이 저격할 수 없는 상대방을 리진이 공격할 수는 없는 일이었다. 게다가 리진은 사격에서 그리 좋은 실력이 아니었다.

케빈 역시 긴장하긴 마찬가지였다. 권총 두 개로 집중 사격을 해서 얻은 결과라고는 그 생체병기가 자신과 리진에게 접근하지 못하게 하는 것뿐이었다.

"쿠웍!"

순간 생체병기의 입을 막고 있던 마스크가 떨어져 나간다 싶더니 곧 입에서 체액을 발사했다.

리진은 간발의 차이로 그 체액을 피했고, 곧 복도 벽에 명중한 체액이 아연 합금판으로 만들어진 복도 벽을 융해시키는 것을 볼 수 있었다.

바이오 버그 중에서도 이런 체액 공격을 하는 개체들이 있기 때문에 리진과 케빈은 즉시 산성 체액 공격에 대응했다.

"도망치자!"

특별한 방법이 있는 것은 아니었다. 고체 물질은 부수거나 해서 맞대응을 할 수 있지만 액체는 그럴 수가 없었다. 방어 외엔 방법이 없었고, 자신들에게 공격하고 있는 생체병기의 움직임이 빠르다는 것을 알고 있는 케빈과 리진에게 방법은 후퇴뿐이었다.

그들이 후퇴하는 모습을 본 생체병기가 엄청난 속도로 그들을 따라와 결국 리진은 다시 멈추며 정신을 집중했다.

"정말 짜증나는 녀석이잖아!"

순간 리진의 몸에서 분홍색의 빛이 퍼져 나갔다.

그 빛은 곧 복도에 작은 장벽을 만들었다. 장벽에 충돌한 생체병기는 주먹으로 그 장벽을 세차게 쳐 댔으나 리진의 초능력은 BSP 사이에서도 수준급이었기에 쉽게 뚫고 들어올 수 없었다.

리진은 계속 정신을 집중하고 생체병기를 향해 소리쳤다. 다혈질적인 그녀의 성격 탓이었다.

"흥, 우리가 괜히 도망치는 줄 알아! 만약에 본부 밖이었다면 넌 오늘 입관이었어! 감히 그것도 모르고 반항을…… 앗?"

리진이 만든 장벽을 쳐 대던 생체병기가 이상반응을 일으켰다. 놀란 리진은 할 말을 잊었고, 옆에 있던 케빈 역시 마찬가지였다.

"쿠우! 크으으으으!"

병기의 몸을 감싸고 있던 특수 타이트가 갑자기 터져 나가는가 싶더니 야수 이상의 날카로운 손톱과 이빨이 자라나기 시작했다. 게다가 몸도 거대해져서, 리진은 과연 자신이 만든 방어벽이 저 괴물의 공격을 받아 낼 수 있을지 자신이 서지 않았다.

"크아아악!"

리진이 초능력으로 만든 방어벽은 그녀의 정신이 혼란한 탓이었는지 한 번에 깨져 버렸다.

그 생체병기는 곧 거대한 입을 벌리며 입안에 흰 연기가 나는 산성 체액을 모았다. 그것에 맞는다면 리진의 몸은 분명 위에 들어간 고기처럼 녹아버릴 것이 분명했다.

"이런!"

케빈은 재빨리 권총으로 사격을 했으나 아무리 블래스터 탄환이라도 스폰지같이 부풀어 버린 생체병기의 몸에는 통하지 않았다.

"이런 빌어먹을! 리진, 빨리 일어나! 리진!"

그러나 리진은 일어날 수가 없었다. 초능력으로 만든 방어벽이 깨진 뒤 그 힘이 뇌에 역류하는 바람에 몸이 마비되어 버렸다.

"아, 아아앗!"

리진은 갑자기 자신의 시야가 검게 변하자 곧바로 마음을 비웠다. 이제 죽는 것이구나 하는 생각이 들었다. 하지만 그녀는 곧 손과 발에 다시 감각이 돌아오는 것을 느끼고 움찔하며 입을 열었다.

"사, 사람 살려!"

"음? 아, 몸이 회복됐군요."

낯익은 목소리와 함께 리진의 시야는 다시 밝아졌다. 그리고 더욱더 이상하게 변한 생체병기의 모습이 보였다.

"악!"

리진은 소리를 지르며 블래스터를 다시 빼 들었으나, 눈앞에 보라색 검이 왔다 갔다 하자 놀라며 옆을 돌아보았다.

"리, 리오 씨?"

"훗, 잘 있었나요?"

리오는 왼쪽 손가락을 움직여 인사를 대신했다. 그리곤 다시 정색을 하고 생체병기에게 천천히 다가가며 뒤에 멍하니 서 있는 케빈에게 말했다.

"죄송하지만 리진 양을 잠시 부탁합니다."

"아, 알았소."

케빈은 당황한 얼굴로 아직도 흔들거리는 리진을 데리고 멀찌감치 물러섰다.

기의 반탄력으로 생체병기의 물리 공격과 체액 공격을 막아 내고 있던 리오는 상황이 좋아지자 디바이너를 바로잡으며 생체병기를 바라보았다.

'노트북의 제어가 풀려 폭주 현상을 일으킨 모양이군. 몸의 수분이 증가해서 총탄들은 어림도 없겠어. 박혀도 부풀어 버린 피부의 중간 정도에서 정지하겠지. 지크라면 쉽게 처리할 수 있을 텐데…… 하는 수 없군.'

리오는 디바이너를 수평으로 들고 자신의 손에 마력을 집중했다. 그의 손등에는 어김없이 작은 마법진이 생성됐다.

곧 마법진에서 그리 크지 않은 화염이 솟아올라 디바이너를 감쌌다. 그 광경을 처음부터 지켜보던 케빈은 입에 물었던 담배를 자신도 모르게 떨어뜨리고 말았다.

리오는 검을 거꾸로 잡은 뒤 자신의 기를 풀었다. 리오의 기에 막혀 공격하지 못하던 생체병기는 괴성을 지르며 그를 덮치려 했으나 쉽게 당할 리오가 아니었다.

"가라!"

순간 리오의 검에서 날카로운 충격파가 화염을 머금은 채 생체병기를 향해 뻗어 나갔다. 생체병기는 그 충격파에 의해 몸이 몇 조각으로 잘린 뒤 불덩이로 변하며 바닥에 쓰러졌다.

간단하게 생체병기를 처리한 리오는 가볍게 한숨을 내쉬며 디바이너를 거두었고, 곧 케빈과 리진이 있는 쪽으로 돌아섰다.

"자, 침입한 괴생물체는 둘이라고 했죠? 반대편은 슈렌이나 지크가 처리했을 테니 어서 갑시다. 웅?"

리오는 순간 당황하지 않을 수 없었다. 케빈이 의식을 잃고 바닥에 쓰러져 있었다.

아직 몸이 완전히 풀리지 않은 리진은 어색한 미소를 지으며 그에게 부탁조로 말했다.

"저, 저도 좀 움직이기 힘들거든요? 이왕 도와주실 거 확실하게 도와주시면 안 될까요?"

"훗, 좋죠."

리오는 왼쪽 어깨에 케빈을 짊어지고 오른쪽에 리진을 부축한 뒤 리진의 안내에 따라 의무실로 향했다.

"리진! 케빈! 프시케! 모두 무사한가?"

마침 리진과 케빈이 있는 쪽으로 달려오던 헤이그는 리오가 케빈과 리진을 데리고 오는 모습을 보고 그 자리에 멈춰 섰다.

"아, 아니, 당신은?"

이대로라면 리오가 질문 공세에 빠질 게 뻔했기 때문에 리진은 웃으며 헤이그에게 말했다.

"프시케는 중간에 있던 부상자들을 데리고 의무실로 갔어요, 선배님. 그리고 저희가 맡았던 침입자도 제거했고요. 물론 저희가 한 건 아니지만요. 저희도 의무실에 좀 가야겠어요."

"그렇군. 그런데 당신은 누구요?"

리진의 노력에도 불구하고 헤이그는 결국 리오에게 정체를 물었고, 곤란한 리오는 씁쓸히 웃으며 말했다.

"우선 이 두 분을 의무실에 데려다드린 뒤 말씀드리겠습니다. 이곳은 장소가 좋지 않군요."

"그럼 날 따라오시오."

리오는 헤이그를 따라가며 생각했다. 과연 어디까지 말해야 할까. 솔직히 가즈 나이트라고 밝혀야 할까, 아니면 또다시 거짓말을 해야 할까. 하지만 BSP 중에 자신의 정체를 아는 사람이 리진을 포함해 여럿이어서 솔직히 말해도 상관없을 거라는 생각이 들었다.

"헤이그 선배님! 리진! 아, 리오 씨? 아니, 케빈 선배는 어떻게 되신 거죠?"

환자들을 돌보던 프시케가 묻자 헤이그를 따라 제8의무실로 들어선 리오는 웃으며 대답했다.

"이분은 잠시 의식을 잃으신 모양입니다. 몸에는 이상이 없으시죠. 프시케 양, 리진 양을 좀 부탁드립니다."

64

"아, 예. 리진, 이쪽으로 올 수 있어?"

"으, 으응."

프시케는 리진을 부축한 뒤 비어 있는 침대에 데려다주었다.

그 사이 리오는 케빈을 마지막 침대에 눕혀 주었다. 그 병동엔 마침 지크와 챠오도 있어 리오는 그리 부담감을 느낄 필요 없었다.

지크는 리오가 케빈을 침대에 눕히자마자 손을 흔들었다. 지크 침대 쪽으로 간 리오는 그의 이마를 손가락으로 톡 치며 물었다.

"어째서 여기에 있는 거야? 설마 슈렌 혼자 처리하러 간 것은 아니겠지?"

"몰라, 슈렌 녀석이 날 여기다 눕힌 다음 자기가 간다고 했으니까. 그건 그렇고 너 괜찮은 거야? 우리 본부 내에서 함부로 나다닐 신분은 아닌 것 같은데……?"

리오는 그저 웃을 따름이었다. 그는 곧 옆 침대에 누워 있는 챠오 쪽으로 시선을 돌렸다.

"아, 챠오 양은 어떠십니까? 괜찮으십니까?"

"괜찮습니다, 리오 씨. 아얏!"

전신에 충격을 입은 챠오는 갑자기 밀려오는 고통에 눈을 질끈 감았다. 리오는 걱정스러운 얼굴로 그녀에게 가까이 다가가 나지막이 말했다.

"이런, 인사는 대충 하셔도 괜찮습니다. 그건 그렇고 상당히 아프신 것 같은데……."

"아, 아니에요."

한편 그 모습을 옆에서 지켜보던 지크는 쓰디쓴 웃음을 지으며 속으로 투덜댔다. 챠오의 반응이 너무나도 틀린 탓이었다.

'얼씨구, 아까는 침대 위에서도 표정 하나 안 바꾸더니 님이 오시

니 확 달라지네? 야, 지크 서럽다.'

"아, 머리를 묶고 누우시면 불편할 텐데요. 잠깐 일어나 주시겠습니까?"

"예?"

리오는 챠오가 침대에 누웠는데도 머리를 묶고 있자 그녀의 상체를 팔로 안아 일으켰다.

챠오가 흠칫 놀라며 바라보자 리오는 씩 웃으며 그녀의 머리카락을 고정한 밴드를 풀어 주었다. 챠오가 머리카락을 푼 모습을 거의 볼 수 없었던 그녀의 동료들은 눈을 휘둥그레 뜨며 리오와 챠오를 바라보았다. 리오는 다시 챠오를 눕히고 모포를 덮어 주었다.

"최대한 편하게 계세요. BSP라 하더라도 지금은 환자니까요."

"아, 예."

'왠지 부러운 이유는 뭐지.'

고개만 겨우 돌려 그 광경을 본 리진은 그렇게 생각하며 자신 쪽으로 다가오는 리오를 뚱한 표정으로 쏘아보았다. 이유를 모르는 리오는 어색한 웃음을 지을 뿐이었다.

리오는 곧 헤이그와 대화를 나눴다.

"당신은 도대체 어디 소속이며 직업이 무엇이오? 예전에 놀이동산에서 닌자 수십 명을 때려눕혔던 거나 오늘 A급 생체병기를 잡은 것으로 보나 BSP는 아닌 것 같은데……. 게다가 리진이나 챠오, 지크도 모두 알고 있으니…… 확실히 대답해 주시오."

리오는 묵묵히 헤이그의 질문을 들었다. 사실 어떻게 대답해야 할지 몰랐다.

신이라고 해 봤자 극소수의 신을, 그것도 신들이 존재한다는 확신이 거의 없는 이 세계의 사람에게 자신이 주신 휘하의 가즈 나이트라는 것을 설명하자면 상당히 오랜 시간이 필요할 것이었고, 또 그들에게 확신을 심어 주기도 어려울 것이다. 리오는 결국 눈을 지그시 감으며 헤이그에게 말했다.

"당신은 신을 믿습니까?"

헤이그는 무슨 소리인지 얼른 이해가 안 됐다. 하지만 리진이나 챠오, 프시케, 그리고 지크는 무슨 뜻인지 알고 있었다. 리오가 다시 눈을 뜨며 진지한 표정으로 바라보자 헤이그는 살며시 고개를 끄덕이며 대답했다.

"그렇긴 하오. 2년 전까지만 해도 믿지 않았지만, 지크의 말도 안 되는 위력이나 프시케, 티베의 마법, 그리고 작년에 일어났던 사건들을 접하며 믿기 시작했소. 우리가 상대할 수 없는 강한 적이 나타날 때마다 어김없이 막강한 아군이 지원해 오는 것을 보고 말이오. 그런데 당신의 그 말의 의미는 도대체 무엇이오?"

리오는 그런대로 다행이라고 생각하며 솔직히 털어놓았다.

"좋습니다. 저는 이 세계에 알려진 신들 중의 신, 최상위 신이신 주신의 명을 받고 이 세계에 온 가즈 나이트입니다. 천사나 악마와 비슷한 것 같지만 그들과는 다른 임무를 받고 활동하고 있지요. 그리고 보셨을지 모르지만 붉은 창을 든 푸른 장발의 남자도 저와 같은 가즈 나이트입니다."

헤이그의 눈은 커질 대로 커졌다. 반신반의하고 있던 '신'이라는 존재가 있다는 것을 알게 된 것도 그 이유지만, 그 신의 임무를 받고 활동하는 남자가 자신의 앞에 서 있다는 사실이 더욱 놀라웠다.

물론 리오가 가즈 나이트라는 사실을 단번에 믿을 수 있는 건 아니었지만 리오의 힘은 그 신뢰성을 더없이 뒷받침해 주었다.

"그렇다면 신의 사자? 하지만 어째서 당신들이 이 세계에 있는 것이오?"

"이유는 확실히 말씀을 못 드립니다. 그렇게만 알아주십시오. 물론 다른 사람들에겐 말씀하지 말아 주시길 부탁드립니다."

헤이그는 가만히 리오를 바라보았다. 그러다 결국 힘없이 미소를 짓고 기계팔을 내밀며 조용히 말했다.

"알겠소. 그럼 어디 악수나 해 봅시다. 이것도 영광인 것 같으니 말이오, 하하핫."

"감사합니다."

리오는 고개를 끄덕이고 헤이그와 악수했다.

헤이그가 잘 이해해 주자 리진과 챠오, 프시케는 옅은 미소를 띠었다. 그 옆에서 지크는 씁쓸히 웃으며 머리를 긁적일 따름이었다.

"아, 그리고 이것을……."

리오는 품에서 두 개의 작은 상자 같은 물건을 꺼내 헤이그에게 건네주었다. 바로 존 박사의 노트북에서 꺼낸 레이저디스크와 젤디스크였다.

그 두 가지 물건을 받은 헤이그는 약간 의아한 표정을 지으며 리오에게 물었다.

"아니, 이건 웬……."

"지하 주차장에 있는 시체 옆에서 발견된 노트북에서 뽑은 것입니다. 아무래도 이번 침입 사건과 생체병기에 대한 자료가 있을 것 같습니다. 저는 이런 것을 다룰 줄 모르니 대신 부탁드립니다."

"아, 알겠소."

그때 의무실 밖에서 시끄러운 소리가 들려왔고, 곧 문이 열리며 잔뜩 화가 난 처크가 의무실 안으로 들어왔다.

처크는 대다수의 대원이 침대 위에 쓰러져 있는 것을 보고 소리를 지르려 했으나, 낯선 인물이 헤이그 앞에 서 있자 정색을 하며 큰 소리로 물었다.

"헤이그, 이게 도대체 어떻게 된 일인가! 그리고 자네 앞에 있는 히어로쇼 배우는 또 누구고!"

지크로부터 처크에 대한 얘기를 많이 들어온 리오는 한숨을 쉬며 머리를 감싸 쥐었다. 아무래도 오늘 집에 일찍 들어가기는 틀린 것 같다는 생각과 함께……

'이런, 아까 슈렌이랑 같이 나갈걸…….'

"후…….."

아란은 샤워기에서 떨어지는 따뜻한 물이 몸을 타고 흘러내리는 것을 느끼며 길게 한숨을 쉬었다. 그리 피곤하지 않았지만 그녀의 마음은 상당히 지친 상태였다.

"리오…… 그래, 진짜 리오 스나이퍼야…… 후후홋."

아란은 그렇게 중얼거리며 샤워를 계속했다.

"리오! 그 녀석을 박살 내 버리겠어! 이거 놔, 츄우!"

"레베카, 제발 진정해!"

그때 밖에서 츄우와 레베카의 시끄러운 소리가 들려왔다. 아란은 뒤쪽으로 고개를 살며시 돌리며 미소 지었다. 그녀는 거품이 가득 떠오른 욕조에 몸을 담그며 다시금 중얼거렸다.

"그 남자는 내 거야. 오래전부터…….."

이윽고 츄우가 레베카를 데리고 샤워실로 들어왔다. 그녀는 손수 레베카의 얼굴에 묻은 핏자국을 따뜻한 물로 닦아 주며 타이르듯 말했다.

"거봐, 레베카. 디아블로 님께서 가즈 나이트 중 리오, 휀, 바이론 세 명은 절대 건들지 말라고 했잖아. 그분께서 괜히 그런 말을 하셨겠어? 그 리오라는 남자가 그냥 가지 않았으면 너뿐만 아니라 나까지 끝장났을 거라고."

"시끄러워! 다음에는 꼭 내가……!"

"그 남자는 내가 맡겠다고 했을 텐데…… 레베카."

아란의 말에 레베카는 움찔하며 입을 다물었다. 분위기가 위축되자 츄우는 어색한 미소를 지으며 다시 레베카를 닦아 주었다.

"자자, 레베카, 진정하고 코 풀어."

츄우는 아직도 어지러워하는 레베카에게 손수 비누칠까지 해 주었다.

사실 레베카는 현재 제대로 걷지도 못하는 상태였다. 그녀 자신도 설마 리오가 그렇게 강할 줄은 몰랐고, 게다가 방어도 제대로 하지 않은 상태에서 그의 공격을 받아 충격이 더욱 심했다.

하지만 그녀가 더욱 충격을 받은 것은 마음이었다. 지금까지 데스 발키리로서 생활해 오면서 제대로 된 상대를 만난 적은 한 번도 없었다. 그러나 오늘은 단 한순간에 완전히 전투 불능 상태가 되어버려 자존심에 상당히 상처를 받았다.

아란은 무릎에 묻은 거품을 후 불며 레베카에게 말했다.

"그 리오라는 남자는 적이 여자라 해도 냉정히 살해하는 사람이야. 설사 그 여자가 자신의 애인이라고 해도 말이지. 그것 말고도 7백 년 이상 별 경험을 다 해 본 사람이니 태어난 지 20여 년밖에 안 된 우리로서는 이기기 어려운 게 당연해. 우리 목표가 괜히 리오에게서 지크라는 얼간이로 바뀐 게 아냐."

레베카는 수긍하듯 고개를 끄덕이다 잠시 후 아란에게 말했다.

"알았어. 근데 아란, 넌 리오라는 남자를 어떻게 그리 잘 알지?"

"글쎄. 조사한 자료라 할까? 후훗."

아란은 레베카의 질문에 뜻 모를 미소만 지었다.

다음 날 아침.

겨우 의식을 되찾은 루이는 기억나는 한 장면을 자꾸 떠올려 보고 있었다. 자신을 향해 날아오는 섬광, 그보다 더 빨리 섬광을 향해 창을 던진 푸른 장발의 남자……. 그리 좋은 기억은 아니었지만 이상하게도 그 남자에 대한 기억이 자꾸만 떠올랐다.

"오늘도 여기서 쉬어야 하나요, 아버지?"

"음, 골절 같은 큰 부상은 없지만 몸에 충격이 상당하기 때문에 여기서 좀 지내야 한단다. 그건 그렇고 넌 비전투 요원이면서 어쩌다 이런 부상을 당한 거니?"

챠오를 제외한 다른 대원들이 순찰을 나간 동안 잠시 루이를 문병 온 처크는 선글라스를 닦으며 물었다. 루이는 뭐라고 말할까 하다가 정색을 한 채 눈을 감으며 말했다.

"잘 기억이 안 나요, 아버지. 호출을 받고 차에서 내린 뒤에 갑자기 공격을 당했다는 것 외엔……."

"그래? 흠……."

처크는 선글라스를 다시 쓰며 고개를 끄덕였다. 그때 옆 침대에 있던 챠오가 조심스레 처크에게 말했다.

"저, 부장님. 오늘 순찰은 어떻게……."

"아, 자네는 며칠간 푹 쉬어도 될 거야. 그 리오라는 헌터 청년이 자네 대신 리진과 함께 순찰을 돌기로 했으니까. 물론 임시지만."

"예, 알겠습니다."

리오는 사실 처크에게만 BH(Bio-Bug Hunter)라고 자기소개를 했다.

지크에게 헤이그는 믿을 만한 선배라는 얘기를 많이 들었기에 정직하게 말했지만. 직위가 있는 처크 앞에서는 '신'이라는 초차원의 사람까지 여기서 활동하고 있다는 말을 하면 그가 더욱 걱정할 것 같아 정직하게 얘기하지 못했다.

처크는 의외로 리오의 말을 별 의심 없이 받아들였고 리오에게 챠오 대신 잠시 활동을 부탁했다.

리오는 사실 의외의 부탁이었지만 현재 상당수 사건들이 BSP와 관련되어 있는 데다 집을 경비하는 것도 바이칼에게 거의 떠넘긴 상태였기 때문에 기꺼이 받아들였다.

"그래, 그럼 몸조리 잘하거라, 루이. 챠오도 맘 편히 쉬게. 여태까지 고생했으니 말이야."

"예, 아버지."

"감사합니다, 부장님."

처크는 손을 가볍게 흔들며 병실을 나섰다. 오늘은 제발 별일 없기를 속으로 기원하면서.

"자, 제군들 이제 몇 초 후면 전 세계의 컴퓨터 전산망은 모두 우리 것이 됩니다. BSP의 전산망도, 국제연합의 전산망도, 미합중국의 FBI, CIA의 전산망도 말입니다. 이미 전 세계의 주요 도시에 제군들의 형제들이 잔뜩 배치되어 있습니다. 지금까지 더러운 하수도 안에서 살아왔던 제군들과 형제들, 밤에만 활동해야 했던 우리에게 빛이 내려집니다. 짧은 시간 동안 나를 도와 이 모든 것을 이룩한 제군들에게 박수를 보냅니다. 허허허헛."

흰 연구복을 입은 채 단상에 서 있던 작은 키의 노인은 혼자 박수를 치기 시작했다.

단상 아래 모여 있던 수십 종 이상의 고급 바이오 버그들은 묵묵히 그를 바라볼 뿐이었다.

그때 맨 앞에 서 있던 인간형 바이오 버그가 손을 들며 노인에게 말했다.

"와키루 파더, 이제 기다리는 것은 싫습니다. 어서 실행시켜 주십시오."

"오, 넬슨. 미안하네. 너무 기쁜 나머지 흥분해 버렸군, 허허헛."

와카루 박사는 빙긋 웃으며 앞에 놓인 붉은색 버튼의 안전장치를 풀었다. 그러고는 안경을 벗고 주름진 눈살을 왼손으로 만지며 중얼거렸다.

"어이구, 늙긴 했나 보구먼. 눈이 침침허이, 허허헛."

그가 너털웃음을 웃고는 오른손으로 여유 있게 버튼을 누르자 뒤에 있던 대형 모니터에서 수천 개의 막대 그래프가 숨 가쁘게 떠올랐다. 다시 안경을 쓴 와카루는 뒤로 돌아서며 중얼거렸다.

"자, 위성부터 떨어뜨려 보세나. 요즘은 위성들 때문에 별이 잘 안 보이거든. 헛헛헛헛. 우선 8백 개만 떨어뜨려 볼까?"

와카루의 손가락은 재빨리 키보드의 자판 위를 달렸다. 곧 모니터에 전 세계의 모습이 나타났고 지도 위에 붉은색 점이 어지럽게 찍혀 나갔다. 와카루는 웃으며 곧바로 프로그램을 실행했다.

"좋아! 이제 세계는 우리 것이오, 제군들! 다음은 죽음의 미티오를! 하하하하핫!"

그의 광소와 함께 모니터에 뜬 붉은 점에 'DROP'이라는 영문자가 차례차례 달라붙었다. 그것이 무얼 뜻하는지 아는 고급 바이오 버그들은 회심의 미소를 띠었다.

"음, 바이오 버그의 신체 구조를 지닌 병기였군. 그래, 분석하느라 수고했네."

처크는 어제 리오에게 받은 기억장치들을 분석한 기술부 직원의 어깨를 두드리고 담배에 불을 붙였다. 그리고 막 담배를 한 모금 빨아들일 찰나에 핸드폰이 울렸다. 호출이었다. BSP 고위직 전용 상호 연락망이어서 처크는 급히 비밀번호를 누르고 통화 버튼을 눌렀다.

"처크 켄트요. 아, 일본 지부장인가? 그래, 무슨 일인가?"

"아, 자네가 예전에 물어봤던 와카루 박사에 대한 정보를 알아냈네. 그 사람 북해도에 있는 BSP 장비 연구소에서 일하고 있더군. 아무래도 자네 대원이 물어본 와카루라는 사람은 '후지바라 와카루' 박사를 말하는 것 같네."

"후지바라 와카루? 그 미친 생물공학 박사 말인가? 그 사람 작년에 행방불명됐다고 하지 않았나?"

"그랬지. 하지만 와카루라는 이름을 가진 박사 중에 BSP가 우려할 정도의 사람은 그 사람밖에 없네. 하여튼 행방불명 후에 소식…… 치이익!"

순간 엄청난 잡음이 들려와 처크는 인상을 찡그리며 핸드폰을 껐다. 웬만해선 혼선이나 잡음이 끼지 않는 상호 연락망이기에 처크는 이상하다 생각하며 담배를 다시 입에 가져갔다.

"별일 다 있군. 이런 시간에 연락망 장애가 생기다니, 원."

그때 컴퓨터 앞에 앉아 계속 정보를 분석하던 오퍼레이터가 의자에서 벌떡 일어나 그를 불렀다.

"부, 부장님! 큰일입니다. 전산망이, 전산망이 마비되고 있습니다!"

"뭐라고!"

처크는 인상을 찌푸리며 모니터 쪽을 바라보았다. 그의 선글라스 표면과 모니터 화면에 'ERROR'라는 메시지가 가득 떠올랐다. 그는 담배를 급히 바닥에 비벼 끄며 소리쳤다.

'젠장! 어서 외부 통신장치와 프로그램을 모두 종료해! 어서! 아주 단순한 외부 연결 경로라 해도 가차 없이 끊어 버려! 지금 이 시각부터 우리 본부는 독립체계로 나간다!"

"예!"

곧 오퍼레이터는 오퍼레이터대로 손가락을 바삐 움직였고, 처크는 유선 통화장치를 통해 각 부전원실에 연락을 취했다.

"메인 호스트에 통하는 모든 전원을 차단해, 즉시! 그리고 통신 케이블도 모두 끊어!"

"예? 하, 하지만…… 아, 지금 전원장치가 제멋대로 움직입니다! 수동 장치도 말을 듣지 않습니다, 부장님! 비상입니다!"

"비상인 것은 아니까 수류탄이라도 동원해서 끊어 버려, 멍청이들아! 무슨 수를 동원해서라도 20초 안에 통신 케이블을 끊어 놔!"

"예!"

곧 처크가 있는 컴퓨터실의 전원은 모조리 꺼졌고, 붉은색 비상등만이 남아 있게 되었다.

처크는 자신의 사무실을 향해 젊었을 적 속도로 내달리며 소리쳤다.

"비상사태군. 빌어먹을!"

5장
변해 버린 세계

1

두 명의 용왕

"흥, 귀찮게시리! 인간은 다 저런가?"

레니와 시에, 슈렌, 리오 등 동료들이 일제히 나가 버려 리디아와 단둘이 집을 보게 된 바이칼은 거실을 뒤흔드는 시끄러운 초인종 소리에 이를 갈며 현관으로 향했다.

이 시간에 누굴까, 도대체 무슨 일이기에 초인종을 이렇게 다급히 누르는 것일까, 하는 생각은 떠오르지 않았다. 외판원이나 집을 잘못 찾아온 피자 배달부라면 날려 버리겠다는 분노만 끓어올랐다. 이런 거친 감정은 한 번쯤 낮잠을 방해받아 본 사람이라면 충분히 이해할 수 있었다.

"누구요!"

험하게 현관문을 열어젖힌 바이칼은 아무도 없자 더욱 인상을 찌푸렸다. 초인종이 고장 났는지 의심했지만 그렇지도 않았다. 좌우를 둘러본 바이칼이 신경질적으로 문을 닫으려 할 때였다.

"야호!"

순간 밝게 소리 지르며 누군가 위쪽에서 그의 몸을 덮쳤다. 잠에서 깬 지 얼마 안 된 탓에 방심하고 있던 바이칼은 뒤에 매달린 사람의 무게를 견디지 못해 중심을 잃고 비틀거렸다.

"앗! 이봐요! 중심을 똑바로 잡아야 할 거 아니에요!"

그러나 비명 소리에도 불구하고 바이칼은 그를 등에 매단 채 뒤로 나자빠지고 말았다. 즉시 몸을 일으킨 바이칼은 자신의 몸에 깔려 있는 그 사람을 보고 아연실색했다.

"넬?"

널브러진 채 뒤통수를 잡고 괴로워하던 넬은 바이칼이 아는 체하자 빙긋 웃으며 손을 흔들었다.

"하하하. 안녕하세요, 바이칼? 오랜만이에요. 아야야."

자리에서 일어난 그녀는 쓰고 있던 붉은 모자를 벗어 옷에 묻은 먼지를 털었다. 그동안 그녀의 작은 입에서는 불평불만이 쉴 새 없이 터져 나왔다.

"우씨, 공항에 도착해서 여기 전화를 하니 모조리 불통이더라고요. 하는 수 없이 택시를 타고 오는데, 중간에 아저씨가 항법장치 고장이라며 내리라고 하잖아요. 손님의 안전을 위한다며 돈은 안 받았지만, 그래도 여기까지 걸어오는 데 엄청 고생했다고요. 그런데 무슨 남자가 그렇게 힘이 없어요? 리오 형이나 지크 선배 같으면 제 무게쯤은 남자답게 꿋꿋이 버틸 텐데. 아, 잠깐! 들어가게는 해 줘야 하잖아요!"

그녀를 밖에 세워 둔 채 문을 닫아 버린 바이칼은 불쾌한 얼굴로 문밖을 쏘아보았다. 문을 몇 번 두드리던 넬은 그에게 아부하듯 웃음을 지었고, 결국 그녀는 짐을 가지고 무사히 집 안으로 들어갈 수 있었다.

"그런데 집에 혼자 계셨어요, 진정한 남자?"

비아냥거리는 듯한 넬의 말에 바이칼은 다시 꿈틀했지만, 애써 참으며 손가락으로 소파를 가리켜 보였다.

"저기 또 하나 있잖아."

"아, 그렇군요…… 응?"

넬은 소파에 누워 낮잠을 자고 있는 리디아의 모습에 일순간 몸이 굳고 말았다. 불편하게 잠을 자느라 머리가 흐트러지긴 했지만, 그 독특한 블루블랙의 머리색과 스타일은 바이칼과 너무나 흡사했다. 게다가 얼굴까지.

넬은 바이칼과 리디아를 번갈아 바라보며 물었다.

"도, 동생인가요?"

"비슷해."

평상시의 표정으로 돌아온 바이칼은 반대편 소파에 앉아 TV를 켰다. 그러자 리디아가 움찔하더니 이내 눈을 비비며 자리에서 일어났다.

"TV 보시게요? 같이 봐요, 바이칼 님."

그 시끄러운 초인종 소리에는 반응도 안 하던 리디아가 TV 켜는 소리에 반응했다. 바이칼은 특정 방송에 채널을 고정했다. 이 시간대에 리디아를 사로잡고 있는 만화가 방영된다는 것을 그는 잘 알고 있었다.

TV 화면에 시선을 집중한 두 사람을 바라보며 넬은 둘이 너무나 똑같다고 생각했다.

"어, 어쨌든 저는 BSP 본부로 좀 가 볼게요. 사실 저는 견습으로 한국에 왔거든요. 저분은 나중에 소개해 주세요, 바이칼."

바이칼은 대답 대신 고개를 끄덕였다.

넬이 나간 후, 그와 리디아는 말없이 TV 화면만 계속 응시했다. TV라는 것과 만화영화라는 것을 접한 지 얼마 안 된 리디아는 직사각형 화면 속에 나타나는 장면 하나하나를 신기함에 가득 찬 눈으로 보았다.

그러나 바이칼은 그렇게 태평할 수만은 없었다. 만화영화를 누구보다 좋아하는 바이칼이었지만 다른 때와 달리 TV 화면에 집중하지 못하고 리디아를 주시하고 있었다. 평상시와 달리 안타까운 표정을 지은 채.

"너, 솔직히 말해."

그 말을 꺼내기가 그토록 힘들었던 바이칼이었지만, 그에 반해 리디아는 바보 같다고 생각될 정도로 맑은 표정을 지으며 마주 보았다.

"예? 무엇을요, 바이칼 님?"

그녀의 반응에 잠시 할 말을 잃은 바이칼은 정신을 차리려는 듯 고개를 한 차례 흔들고 말했다.

"시치미 떼지 마. 넌 날 알고 있잖아. 내가 어떤 존재이며, 자칭 네 오라버니인 쥬빌란과 내가 어떤 사이인지 말이야."

"아……."

리디아의 안면 근육이 일순간 꿈틀했다. 바이칼은 자신이 과연 잘하는 짓일까 고민하면서도 거침없이 얘기를 이어 나갔다.

"이 몸은 서룡족의 위대한 용제 바이칼, 그리고 넌 동룡족의 공주 리디아지. 너와 난 지난번 용족전쟁 막바지 때 만난 적이 있다. 아직 어렸던 넌 부상당한 쥬빌란을 지킨답시고 이 몸에게 감히 칼을 들이댔지. 기억나지 않는다고는 말하지 못할 거다."

리디아의 표정은 점점 흐려졌다. 바이칼은 잠시 곤란한 표정을 짓다가 다시 얼굴을 굳히며 말을 이었다.

"자, 할 말 있으면 해 봐. 솔직히."

리디아는 바이칼의 냉엄한 얼굴을 바라보았다. 너무나 희고 깨끗했기에 더욱 차가워 보이는 그의 얼굴을 보고 그녀의 눈에 결국 눈물이 맺혔다. 잠시 훌쩍대던 리디아는 더듬더듬 말했다.

"소, 솔직히 말해서요. 그, 그때 용제님께 칼을 들이댄 건 정말 죄송해요. 그때는 너무 무서웠답니다. 또 용제님을 뵌 후에 용서를 빌지 않은 것은요, 서로 안 좋은 기억을 떠올리면 사이가 안 좋아질 것 같아서였어요. 저기…… 지금 용서를 빌면 안 될까요?"

기대했던 것과는 너무나 동떨어진 대답을 들은 바이칼은 결국 힘없이 고개를 떨궜다. 잠시 생각을 정리한 그는 아직 혈통에 관한 얘기를 하는 건 이르다는 결론에 도달했는지 TV로 시선을 돌리며 말했다.

"다른 데 틀어. 저건 재미없어."

그러자 리디아의 입에서 의외의 말이 튀어나왔다.

"싫어요! 지금이 제일 재미있는 장면이란 말이에요!"

잠시 움찔한 바이칼은 지지 않겠다는 듯 눈을 부릅뜨며 말했다.

"흥, 지금 채널을 돌리지 않으면 난 내가 좋아하는 만화를 중간부터 봐야 한단 말이다. 넌 네가 너무 이기적이라 생각되지 않나?"

"누, 누가 할 소리예요! 그리고 무서운 표정 지으셔도 싫은 건 싫어요!"

리디아는 리모콘을 등 뒤로 감추며 얼굴을 심하게 일그러뜨렸다. 그러나 이 세계의 TV 구조를 잘 아는 바이칼은 코방귀를 뀌며 TV 앞에 바짝 다가가 수동으로 채널을 돌렸다.

"흥, 가소롭군."

그런 방법이 있는 줄은 몰랐던 리디아는 인상을 더욱 구기며 리모콘 버튼을 눌러 댔지만, TV 화면은 미동조차 하지 않았다. 바이칼이 TV의 적외선 인식 부분을 손으로 가렸기 때문이다.

"너무해요!"

리디아는 결국 위층으로 뛰어 올라갔다. 바이칼은 남매와의 첫 분쟁에서 승리를 거둔 자신감에 잘 짓지 않던 회심의 미소를 떠올렸다.

그러나 그 분쟁은 아직 시작에 불과했다.

순찰을 돌고 있는 리진은 그날따라 연신 싱글벙글이었다. 정말 생각지도 못한 인물과 함께 순찰차를 타고 있었기 때문이다.

"이야, 이거 정말 의외인걸요? 제가 리오 씨와 함께 시내 순찰을 돌 줄은 몰랐어요."

처크 부장에게 자신이 BH라고 거짓말을 한 리오는 처크의 껄끄러운 눈빛과 지크의 비웃음을 함께 받으며 BSP 아르바이트를 해야만 했다. 물론 그에게 들어갈 돈은 BSP 본부 습격 당시 데스 발키리와 싸우다 파괴된 건물과 주차장, 그리고 아스팔트 복구 비용으로 미리 들어갔기에 리오로서는 무료 봉사나 다름없었다. 어쨌든 리오는 별 불만 없이 리진과 순찰을 계속했다.

"음, 가끔은 이런 날도 있어야죠. 그건 그렇고 지금까지 별일이 없는 게 좀 불길하군요. 너무 조용하고 평화스러운 것 같습니다."

그 말에 리진의 표정은 금세 어색해졌다.

"너무 그러지 마세요. 일이 안 벌어지면 좋은 거지, 나쁜 거라고 할 수 있나요? 그리고 이제 겨우 데이트 분위기가 되어 가는데 이

러시면 곤란해요."

"데이트요? 후훗, 하긴 그렇게 생각하는 것도 좋겠군요."

리오는 조수석에 편히 눌러앉았다. 정말 이대로 데이트나 즐겼으면 하는 것이 그의 솔직한 심정이었다. 그는 거리를 지나는 사람들의 모습을 바라보았다. 핸드폰이 안 걸린다며 몇몇 사람이 짜증을 내는 것 말고는 모두가 평화스러웠다.

"음? 아, 잠깐만요, 리진 양."

문득 무엇을 본 것일까. 리오는 움찔하며 창문을 열었고, 그에 맞춰 리진도 천천히 차의 속도를 줄였다.

"넬! 넬 에렉트!"

리오는 반가운 얼굴로 누군가의 이름을 불렀다. 그러자 편의점에서 먹을 것을 들고 나오던 소녀가 활짝 웃으며 순찰차 쪽으로 다가왔다. 빨간 재킷에 빨간 모자를 쓴, 그래서 그런지 약간 말라 보이는 소녀, 넬이었다.

"우아, 리오 형! 여기서 뵙네요?"

차창 밖으로 머리를 내민 리오는 웃으며 넬의 볼을 토닥거렸다.

"그래, 이거 정말 의외구나. 작년에 일이 끝난 후 고향에 있을 줄 알았는데, 어떻게 이 나라에 있는 거지?"

"헤헷, BSP 사관학교 생도는 정식 BSP가 되기 전에 견습으로 정식 BSP들과 활동해야만 하거든요. 그래서 대한민국에 지원 왔죠! 다른 나라는 후보자가 꽉 차서 성적순으로 떨어뜨렸는데, 대한민국만 텅텅 비어서 지크 선배도 뵐 겸 여기 왔어요."

"그랬구나. 아, 일단 타렴. 예비 BSP니까 순찰차에 탄다고 해서 문제되지는 않겠지. 그렇죠, 리진 양?"

"예? 아, 예. 물론이죠."

넬이 말한 견습에 대해 생각하던 리진은 속으로 웃음을 금치 못했다. 사실 대한민국은 사관학교 생도가 오지 않기로 유명한 나라였다. 심지어 대한민국 내의 BSP 사관학교 생도도 견습은 물론 정식 요원이 되어도 모국을 떠날 정도였다. 그런 기현상이 일어나는 데는 다른 이유가 없었다. 위험해서였다.

"위험하다뇨?"

리진에게 설명을 들은 리오는 이해가 안 간다는 표정을 지었다. 그것은 뒷좌석에 탄 넬도 마찬가지였다. 리진은 쓴웃음을 지으며 이유를 말해 주었다.

"대한민국만큼 바이오 버그가 강한 나라는 전 세계에 단 한 군데도 없어요. E급 바이오 버그도 다른 나라의 E급보다 강하죠. BSP 요원의 이력만 봐도 그 이유를 알 수 있어요. 우선 헤이그 선배님은 BSP 사이보그 대원 중에서 최고참이며, 또 가장 강력한 보디를 가진 사이보그예요. 평가 수준은 S, 즉 슈페리어(Superior)급이죠. 케빈 선배님 역시 사격 능력이 S급이고, 챠오는 격투 능력이 S급, 저는 종합평가 A+, 그리고 지크는 BSP 중 유일하게 M급이에요."

"M급요?"

리오의 질문에 대한 답은 넬이 해 주었다.

"몬스터(Monster)급이란 말이죠. 다른 사람이 보기에 지크 선배님 전투력은 괴물 같잖아요."

"아아……"

리진의 말은 계속됐다.

"프시케는 티베가 오기 전까진 유일한 마법 사용자였고, 또 티베랑 같이 들어온 마티란 애도 챠오와 막상막하란 평가를 받았죠. 그런 초호화 멤버로 대한민국 수도방위 BSP는 구성되어 있어요. 바

뭐 말하면 A급 BSP로는 이 대한민국의 수도를 지키지 못한다는 말이에요. 우리 나라 땅속에 뭐가 묻혀 있는지는 모르겠지만, 하여튼 출현하는 바이오 버그들이 무척 강하니까 어쩔 수 없어요. 제가 정식 BSP가 된 후 A급 BSP 한 명이 들어왔는데, 일주일도 안 돼서 본국으로 후송됐어요. 그것도 지크가 겨우 구해서 목숨이나마 건진 거죠. 그런 사실이 전 세계적으로 알려져 있는데, 사관학교 애들이 과연 오고 싶겠어요?"

리진의 설명은 길고도 무시무시했다. 지크의 동료들이 인간으로서는 극한의 능력에 다다른 사람밖에 없는 이유를 리오는 그제야 알 것 같았다. 하지만 리오는 살충제가 강할수록 곤충도 강해진다는 말이 새삼스레 떠올랐다.

"흠, 그렇군요. 그럼 넬은 정말 크게 결심하고 온 거구나?"

그러나 넬의 표정은 여전히 밝았다.

"에이, 설마요. 지크 선배를 포함해, 강한 선배님들이 잔뜩 있는데 무슨 걱정이겠어요. 저 스스로 행동을 조심하면 될 거예요. 게다가 리오 형도 여기 계시잖아요."

"후훗, 그래."

리오는 웃으며 고개를 끄덕였다. 작년 넬을 처음 만났을 때의 기억이 새로웠다. 그때는 그냥 철없는 아이로만 생각되었던 아이가 이젠 제법 어른스러운 말을 하는 것이 기특했다.

"아, 리오 씨! 점심 먹어요, 점심!"

"맞아요, 맞아! 배고프다고요!"

두 여성의 재잘거림에 리오는 미소를 지으며 어깨를 으쓱했다. 그는 지크가 꽤 힘들겠구나 하고 생각하며 차창 밖을 조용히 내다보았다. 그러나 그에겐 그럴 틈조차 없었다.

"리오 씨! 저 햄버거 집이 엄청나게 잘하거든요? 빨리 내려요!"

"하아……."

리오는 오랜만에 뒤로 깔끔히 빗어 넘긴 머리카락을 쓰다듬으며 그들을 따라 음식점 안으로 들어섰다. 리진은 리오에게 먼저 자리를 잡으라고 한 뒤 카운터에서 리오에게 무엇을 먹을 건지 물었다.

"저요? 음, 그냥 햄버거 하나에 우유…… 아니, 주스 하나면 돼요."

"헤에? 아니 그렇게 적게 드셔도 괜찮나요? 뭐, 알았어요. 자자, 넬. 빨리 가자."

"좋아요! 언니는 뭐 드실 거예요?"

"디럭스 햄버거 세 개! 이 집은 디럭스 햄버거가 최고거든! 호호홋."

리오는 신나게 카운터로 향하는 둘을 보며 설레설레 고개를 저었다.

세 명이 앉을 만한 자리를 물색하던 리오는 1층에 자리가 없자 2층으로 올라갔다. 그곳에서 리오는 뭔가 이상한 분위기를 느낄 수 있었다. 2층에 있던 남자 손님들의 시선이 모두 한 군데로 쏠려 있는 것이다.

마침 한 테이블이 비어 있는 것을 본 리오는 그곳으로 가서 앉았고, 앉자마자 머리를 풀어 스타일을 평소대로 바꾸었다. 뒤로 모두 넘기면 깔끔하긴 했지만 왠지 어색해서 그리 편하지가 않았다.

"그런데 누가 앉았기에 이토록 시선이 집중됐지?"

리오는 곧장 남자들의 시선이 쏠린 쪽을 쳐다보았다. 그러다 2층 구석 테이블에 앉은 여자 세 명을 본 순간 움찔하며 자세를 낮췄다. 그러나 전투 중이 아니어서 그의 행동은 그리 빠르지 못했다.

테이블에 앉은 셋 중 한 명이 자리에서 일어나 리오가 있는 쪽으로 천천히 다가왔다. 그녀가 리오의 앞자리에 앉자, 그는 결국 한숨을 내쉬며 고개를 들었다.

"후훗, 반갑군. 아란이라고 했나?"

"이 나라는 정말 좁기도 하군요. 이런 가게에서 설마 당신을 만날 줄은 몰랐어요, 리오 씨."

아란은 입에 담배를 물며 빙긋 웃어 보였다. 리오는 곤란하다는 표정을 지으며 말했다.

"흠, 미안하지만 이 음식점은 금연인데, 아가씨?"

"어머, 미안해요. 후훗."

아란은 담배를 도로 집어넣으며 살짝 윙크를 했다. 리오는 웃으며 그녀에게 물었다.

"그건 그렇고 오늘은 별일 없는 건가? 여기서 여유 있게 식사하는 걸 보니 음모를 꾸미진 않는 것 같은데?"

아란은 리오의 얼굴 가까이 자신의 얼굴을 들이대며 빙긋 웃어 보였다.

"오호, 몸이 근질거리는 모양이죠? 하긴 욕구불만으로 얼굴색이 안 좋긴 하군요, 후후훗. 그건 그렇고 당신 목에 건 목걸이는 또 뭐죠? 십자가 같은데…… 혹시 흡혈귀라도 두려워하시나요?"

아란은 리오가 목에 걸고 있는 은십자가를 손가락으로 부드럽게 매만지며 물었다. 리오는 피식 웃은 뒤 십자가를 그녀의 손에서 빼며 말했다.

"내게 남은 소중한 세 가지 중 하나지."

"오호, 그래요? 누가 준 건데요?"

리오는 아란이 계속 묻자 한숨을 쉬며 고개를 저었다. 말하기 싫기보다는 떠올리기 싫었다. 그런 그의 모습을 본 아란은 눈을 가늘게 뜬 채 웃으며 말했다.

"사랑하는 그녀가 죽으면서 남겨 준 것인가요? 후훗, 가즈 나이트 중 최고의 공격력을 지닌 리오라는 남자가 겨우 그런 것 따위에 풀이 죽을 줄은 몰랐는걸요?"

"아, 그런가?"

그 순간 리오를 부러움이 가득한 눈빛으로 쏘아보던 음식점 안의 남자 손님들은 흠칫 놀라며 침을 꿀꺽 삼켰다. 형용할 수 없는 엄청난 살기가 그들의 몸을 위축시켰다.

멀리서 아란을 지켜보던 츄우는 희미한 미소를 짓고 있는 리오를 바라보며 말했다.

"엄청난 살기인데? 난 방금 심장이 얼어붙는 줄 알았어."

그녀의 말에 동감한 듯 레베카도 긴장한 목소리로 중얼거렸다.

"어제…… 아니, 방금 전에는 바람둥이라는 생각이 들지는 않았어. 아마 아란도 긴장하고 있을 거야. 자존심 상하지만 정말 저 남자 화나게 해서 좋을 게 없겠는걸?"

한편 리오는 쓸쓸한 눈으로 아란의 눈동자를 바라보고 있었다. 리오의 얼굴은 분명 분노한 표정이 아니었다. 그러나 아란은 자기 이마에서 볼까지 한 줄기의 땀이 흐르고 있다는 것을 느낄 수 있었다. 그만큼 리오의 몸에서 뿜어 나오는 살기는 엄청났다.

계속 아란을 보던 리오는 한숨을 길게 쉬며 나지막이 말했다.

"다음에 적으로 만난다면 사는 걸 포기해야 할 거야. 일행으로 데리고 다니는 아가씨들이 올라올 때가 됐으니 지금은 보내 주지. 자, 식사나 마저 하시지."

"후, 좋아요."

아란은 곧장 일어나 츄우와 레베카가 있는 곳으로 돌아갔다. 그와 함께 리오의 몸에서 뿜어 나오던 살기는 거짓말처럼 사라졌다.

이윽고 리진과 넬이 대량의 햄버거를 들고 위층으로 올라왔다.

"어머머, 많이 기다리셨나 봐. 그런 사람이 햄버거 하나만 먹겠다고 했나요?"

그 전의 상황을 모르는 리진은 피식 웃으며 리오에게 햄버거와 음료수를 건네주었다. 리오는 미안하다는 표정을 지으며 그것을 받아 들었다.

먹거리를 테이블 위에 올려놓던 넬은 뭔가 이상하다는 표정을 지으며 리오에게 말했다.

"리오 형, 아까 이상한 분위기 못 느끼셨어요? 잠시 동안 소름이 돋을 정도로 싸늘한 기운이 느껴졌는데…… 그것도 여기에서요."

"후훗, 글쎄?"

리오는 햄버거의 포장지를 뜯으며 어깨를 으쓱할 뿐이었다.

리진, 넬과 함께 순찰을 계속 돌던 리오는 갑자기 이상한 느낌을 받고 고개를 번쩍 들어 주위를 둘러보았다.

리진은 리오가 도대체 왜 저러나 하고 그를 흘끔 바라봤으나, 넬 역시 기분 나쁜 느낌을 받았는지 얼굴을 찡그리며 주위를 둘러보았다.

"리, 리오 형, 지금……."

"음, 그래. 리진, 차를 멈춰요."

리진은 깜짝 놀라며 즉시 순찰차의 에어 브레이크를 작동시켰다. 리오는 순찰차의 문을 열고 밖으로 나서며 가만히 눈을 감았다. 이윽고 눈을 뜬 리오는 복장을 원래대로 바꾸고 리진에게 말했다.

"본부에 어서 연락하시길, 지금 바이오 버그들이 이곳을 향해 몰려오고 있으니까요."

"예? 알았어요!"

리진은 즉시 순찰차의 무전기를 들었다. 그러나 무슨 이유에서인지 잡음만 들릴 뿐 본부와의 무전은 끊겨 있었다.

"리오 씨! 무전이 통하지 않아요. 완전 불통이에요!"

"이런!"

리오는 씁쓸한 표정을 지으며 팔짱을 낀 채 앞을 바라보았다. 그러자 리진도 자신들이 있는 곳을 향해 무언가 몰려오고 있는 것을 느낄 수 있었다. 지축을 울리는 소리와 사람들의 비명 소리가 여기저기서 들려오기 시작했다.

이윽고 리진은 창을 통해 새카맣게 몰려오는 바이오 버그들의 무리를 보았다. 넬은 완전히 말을 잊고 말았다. 영화에서도 그런 장면은 본 적 없었다.

리오는 곧장 리진에게 물었다.

"무선 전화는 됩니까?"

그러나 리진은 고개만 저을 뿐이었다.

바이오 버그들은 계속 물밀듯 밀려오고 있었다. 미처 피하지 못한 사람들이 어떻게 됐는지 리오로서도 알 수 없었다.

리오는 차 안에 있는 리진에게 가까이 오라는 손짓을 했고, 리진은 불안감에 휩싸인 채 리오에게 다가갔다.

리오는 곧 그녀의 뺨을 두 손으로 따뜻이 감싸 준 후 빙긋 웃으며 말했다.

"꼭 여기 있어요. 넬은 아직 어리니 리진 양이 불안해하는 걸 보면 더욱 불안해할 겁니다. 그리고 넬은 너무 걱정하지 마. 큰일은 없을 테니까."

리오는 곧 순찰차 문을 닫았다. 리진은 순찰차 앞으로 천천히 걸어 나가는 리오를 얼굴이 발개진 채 멍하니 바라보고 있었다. 순간 넬이 리진의 어깨를 두드리며 소리쳤다.

"선배, 선배! 어서 순찰차의 장갑판을 올려요! 지금 피하긴 너무 늦었다고요!"

"아, 맞아!"

리진은 곧바로 순찰차에 설치된 장갑판을 올리기 시작했다. BSP 순찰차는 대원의 보호를 위해 차창이 다단계 장갑판으로 설계되어 있었다. 물론 어느 정도까지 버틸지는 미지수였지만 없는 것보다 나은 건 확실했다.

장갑판이 모두 올라가자 차 안은 금세 컴컴해졌다. 리진은 외부에 설치된 카메라의 스위치를 눌렀고, 차창에 설치된 스크린에는 밖의 전경이 장갑판을 내린 평상시처럼 눈에 들어왔다.

"히익."

리진과 넬은 순간 말을 잊고 말았다. 순찰차 앞에 서 있는 리오의 망토와 머리카락이 강한 바람에 흩날리듯 솟구치고 있었다.

"없애 버리겠다!"

어느새 검 두 개를 양손에 쥔 리오는 그렇게 중얼거리며 허공에 떠올라 바이오 버그를 향해 빠른 속도로 돌진했다.

"하아아앗!"

리오의 기합이 들린 이후, 성한 상태로 리오의 뒤를 빠져나간 바이오 버그는 존재하지 않았다. 순찰차 안에서 리오의 모습을 보던 리진과 넬은 아무런 생각도 할 수 없었다. 오직 상하좌우로, 솟구치는 바이오 버그들의 조각들만 보일 뿐이었다.

넬은 입을 다물지 못한 채 모자를 벗으며 넋 나간 듯 중얼거렸다.

"리오 형이 강하다는 건 알지만 보면 볼수록 무서워요."

"나도 그래."

리진 역시 동조하며 고개를 끄덕였다.

"젠장, 이 자식들 몇 달을 굶은 건가? 갑자기 뭉치로 뛰쳐나오다니, 이게 웬일이야!"

지크는 얼굴에 묻은 체액을 닦으며 거칠게 내뱉었다. 갑작스레 기습을 당한 것은 그리 큰 문제가 아니지만 지크가 상당수를 없앴는데도 아직도 수많은 바이오 버그들이 그와 프시케의 주위를 포위하고 있었다.

마법을 평소 이상으로 사용한 탓에 지친 프시케는 이마에 맺힌 땀을 닦으며 소리쳤다.

"지크 씨, 적의 숫자가 너무 많아요! 우리 둘로는 힘들 것 같아요!"

"쳇, 무선도 끊겼고, 별수 없지. 본부로 돌아가는 게 나을 듯하니 프시케는 어서 차를 운전해! 난 길을 열어 줄 테니까!"

"예, 알았어요!"

프시케는 곧바로 차에 올라탔고, 그와 동시에 틈을 노리고 있던 바이오 버그들이 그녀가 탄 차로 돌진해 왔다.

"어딜 넘봐!"

순간 무명도의 푸른 잔광이 순찰차의 주위에서 번뜩였다. 차를 향해 달려들던 바이오 버그들은 부위별로 잘려지며 더 이상 접근하지 못했다. 이윽고 순찰차가 움직이자 지크는 차와 함께 달리며 차가 나갈 길을 확보하기 위해 안간힘을 썼다.

"집에 갈까, 아니면……."

펑.

슈렌은 마지막 남은 바이오 버그를 간단히 태워 버리고 더러워진 양복 상의를 벗으며 중얼거렸다.

"BSP 본부로 갈까."

그는 현재 두 지점의 중간에서 갈등하고 있었다. 그가 서 있는 거리도 바이오 버그들의 공격을 받아 거의 황폐해졌기 때문에 양쪽 다 걱정을 안 할 수가 없었다.

슈렌은 턱을 쓰다듬으며 잠시 생각하다가, 원래 복장으로 옷을 바꾸고 공중으로 날아올랐다.

"BSP 본부가 나을지도. 집에는 바이칼이 있으니까."

곧 슈렌의 몸은 화염에 휩싸였다. 오랜만에 눈을 뜬 그는 사람들의 시선을 한몸에 받으며 BSP 본부 쪽으로 급히 날아갔다.

"자, 전 세계 주요 관공서의 전산망과 통신망은 완전히 무용지물이 됐소. 이제 아무도 세계 각지에 위성들이 비처럼 쏟아져 내리는 것을 막을 수는 없을 거요, 허허허허헛. 레이더 기지는 위성이 낙하하는 것을 파악할 수 있겠지만 전산망과 무선 통신망이 완전히 무력화된 이상 대공방어는 할 수 없을 테니 말이오."

와카루가 그렇게 말하자, 고급 바이오 버그와 함께 서 있던 사이보그들이 그를 비웃었다. 대부분 군 출신인 그들의 비웃음에는 이유가 있었다. 그중 붉은 몸의 사이보그가 손가락을 빙빙 돌렸다.

"하핫. 이봐요, 노인장. 군대에서 바보같이 무선 통신망을 사용할 것 같소? 비밀을 누출할 일이라도 있나? 열이면 열, 긴급 유선 통신망을 가지고 있어서 상호 연락을 충분히 취할 수 있단 말이오."

그러나 와카루의 얼굴에서 미소가 사라지지 않았다. 그는 뒤쪽으로 손을 뻗어 키보드를 두드렸고, 곧 거대한 모니터에 러시아 지도와 함께 붉은색 선들이 수도인 모스크바로부터 러시아 전역으로 뻗어 나가는 영상이 나타났다.

그것을 본 사이보그는 놀라움이 섞인 미소를 지으며 감탄했다.

"오호, 러시아의 군용 유선 통신망이잖아? 저 노인네 보통이 아닌데그래?"

와카루는 손가락으로 모니터를 두드리며 모두에게 말했다.

"전 세계의 유선 통신망은 우리의 신인류—바이오 버그—제군들이 무선통신이 무력화할 시간에 맞춰 무력화해 두었소. 난 바보가 아니외다. 허허헛. 자, 재미없는 지도 여행은 그만두고 비 내리는 광경이나 구경합시다. 이제 곧 798개의 위성들이 세계 전역에 떨어질 것이오. 자, 지구의 지배자가 바뀌는 첫 축포외다. 허허헛."

"잠깐, 할아범."

그때 사이보그 한 명이 손을 들어 와카루의 웃음을 멈추게 했다. 와카루는 고개를 끄덕이며 그에게 말할 기회를 주었다.

"무슨 질문이라도 있소?"

"뭐, 별것 아니오. 당신의 최종 목적이 무엇인지 좀 알고 싶어서 그렇소이다. 우리를 불량 사이보그 수용소에서 탈출시켜 준 것까지는 감사한데, 괜히 이용당하는 것 같아 불안해서 말씀이야."

말을 마친 사이보그는 입안의 껌을 불만스레 씹어 댔다. 와카루는 안경을 매만지며 음흉하게 대답했다.

"허헛, 신이 되는 것이오."

"뭐라고?"

껌을 씹던 사이보그의 턱이 멈췄다. 다른 사이보그들 역시 마찬가지로 놀란 표정을 지었다. 그런 그들 앞에서 와카루의 얘기는 계속됐다.

"예전에 만났던 이오스라는 신에게서 재미있는 얘기를 들었거든. 신이 되고 싶은 목적은 별것 아니오. 그냥, 오래 살고 싶어서."

그 대답에 처음 질문을 던졌던 사이보그는 재미있다는 듯 고개를 크게 끄덕였다.

"하핫, 정말 재밌군. 당신은 미쳐도 단단히 미친 것 같아. 그래서 더 맘에 들어. 나하고 같으니까 말이야, 하하핫!"

"허허허허헛."

와카루는 웃으며 모니터로 시선을 돌렸다. 그랬기에 아무도 보지 못했다. 그의 웃음 속에 서린 알 수 없는 살기를.

"시스템의 점령 정도는 얼마나 되는가!"

본부 복도를 전속력으로 질주한 처크는 상황실에 들어서자마자 중앙 컴퓨터를 보호하고 있는 오퍼레이터들에게 소리쳤다. 오퍼레이터 중 한 명이 울상을 지은 채 대답했다.

"통신 케이블이 아웃됐을 때 시스템 손상률은 75.4퍼센트였습니다. 복구를 하고 있는 현재 40퍼센트 정도의 손상률을 보이고 있습니다. 하지만 다시 통신 케이블을 연결한다면 완전히 파괴될 가능성이 높습니다. 현재 시스템은 완전 고립 상태이며……."

"알았네, 알았어! 빌어먹을!"

큰 소리로 오퍼레이터의 말을 막은 처크는 금연 구역인 상황실에서 결국 담배에 불을 붙였다. 그는 거칠게 필터를 씹으며 오퍼레이터들에게 물었다.

"레이더망은 어떻게 됐나! 순찰을 하다가 돌아온 헤이그의 정보에 의하면 시내가 바이오 버그들로 가득 찼다고 하던데?"

"본부에 설치된 레이더로 서울 시내의 바이오 버그 숫자를 측정해 본 결과, 약 3만 개가 서울 시내에 나타난 것으로 보입니다. 몇몇 지점에서는 수가 급격히 줄어들기도 했지만, 현재는 숫자가 계속 증가하는 추세입니다. 전국적인 통계는 위성이 완전히 마비되는 바람에 측정이 불가했습니다. 아, 잠깐! 부장님, 긴급 사태입니다!"

대답을 하던 오퍼레이터가 갑자기 다급하게 말하자 일그러졌던 처크의 얼굴이 더욱 험상궂게 일그러졌다. 그는 레이더 화면 쪽으로 달려가며 소리쳤다.

"또 뭔가!"

"서울 시내 상공에 있어야 할 정지궤도 위성이 궤도를 이탈하기 시작했습니다!"

"뭐라고?"

처크의 표정은 프레스에 놓인 철판처럼 곧게 펴졌다. 당황할 대로 당황한 처크는 시선을 곧바로 레이더 화면에 집중했다. 오퍼레이터의 말대로 위성을 가리키는 파란 점이 붉은색으로 바뀌어 궤도를 이탈하고 있었다. 그것도 아래쪽으로.

"문제가 큽니다, 부장님! 위성이 대기권에서 역추진을 해서 낙하 속도를 조절하고 있습니다! 이대로라면 대기권 내에서 폭발하지 않고 24분 후 본부에 직격하고 맙니다!"

"무인위성이 대기권에서 역추진을 한다고? 그게 말이나 되는 소린가! 우주왕복선도 아닌데 무슨 역추진이야!"

상식적으로도 불가능했다. 인공위성 정도의 물체를 초속 단위로 움직이게 할 수 있는 로켓엔진이 위성에 붙어 있지 않는 한, 지구의 중력을 이기고 대기권 마찰 없이 서서히 떨어진다는 것은 절대 불가능한 일이었다.

오퍼레이터 역시 황당한 표정이었지만 그녀의 대답은 전혀 그렇지 않았다.

"인공위성 주위에 괴물체가 붙어 있습니다! 아무래도 그 물체가 인공위성의 역추진을 돕고 있는 것 같습니다!"

처크는 하늘이 노랗게 변하는 듯했다. 현재 BSP 본부 상공에 떠 있는 위성은 제우스급의 중형 다목적 위성이었다. 제우스급 위성은 우주왕복선의 1.5배에 가까운 거대한 크기를 지니고 있었고, 특수 제작된 대형 고체 연료를 싣고 있어서 만약 지상에 직격을 한다면 1메가톤급 수소폭탄에 가까운 파괴력을 낼 수 있었다. 현재 상황은 정말 비상이라고밖엔 표현할 수가 없었다.

"어떻게 이런 일이! 하여튼 위성 기지부는 뭘 하는가! 어서 수동 조정장치를 작동시켜!"

"부장님! 그렇게 하려면 무선통신에 접속해야 하는데, 접속이 되자마자 중앙 시스템이 다시 미지의 프로그램에 파괴되고 맙니다!"

"이런! 하필 이런 때 기지에 있는 무기가 대공 미사일밖에 없다니!"

처크는 벽을 치며 한탄했다. 사정거리가 짧은 대공미사일로 사정거리 내에서 위성을 격추한다면 그 폭발의 여파가 지상에 미칠 것이 뻔했기 때문에 함부로 미사일을 사용할 수가 없었다.

"저에게 방법이 있습니다."

그때 처크의 귓가에 희망적인 말이 들려왔다. 그는 오랜만에 굳은 표정을 풀며 말한 사람을 바라보았다. 그러나 이내 그의 얼굴은 굳어지고 말았다.

"루, 루이? 넌 아직 무리하면 안 돼!"

그러나 루이는 막무가내로 자리에 앉으며 말했다.

"침대에 누워서 죽는 것보다는 머리를 쓰다가 죽는 게 나아요, 아버지. 다른 오퍼레이터들은 들으세요. 현재 시스템 복구는 제가 말을 테니 다른 분들은 본부 근처에 있는 플라스틱 모델용 무선 조종기와 CH-14형 증폭기, 뉴런형 테라 헤르츠 CPU를 가진 노트북, 그리고 무기부에 있는 SAM—대공미사일—의 제어기를 상황실로 가져와 주세요. 어서! 20분밖에 남지 않으니까요!"

"아, 예!"

오퍼레이터들은 즉시 자리에서 일어나 상황실 밖으로 달려 나갔다. 루이는 자신의 손과 머리에 고급 오퍼레이터 전용 버추얼 프로그래밍 장비를 착용하고 시스템 복구를 하기 시작했다.

딸의 적극적인 모습을 바라보던 처크는 담담한 미소를 지으며 고개를 끄덕였다. 그는 다시 담배를 물며 잠시만이라도 머리를 식히려 했다.

2

피의 만월

"리디아, 지크 어머니의 가게가 어딘지 알고 있어?"

"예전에 가 본 적이 있어서 어디인지는 알고 있어요."

"그럼 가자."

바이칼은 리디아와 함께 현관으로 향했다. 혹시나 하는 마음에 세이아까지 불러낸 바이칼은 곧 드래곤의 모습으로 변신했다.

아스팔트에 내려앉은 그는 멍하니 자신을 바라보고 있는 리디아와 묵묵히 눈을 감고 있는 세이아에게 타라고 턱짓을 했다.

「자, 어서 등에 타도록. 여기 있으면 위험할 것 같으니까.」

바이칼은 리디아가 타기 쉽게 날개를 계단처럼 내려 주었다. 그러나 세이아는 올라타지 않았다. 바이칼은 고개를 돌리며 물었다.

「왜 그러고 있나. 뭐 놓고 온 것이라도 있나.」

세이아는 잠시 말이 없었다. 이윽고 그녀는 눈을 살며시 뜨고 바이칼을 바라보며 말했다.

"바이칼 님. 오늘 저녁, 피의 만월이 뜬답니다."

「뭐?」

바이칼은 움찔하며 눈을 크게 떴다. 세이아는 지금껏 보이지 않던 굳은 표정을 지은 채 하늘을 올려다보며 다시 말했다.

"하늘에서 불이 비처럼 떨어집니다. 가즈 나이트 여러분들이 있는 이 도시는 막을 수도 있겠지만, 다른 나라는 피로 물들고 맙니다. 행여나 다른 가즈 나이트 님들이 힘을 쓰셔도 절반도 막아 낼 수 없답니다. 너무 늦었으니까요."

이전까지 요리나 동생 얘기 등 평범한 것들만 화제로 삼던 세이아가 갑자기 그런 말을 하자 바이칼은 솔직히 놀라지 않을 수 없었다. 기억을 잃었으니 하던 리오의 말과 지금 세이아의 말은 너무나 달랐다.

하지만 그는 내색하지 않고 물었다.

「그걸 어떻게 알고 있는 거지?」

"이 지구의 대기가 말해 주고 있습니다. 대지는 고통을 받기 싫다며 울부짖고 있습니다. 결국 와카루가 신께 도전하기 시작한 것입니다."

바이칼은 가만히 세이아를 바라보았다. 결국 그는 등에 올라타 있는 리디아를 내리게 한 후 공중으로 천천히 날아오르며 말했다.

「진작에 말했다면 희생은 막을 수 있었을 것 아닌가. 지금까지 왜 숨겨 왔지, 성계신 아가씨.」

"기계의 감정은 읽을 수 없기 때문입니다. 게다가 그 기계를 조종하는 와카루는 최근 저의 힘을 뛰어넘었기 때문에 더 이상 그의 생각을 읽고 그의 계획을 막을 수가 없었습니다. 죄송합니다."

그러자 바이칼은 코웃음을 치며 그녀에게 말했다.

「그딴 건 필요 없어. 왜 리오나 지크에게 성계신이라는 것을 밝히지 않았냐는 것이다.」

세이아는 다시 눈을 감으며 말했다.

"리오 님은 저와 너무 깊이 얽혀 계십니다. 그분은 가즈 나이트가 될 시점부터 얽혀 버린 '전생의 인연' 때문에 현재도 고통스러워하고 계십니다. 그런 분께 제가 성계신이란 사실을 차마 알릴 수는 없었습니다."

「풋, 멍청한…….」

바이칼은 비웃듯 고개를 저었다. 세이아가 깜짝 놀라며 바라보자 그는 다시 세이아를 내려다보며 말했다.

「살아온 지 30년도 채 안 된 신 따위가 7백 년 이상 살아온 바람둥이의 속을 어떻게 알겠나. 리오라는 녀석은 네가 없었을 때도 잘 살아온 녀석이다. 네가 그런 식으로 걱정해 준다고 해서 날아갈 듯이 기뻐할 녀석은 아냐. 후훗, 웃으면 그만이지. 이런 견습신에게 성계신의 중책을 맡긴 주신도 노망이 들 대로 들었군. 어쨌든 너도 신이니 이제 더 이상 보호해 줄 필요는 없겠지. 하늘에서 떨어진다는 불덩이를 막을 궁리나 하시지. 귀찮으면 그 뒤처리할 생각이나 하든가. 그럼.」

바이칼은 다시 리디아를 등에 태우고 어디론가 날아가 버렸다. 세이아는 어두운 표정으로 고개를 숙였다.

"역시 당신이 성계신이셨군요."

그때 세이아의 뒤에서 어떤 여자의 목소리가 들려왔다. 굳은 표정으로 고개를 든 세이아가 말했다.

"데스 발키리입니까? 성함이 어떻게 되시나요."

세이아의 집 현관에 기대서 있던 붉은 머리카락의 여성은 미소를 지은 채 천천히 다가오며 자신을 소개했다.

"당신이 말씀하신 대로, 데스 발키리죠. 이름은 아란 슈발츠. '절 망'의 힘을 갖고 있죠. 자, 소개는 했으니, 우리 얘기나 해 볼까요?"

세이아는 묵묵히 아란을 바라보았다. 그녀에게서 리오가 느껴졌 기 때문이다.

"좋아요. 모두 다시 복구 작업에 참여해 주세요! 아버지께서는 저를 좀 도와주세요!"

루이는 곧바로 버추얼 프로그래밍 장비를 벗고 오퍼레이터들이 구해 온 장비가 있는 곳으로 뛰어갔다. 뒤따라 처크도 달려갔다. 루이는 처크에게 무선 조종기를 내밀며 말했다.

"안에 있는 회로는 그대로 두시고 케이스만 제거해 주세요, 아버 지! 빨리요! 10분밖에 남지 않았어요!"

"아, 알았다!"

처크는 다른 오퍼레이터에게 드라이버를 건네받은 후 조종기의 케이스를 제거하기 시작했다. 루이는 SAM 제어기를 노트북에 연 결한 후 프로그램을 바꿨다. 루이의 번개 같은 손놀림을 본 오퍼레 이터는 놀란 눈으로 동료에게 말했다.

"우아, 루이 선배 대단하다. 저렇게 간단히 SAM 제어기의 보호 프로그램을 제거할 줄이야."

"그것뿐이 아니야. 10분 만에 시스템 손상률을 70퍼센트로 낮췄 다고. 역시 '천재'라는 말이 무색하지 않아."

그들이 그렇게 구경하는 동안, 처크는 플라스틱 케이스를 제거 했고, 그에게서 조종기의 내부 부품을 건네받은 루이는 곧바로 납 땜기와 회로선을 이용해 증폭기를 연결한 다음 그렇게 만들어진

간이 조종기를 SAM 제어기에 연결했다. 루이는 곧 심호흡을 한 뒤 제어기에 전원을 연결했고, 무언가 타는 냄새와 함께 노트북에 위성 연결 프로그램이 떠올랐다.

"모형 비행기의 간단한 신호기로는 위성을 완전히 제어할 수는 없겠지만, 그래도 움직이는 것은 제어할 수 있을 거예요. SAM 제어기와 증폭기로 전파의 성향과 강도를 바꾸었기 때문에 현재 중간권에 있는 위성이라 해도 가능해요. 이제 위성을 떨어뜨리려는 사람에게 발각되지만 않으면!"

루이는 그렇게 중얼거리며 노트북의 키보드를 계속 두드려 나갔다. 처크는 팔짱을 낀 채 묵묵히 루이를 지켜볼 뿐이었다.

"음?"

와카루는 한국을 향해 떨어지고 있는 BSP 위성에 붉은 신호가 들어오자 눈썹을 꿈틀거리며 키보드를 두드렸다.

"오호? 위성의 이동 제어기가 원격조종되고 있잖아? 하지만 통신을 연결하면 분명히 내 프로그램에 탐색이 될 터인데…… 아하, 그렇군. 이런 이런, 단순한 것을 생각하지 못했구먼. 하지만 뭐 어차피 중간권에 있으니 전파 차단을 하면 좀 빨리 떨어질 뿐이겠지. 대기의 마찰 때문에 도중에 터지긴 하겠지만…… 하여튼 막을 방법을 생각해 냈다니 대단한 천재가 있군. 하지만…… 헛헛헛, 내가 더 천재거든. 허허허허헛."

와카루는 여유 있게 웃으며 손가락을 계속 움직였다.

루이는 조종기 스틱을 위로 올렸다. 전파를 잘 맞춘 탓에 위성은 천천히 상승하고 있는 중이었다. 처크는 안도의 한숨을 내쉬고 있었고, 다른 오퍼레이터들 역시 마음을 놓으려는 찰나였다.

순간 노트북의 모니터에 수신 불가능 메시지가 떠올랐다. 루이는 마른침을 꿀꺽 삼키며 처크를 바라보았다. 처크는 무언가 잘못됐다는 것을 루이의 눈빛에서 읽을 수 있었다.

"왜 그러니, 루이?"

"위성 자체가 제어 전파를 모두 차단해 버렸어요. 지금부터는 아무도 위성을 제어할 수 없어요."

"그, 그렇다면……?"

루이는 눈을 지그시 감았다 떴다. 그러고는 머리카락을 거칠게 움켜쥐며 힘없이 대답했다.

"더 빠른 속도로 지면에 충돌할 거예요. 아니면 마찰 시의 열 때문에 공중에서 폭발하거나…… 설마 이렇게 빨리 발각될 줄은 몰랐는데!"

루이의 목소리에 분함이 섞여 있었다. 결국 처크는 한숨을 길게 쉬며 오퍼레이터들에게 지시했다.

"지금부터 수도방위 BSP는 본부를 포기한다. 하는 수 없지."

"자, 잠깐만요. 부장님! 고열의 물체가 본부 쪽을 향해 급속도로 접근하고 있습니다!"

한 오퍼레이터가 말했다.

"뭐?"

기지의 레이더를 보고 있던 한 오퍼레이터가 그렇게 소리치자, 막 상황실을 빠져나가려던 처크와 다른 오퍼레이터들은 깜짝 놀란 얼굴로 오퍼레이터를 바라보았다. 처크는 즉시 외부 카메라를 맡은 오퍼레이터에게 소리쳤다.

"그 물체 쪽으로 카메라를 돌리도록! 새로운 바이오 버그인지 확인해 볼 수 있겠나?"

"자, 잠깐만 기다려 주십시오!"

오퍼레이터는 본부 건물 외부에 설치된 카메라의 각도를 레이더가 가리키고 있는 물체 방향으로 급히 바꾸었다. 상황실의 스크린에는 모두가 말을 잊을 정도의 광경이 떠올랐다. 온몸이 화염에 휩싸인 한 사나이가 본부 쪽으로 날아오고 있었다.

"뭐, 뭐야?"

처크는 아연실색하며 선글라스를 벗었고, 다른 오퍼레이터들 역시 마찬가지로 멍한 표정을 지은 채 모니터에 집중했다. 그때 모니터를 뚫어지게 바라보고 있던 루이가 벌떡 일어서며 소리쳤다.

"그 남자예요! 슈렌이라는 남자예요!"

BSP 본부 건물을 향해 급속으로 날아가던 슈렌은 본부의 분위기가 이상하다는 것을 느낄 수 있었다. 주위는 아주 조용했지만 너무나 짙은 침묵이 깔려 있었기에 그는 긴장을 하며 건물 주위를 빙빙 돌았다.

— 슈렌 씨, 슈렌 씨 들리십니까?

그때 건물 외부의 스피커에서 여자의 목소리가 들려왔다. 슈렌은 기지 건물 쪽으로 다시 시선을 돌려 보았다.

'외부 카메라군.'

슈렌은 그 카메라에 시선을 고정한 채 고개를 끄덕였다.

— 지금 이곳을 향해 중형 인공위성이 떨어지고 있습니다. 죄송하지만 슈렌 씨에게 적당한 방법이 있으신가요?

'인공위성?'

슈렌은 건물 위쪽을 바라보았다. 위성이 보이지는 않았지만 상공의 대기가 무언가에 통과되어 불안정해진 것을 보고 위성이 떨어진다는 것을 느낄 수 있었다. 슈렌은 오른손을 입가에 가져간 채 조용히 생각했다.

'내가 그룬가르드를 던진다 해도 지금 상황에서는 닿지 않을 것이고…… 마법으로 밀어내는 방법 말고 없나?'

슈렌은 곧바로 본부 옥상을 향해 올라갔다. 옥상에 설치된 카메라가 연신 그를 녹화했다. 주위를 둘러보던 슈렌은 가만히 카메라를 바라보다가 시험 삼아 간단히 말해 보았다.

"제 목소리가 들립니까?"

— 예, 바람 소리 때문에 감도가 좋진 않지만 들리긴 합니다.

"그럼 지금 떨어지는 위성에 대해 알 수 있습니까. 만약 폭발한다면 어떤 일이 벌어지는지…….."

— 지금 본부를 향해 떨어지고 있는 위성은 대형 고체 수소 연료와 그리 안정적이지 못한 융합로를 가지고 있습니다. 현재 남은 연료의 양을 고려해 볼 때, 폭발을 한다면 1메가톤급 수소폭탄의 위력을 발휘하게 됩니다.

슈렌은 고개를 끄덕이고 다시 상공을 올려다보았다. 드디어 깨알만 한 위성의 모습이 그의 시야에 들어왔다. 팔짱을 끼고 잠시 생각을 해 보던 슈렌은 곧 눈을 뜨며 그룬가르드의 끝을 잡고 위쪽을 향해 치켜올렸다.

"멜튼으로 밀어내는 수밖에…….."

그렇게 중얼거린 슈렌의 몸에선 다시금 찬란한 불꽃이 일기 시작했고, BSP 건물 옥상은 순식간에 불바다로 변했다. 그에 따라 슈렌을 포착하고 있던 카메라도 녹아 버려 쓸 수 없게 되고 말았다.

"본부 옥상의 온도 급상승! 현재 섭씨 1300…… 2500도! 계속 상승 중입니다!"

"옥상에 설치된 레이더 사용 불가! 외부 레이더로 돌립니다!"

"상층부 유리창이 녹아 건물 외벽을 따라 흘러내리고 있습니다!"

계속되는 오퍼레이터들의 보고를 처크는 잔뜩 긴장된 표정으로 들을 수밖에 없었다. 듣지도 보지도 못한 초현실적인 일이 현재 BSP 본부 옥상에서 일어나고 있었다.

"인간이 4천 도에 가까운 열을 발생시키다니! 하긴 지크도 몸에서 전기를 뿜어내지 있을 수는 있겠지만……. 그건 그렇고 루이, 넌 그 슈렌이란 남자가 우리를 도와줄 것이라고 어떻게 확신할 수 있었지?"

모니터를 통해 건물 외부의 온도가 올라가는 것을 지켜보던 루이는 안경을 벗으며 질문에 대답했다.

"이상하게도, 우리가 할 수 없는 일을 그가 할 수 있을 것만 같았어요. 어제 본부에 침투했던 생체병기를 우리 대신 처리해 주었으니 도와줄 것 같기도 했고요."

루이의 말을 들은 처크는 묵묵히 고개를 끄덕였다.

"하긴 몸에 불을 달고 날아다니는데 나라도 부탁을 했겠지."

"슈렌인가?"

바이오 버그에 둘러싸여 한참 전투를 벌이던 리오는 동작을 멈추고 BSP 본부 쪽을 바라보았다. 주위 고층 빌딩들 때문에 완전히 보이지 않았지만 그쪽 방향에서 강한 불의 기운을 느낄 수 있었다.

'멜튼을 쓸 수 있을 정도의 기력이군. 근데 도대체 무슨 문제기에 기를 저 정도로 모으는 거지? 설마, 데스 발키리가 본부를……?'

리오는 고개를 갸웃거리며 바이오 버그들과 싸우기 위해 몸 주위에 쳐 두었던 기의 장막을 거두었다.

그 이상의 수고는 필요 없었다. 그가 BSP 본부 쪽을 바라보는 동안 바이오 버그들은 모조리 후퇴했다.

리오는 이해가 안 간다는 표정을 지은 채 멀리 사라져 가는 바이오 버그들을 바라볼 뿐이었다.

"설마 그 와카루라는 노인이 무슨 흉계라도 꾸미고 있는 것인가? 아무래도 안 되겠군. 집 쪽으로 가 봐야겠어."

리오는 급히 리진과 넬이 기다리고 있는 장소를 향해 뛰었다. 그들을 데리고 가기는 좀 그랬지만 상황이 급한 것 같은 느낌에 어쩔 수 없었다.

순찰차 안에 틀어박혀 있던 리진과 넬은 리오가 멀쩡히 돌아오자 안도의 숨을 내쉬며 차창을 감싼 장갑판을 제거한 후 문을 열고 밖으로 나가려 했다.

그러나 리오가 망토를 펄럭이며 차 안으로 들어오자 둘은 인상을 쓰며 다시 차 안으로 들어갔다. 리오는 굳은 표정을 지은 채 리진을 돌아보며 급히 말했다.

"지크의 집 아시죠? 그쪽으로 좀 부탁드립니다."

"예? 어, 어째서……."

"뭔가 일이 잘못되어 가고 있는 느낌입니다. 본부 쪽도 심각하지만 아무래도 집에 있는 사람들이 걱정돼요. 아차! 라이아!"

순간 리오는 손바닥으로 이마를 치며 표정을 일그러뜨렸다.

"죄송하지만 ○○여중 쪽을 먼저 부탁드립니다! 완전히 잊고 있었다니…… 젠장!"

"아, 예."

리진은 차에 시동을 걸고 항법장치를 켜서 리오가 말한 중학교가 어디에 위치해 있는지 찾았다. 그러나 항법장치의 디스플레이에 '수신 불가능'이라는 에러 메시지만 떠오를 뿐이었다.

리진은 고개를 갸웃거리며 항법장치를 손으로 두드려 보았다.

"이게 왜 이러지? 아침에 나오면서 분명히 점검했는데?"

"하는 수 없군요. 제가 그쪽으로 가는 길을 알고 있으니 길 안내를 해 드리죠."

리진은 리오의 안내를 받으며 속도를 내어 ○○중학교로 갔다.

가는 동안 리오와 리진, 넬은 처참한 광경을 목격했다. 거리에 쏟아져 나온 바이오 버그들로 행인 대부분은 죽어 있었고 시설물 역시 처참히 파괴되어 있었다.

넬은 끔찍한 듯 손으로 눈을 가렸고, 리진은 구토를 간신히 참으며 괴롭게 중얼거렸다.

"이럴 수가! 이건 너무 심하잖아!"

리오의 마음도 그리 편하지 않았다. 불길한 느낌을 지울 수 없었다. 이렇게 살육을 저지르던 바이오 버그들이 현재는 거짓말처럼 사라진 상태였다. 리진은 인상을 잔뜩 구긴 채 나지막이 말했다.

"집에 있던 부모님들은 어떻게 되셨을까요. 지금 학교에 있을 제 동생은…… 그리고 친구들은……! 이건 마치 융단 폭격을 당한 거리 같잖아요!"

"……?"

'융단 폭격'이라는 말을 들은 순간, 리오는 잠시 머리가 멍했다. 리오는 리진을 흘끔 바라보며 그녀에게 넌지시 물어보았다.

"전쟁 시 폭격을 가하는 쪽은 아군 희생을 최대한 줄여야겠죠?"

"예? 리오 씨! 이런 상황에서 지금 무슨 말씀을 하시는 거예요!"

리진은 리오의 말이 헛소리로 들렸는지 버럭 소리쳤다. 리오는 시선을 앞쪽으로 돌린 채 곰곰이 생각해 보았다. 그러다가 다시금 리진을 바라보며 물었다.

"BSP용 항법장치는 인공위성을 사용한다고 했죠? 그리고 지금은 수신 불능이고……."

리진은 리오의 질문이 얼른 이해가 되지 않았다. 그때 리오의 말을 듣고 있던 넬이 흠칫 놀라며 말했다.

"아, 리오 형! 전화용 위성도 이상했어요! 그러고 보니 위성과 관계된 것들만 이상하게 돌아가고 있었어요!"

넬의 말을 들은 순간 리오는 인상을 구기고 말았다. 불끈 쥐어진 그의 주먹에서 우두둑 소리가 들렸다.

"미티오! 인공위성을 이용한 미티오였군!"

"프시케, 뭐 이상한 소리 못 들었어?"

순찰차를 타고 급히 본부 쪽으로 가던 지크는 고개를 갸웃거리며 옆에서 운전하고 있는 프시케에게 물었다. 프시케는 눈을 동그랗게 뜨고 지크를 바라보며 대답했다.

"예? 전 아무 소리도 못 들었는데요? 지크 씨 뭔가 들으셨나요?"

"이상해. 뭔가…… 떨어지는 소리가 들렸어. 대기가 관통당하는 듯한……."

지크는 뭔가 미심쩍다는 듯이 말하며 차창을 통해 하늘을 올려다보았다. 그러나 그의 눈에는 아직 아무것도 보이지 않았다.

「아직인가!」

급속으로 날고 있는 바이칼은 자신의 등에 타고 있는 리디아에게 소리치듯 물었다. 그녀는 손으로 지상을 가리키며 대답했다.

"거의 다 왔어요. 저기 학교 앞에 보이는 노란 간판 가게예요!"

바이칼은 힘껏 날개를 펄럭이며 최대한 빨리 그곳으로 향했다. 그가 이렇게 서두르는 데엔 이유가 있었다. 하늘에서 하얀 연기를 뿜으며 떨어지는 무언가를 본 탓이었다.

「음?」

순간 바이칼은 아래쪽에서 솟아오르는 이상한 느낌에 감속을 했다. 그가 갑자기 멈추자 리디아는 깜짝 놀라 자세를 낮췄다.

두 바이칼의 앞엔 화사한 흰색 동양 옷을 입고, 윤기가 흐르는 검은 머리에 비녀를 꽂은 한 남자의 모습이 나타났다. 얼굴의 미모로 따지자면 바이칼과 대등할 정도였지만, 얼굴에 흐르는 냉철함은 바이칼의 그것과 사뭇 달랐다.

그는 드래곤으로 변해 있는 바이칼을 보며 나지막이 말했다.

"오랜만이군요, 용제. 3백 년 전 용족전쟁 이후 처음이지요?"

얼굴과 어울리지 않는 묵직한 음성이었다. 바이칼은 달갑지 않은 표정으로 자신보다 더 묘하고 날카로운 아름다움을 풍기는 그 남자에게 말했다.

「동룡족의 우두머리가 여긴 웬일이지. 쇼핑이라도 하러 왔나.」

바이칼의 물음에, 그 남자는 늘어뜨린 자신의 앞머리를 매만지며 천천히 고개를 끄덕였다.

"후, 농담이 느셨군요. 어쨌든 난 내 여동생을 찾으러 왔습니다. 당신에게 납치된 것으로 아는데 제가 데려가도 괜찮겠습니까."

「누가 네 동생이라는 거야! 갑자기 나타나서 쓸데없는 소리 하지 말고, 어서 꺼져!」

바이칼은 노기를 뿜으며 소리쳤다. 그의 반응을 지켜보던 남자는 고개를 설레설레 저으며 바이칼에게 다가갔다. 엄밀히 말하자면 바이칼의 등에 탄 리디아에게.

"자, 그동안 무서웠지, 리디아? 어서 오라버니와 함께 돌아가자꾸나. 어마마마의 일로 화를 냈던 건 용서하려무나."

"오, 오라버니……."

리디아는 그에게 뭔가 미안한 감정이 있었는지 흐린 표정을 지으며 몸을 일으켰다.

리디아를 부른 남자는 빙긋 웃으며 말했다.

"그래, 어서 오려무나. 네 오라버니라 사칭하는 이상한 남자에게서 어서 떨어지는 게 좋아."

순간 바이칼의 눈에는 더 이상 지상을 향해 떨어지는 물체가 보이지 않았다. 바이칼은 그 남자를 향해 푸른색 브레스를 뿜었다.

「꺼지라고 말했다, 주룡!」

바이칼의 브레스를 가볍게 피한 그 남자, 동룡족의 주룡(主龍) 쥬빌란은 이윽고 바이칼과 시선을 맞대며 낮은 목소리로 말했다.

"후훗, 리디아는 어마마마께서 낳으신 이 몸의 동생입니다. 저 아이의 몸에 흐르는 피와 내 몸에 흐르는 피는 같습니다. 당신이 어째서 내 동생을 당신 동생이라고 억지를 쓰시는지 모르겠지만 이제 그런 추태는 그만하시지요. 지금 이 근처 상황도 그리 좋진 않은 듯하니, 협조를 해 주시겠습니까."

「시끄럽다!」

결국 바이칼은 분노를 터뜨리며 변신했다. 그러자 거대한 드래곤의 몸집으로 커졌다. 마치 하늘에 떠오른 산처럼 거대해진 그를 보자 농담이 아니라는 것을 느낀 쥬빌란 역시 자신의 몸을 용의 모습으로 바꾸었다.

적색 비늘로 뒤덮인 긴 몸, 머리에 난 여섯 개의 뿔, 흰색의 용수(龍鬚), 그리고 손에 쥔 일명 '여의주'라 불리는 거대한 솔 스톤. 규모로는 결코 지지 않는 둘의 거대한 모습이 상공을 뒤덮었다.

아직도 바이칼의 등에 매달려 있던 리디아는 울며불며 둘에게 소리쳤다.

"그, 그만하세요 두 분 다! 더 급한 일이 있잖아요!"

그러나 그녀의 목소리는 지면과 충돌하는 위성들의 대폭발에 가려 더 이상 들리지 않았다.

「이런!」

바이칼과 쥬빌란은 밀려오는 폭발의 섬광으로부터 몸을 보호하기 위해 각자 결계를 쳤다.

하지만 주위의 가옥과 학교, 그리고 지크의 어머니 레니가 운영하는 노란색 간판의 문방구는 빛에 휘말려 힘없이 사라졌다.

그곳뿐만이 아니었다. 그 시각, 전 세계의 도시들은 하늘에서 떨어진 위성들의 폭발에 휘말려 잿더미로 변해 갔다.

단 하나 다른 곳이 있다면 대한민국 수도 서울의 한 부분이었다. 그곳에서는 붉은색의 거대한 빛줄기가 위성 하나를 휘감은 채 대기권을 뚫고 솟구치고 있었다.

전 세계의 일부라고는 했지만, 폭발 부위가 사람들이 많이 모여 살고 있는 주요 도시나 수도여서 사상자 수는 알 수 없을 정도였다.

살아남은 사람들은 더 이상 신문과 방송을 통해 정보를 입수할 수 없었다. 물론 전기 역시 사용 불가능이었다. 30여 년의 노력에 의해 겨우 깨끗해진 지구의 공기는 솟구친 재로 오염되었고, 바다 역시 짙게 깔린 구름에 의해 검게 변했다.

복구가 불가능한 것은 아니었다. 그러나 사람들은 복구할 생각을 하지 못했다. 그 사건 이후 집 밖을 유유히 돌아다니는 바이오 버그들과 검붉은 장갑을 가진 두 종류의 로봇이 거리를 계속 파괴했다.

그리고 자신들을 동룡족이라 밝힌 다른 종족의 군대에 의해 군사적으로 이용할 가치가 있는 도시는 차례로 점령되었다. 모든 것을 잃어버린 사람들은 희망을 잃고 방황하다 죽어 갔다.

그런 면에서 대한민국이란 나라는 축복을 받은 것이었다. 피해 규모는 다른 나라와 비슷했지만 그 이후 바이오 버그나 동룡족에게 피해를 받은 일은 없었다.

하늘에서 내려온 거대한 성전과 함께.

폭발의 여파가 사라진 후, 바이칼과 쥬빌란은 자신들의 몸에 치고 있던 결계를 걷고 서로 쏘아보았다.

그러다 쥬빌란은 폐허가 되어 버린 근처의 지형을 둘러보며 바이칼에게 말했다.

「주위가 대충 정리됐으니 실력 행사를 해 볼까요. 그리 내키진 않지만 말입니다.」

「원하던 바다, 주룡. 네 녀석의 입을 완전히 봉해 주지!」

막 대결을 펼치려던 둘의 귀에 누군가의 절규가 들려왔다.

"아줌마! 레니 아줌마! 시에!"

바이칼의 등에 타고 있던 리디아는 재가 된 노란 간판의 문방구를 바라보며 절규했다.

그녀의 목소리를 들은 바이칼은 아차 하며 그쪽을 바라보았지만 이미 늦었다. 그의 등에 얼굴을 대고 울던 리디아는 잠시 후 바이칼과 쥬빌란을 향해 울음이 섞인 목소리로 소리쳤다.

"당신들, 당신들이 서로 싸우려고 하지만 않았어도 사람을 조금이나마 구할 수 있었을 것 아니에요! 제가 누구 동생인 것이 중요한가요, 아니면 사람들의 목숨이 중요한가요!"

그러자 쥬빌란이 굳은 표정으로 대답했다.

「하등생물이 죽는 것은 우리가 상관할 일이 아니다. 인간들은 어차피 더하지 않니? 자신보다 하등한 생물들을 음식 이외의 용도로 죽이며 즐거워하지. '사냥'이라는 스포츠의 미명하에 말이다. 그에 비하면 우리는 훨씬 나은 거다.」

"그, 그런! 오라버니, 어떻게 그런 말씀을 하실 수 있나요!"

한편 그 사이에 끼어 있던 바이칼은 묵묵부답이었다. 그의 기분은 가라앉아 있었다. 다른 사람들은 모르겠지만 레니, 그리고 시에가 희생자 명단에 포함되어 있었기 때문이다.

우르릉.

순간 문방구가 있던 지점이 크게 꿈틀거렸다. 셋은 일제히 그곳으로 고개를 돌렸다.

이윽고 검게 변해 버린 지면을 뚫고 붉은색 털로 뒤덮인 거대한 사자가 튀어 올랐다. 몸에 희미한 결계를 치고 있는 그 날개 달린 존재는 바이칼을 발견하고는 곧바로 결계를 걷고 반가운 듯 꼬리를 살랑거렸다.

「응?」

그 사자는 등에 달린 날개를 파닥거리며 접근하더니 이내 바이칼의 목에 매달려 혀로 안면을 핥았다.

그제야 바이칼은 자신에게 매달려 기뻐하고 있는 사자의 정체를 알 수 있었다.

「베히모스! 설마 시에?」

'시에'라는 말에, 그 사자는 더욱 기뻐하며 바이칼에게 몸을 비벼 댔다.

그런 뒤 앞발을 자신의 텁수룩한 갈기 속에 넣고 무언가를 바이 칼의 눈앞에 꺼내 보였다. 의식을 잃은 레니였다. 바이칼은 안도한 듯 길게 한숨을 내쉬었다.

바이칼은 베히모스의 모습으로 변한 시에로부터 레니를 받아 들 고 쥬빌란을 바라보았다. 그러자 시에는 쥬빌란을 향해 몸을 돌린 뒤 으르렁댔다.

갑자기 적이 둘이 되어 버린 쥬빌란은 순식간에 인간의 모습으 로 변한 후 씁쓸한 표정으로 중얼거렸다.

"상당히 강한 인조생명체군요. 그렇다면 하는 수 없겠습니다. 잠 시 동안 리디아를 당신에게 맡기도록 하죠. 그럼 오늘은 이만."

쥬빌란은 차원의 문을 열고 곧바로 사라졌다.

바이칼은 레니와 리디아를 지상에 내려 주고 인간의 모습으로 변했다. 그러나 시에는 인간형으로 변하는 것을 모르는지 하늘에 멍하니 떠 있었다.

바이칼은 한심하다는 듯 고개를 숙이며 말했다.

"계속 떠 있어. 넌 내려오면 위험해."

"크웅."

시에는 고개를 끄덕였다.

바이칼은 곧 레니의 상태를 확인했다. 이마에 타박상을 입은 것 말고 큰 부상은 없었다.

"괜찮군. 운 하나는 좋은 인간이야. 자, 리디아. 돌아가자…… 윽!"

그때 바이칼의 얼굴로 리디아의 손이 날아들었다. 의외의 공격 을 당한 바이칼은 멍한 얼굴로 그녀를 바라보았다. 그녀는 눈물을 홀리며 바이칼에게 소리쳤다.

"그만해요! 하마터면 레니 아줌마와 시에가 위험할 뻔했다고요! 당신과 오라버니의 자존심 때문에 다른 사람들 모두 목숨을 잃었고요! 그러고서도 당신이 서룡족의 제왕인가요!"

"뭐라고? 닥치지 못해!"

바이칼의 얼굴은 분노로 일그러졌고, 결국 그녀의 뺨을 치고 말았다.

"아앗!"

그녀는 힘없이 땅에 쓰러졌다. 그 모습을 공중에서 내려다보던 시에는 움찔하며 놀란 표정을 지었다.

바이칼은 그녀의 옷자락을 움켜쥐고 소리쳤다.

"네가 어떤 존재인지 알지도 못하면서 함부로 입 놀리지 마! 건방지게……!"

"윽! 당신이 뭔데 그래요! 당신이 저에게 뭐가 된다고 이러시냐고요!"

"네 오빠지 누구긴 누구야! 아까도 들었잖아!"

순간 그녀는 울음을 그치고 바이칼을 쳐다보았다. 바이칼은 그녀의 옷자락을 잡은 손을 풀고 뒤로 돌아서며 외쳤다.

"동생이라고, 내 동생! 여동생! 빌어먹을!"

리디아는 갑작스러운 상황에 아무런 말도 하지 못했다. 상황 파악이 안 되고 있는 시에는 지상에 있는 둘을 쓸쓸한 눈으로 바라볼 뿐이었다.

창문을 제외하고 별 탈 없이 보존된 자신의 집 앞에서 안도의 숨을 쉬고 있는 리진을 뒤로한 채 리오는 뿌연 하늘을 말없이 바라보왔다.

아직도 폭발의 여파 때문에 공기는 후끈거렸지만 리오는 그런 것조차 느낄 수 없었다.

'와카루, 당신인가. 하긴 이런 장난 아닌 장난을 할 인간은 당신뿐이겠지.'

리오는 눈을 감으며 한숨을 길게 쉬었다.

조금 후 리오는 바닥에 떨어진 거대한 전광판 위에 힘없이 앉아 있는 넬을 보았다. 넬은 마치 정신이 나간 사람처럼 멍하니 동쪽 하늘을 바라보고 있었다.

리진이 집 안으로 들어간 사이, 리오는 넬을 뒤에서 푸근히 안으며 물었다.

"괜찮니?"

"괘, 괜찮아요."

리오는 콧소리가 섞인 넬의 목소리에 안타까운 나머지 눈을 감았다. 그리고 넬의 좁은 어깨에 턱을 대며 나지막이 말했다.

"울어도 괜찮아. 이상할 건 없어."

"아, 아니에요. 저, 저는 BSP인걸요."

울음을 참고 있는 그녀의 말에 리오는 쓸쓸히 웃으며 말했다.

"내 눈엔 마음속으로 펑펑 우는 보통 소녀밖엔 보이지 않은걸."

"그, 그만하세요! 우, 울어 버릴 거란 말이에요…… 흑!"

넬은 결국 리오의 토시에 얼굴을 묻으며 울기 시작했다. 리오는 토시에 스며드는 넬의 눈물을 느끼며 이를 악물었다.

'무슨 생각을 하고 있나, 와카루. 언제까지 이 착한 사람들을 괴롭힐 생각인가!'

"……안타깝군."

BSP 건물 옥상에서 군데군데 구멍이 뚫려 버린 수도의 모습에을 보고 슈렌은 한숨을 지으며 고개를 저었다.

BSP 본부에 떨어지는 것은 그가 어떻게 막았으나, 다른 곳에 떨어지는 것은 속수무책으로 바라볼 수밖에 없었다.

"슈렌! 슈렌!"

그때 옥상으로 통하는 계단에서 지크의 목소리가 들려왔다. 슈렌은 조용히 뒤를 돌아보았다.

"무사했군."

지크는 자신의 금발을 거칠게 쓸어 넘기며 고개를 끄덕였다.

"아아, 가까스로 폭발 범위에서 벗어날 수 있었어. 대신 차가 망가지긴 했지만. 그런데 이게 도대체 어떻게 된 일이야? 위성들이 갑자기 후두둑 떨어지다니 말이야."

"누군가 위성을 조작했거나, 이 행성의 중력에 이상이 생겼거나 둘 중 하나야. 하지만 후자는 가능성이 적지. 중력에 이상이 생겼다고 해서 위성이 이 본부로 정확히 떨어질 이유는 없을 테니까."

슈렌은 그렇게 말하며 그룬가르드가 내뿜은 열기로 시커멓게 그을린 옥상 난간에 기대었다.

지크는 잔뜩 인상을 찡그린 채 두 주먹을 부딪치며 화를 가라앉히기 위해 노력했다.

"젠장, 사상자가 몇 명일까? 하긴 이런 질문을 하는 나 자신이 바보 같다. 그건 그렇고 슈렌, 넌 여기 계속 있을 거야? 난 여기 남아야 할 것 같은데……."

슈렌은 고개를 저으며 대답했다.

"조금 쉬었다 집 쪽으로 돌아갈 생각이야."

"알았어. 그럼 난 먼저 내려가 볼게."

슈렌과 헤어진 지크는 다시 본부로 향했다. 엘리베이터가 고장 난 탓에 계단을 이용해 내려가던 지크는 위성들이 떨어진 이유를 생각했다. 떠오르는 것은 단 한 사람의 이름뿐이었다.

"쳇, 그 빌어먹을 대머리 할아범!"

상황실까지 내려간 지크는 발전기가 수리될 때까지 수동 개폐로 전환되어 있는 상황실 정문을 직접 손으로 열어야만 했다.

그는 다른 동료들과 함께 한참 토론을 하고 있던 처크에게 다가가 현재 상황을 물었다.

"할아버지, 사상자 확인이 가능한가요?"

선글라스를 벗은 처크는 가라앉은 목소리로 고개를 저으며 말했다.

"유선 전화까지 모두 불통이야. 경찰과 연락을 취할 수 없기 때문에 피해 상황을 알긴 힘들 것 같아. 그건 그렇고 리진과 리오 군은 어디 있는 거지? 다른 사람들은 모두 다 귀환했는데 말이야."

"별 문제는 없을 거예요. 걱정하지 마세요."

지크의 자신 있는 대답을 들은 처크는 의외라는 생각을 했으나 리오가 지크의 형제라는 말을 들은 적이 있기에 고개를 끄덕였다. 처크는 곧 집합한 대원들을 바라보며 말했다.

"그럼, 우선 이 근처의 피해 상황부터 알아보도록 하지. 헤이그와 마티, 티베는 우선 본부에 남아 있도록 하고, 나머지 사람들은 위성이 떨어진 지점을 중점으로 확인해 주길 바라네. 폭발 중심으로부터 2킬로미터까지의 상황은 조사해 보지 않아도 될 듯하지만, 지하도나 지하철 안쪽에 생존자가 있을 수도 있으니 가급적이면 그쪽도 부탁하네. 그럼 이만."

"예!"

지크와 프시케, 케빈 등이 나간 뒤 처크는 지친 듯 의자에 몸을 기댔다. 헤이그가 침통한 얼굴로 처크를 바라보며 넌지시 말했다.

"우연한 사고는 아닌 것 같군요, 부장님."

"음, 나도 그렇게 생각하네. 그것도 확실히."

"예?"

처크가 그렇게 단언하자 헤이그는 고개를 갸웃거렸다. 처크는 입에 담배를 물며 좀 전의 상황을 얘기해 주었다.

"루이가 머리를 써서 위성의 각도를 바꾸려고 했는데, 누군가가 위성을 다시 조작해서 완전 조작 불능 상태로 만들어 버렸네. 그것도 우리 눈앞에서. 위성이 스스로 조작을 불가능하게 만들었을 리는 없겠지. 그런 경우를 겪고 보니 작년에 일어난 일이 이상할 정도로 떠오르는군."

"그러게 말입니다."

헤이그는 팔짱을 끼며 고개를 끄덕였다. 폭발에 대한 이런저런 얘기를 나누던 중, 처크는 헤이그의 가족에 대한 일을 조심스럽게 물었다.

"자네 가족들은 괜찮나? 확인하지 않아도 되겠어?"

"아, 저희 집은 본부 카메라로 볼 수 있는 거리에 있기 때문에 괜찮습니다. 제 딸도 오늘은 쉬는 날이어서 집에 있었으니 괜찮을 겁니다. 그런데 부장님 사모님께선……."

"음? 우리 집은 본부 옆 건물이잖나. 자네 긴장한 모양이군."

"아아, 그렇군요. 제가 너무 긴장한 모양입니다. 하핫."

약간이나마 긴장이 풀리는 대화가 오가는 동안, 관리부 직원이 처크에게 다가와 경례를 붙이며 발전기 수리 상황을 보고했다.

"발전기 수리가 완료됐습니다, 부장님. 지시를 내려 주십시오."

"귀찮게 웬 보고를…… 그냥 올리게."

"예, 알겠습니다."

그가 곧 허리에 차고 있던 무전기로 발전기 쪽에 연락을 취하자 비상등이 켜져 있던 상황실과 본부 전체에 즉시 전원이 다시 들어왔다. 집에 있는 가족들 걱정을 하고 있던 오퍼레이터들과 다른 직원들은 비상시인 만큼 재빨리 업무를 시작했다.

"부장님! 긴급 상황입니다!"

안타깝게도 전원이 들어온 지 채 1분도 지나지 않아 레이더를 맡은 오퍼레이터의 목소리가 상황실에 울렸다.

얼핏 듣기에도 무척 다급한 목소리였다.

속으로 수만 가지의 탄식을 퍼부은 처크는 거칠게 담배를 비벼 끄고 소리쳤다.

"모니터에 띄워 봐! 어서!"

"예!"

상황실의 대형 모니터에 곧 서울을 향해 빠른 속도로 접근하는 네 개의 비행물체가 나타났다. 처크는 인상을 구기며 오퍼레이터에게 물었다.

"저 비행물체의 기종을 확인할 수 있겠나?"

"그, 그것이…… 신호음 자체가 처음 들어 보는 종류여서 잘 모르겠습니다."

"잠시만요."

그때 루이가 신호음 확인용 헤드폰을 직접 쓰고 들어 보았다. 잠시 후 그녀는 모니터 앞으로 달려가며 처크에게 말했다.

"신호음으로 보아, 지금 접근하는 물체는 전장이나 전폭이

100미터에 가까운 대형 비행물체입니다. 미 국방부에서 대전차 수송용으로 만든 프로메테우스급 D-21기의 신호와 비슷합니다만 다른 신호는 모두 다르기에 확실히 어떤 기종인지는 확인이 불가능합니다."

다른 오퍼레이터들은 감탄했지만, 처크는 불안감을 감출 수 없었다. 뭔가 생각나는 것이 하나 있었다.

"루이, 예전에 전 세계에서 출몰했던 괴로봇의 크기, 기억할 수 있나?"

처크의 질문에 루이는 눈을 감고 가만히 기억을 더듬어 보다가 고개를 끄덕이며 대답했다.

"예. 검은색의 로봇 같은 경우 무기 장비 시 신장은 3.21미터, 무게가 2.8톤이었고 붉은색의 로봇 같은 경우 무기장비 시 신장 2.89미터, 무게가 3.9톤이었습니다. 검은색의 로봇은 고기동성을 지닌, 장갑 안에 생체구조가 들어 있는 특이한 형태였고, 붉은색의 로봇은 중장갑을 지닌, 역시 같은 생체구조를 지닌 로봇이었습니다. 생체구조에 의해, 동일한 크기를 지닌 기계형 2족 보행형 로봇보다 훨씬 더 경량이었고……."

"아, 알겠어. 만약 D-21기에 그 로봇을 탑재한다면 한 기체당 몇 기의 로봇을 탑재할 수 있을 것 같나?"

"D-21기의 경우, 미군 주력 전차인 A-94 클린턴 대전차를 12기 정도 탑재할 수 있습니다. 그것을 감안할 때, 검은색의 로봇만을 탑재한다면 약 1백 기 정도 탑재할 수 있을 것입니다."

그 말을 들은 처크는 막 서울 상공에 진입하고 있는 네 개의 신호를 바라보며 씁쓸히 중얼거렸다. 물론 담배 한 개비를 입으로 가져가며.

"운이 좋으면 48기의 대전차고, 운이 나쁘면 4백 기의 생체로봇이군. 후."

그때 레이더를 맡은 오퍼레이터의 목소리가 다시 들려왔다.

"괴비행물체가 지금 막 정지했습니다!"

'리오 님, 네 개의 위협이 다가왔답니다.'

"……?"

넬을 위로해 주던 리오는 귓가에 낯익은 목소리가 들려오자 흠 칫 놀라며 공중을 올려다보았다. 그러나 공중에는 아무도 없고 목 소리만 계속 들려왔다.

'사람들이 위험합니다. 강 하류 부근에 두 개, 상류 부근에 두 개 가 나타났습니다. 상류 부근은 걱정하지 마시고 하류 부근에 나타 난 두 개의 위협을 처리해 주세요.'

"잠깐, 세이아?"

'급합니다, 시간이 없어요. 부탁드립니다, 리오 님. 지금 바이칼 님께서 그쪽으로 가고 계실 겁니다.'

"자, 잠깐만! 설마 당신이 성계신……?"

그러나 그 목소리는 더 이상 들리지 않았다. 리오는 몸을 일으킨 채 하늘만을 바라볼 뿐이었다.

"무슨 일이에요, 리오 형?"

리오의 반응에 놀란 넬은 손수건으로 눈물을 닦으며 그를 쳐다 보았다. 가만히 하늘만을 바라보던 그는 곧 표정을 굳혔다.

"리진 양의 집에 들어가 있겠니? 아무래도 할 일이 생긴 것 같아 서 말이야."

현재 상황을 이해할 수 없던 넬은 멍한 눈으로 고개를 끄덕였다.

리오는 고맙다는 듯 넬의 뺨을 두어 번 토닥거린 후 공중으로 재빨리 날아올랐다.

그에 맞춰 하늘 저편에서 드래곤 한 마리가 급속으로 날아왔고 리오는 그 드래곤의 등에 올라타고 서쪽으로 향했다.

그 모습을 지켜보던 넬은 쓸쓸히 웃으며 중얼거렸다.

"드래군…… 오랜만에 보는구나."

"너도 들었지, 바이칼!"

「들었으니 여기로 왔지.」

"세이아가 정말 이 행성의 성계신이었단 말인가. 도대체 주신께서 무슨 생각으로 그러셨는지 이해가 안 가는군."

「그 할아범 노망기가 있다고 몇 번이나 말했잖아.」

리오는 바이칼의 투덜거림을 들으며 파라그레이드를 천천히 뽑아 들었다. 그의 시야에 거대한 비행물체가 들어왔다. 적어도 100미터는 되어 보이는 거대한 헬리캐리어였다. 그 비행물체는 수십 대의 검은색 물체들을 낙하시키고 있었다.

리오는 쓴웃음을 지으며 바이칼에게 물었다.

"내 눈이 틀리지 않다면 나찰과 수라라는 깡통들이 틀림없겠지?"

「이 몸의 눈에도 그렇게 보이니 맞는 것 같군.」

리오는 고개를 끄덕이며 파라그레이드에 기를 주입했다. 곧 짙푸른 오리하르콘의 날에서 절삭성이 높은 반투명의 날이 형성됐다. 리오는 검을 쥔 손목에 힘을 주며 소리쳤다.

"좋아. 가자, 바이칼!"

"잠깐, 리오 씨."

그때 리오 옆으로 붉은 섬광이 스쳐 지나갔다. 리오는 움찔하며 옆을 바라보았다.

"아란?"

가죽 재킷에 타이트한 가죽 스커트를 입고 있는 데스 발키리, 아
란이 미소를 지은 채 바이칼 옆에서 날고 있었다. 리오는 씁쓸히
웃으며 그녀에게 물었다.

"후, 무슨 일이지? 설마 방해하려고 온 것은 아니겠지."

"이번엔 당신에게 잃은 점수를 만회하려고 왔죠. 기쁘죠? 후훗."

리오는 아란의 행동이 이해가 되지 않았지만, 하여튼 아군이 되
겠다는 말이기에 고개를 끄덕이며 말했다.

"후, 좋아. 당신이 언제 또 적으로 변할지 모르겠지만 어쨌든 수
고해 줘. 자, 온다!"

리오의 말이 끝나자마자 아란이 급가속을 하며 몰려오는 나찰과
수라들에게 돌진했다.

리오는 깜짝 놀라며 그녀를 말리려고 했으나, 리오는 그때 그녀
가 데스 발키리라는 것을 잊고 있었다. 게다가 그녀가 데스 발키리
중에서도 꽤 강한 축에 든다는 사실도 말이다.

어느 순간 나찰과 수라들의 대열 중앙에 들어선 아란은 몸에서
붉은 오러를 뿜으며 양손을 모았다. 그러자 붉은 날이 빛을 발하는
한 자루의 검이 묘한 소리를 내며 생성되었다. 바로 지크와 싸울
때 썼던 그 검이었다.

그 검을 본 리오는 의외라는 듯한 얼굴로 중얼거렸다.

"음? 저 검은 악마왕 아스타로트 거라는 절망의 검, '디스파이어'
잖아? 어떻게 저 검을 가지고 있는 거지?"

한편 아란은 자신 쪽으로 방향을 바꾸고 있는 나찰과 수라들을
보며 살기 어린 미소를 지었다.

"후훗, 절망이라는 단어를 알고 있니? 모르면 이 누나가 가르쳐 주지!"

곧이어 수라와 나찰들의 품속에서 수십 개의 붉은 섬광이 번뜩였고, 순식간에 그들은 몸에서 세포질을 뿜어 대며 집단으로 추락하고 말았다.

리오는 디스파이어를 손에 들고 있는 아란을 눈여겨 살펴보았다. 생각했던 것 이상의 검술 실력이었다. 그들이 데스 발키리가 된 지 얼마 안 된 것을 감안했을 때 조금 더 지나면 자신을 충분히 능가하고도 남을 정도라는 생각이 들었다. 그때 아란이 리오를 향해 윙크를 하며 말했다.

"훗, 연약한 여자 혼자 싸우는 것을 보고만 계실 건가요? 너무하시는군요."

"아…… 아아, 미안."

리오는 바이칼과 독립적으로 싸우기 위해 그의 등에서 뛰어내려 날아올랐다. 바이칼 역시 거대한 몸집을 원래대로 되돌린 후 브레스를 뿜으며 몰려드는 나찰과 수라들을 흔적 없이 불태웠다.

'그건 그렇고 이상한데? 아까 그 말, 어디서 들어본 적 있는 것 같은데…….'

리오는 거의 본능적으로 파라그레이드를 휘두르며 속으로 생각했다. 그녀의 말이 이상하게도 뇌리에 남았다.

그렇게 딴생각에 정신이 팔려 있는 동안 리오가 등 쪽에 틈이 보이자 나찰 한 대가 엄청난 속도로 접근했다.

그것을 본 아란은 흠칫 놀라며 소리쳤다.

"리오 씨! 위험해요!"

순간 리오의 머리 위로 파라그레이드가 튀어 올랐고, 그의 양손에서 출력을 낮춘 마법 '커미트'의 가느다란 빛이 분출되었다.

왼손에서 분출된 빛은 아란의 머리를 아슬아슬하게 비껴 나갔고, 오른손에서 분출된 빛은 그의 뒤로 접근하던 나찰의 두부를 일순간에 날려 버렸다.

아란은 급히 자신의 뒤를 바라보았다. 그녀는 자신의 뒤로 접근하던 나찰과 수라 두 대가 리오의 마법에 의해 관통된 것을 볼 수 있었다.

리오에게 잠시 신경을 쓰는 바람에 그 두 대가 접근하는 것을 알아채지 못한 아란은 쓴웃음을 지었다. 리오는 떨어지는 파라그레이드를 오른손으로 잡으며 씩 웃어 보였다.

"그쪽이야말로 방심하지 마."

"그렇군요, 후훗."

둘은 다시 정신을 집중한 뒤 전투에 전념했고, 나찰과 수라의 숫자는 급격히 줄어들었다. 거대 수송기 두 대는 바이칼에 의해 일찌감치 파괴된 상태였다.

그로부터 십여 분 후에는 작동을 하는 수라와 나찰의 모습을 어디에서도 찾아볼 수 없었다. 상황이 정리된 것을 느낀 리오는 숨을 돌리며 파라그레이드를 거뒀다. 아란 역시 디스파이어를 귀환시킨 뒤 휴식을 취했다.

둘은 다시 지상으로 내려왔다. 바이칼은 몸집을 줄인 뒤 말없이 둘을 지켜보았다.

"악신 측에서 인간을 도울 줄은 생각도 못 했는걸? 설마 당신 의지로 나를 도와준 것인가?"

리오의 물음에 아란은 소화전 위에 앉으며 고개를 저었다.

"그럴 리가요. 어젯밤에 긴급 임무를 받았죠. 악마계를 우습게 본 버릇없는 인간을 처리하라는 임무예요."

"버릇없는 인간? 무슨 소리지?"

리오가 의아한 표정을 짓자 아란은 빙긋 웃었다.

"지금 처리한 로봇들의 생체구조는 인간과 악마의 세포질이 융합되어 만들어졌다는 사실 당신도 알고 있을 거라고 생각해요. 지금처럼 대량의 로봇들을 만들려면 인간은 물론 악마들의 희생도 만만치 않았겠죠? 전령의 말을 들어 보니 인간 한 명이 이상한 괴물들과 함께 악마계에 침입해서는 고급, 저급 가릴 것 없이 악마들을 쓸어 갔다고 하더군요. 그럭저럭 옛날이 되어 버린 일이었는데, 긴급 회의를 하신 악마왕 일곱 분들은 결국 연수 중인 저희에게 '무슨 수를 써서라도' 그 인간을 잡아 오라는 임무를 주신 거죠. 정식 임무는 이번이 처음이어서, 결국 명령대로 당신들과 협력해서 일을 처리하기로 했어요. 싫으면 거절하셔도 괜찮답니다. 후훗."

아란의 말을 들은 리오는 눈을 감으며 생각해 보았다. 그리 손해 보는 일은 없을 거란 생각도 들었지만 악신 측과 협력해서 움직인다는 것은 리오 역시 처음이었기에 뭔가 찝찝했다. 그러나 그는 데스 발키리를 탐색하는 셈치고 협력하기로 결정했다.

"좋아, 강한 동료가 많으면 많을수록 좋겠지. 그럼 지금 이 세계에 와 있는 데스 발키리는 모두 몇 명이지?"

"지금 현재 세 명이에요. 저번에 본 츄우와 레베카, 그리고 저까지 셋이죠. 다른 두 명은 올지 안 올지 잘 모르겠어요."

"그렇군. 자, 그럼 이제부터 뭘 할 건가? 난 돌아다닐 곳이 많아서 확실히 정하질 못하겠는데?"

리오는 어깨를 으쓱하며 말했다. 아란은 그의 옆에 몸을 붙이고 나지막이 속삭였다.

"그럼 당신 가는 곳 어디라도 따라가 보죠. 후훗."

"후, 만난 지도 얼마 안 됐는데 진하게 행동하는군. 이봐, 바이칼. 넌 어떻게 할 거지?"

옥상에 앉아 가만히 둘을 내려다보던 바이칼은 시선을 다른 곳으로 돌리며 대답했다.

「나도 가 볼 곳이 있다. 볼일 끝나면 지크 집에서 만나지.」

말을 마친 바이칼은 재빨리 날아올라 어디론가 사라져 버렸다. 리오는 멀리 사라지는 친구의 뒷모습을 보며 고개를 갸웃거렸다.

"뭐가 저렇게 급한 거지? 자, 어쨌든 출발하지, 아란."

"훗, 이름을 불러 주시니 기쁜데요?"

"이봐 츄우. 우리가 왜 이 행성 성계신에게 협조해야 하지?"

자신이 맡은 수라와 나찰이 더 남아 있는지 확인하던 레베카는 인상을 찡그리며 물었다. 츄우는 어깨를 으쓱하며 고개를 저었다.

"몰라. 하지만 악마왕들의 임무를 보다 쉽게 처리할 수 있을 거라는 아란의 말이 있었으니 믿고 하는 수밖에. 흐흥, 그건 그렇고 이 애들 약해도 너무 약하다. 어떻게 한 방에 깡그리 부서지니?"

"2백 대 가까이 되는 녀석들이었으니 이보다 조금 더 강했으면 피로만 가중되었을 거야. 그건 그렇고 이제 우리 어디로 가?"

레베카의 물음에 츄우는 춤을 추듯 크게 손짓하며 대답했다.

"아아, 글쎄올시다. 한참 몰려오는 적들을 처리한 우리의 주인공 츄우와 레베카! 그들은 과연 어디로 갈 것인가! 그들 앞에는 과연 어떤 적들이 버티고 있을 것인가! 호호호홋."

레베카는 자아도취에 빠져 있는 츄우를 보며 손으로 이마를 짚을 뿐이었다. 그런 그녀의 모습을 한두 번 본 게 아니었다.

6장
떠나는 자, 남겨진 자

1

BSP 본부의 위기

모니터를 지켜보던 사이보그는 이상하다는 듯 고개를 갸웃거렸다. 그러고는 의자에 앉아 담배를 피우고 있는 와카루에게 다가가 상황 보고를 시작했다.

"와카루 박사, 대한민국 수도로 보냈던 나찰과 수라가 십여 분만에 전멸됐소."

와카루는 예상했다는 듯 고개를 끄덕였다.

"당연하지. 저기에 당신들보다 훨씬 강한 괴물들이 버티고 있는데 하나라도 살아남았다면 그게 오히려 이상한 것이오. 흠, 그런데…… 거참, 이상하군. 미리 계산에 넣고 분산해서 보냈는데 시간차 없이 한꺼번에 전멸하다니…… 설마 예전처럼 일곱 명이 다 와있는 것인가? 험험."

"일곱 명? 무슨 소리요, 그게?"

사이보그의 질문에, 와카루는 듬성듬성 난 수염을 매만지며 키보드를 두드렸다. 모니터에는 와카루가 말한 '일곱 명'의 사진이 나타났다. 와카루는 옆에 놓인 커피를 들이켜고 천천히 설명했다.

"저기 꼭대기에 있는 붉은 장발 남자는 닌자들을 통해 소문을 들어서 알 것이고…… 다른 여섯도 만만치 않은 힘을 지닌 자들이오. 작년에 내 계획이 실패한 것도 다 저 청년들 때문이지. '가즈 나이트'라 불리는 청년들인데, 최상위 신이 개조한 고급 전사들이오."

와카루의 설명을 들은 사이보그는 입을 비죽 내밀고 고개를 끄덕였다. 자존심이 상하긴 했지만 '신'이라는 존재가 얼마나 엄청난지를 와카루에게 익히 들었던 그는 껌을 질겅질겅 씹으며 물었다.

"뭐, 좋소. 그럼 다음 계획은 뭐요?"

"없소."

"……."

와카루의 간단한 대답에 사이보그는 순간 인상을 찡그렸다. 그를 보던 와카루는 껄껄 웃으며 손을 내저었다.

"헛헛헛, 그냥 기다리기만 하면 된다오. 이제 곧 멋진 손님이 한 분 오실 테니."

"멋진 손님? 박사는 참 손님도 많소. 그래, 이번엔 또 무슨 괴물들이오?"

"힘으로 그 가즈 나이트들을 제압할 수 있는 존재들이지! 허허 허헛, 이쪽으로 끌어들이기 참 힘들었다오."

사이보그는 궁금하지 않을 수 없었다. 그는 껌으로 풍선을 후 불며 더 자세한 말을 기대하는 듯 가만히 와카루를 바라보았다. 와카루는 그의 시선에 아랑곳하지 않고 여유 있게 커피를 마시며 콧노래를 흥얼거렸다.

"와카루 파더, 위성으로부터 대한민국 수도의 전투 장면이 전송

136

됐습니다. 모니터로 돌릴까요."

넬슨이라 불리는 푸른 피부의 바이오 버그가 와카루에게 다가갔다. 와카루는 고개를 끄덕이며 모니터를 향해 손을 뻗었다. 곧 화면에 한참 부서지고 있는 나찰과 수라의 모습이 나타났다.

붉은 머리카락의 남자와 여자, 그리고 드래곤 한 마리의 모습도 비쳤다. 와카루는 예상했다는 듯 고개를 끄덕이다가, 붉은 머리카락의 여성을 보고는 고개를 갸웃거렸다. 처음 보는 여자였다.

"허, 리오라는 청년과 비슷한 수준으로 나찰과 수라를 부술 수 있는 아가씨가 있었단 말인가? 이거 의외인걸? 가즈 나이트는 남자로만 구성됐다고 들었는데…… 혹시 저 청년 따님이라도 되나?"

"저런 딸을 둘 나이는 아닌 것으로 보이는데."

사이보그는 껌으로 만든 풍선을 다시 입속으로 빨아들이며 중얼거렸다. 와카루는 들은 체도 하지 않고 고개를 갸웃거리며 다른 지역의 전투 장면을 계속 띄웠다.

마찬가지로 나찰과 수라가 신나게 부서지는 모습이 나오고, 곧이어 스파크가 흐르는 거대한 망치를 든 스포츠 머리의 여성과 창을 든 검은 머리카락의 여성이 화면에 포착됐다.

와카루는 더욱 의외라는 표정으로 중얼거렸다.

"이건 또 무엇인고? 지크나 휀이라는 청년을 기대했건만 아가씨들만 주르르 나오다니, 허, 참. 의외의 일이로다."

와카루는 자신의 계산이 한참 틀리다고 느꼈는지 다시 담배를 물며 한숨을 쉬었다. 사이보그는 모니터에 비친 세 명의 여성을 보며 나지막이 한마디를 남겼다.

"거참, 무슨 모델 대회를 보는 것 같군. 여기는 비릿한 신인류 선생들밖에 없어서 따분했는데, 나도 저기에 끼어 볼까?"

"예끼 이 사람, 농담도…….."

와카루는 코웃음을 치며 고개를 저을 뿐이었다. 그때 파란 피부의 바이오 버그 넬슨이 다시 다가왔다.

"와카루 파더, 기다리시던 손님이 오셨습니다."

넬슨의 보고를 전해 들은 와카루는 눈빛을 빛내며 자리에서 일어났다.

"오오, 그래! 자자, 손님을 맞이하러 가세. 허허헛."

와카루는 넬슨과 함께 가벼운 발걸음으로 어디론가 향했다. 그의 뒷모습을 바라보던 사이보그는 껌으로 다시 풍선을 만들며 중얼거렸다.

"어떤 녀석이기에 저 할아범이 저렇게 좋아하지? 재벌이라도 되나?"

군용 사이보그인 그로서는 손님의 정체를 알 길이 없었다.

"아아, 어서 오십시오, 동룡족의 제왕 '주룡'이시여! 오시는 데 정말 수고 많으셨습니다."

와카루는 접대실에 앉아 있는 주룡 쥬빌란에게 허리를 굽히며 인사했다. 쥬빌란은 입에 물고 있던 긴 담뱃대를 내려놓으며 와카루에게 말했다.

"아닙니다. 시간 맞춰 오지 못해서 미안할 따름입니다. 지금 내 심기가 그리 좋진 않으니 중요한 사항만 말해 주십시오."

"예? 흠, 알겠습니다. 단도직입적으로 말씀드려서, 제가 부탁드리고 싶은 것은 바로 가즈 나이트와 용제라고 불리는 드래곤에 대한 것입니다."

와카루의 말에 쥬빌란은 가만히 와카루를 바라보다가 불쌍하다는 듯 미소를 흘리며 말했다.

"홋, 고작 황금 5만 근으로 그런 엄청난 부탁을 한단 말입니까.

용제는 몰라도 가즈 나이트를 건드리는 것은 위험하다 못해 거의 자살행위나 다름없습니다. 게다가 제가 들은 정보에 의하면 이 세계에 가즈 나이트 리오 스나이퍼라는 남자가 있는 것으로 압니다. 3백 년 전의 용족전쟁에서 그 리오라는 남자의 최종기, 데이브레이크 한 발에 잃은 우리 용족의 숫자가 몇이나 되는 줄 아십니까."

쥬빌란은 웃음을 띤 채, 수정과 같이 투명한 자신의 솔 스톤을 왼손으로 매만지며 와카루에게 물었다. 와카루는 대략 생각을 해 봤지만 갑작스럽게 받은 질문이라 수를 정확히 가늠할 수 없었다.

"음…… 한 만 명 정도입니까?"

쥬빌란은 그럴 줄 알았다는 듯 고개를 저으며 대답했다.

"대략 추정하여 6만 정도입니다. 그때 리오 스나이퍼가 안전주문이라는 힘의 제약이 3단계까지 풀린 상황이었다지만, 일단 있다는 사실만으로도 두렵지 않을 수 없겠지요. 다른 가즈 나이트들도 같지는 않겠지만 그들에 대해 알고 있는 우리 용족의 장로들이나 군주들은 고작 인간 하나 때문에 군대를 파견할 이유가 없다며 반대할 것입니다."

쥬빌란의 회의적인 말에도 불구하고 와카루는 회심의 미소를 지은 후, 호주머니에서 작은 수첩과 기계장치 하나를 꺼냈다. 그러고는 곧바로 수첩을 공중으로 던지고 기계장치의 스위치를 눌렀다. 그러자 수첩 주위에 녹색의 장막이 생겼다. 그것을 본 쥬빌란은 미소를 지으며 와카루를 바라보았다.

"차원결계?"

"그렇습니다. 작년, 이 세계에 작은 사건이 있었죠. 그 당시 이 세계에는 이것과 같은 종류의 차원결계가 여신 세 명에 의해 설치되어 있었습니다. 그 때문에 가즈 나이트들은 마음대로 다른 세계를 오가지 못했죠. 그 여신들의 말에 의하면 신계로 통하는 모든 것이 차단된다고도 합니다. 하지만 아직 이 세계의 기술력으로는 이런 작은 것밖에 만들지 못한답니다. 전투를 도와주시는 것은 몰라도 이것을 확대하는 데 필요한 기술만이라도 도와주신다면……."

와카루는 더욱 흡족한 미소를 지었다. 쥬빌란이 흥미 있는 반응을 보였기 때문이다. 쥬빌란은 곧 웃으며 말했다.

"이전의 제의를 다시 고려해 보겠소."

그날 저녁, 리오는 전기가 끊어진 지크의 집 밖에서 모닥불을 피워 놓고 얘기를 나눴다. 그곳에는 인공위성 폭격에 무사히 살아남은 여러 명이 모여 있었다. 게다가 아란을 비롯한 다른 데스 발키리들이 끼어 있었다.

사람들이 다 모였을 때, 침묵을 깨고 맨 처음 입을 연 사람은 다름 아닌 세이아였다. 그녀는 평소와는 다른 얼굴로 리오를 비롯한 좌중을 바라보며 말했다.

"먼저 리오 님과, 저를 알고 계셨던 모든 분들께 사죄드립니다. 저는 사실 기억을 잃은 것도 아니었고, 이런 일을 예견하지 못했던 것도 아닙니다."

지크를 필두로, 티베와 마티, 시에, 넬은 깜짝 놀랐다. 그러나 리오와 바이칼은 팔짱을 낀 채 묵묵히 세이아를 바라볼 뿐이었다.

리오는 곧 한숨을 내쉬며 세이아에게 말했다.

"바이칼에게 들었습니다. 당신이 이 행성의 성계신이 되었다고요. 어째서 그렇게 되셨는지 대답을 들을 수 있겠습니까? 물론 주신께서 결정하신 일이기 때문에 제가 뭐라고 할 말은 아니겠습니다만."

리오를 가만히 바라보던 세이아는 담담한 표정으로 고개를 끄덕이며 대답했다.

"어머니를 구해 드리기 위해서였습니다. 이미 신의 힘을 잃으시고, 빛의 정령으로 강등을 당하신 어머니를 편히 계실 수 있게 하기 위해 저와 제 동생 라이아는 주신께 부탁을 드렸습니다. 어머니 대신 저희가 성계신을 맡을 테니 제발 어머니를 편히 계시게 해 달라고 말입니다. 주신께서는 선뜻 저희 자매의 부탁을 들어주셨고, 저와 라이아는 주신께 저희가 가진 힘에 대한 일깨움을 받은 뒤 이 세계에 내려왔습니다. 처음에는 지크 씨를 비롯한 모두와 함께 성계신으로서 일을 하고 싶었으나, 여러분의 부담이 더 커질까 두려워 그럴 수 없었습니다. 결국 모든 것을 속이고 기억을 잃은 사람처럼 행동할 수밖에 없었습니다. 정말 죄송합니다."

세이아는 허리를 굽히며 그 자리에 있는 모든 사람들에게 다시 한 번 사과했다. 그때 지크가 벌떡 일어서며 그녀에게 말했다.

"잠깐만요. 저희를 위해 그러셨는데 꼭 사과하실 필요는 없어요. 조금 섭섭하긴 해도 저도 세이아 양의 입장이라면 그랬을지도 몰라요, 헤헤헷."

"흥, 그럴 리가……."

바이칼이 다른 곳으로 시선을 돌리며 중얼거리자, 지크는 그를 쏘아보며 다시 잔디에 앉았다.

그사이 리오는 가만히 하늘을 올려다보았다. 하늘에 뜬 달이 피에 젖은 것처럼 붉게 보일 정도로 공기가 탁했다.

'폭발 때문에 대기 중의 먼지가 올라가 있군. 어쩐지 숨 쉬기가 곤란하다 했는데…… 아, 저것이 바로 피의 만월인가? 예언이 어느 정도 맞았다고 보는 게 좋겠군.'

리오는 다시 시선을 세이아에게 돌렸고, 진지한 얼굴로 그녀를 바라보았다.

"이 행성의 중요성을 당신도 알고 계시겠지요."

"예……."

세이아는 자신 없는 목소리로 대답했다. 곧 리오는 빙긋 웃으며 말했다.

"그럼 됐습니다. 이 일의 주범으로 보이는 와카루는 저희가 처리해 볼 테니……."

"아, 아닙니다, 리오 님."

그녀의 만류에 리오는 말문을 닫았다. 세이아는 걱정 어린 얼굴로 바이칼을 바라보며 말했다.

"이 일은 자칫 잘못하면 용족전쟁으로 번질 수 있습니다. 바이칼 님도 알고 계시겠지만 현재 이 세계에 서룡족의 최고 책임자이신 바이칼 님과 동룡족의 최고 책임자이신 주룡 쥬빌란 님이 함께 계십니다. 와카루 박사가 자신의 일에 동룡족을 끌어들인다면 또 한 번의 용족전쟁은 피할 수 없게 됩니다."

그러자 지크가 이해가 안 간다는 얼굴로 세이아에게 말했다.

"자, 잠깐. 동룡족 녀석들도 생각이 없지는 않을 텐데 왜 하필 와카루 같은 노인네에게 들러붙는단 말이죠? 그들도 잘못했다간 생체실험용 도구가 될 텐데요."

"서룡족이든 동룡족이든, 용족은 신을 제외한 모든 생명체 중 가장 신에 근접한, 그리고 신을 능가하는 생명체입니다. 와카루 박사가 그들을 끌어들일 거라는 예상은 여러분들, 가즈 나이트들께서 이곳에 계시다는 사실에 바탕을 두고 있습니다."

세이아의 말에 슈렌은 일리가 있다는 듯 눈을 뜨며 말했다.

"만약 우리의 힘을 제어하고 있는 안전주문이 풀리지 않은 상황이라면 동룡족의 힘으로 우리를 누르는 것은 어렵지 않아. 현재 이자리에서 바이칼을 정상적으로 상대할 수 있는 사람은 리오 한명뿐…… 리오는 스스로 안전주문을 두 단계까지 풀 수 있으니까 그것이 가능해. 만약 와카루가 이런 사실까지 알고 있다면 동룡족을 부르고도 남겠지. 물론 그들을 부를 만한 엄청난 조건이나 뇌물이 있어야겠지만."

모두 약속이나 한 듯 하나같이 한숨을 쉬었다. 와카루가 어떤 자인지 알고 있는 그들로서는 그럴 수밖에 없었다. 동룡족이 개입하는 조건으로 지구상의 황금을 내놓으라고 하면 무슨 짓을 해서라도 황금을 모을 인간이 바로 와카루였다.

대충 이야기가 끝나자 지크와 슈렌, 바이칼 등이 텐트를 가지러 리오와 함께 집 안으로 들어가고, 아란을 제외한 데스 발키리들이 좀더 얘기를 한다며 어디론가 사라졌다. 남은 사람은 세이아와 아란뿐이었다.

아란은 세이아를 물끄러미 쳐다보았다. 세이아 역시 그녀를 바라보다가 이내 그녀에게 물었다.

"들어가서 쉬시죠. 오후의 전투 때문에 피곤하실 텐데요."

"후훗, 그렇지도 않아요. 운동거리도 안 되는 녀석들이었으니까. 그건 그렇고 아까 하던 얘기를 계속해 볼까요? 당신은 리오 씨에 대해 얼마나 알고 있죠?"

"저는 리오 님과 같이 있어 본 지 얼마되지 않았답니다. 그분에 대해 많은 것을 알지는 못해요. 당신과 비교할 수조차 없을 겁니다."

그 말에 아란의 표정은 차갑게 굳어 버렸다. 그녀는 눈을 가늘게 뜨며 되물었다.

"내가 누군지 알고 있는 건가요?"

세이아는 살며시 고개를 끄덕였다. 그리고 거기에 대해 말하려는 순간 주위의 소란스러운 소리가 그들의 대화를 방해했다.

"이봐 지크, 왜 집을 놔두고 밖에서 자야 하냐고."

"시끄러워. 어차피 넌 침대에서 잔 시간보다 노숙을 할 때가 더 많은 녀석이잖아. 잔말 말고 그거나 빨리 옮겨 줘."

세이아와 아란은 리오와 지크가 대형 텐트를 들고 나오는 것을 보고 도중에 말을 끊었다. 아란은 씁쓸히 웃으며 말했다.

"나중에 다시 얘기하죠. 아무래도 당신은 나에 대해 너무 많은 것을 알고 있는 것 같군요. 당신 신변이 위험할 정도로 말이에요. 후후훗."

아란은 옷에 묻은 먼지를 털고 동료들이 들어간 세이아의 집 안으로 들어가 버렸고, 혼자 남은 세이아는 한숨을 지으며 고개를 숙였다. 텐트 부속품을 바닥에 놓던 리오는 그녀가 한숨을 내쉬자 움찔하며 쳐다보았다.

"음? 왜 그러시죠? 저 아가씨가 뭐라고 했습니까?"

"아, 아니에요, 리오 님. 제가 좀 피곤해서요."

세이아가 그렇게 말하자, 리오는 텐트 조립을 지크에게 맡기고 그녀에게 다가갔다.

"음, 그거 큰일이군요. 성계신께서 힘드시면 그것만큼 곤란한 일이 없답니다."

세이아 앞에 바짝 다가앉은 리오는 그녀의 양 볼을 가볍게 토닥거리며 말했다.

"성계신으로서 해야 할 일이 결코 쉽지는 않을 겁니다. 어지간한 신에게는 절대 내려지지 않는 중책이니까요. 하지만 정말 다행이군요. 당신과 같이 상냥하신 분이 이 세계의 성계신을 맡게 되셨으니 말입니다. 날씨도 세이아 양처럼 상냥해질 테니 지크도 한결 편하게 일할 수 있겠죠."

텐트용 말뚝을 땅에 박던 지크는 그 말에 내심 코웃음을 쳤다.

'바이오 버그가 날씨 좋으면 도시락 들고 소풍 가냐? 사탕발림에 거짓말까지 더했군.'

그러나 사탕발림이 통했는지 세이아는 고개를 흔들며 자신 없는 목소리로 말했다.

"아, 아니에요. 저는 아직 부족하답니다. 게다가 저는 가즈 나이트분들의 일을 직접적으로 도와드릴 힘은 없습니다. 라이아라면 모를까……."

"그럴 리가요. 당신이 예전처럼 맛있는 요리를 해 주시기만 해도 저희는 힘이 난답니다. 예전에도 그랬고요. 너무 어렵게 생각하지 마세요."

"예, 고마워요, 리오 씨."

세이아는 그제야 예전 같은 미소를 지었다. 그 모습을 본 리오는 자신이 말하지 않은 게 하나 더 있다는 것을 느꼈다. 그녀의 미소야말로 자신을 포함한 다른 사람에게 힘을 불어넣어 준다는 것을.

한편 둘의 끈끈한 모습을 보고 있던 지크는 이를 갈며 고개를 돌렸다.

"넌 죽으면 근육질 남자들만 잔뜩 있는 지옥으로 갈 거다. 빌어먹을 녀석."

물론 순전히 부러움에서 나온 악담이었다.

"장로님! 장로님! 긴급 보고입니다!"

바이칼이 없는 드래고니스를 대신 맡고 있는 서룡족의 최고 장로는 한참 몰입 중이던 독서를 방해받자 한숨 깊게 쉬며 책을 덮었다. 그는 허리 아래까지 내려오는 긴 수염을 매만지며 자신에게 보고하러 온 전룡단원을 바라보았다.

"음, 하필 전하께서 없는 지금 긴급 상황이라니, 원 참. 어쨌든 무슨 일인가?"

"예. 동룡족의 움직임이 심상치 않습니다. 상당한 수의 동룡족 함대가 특정 차원계로 결집하는 게 레이더망에 포착됐습니다."

눈을 덮을 정도로 길게 자란 장로의 눈썹이 꿈틀거렸다. 잠시 생각을 하던 장로는 곧 그 전룡단원에게 지시를 내렸다.

"정찰 부대를 보내서 그들이 집결한 차원 상황을 알아보라고 하게나. 그리고 전하께도 연락을 해서 이리로 모셔 오도록."

"저, 말씀 중에 죄송하지만 마마께서 계신 차원과 동룡족이 집결한 차원이 같은 곳입니다. 그래서 제가 심상치 않다고……."

"뭐라!"

장로는 전룡단 단원의 말이 끝나기도 전에 자리에서 벌떡 일어섰다. 그는 곧 단원을 끌고 도서관 밖으로 뛰어나가며 소리쳤다.

"어서 전룡단 단장들을 사령실로 집결시키게! 용왕들이 계신 쪽에도 비상연락을 취하고! 이건 더없는 비상사태야!"

"아, 예!"

단원과 장로는 곧 다른 방향으로 각자 뛰어갔다.

장로는 나이를 잊은 채 전룡단 사무실로 뛰며 마음속으로 신룡 브리간트에게 기도를 올렸다. 다른 일에 바이칼이 관련됐다면 그가 이렇게 간절할 이유는 없었다. 다만 동룡족과의 일에 바이칼이 관련될 때마다, 그는 몇십 년을 감수하는 것 같은 기분이 들었다.

전대 용제. 즉 바이칼의 아버지까지만 해도 이런 불안함은 가지지 않았다.

'선왕께서 바라신 행복이 지금 이런 걱정으로 바뀔 줄은…… 아, 왜 그때 이 늙은 것이 동룡족의 간단한 계략에 말려들었을꼬……. 왜 그때 리디아 공주를 되찾아오지 못했을꼬!'

이윽고 사령실 안으로 들어선 장로는 숨을 헐떡이며 안에 있는 모든 대원들에게 큰 소리로 명령을 내렸다.

"긴급 상황이오! 드래고니스를 이동할 준비를 하시오!"

장로의 말에 대원들은 어리둥절했지만 바이칼의 부재 시 장로의 말은 하늘과 같기에 이내 바삐 움직이기 시작했다. 곧 긴급 호출을 받은 드래고니스의 함장이 사령실로 들어왔고, 그는 입에 물고 있던 담배를 빼며 장로에게 물었다.

"아니 장로님, 비상사태라니 도대체 무슨 말씀이십니까?"

"함장에게는 미안하지만 잘못하면 또다시 용족전쟁이 일어날 수도 있소. 자세한 상황은 나중에 말해 줄 테니, 내가 말한 차원 좌표로 드래고니스를 이동시켜 주시오. 아, 그리고 드래고니스에 가까이 위치한 기동함대가 드래고니스를 호위할 수 있게 연락해 주시오."

어리둥절한 표정을 짓고 있던 함장은 장로의 말이 끝나자마자 거수경례를 붙이며 대답했다.

"예! 알겠습니다!"

모닥불 옆에서 지크와 함께 마시멜로를 구워 먹고 있던 슈렌은 갑자기 이상한 기운에 움찔하며 밤하늘을 올려다보았다.

"참 나, 그러니까 불 속 깊이 넣지 말라고 했잖아. 마시멜로가 아예 녹아 버린다고."

쫄깃한 마시멜로를 한참 씹고 있던 지크가 슈렌을 타박했다.

"그게 아니야."

그때 텐트 안에 있던 리오가 밖으로 나와 지크의 머리를 손으로 비비며 말했다. 지크는 눈을 멀뚱거리며 무슨 소리냐는 듯 그를 쳐다보았다.

"그게 아니라니?"

리오는 팔짱을 끼며 조용히 말했다.

"하늘에서 불덩어리가 떨어지고, 피에 젖은 달이 뜨며, 머리 일곱 개 달린 괴물과 날개 달린 거대한 사자가 나타난다……. 이 세계에 전해지는 '멸망의 예언' 중 일부분이지."

"근데?"

지크의 물음에 슈렌은 그룬가르드를 싼 헝겊을 풀며 대답해 주었다.

"불덩이와 피에 젖은 달, 날개 달린 사자는 이미 나타났지. 리오가 말을 안 한 것이 몇 개 더 있지만, 머리가 일곱 달린 괴물은 충분히 연상할 수 있을 거야. 바이칼을 생각하면 말이야."

"뭐라고?"

지크는 깜짝 놀라며 손에 들고 있던 마시멜로를 바닥에 떨어뜨렸다. 자리에서 일어난 그는 주먹을 불끈 쥐며 심각한 목소리로 중얼거렸다.

"설마, 그런……!"

그때 막 집에서 나온 바이칼도 뭔가를 느낀 듯, 하늘을 바라보며 굳은 표정을 지었다. 그를 본 지크는 곧바로 달려가 바이칼의 어깨를 양손으로 붙잡으며 진지한 목소리로 물었다.

"네 머리가 일곱 개였단 말이냐!"

슈렌과 리오는 멍하니 지크를 바라볼 뿐이었다. 리오는 바이칼에게 다시금 미친 사람 취급을 받은 지크를 데려와 친절히 설명해주었다.

"동룡족의 함대 중에 대형 마스트가 일곱 개인 주룡 전용의 거대전함이 있지. 전함이라고 하기에도 모자랄 정도로 큰 함선인데, 그전함의 별명이 칠두지룡(七頭之龍)이야. 측면에서 본 전함의 그림자를 보면 일곱 개의 머리를 가진 거대 괴물처럼 보이거든. 예전에바이칼과 함께 용족전쟁에 참여했을 때 본 적이 있어."

바이칼에게 뒤통수까지 한 대 얻어맞은 지크는 인상을 찡그린채 리오에게 소리쳤다.

"으, 난 그 용족전쟁인가 뭔가 할 때 바이오 버그하고 싸우고 있었다고! 바이칼 녀석의 머리가 일곱 개인지 여덟 개인지 내가 어떻게 알아!"

"무식이 죄겠지."

슈렌은 그룬가르드를 헝겊으로 닦으며 중얼거렸다. 지크는 구겨질 대로 구겨진 표정으로 그를 쏘아볼 뿐이었다.

리오는 웃으며 지크의 등을 두드려 주었다.

"자자, 그만. 어쨌든 차원의 붕괴점이 북쪽 어딘가인 듯하니 가보도록 하지. 그리 멀지 않은 곳 같으니까. 음, 그런데 누구 한 사람이 남아야 할 것 같은데?"

"아, 괜찮아요, 여러분."

집 안에서 라이아가 뛰어나오며 말했다. 리오를 비롯한 넷은 의아한 눈으로 그녀를 바라보았다. 라이아는 씩 웃으며 말했다.

"신의 힘을 각성한 건 언니뿐만이 아니거든요. 저 역시 성계신이라고요."

"음? 그렇긴 하지만……."

리오는 그리 미덥지 못하다는 표정으로 머리를 긁적였다. 지크역시 인상을 찡그린 채 라이아에게 다가가 그녀의 작은 머리 위에손을 얹으며 말했다.

"이봐요, 꼬마 중학생 씨. 네가 세 살이나 네 살 더 먹었으면 모르겠지만 아직은 안 된다고. 신장으로 보나 힘으로 보나 그 데스 발키리인가 하는 히스테리 여성 집단보다 못하잖아."

그러자 라이아는 자존심이 상했는지 머리 위에 있는 지크의 손을 살짝 쳐내고 양손을 모았다. 곧 그녀의 몸에서 인간의 시각적한계를 넘어선 빛이 방출됐다.

조금 후 지크의 씁쓸한 표정은 경악으로 바뀌었고 리오나 슈렌, 바이칼도 약간 놀란 표정을 지었다. 순간적으로 성장을 한 라이아의 모습에, 리오는 예전의 쓰디쓴 기억이 되살아났는지 손으로 앞머리를 덮으며 고개를 끄덕였다.

"하긴, 우리가 잘못 생각했구나. 넌 예전에도 우리가 안전주문을풀었을 때의 힘을 가졌으니까. 후훗."

"하핫, 물론이죠."

키도 세이아보다 커지고, 복장도 바뀐 라이아는 자랑스럽게 고개를 끄덕였다. 지크는 졌다는 듯 시선을 떨구고 집으로 걸어갔다.

"난 오토바이를 타고 뒤쫓아갈게. 어서 가자."

"음, 그래. 그럼 이곳을 부탁해, 라이아."

리오는 손을 흔들며 다른 셋과 함께 차원 붕괴가 감지된 지역으로 향했다. 그들이 멀리 사라지자, 라이아는 다시 몸을 원래로되돌린 후 힘겹게 한숨을 쉬며 중얼거렸다.

"후우, 힘들어. 이렇게 변하는 것도 힘드네. 예전에는 이렇지 않았는데…… 그건 그렇고 훔쳐보고 있는 언니들은 뭐죠?"

라이아는 획 돌아서며 자기 집 현관 쪽에 대고 소리쳤다. 곧 현관의 나무 기둥 뒤에 몸을 숨기고 있던 아란이 모습을 드러냈다.

"후훗. 눈이 좋군요, 라이아 여신님? 꼬마 신치고는 상당한데요?"

가까이 다가간 라이아는 현관문에 손을 대며 아란에게 말했다.

"지금 제 힘은 보통 상태의 리오 오빠도 어쩌지 못할 정도예요. 당신들이 무슨 속셈으로 협조를 하겠다고 했는지는 몰라도…… 헤헷, 관두죠. 여하튼 지금 당신들은 아군이니까요."

"그래, 지금은 '아군'이니까. 후후훗."

"자, 어서 들어가서 쉬죠. 내일부터는 바빠질지도 모르니까요."

라이아는 곧 현관문을 열고 안으로 들어갔다. 아란은 그녀가 들어가자마자 미소를 지우며 생각했다.

'어른으로 변한 순간부터 기를 느끼지 못했어. 악마귀족 네그와 크라주가 경고했던 저 꼬마의 힘이 이것인가? 나중에라도 방심하면 안 될 것 같군.'

아란은 묶었던 머리카락을 풀며 조용히 집 안으로 들어갔다.

"이런, 빌어먹을!"

오토바이를 타고 리오 일행을 따라가던 지크가 집을 떠난 지 30분 만에 처음 내뱉은 말이었다.

현재 그의 눈에는 BSP 본부 뒤쪽 상공에 무수히 깔려 있는 고풍스러운 목조 범선들이 비쳐졌다. 바로 그의 동생 루이체에게, 리오에게, 그리고 슈렌에게 말로만 듣던 동룡족의 초차원 함대였다.

지크는 불안했다. 지금 본부 안에는 처크 부장과 챠오를 비롯한

151

동료들이 아직도 있었다.

「리오, 저 지렁이들을 잠시만 부탁해. 내 몫까지만.」

지크가 리오에게 정신감응을 보냈다. 공중에 떠서 동룡족의 상황을 지켜보던 리오는 곤란하다는 듯 정신감응으로 답했다.

「미안하지만 상당수의 동룡족들이 본부 안으로 진입하고 있어. 나도 지금 와서 알아낸 거야.」

「뭐라고? 다시 말해 봐!」

고글형 선글라스에 가려 있는 지크의 눈썹이 일그러질 대로 일그러졌다. 리오는 조금 후 그에게 정신감응을 보냈다.

「동룡족의 상당수가 BSP 본부 안으로 침입하고 있어. 뭘 노리는지는 모르겠지만 우리는 지금 본부 안으로 들어갈 상황이 아니니 지금부터는 네가 좋을 대로 해. 여기서 마치자. 저 녀석들이 공격해 오고 있으니까.」

곧이어 리오와 슈렌 일행이 있던 하늘에서 수십 개의 섬광들이 교차했다. 동룡족 정규군과 가즈 나이트 사이의 첫 전면전이기도 한 그 광경을 본 지크는 이를 악물며 오토바이를 도로변에 세우고 BSP 본부를 향해 뛰었다. 그리 먼 거리는 아니어서 지크로서는 차라리 뛰는 것이 더 빨랐다.

그리 오래 걸리지 않아, 지크는 엉망이 되어 버린 BSP 본부 앞에 도착했다.

"이런, 빌어먹을!"

본부 앞에 널브러진 경비원들 시체를 본 지크의 몸에서 이내 무시무시한 살기가 뿜어 나왔다.

"뭐가 필요해서 여기를 친 거지? 더러운 녀석들!"

지크는 발밑에 흥건히 고여 있는 경비원들의 피를 박차고 본부 안으로 뛰어 들어갔다.

BSP 본부 안쪽의 상황은 더욱 처참했다. 현관에 있는 동룡족 전사는 단 네 명. 그러나 살해된 경비원 수는 다섯 배에 달했다. 동룡족 전사 중 한 명은 굴러 오는 경비원의 머리를 공처럼 바깥으로 차 버렸다.

"젠장, 너무 싱겁잖아. 인간이란 역시 존중할 필요가 없는 생물이라니까."

굴러가던 경비원의 머리는 마침 지크의 발 앞에 멈췄다. 지크는 살기 띤 눈으로 동룡족 전사를 바라보며 말했다.

"이거, 상당히 스트레스 받는데? 이건 포토제닉감이야, 친구들."

동룡족 병사들은 곧 지크가 있는 쪽을 돌아보았으나 그의 몸에서 뿜어 나오는 살기를 느끼지 못하는지 도리어 인상을 찡그렸다.

"뭐야, 아직 살아 있는 인간이 있었나? 재수 더럽군."

"이봐, 죽으려고 왔나! 그냥 죽고 싶나, 아니면 아프게 죽고 싶나!"

"하하핫, 지각생 주제에 말이…… 큭!"

순간 지크와 좀더 가까이 있던 동룡족의 가슴이 주먹에 관통되었다. 그 광경을 본 동룡족들은 말을 멈췄다. 지크는 오른손에 묻은 동룡족 피를 털고 주먹을 풀며 말했다.

"포토제닉에는 상이 붙지. 내가 줄 상은 특급호텔 무한 숙식권이다. 물론 지옥에 있는!"

"으, 으아악!"

"커헉!"

갑옷을 입은 동룡족 장군의 손에 목을 붙들린 채 벽에 내던져진 처크는 고통에 신음하며 피를 토했다. 기골이 장대한 동룡족 장군은 갑옷에 피가 튀어도 미소를 지은 채 다시금 처크에게 말했다.

"헤헷, 인간치고는 꽤 몸이 좋은데그래? 벌써 세 번이나 내쳤는데 말을 안 하다니 말이야. 뭐, 좋아. 한 번만 더 물어보지. 'J계획'의 설계도, 어디 있나, 응?"

"크윽! 대답할 성싶은가!"

처크가 소리칠 때마다, 그의 입에선 선혈이 뿜어 나왔다. 상당한 내상이었다. 몇 번의 고문에도 불구하고 그가 J계획을 실토하지 않자, 동룡족 장군은 결국 참지 못하겠다는 듯 뒤에 있는 동룡족 병사들에게 소리쳤다.

"이봐! 켄트라는 성을 가진 사람을 찾아라! 여기에 있다고 그 대머리 박사가 말했다!"

"예!"

처크는 설마 하는 생각에 얼굴이 굳어졌다. 그러자 동룡족 장군은 회심의 미소를 지었다. 얼마 지나지 않아 병사의 거친 손에 루이가 끌려 나왔다. 동룡족 장군은 처크에게 손을 떼고 천천히 루이에게 다가가며 들으라는 듯 말했다.

"상당한 수준급인데그래? 안경이 좀 거슬리긴 하지만 말이야."

동룡족 장군은 두꺼운 손가락으로 루이의 안경을 천천히 벗겼다. 루이는 눈을 질끈 감으며 얼굴을 돌렸다.

"무, 무슨 짓을 하려는 것인가!"

동룡족 장군은 그 물음에 간단히 대답했다.

"오호, 당신은 영화나 소설도 읽어 보지 못했나? 이런 상황이 되면 본능적인 행동이 나오는 게 당연한 거 아닌가, 후후후훗. 다음 상황을 보기 싫으면 어서 말을 하시지, 응?"

처크의 눈이 떨렸다. 루이도 마찬가지로 몸을 떨었다. 처크가 아무 말이 없자, 결국 동룡족 장군은 어깨를 으쓱하며 중얼거렸다.

"하는 수 없군. 이봐라! 모두 고개 돌려! 지금부터 엄숙한 의식을 치를 테니. 후후후후."

"옛!"

병사들은 곧 벽에 붙은 뒤 고개를 돌리고 귀를 막았다. 동룡족 장군의 거친 손은 루이에게 점점 다가갔다.

"아쉬움은 없어야겠지? 너나, 나나, 그리고 네 에비나. 하하핫!"

"그만둬!"

처크는 피범벅이 된 몸을 날려 동룡족 장군의 목을 졸랐다. 혼신의 힘을 다했는데도 장군의 목은 두꺼운 나무처럼 움직일 기미가 보이지 않았다. 처크는 결국 처절한 목소리로 그에게 소리쳤다.

"그만두지 못하겠나! J계획은 부산물까지 완전히 제거된, 이른바 끝난 계획이야! 그런 것을 얻어서 도대체 뭘 하겠단 말인가! 그러니 내 딸에게 손대지 마!"

"후, 너무 이기적인 인간이군!"

간단히 공중에 들어 올려진 처크는 더 이상 장군에게 소리치지 못했다. 동룡족 장군의 넓은 발이 그의 복부 깊숙이 꽂힌 탓이다. 처크는 몸을 웅크린 채 바닥에 쓰러졌다. 그의 입과 코에서 피가 하염없이 흘러나왔다.

"커헉! 쿨럭!"

"아버지!"

피가 기도를 막았는지 처크는 괴로운 얼굴로 몸을 뒤틀었다. 동룡족 장군은 씁쓸한 표정을 지으며 고개를 저었다.

"이런, 힘이 과했나? 저런 상태라면 얼마 안 있어 죽겠군. 그 전까지는 내장파열만은 면할 정도로 내쳤는데…… 할 수 없지, 이번 계획은 실패해도 별 문제 없을 거라고 주룡께서 말씀하셨으니."

"아, 아버지! 아버지!"

루이는 처절하게 처크를 불렀으나 그는 더 이상 대답하지 못하고 불규칙적으로 몸을 꿈틀댈 뿐이었다.

"어떤 버릇없는 도마뱀이 건방을 떠는 거야!"

그때 누군가의 거친 목소리와 함께 상황실 문이 열렸다. 갑옷을 벗던 동룡족 장군은 움찔하며 문 쪽을 바라보았다.

"웅? 뭐냐? 말라비틀어진 인간 녀석이 여긴 무슨 볼일이지?"

"지, 지크! 아버지가, 아버지가……!"

지크는 입을 굳게 다문 채 동룡족 장군에게 잡힌 루이와 바닥에 쓰러져 있는 처크를 바라보았다. 처참할 대로 처참한 처크의 모습에 잠시 멍하니 있던 지크는 양 손바닥으로 자신의 볼을 쳤다.

그의 유별난 행동에 동룡족 장군은 피식 웃으며 물었다.

"어이, 마른 인간. 거기서 도대체 뭐 하는 건가? 개그?"

"웅, 이렇게 하지 않으면 완전히 미쳐 버릴 것 같아서 가끔씩 미치는 리오 녀석의 심정을 이해하겠어."

툭.

순간 지크가 쓰고 있던 고글형 선글라스가 그의 몸에서 갑자기 뿜어지는 기압에 견디지 못하고 부러져 나갔다. 선글라스에 가려 있던 그의 눈에 루이는 말을 잊고 말았다. 지크의 눈은 피처럼 붉은빛을 뿜어 내고 있었다.

"죽여 버리겠다!"

"뭐라고? 하핫, 하찮은 인간 주제에 나를 죽이겠다고? 으하핫!"

"그래, 하찮은 인간이 엿 같은 용족을 죽인다 했다!"

동룡족 장군의 웃음이 터짐과 동시에, 지크의 몸에서도 엄청난 압력의 바람이 터져 나왔다. 마치 폭풍과도 같은, 튼튼하지 못한 옷은 그냥 찢겨 나갈 것처럼 매서운 바람이었다. 포로가 되어 있는 오퍼레이터들과 루이는 지금껏 본 적 없는 지크의 무시무시한 모습에 경악을 금치 못했다. 동룡족 장군을 비롯한 다른 병사들 역시 갑자기 밀려오는 섬뜩한 살기에 입을 다물지 못했다.

"크으! 크오오옷!"

지크의 괴성과 함께, 루이와 가까이 있던 동룡족 장군의 발은 지면에서 떨어졌다. 그는 지크의 손에 붙들려 몇 걸음 끌려가다가, 퍼붓는 지크의 공격을 받고 순식간에 의식불명 상태가 돼 버렸다.

"크훗, 하하핫, 크하하핫!"

루이는 사방으로 튀는 피와 살점을 보며 공포감에 주위를 수습할 생각조차 하지 못했다. 동룡족 병사들 역시 자신들의 장군이 당하는데도 손을 쓰지 못하고 움찔거리기만 했다.

"크하하하핫! 죽어 버려!"

지크는 반쯤 뭉그러진 동룡족 장군의 얼굴을 잡고 들어 올린 뒤, 그의 몸에서 뿜어지는 바람을 손에 집중했다. 그러자 그의 손에서 작은 진공의 회오리가 생겨났고, 그 안에 들어 있는 동룡족 장군의 몸은 무수한 진공의 칼날에 완전히 분해되며 춤을 추었다. 마치 믹서기에 갈리는 과일 조각처럼…….

결국 지크가 손을 뗐을 때 남은 것은 두개골뿐이었다. 진공 회오리에 의해 내용물까지 깨끗이 분해된 상태여서, 흘러내리는 것은 아무것도 없었다. 지크는 그 두개골마저 손으로 으스러뜨린 다음 동룡족 병사들에게 소리쳤다.

"자, 아주 재미있다고……. 모두 함께 놀아 보자, 이거야!"

"으, 으윽? 저, 저 녀석 미쳤잖아!"

"도망치자!"

동룡족 병사들은 황급히 문으로 달려 나갔다. 확실히 인간 이상의 존재여서 그런지 뛰는 것은 상당히 빨랐다. 그런데 의외로 지크는 그들이 도망치는 모습을 그냥 보고만 있었다.

잠시 후 그는 술에 취한 사람처럼 피가 흩뿌려진 바닥에 주저앉았다. 루이는 피 묻은 안경을 벗으며 바닥에 쓰러진 처크와 옆에 앉은 지크를 번갈아 보았다.

"아, 아버지…… 지크……!"

그녀는 냉정을 유지하기 위해 애썼으나 상황으로 보아 도저히 그럴 수 없을 것 같았다.

루이는 자리에서 일어나 외부로 통하는 마이크가 있는 곳으로 향했다. 상황실의 모니터에는 밖에서 한참 싸우고 있는 낯익은 모습들이 떠올라 있었다. 그녀는 지푸라기를 잡는 심정으로 마이크를 굳게 잡았다.

리오와 슈렌, 바이칼은 그제야 한숨을 돌렸다. 동룡족들이 깨끗이 후퇴하고 있었다. 그들 역시 더 이상 공격할 필요성을 느끼지 못했는지 동룡족이 후퇴하는 모습을 가만히 지켜보기만 했다.

"아, 슈렌. BSP 본부 쪽으로 가 보는 게 어떨까. 그쪽에 있던 동룡족이 후퇴하는 것을 보니 그쪽 상황도 어지간히 끝난 것 같은데."

"음."

슈렌은 묵묵히 고개를 끄덕였다.

― 도와주세요! 밖에 계신 분들, 누구든 좀 도와주세요!

그때 노이즈가 섞인 스피커 음이 BSP 본부 쪽에서 들려왔다. 스피커의 목소리가 상당히 다급한 것을 느낀 리오는 슈렌과 함께 급히 본부 쪽으로 내려갔다.

상황실을 겨우 찾아 들어온 둘은 문을 열자마자 풍기는 비릿한 피 냄새에 인상을 찌푸렸다. 그들의 눈에 들어온 것은 사체 조각으로 보이는 핏덩이들과 피를 흠뻑 뒤집어쓴 채 의식을 잃고 있는 지크의 모습이었다.

"지크가…… 그렇군요."

리오는 처크를 부축한 채 루이에게 자초지종을 듣고 고개를 끄덕였다. 말로만 들은 지크의 폭주가 이런 상황까지 끌고 갈 줄 전혀 예상 못 했기에 놀라움은 컸다. 널브러져 있는 동룡족 장군의 시체를 겨우 수습한 슈렌은 팔짱을 낀 채 벽에 기대어 있을 뿐이었다.

"저, 아버지는 어떠시죠? 괜찮으신가요?"

리오는 루이가 그렇게 묻자 할 말을 잃었다. 현재 처크는 리오의 응급처치 덕분에 숨이 붙어 있긴 했으나 살 수 없을 정도의 내부 충격이 심했다. 리오의 경험으로 보아 길게 살아야 하루였다.

리오는 자신의 대답을 애타게 기다리고 있는 루이를 살며시 바라보며 입을 열었다.

"처크 부장님은 현재……."

"앗?"

그때 슈렌이 루이의 귀를 손으로 막고는 리오를 보며 고개를 저었다. 리오는 슈렌의 뜻을 알아들었는지 고개를 돌렸고, 슈렌은 곧 루이의 귀를 막은 손을 떼었다. 그녀는 불안한 느낌에 뒤를 돌아보았다. 슈렌은 묵묵히 품에서 손수건을 꺼내 주었다.

"어머님이 계시다면 모셔 오십시오. 가급적 빨리 오시는 게 좋을 겁니다."

루이는 그 순간 정신이 나간 사람처럼 비틀거렸다. 슈렌은 쓰러지려는 그녀를 부축하고 조용히 말했다.

"죄송합니다. 아무 힘이 되어 드리지 못해서……."

루이는 결국 몸을 숙이며 오열을 터뜨렸다. 리오는 그녀의 절규를 들으며 의식을 잃고 쓰러져 있는 지크를 바라보았다. 그는 지크가 의식을 되찾은 뒤 들어야 할 루이의 피맺힌 원망을 충분히 예상할 수 있었다. 물론 경험으로 느끼는 예감이었다.

"흠, 가엾은 녀석……."

"하, 할아버지……!"

지크는 루이와 처크의 부인, 그리고 레니와 BSP 대원들과 각 부서 책임자들이 모인 병실에서 처크의 손을 잡은 채 그를 불렀다. 처크는 미소를 지었다. 그러나 그의 미소에는 더 이상 생기가 서려 있지 않았다.

"왜 그렇게 울고 있니, 지크, 누가 죽기라도 한 거냐? 하하핫."

"으, 으으윽! 할아버지!"

지크는 처크의 손을 잡은 순간부터 느끼고 있었다. 납처럼 무거운 처크의 손…… 이미 살아 있는 사람의 손이 아니었다. 지크는 몇 번이고 자신의 기를 불어넣어 봤으나 그렇게 해서 살아날 수 있는 상태가 아니었다. 프시케에게 마법을 사용해 살려 달라고 애원해 보았지만 명이 다한 사람에게는 회복마법도 듣지 않는다며 그녀 역시 눈물로 답했다. 그것은 세이아도 마찬가지였다. 하지만 다른 것은, 살릴 수는 없지만 편안히 생을 마칠 방법은 있다는 것이었다. 현재 처크는 세이아의 그런 힘이 닿은 상태였다.

처크는 힘겹게 한숨을 쉰 뒤, 남은 힘을 다해 지크의 손을 잡으며 말했다.

"한 가지 약속을 해 주겠니, 지크야."

"예⋯⋯."

지크는 침대에 얼굴을 묻은 채 고개를 끄덕였다. 처크는 그의 머리를 천천히 쓰다듬으며 말했다.

"이후에, 누가 너에게 어떤 말을 한다 해도 네가 우리 가족이라는 사실을 부인하지 말라는 것이다. 넌 레니에게서 태어나진 않았지만 레니의 아들이고, 루이와 피가 섞이지 않았지만 루이의 조카다. 그리고 나의 조카 손자라는 것도 말이다. 마음을 굳게 가지거라, 지크야. 아니 손자야, 어떤 상황이 닥치더라도 말이다."

"으흑⋯⋯ 흐흐흑⋯⋯ 예."

지크는 터져 나오는 오열을 누르며 간신히 울음 섞인 대답을 할 수 있었다. 처크는 희미한 미소를 지으며 다른 BSP 대원들을 차례로 바라보았다.

"헤이그, 그동안 나이를 잊고 수고 많이 했네. 자네는 정말 좋은 후배였고, 좋은 술친구였어. 자네가 내 곁에 있었다는 것 하나만으로 난 아무 걱정 없이 일에 전념할 수 있었네. 정말 고마웠네."

"⋯⋯예."

헤이그는 눈을 감은 채 무거운 목소리로 대답했다.

"케빈, 자네의 총 솜씨를 더 보지 못해서 정말 섭섭하군그래. 용병 시절, 내가 담배를 꿔 줬다는 이유만으로 내 수하로 들어온 사람이 자네였지. 앞으로도 계속 수고해 주게나. 어지간하면 담배도 줄이고."

"⋯⋯예."

케빈은 선글라스로 최대한 표정을 가리고 있었으나, 결국 그의 볼에 눈물이 흘러내렸다. 그는 더 이상 참지 못하고 곧장 병실을 나가고 말았다.

"챠오, 누구 때문에 BSP가 돼서 고생이 많았어. 챠오의 아이쯤은 볼 수 있을 줄 알았는데, 정말 아쉽군. 후훗."

아직 환자복을 입고 있는 챠오는 아무 말이 없었다. 하지만 그녀의 어깨는 심하게 떨고 있었다.

"리진, 어린 나이에 BSP가 됐지만, 리진의 활동은 정말 좋았어. 사실 몸이나 마음에 무리가 가지 않을까 걱정했는데, 이젠 걱정할 수도 없을 것 같군. 자넨 부모님보다 더 훌륭히 성장했네."

"흐흑! 부장님!"

리진은 다른 대원들처럼 참지 못했다. 그녀는 지크와 같이 처크의 손을 잡고 울기 시작했다. 병실 안에 있던 각부 책임자들 역시 눈물을 감출 수 없었다.

처크는 이윽고 구석에 있는 신입 대원, 마티와 티베를 바라보았다. 그는 애써 웃음을 지으며 말했다.

"역시 누구 때문에 BSP가 됐지. 앞으로 더욱 열심히 해 주게. 같이했던 시간, 정말 즐거웠네. 좀 엉뚱하긴 했지만 말이야."

"……예."

마티는 고개를 떨군 채 흐느꼈다. 티베는 대답 대신 마티의 어깨에 얼굴을 묻고 눈물을 흘렸다.

리오와 슈렌은 넬을 옆에 둔 채 아무 말 없이 병실 앞에 앉아 있었다. 넬은 얼굴을 무릎에 댄 채 어깨를 가끔 움찔거릴 뿐이었다. 리오는 그런 넬의 등을 토닥거리며 슈렌에게 조용히 말했다.

"사람이 죽는 걸 수없이 봐 왔는데도 기분은 늘 엉망이군. 특히 이런 식의 죽음은 말이야."

"음."

슈렌은 병실 앞에 모여 있는 수많은 사람들을 보았다. 그들 모두 처크 부장 밑에서 몇 년 동안 일해 온 사람들이었다. 그들이 슬퍼하는 모습을 보며 슈렌은 조용히 말했다.

"직접 만나 보진 못했지만 상당히 좋은 사람이었던 것 같군. 이렇게 진심으로 슬퍼하는 사람이 많기는 힘든데 말이야."

"그래. 정말 좋은 사람이었지. 지크가 투덜거리는 소리만 들었는데도 상당히 좋은 사람이라는 것을 느꼈으니까. 넬은 누가 돌아가시는 것이 처음이니?"

"예."

리오는 넬의 앳된 목소리를 들으며 눈을 감았다. 이럴 줄 알았으면 지크와 함께 본부 안으로 들어갈걸 하고 후회했지만 이미 늦은 상황이었다. 그는 넬의 어깨를 어루만지며 조용히 말했다.

"알고 있니? 사람뿐만 아니라 영혼이 있는 모든 것은 죽은 후 소중했던 친구들 곁에 다른 모습으로 변해 머무른다는 것을 말이야. 이상하게 맘에 드는 화분이 있고, 또 이상하게 오래 가지고 있는 장신구처럼…… 처크 부장님도 언제나 우리 곁에 계실 거란다. 아쉬워하는 만큼 오랫동안 말이지."

넬은 곧 몸을 일으켜 리오에게 안겼고, 리오는 그녀의 어깨에 살며시 턱을 기댔다. 그 아이가 조금 후 다시 울어 버릴 것을 알고 있었기 때문이다.

슈렌은 병실 안에 울려 퍼지는 오열을 들으며 다시 눈을 감았다.

2

할아버지가 남긴 것

"윽, 으으으윽!"

처크의 장례식이 끝난 뒤, 집으로 돌아온 지크는 혼자 방에 틀어박혔다. 그는 침대 위에 몸을 웅크린 채 흐느끼기만 할 뿐, 아무 일도 하지 않았다. 지크의 방문을 노크하려던 리오는 울음소리를 들었는지 아무 말 없이 내려갔다.

"지크 녀석……."

1층 거실에서는 티베와 마티가 레니를 위로하고 있었다. 리오는 한숨을 쉬며 그녀들 앞에 앉았다. 잠시 후 리오는 레니에게 조심스레 물었다.

"지크는 지금까지 살면서 이런 일이 처음이었습니까? 그가 우는 것은 그리 흔한 일이 아니라서요."

리오의 물음에 레니는 잠시 손수건으로 눈물을 닦고 말했다.

"지크가 어릴 때…… 아마 열두 살 정도 됐을 때였을 겁니다. 그때 대학생이었던 저는 지크가 집에 혼자 있을 때 심심하지 않도록 애완견 한 마리를 기르게 됐죠. 지크는 그 개를 정말 좋아했답니다. 잘 때도 꼭 끌어안고 잘 정도였어요. 그런데…… 그 개가 온 지 1년이 되어 갈 무렵, 차에 치여 죽고 말았답니다. 사실 지크 잘못도 있었지요. 반드시 공원 안에서 개와 놀아야 한다는 걸 잊고 길거리에서 원반던지기를 했답니다. 결국 지크가 던진 원반이 도로변으로 날아갔고, 개는 달려오는 차에 치여 그대로……. 그 광경을 눈앞에서 직접 본 지크는 며칠 동안 하염없이 울었답니다. 그 이후로 지크는 애완동물을 기르지 않게 됐지요. 더 이상 소중한 것을 잃기 싫다면서요."

"그런 일이 있었군요."

리오는 무거운 목소리로 중얼거렸다.

그날 밤 리오는 슈렌과 함께 모닥불 옆에 앉아 지크 일을 상의해 보았다. 약하다면 약하다고 할 수 있는 지크의 마음에 상처가 생겼기에, 이런 상태로는 지크가 아무런 일도 할 수 없을 거라는 판단이 들었기 때문이다.

"슈렌, 너라면 어떻게 할 것 같아?"

리오는 장작개비 하나를 불에 던져 넣으며 물었다. 정좌를 한 채 앉아 있던 슈렌은 아무 말이 없다가 나지막이 대답했다.

"스스로 깨닫는 수밖에 없다고 생각해. 상처 입은 건 지크의 마음이고, 약할 대로 약한 것 역시 그의 마음이니 자신 외에는 일깨울 사람이 없겠지."

"그렇군……."

그때 세이아의 집 쪽에서 인기척이 들려왔다.

"무슨 재미난 얘기를 하고 계시는 거죠? 후훗, 같이 들어도 괜찮나요?"

타이트한 복장을 하고 있는 아란이었다. 리오는 살짝 고개를 끄덕이며 말했다.

"물론. 하지만 재미는 보장 못 해."

아란은 고개를 끄덕이며 맞은편에 앉았다. 리오는 아랑곳하지 않고 슈렌에게 물었다.

"그건 그렇고 지크의 그 폭주 상태 말이야. 결코 좋다고 볼 수는 없을 것 같은데⋯⋯."

"힘을 제어하지 못하면 그럴 수 있다는 말을 바이론에게 들은 적이 있어."

"그런가⋯⋯."

얘기를 듣고 있던 아란이 손으로 턱을 괴며 리오에게 말했다.

"얘기는 다른 사람들에게 대충 들어서 저도 알고 있어요. 후훗, 리오 씨, 당신도 몇 번 힘을 제어하지 못한 적이 있잖아요."

리오가 흠칫 놀라며 보자 그녀는 계속해서 말했다.

"어디 보자⋯⋯ 가즈 나이트가 됐을 당시, 당신은 어떤 이유로 광분하여 한 나라를 멸망시켰죠. 그 나라의 어린 왕자와 공주까지 처참히 살해했고요. 여자 때문에 그러셨냐? 후후훗."

"그걸 어떻게 알고 있지?"

리오는 눈을 부릅뜨며 물었다. 그러나 아란은 리오의 그런 반응이 재미있는지 계속 말했다.

"또 하나 들어 볼까요? 이건 최근의 일인데⋯⋯ 당신은 마법에 걸린 애인이 잠재된 마력을 이용해 도시 하나를 날리자 역시 광분하여 그 여자의 목을 잘랐죠. 그때 그녀는 분명히 정신을 차릴 수 있는 상황이었는데도 말이에요. 아마 그 이후로 당신의 머리 스타

166

일이 좀 달라졌죠? 그 애인이 해 준 그대로 말이에요."

"오호, 상당히 자세히 알고 있군. 기분이 나쁠 정도로 말이야."

리오는 분노하고 있었다. 그것을 알고 있는 슈렌은 아란의 말을 막는 것이 좋겠다고 생각해 그녀를 돌아봤으나, 아란의 얘기는 아직 끝나지 않았다.

"그래요? 기분이 나쁘단 말이죠? 그럼 당신 역시 그 지크라는 남자와 다를 것이 하나도 없어요."

"뭐?"

리오의 두꺼운 팔이 떨렸다. 아란은 미소를 지우고 진지한 목소리로 말했다.

"당신은 자제력을 잃을 정도의 일을 당하면 그 주위에 있는 것을 닥치는 대로 날려 버리죠. 아마 여동생이고 뭐고 없을 거예요. 지크라는 남자도, 처크라는 남자가 심한 부상을 입은 걸 보자 당신처럼 광분하며 자제력을 잃어버렸을 거예요. 당신이라는 남자는 정신을 차린 뒤 깊이 후회를 하며 떠돌아다니죠. 지크도 지금 후회를 하기에 어린애처럼 울고 있는 것이죠. 다를 것이 있나요? 당신이 조금이라도 더 잘난 점이 있다면 얘기해 보세요."

리오는 할 말이 없었다.

슈렌은 아란이 보기보다 생각이 깊다고 생각하며 둘의 대화에 끼지 않기로 결정했다. 한편 아란이 리오에 대해 웬만큼 알고 있고 분석까지 하자 경계를 하지 않을 수 없었다. 만일 적이 된다면 그야말로 어려운 상대가 될 것이 분명했다.

아란은 다시 미소를 지으며 리오에게 말했다.

"당신이나 지크 씨나 소중한 사람을 잃은 것은 같아요. 상황은 약간 다르지만 말이에요. 당신들은 인간의 감정을 그대로…… 뭐,

그대로라고 하기는 좀 그렇지만 하여튼 감정을 가지고 있기 때문에 정신적인 면에서 성장을 할 수 있겠죠. 당신이 그랬던 것처럼."

"그래. 후훗, 이거 한 방 먹었군."

그 말을 들은 리오는 졌다는 듯 씁쓸히 웃으며 고개를 끄덕였다. 그러다 뭔가 이상하다는 생각이 들었는지 아란을 보며 물었다.

"아란, 당신은 그 '소중한 것'을 떠나보낸 경험이 있나? 나이는 그리 많지 않은 것 같은데 많이 겪어 본 사람처럼 얘기하는군."

그러자 아란은 리오를 보며 빙긋 웃어 보였다. 리오는 내심 놀라지 않을 수 없었다. 지금 그녀의 미소는 지금까지 봐왔던 요염한 미소와는 달리 순수해 보였기 때문이다. 마치 어디선가 본 것 같다는 생각이 들 정도로…….

"소중한 사람을 떠나보낸 적은 없지만, 저를 소중하게 여겼던 사람으로부터 떠난 적은 많아요. 후훗."

리오는 더 이상 묻지 않았다. 아란 역시 더 이상 말하지 않았다. 슈렌은 붉은 머리카락의 남녀를 보며 잠시 생각해 보았다. 그 역시 리오와 아란이 한두 번 같이 있어 본 사이가 아니라는 기분이 들었다. 게다가 지금까지 한 아란의 말은 리오에 대해 뒷조사를 한 사람의 말이 아니라, 예전부터 알고 있던 사람의 말처럼 들렸다.

'데스 발키리 아란 슈발츠…… 도대체 무슨 비밀을 가진 거지?'

슈렌은 눈을 가늘게 뜨고 생각했다.

다음 날 아침, 지크는 일찌감치 리오가 있는 텐트로 향했다. 나무에 기대어 자고 있는 리오에게 다가가, 그의 어깨를 툭툭 치며 잠을 깨웠다.

"음…… 음? 지크? 아침부터 웬일이야?"

리오는 눈을 비비며 자리에서 일어났다. 지크는 평상시하고 다른 진지한 표정을 지은 채 단도직입적으로 말했다.

"나와 일대일로 해보자, 리오."

그 순간 리오는 잠이 확 깨는지 눈을 휘둥그렇게 떴다.

"무슨 소리야, 지크? 갑자기 나와 일대일로 겨루자니, 정신이 있는 거야?"

"질 게 뻔하다는 건 나도 알아! 내 몸이 부서져도 좋으니 상대를 해 달라고!"

리오는 지크가 농담하는 게 아니라는 걸 알 수 있었다. 그는 한숨을 길게 내쉬며 말했다.

"단시간 내에 강해지는 방법으로 좋을지는 몰라도 결코 좋다고 할 수는 없어. 게다가 우리가 대련할 때 동룡족이나 바이오 버그들이 쳐들어오면 어쩌려고."

"바이칼이나 슈렌이 있잖아! 그 여자들도 있고!"

리오는 지크의 마음을 바꾸기 힘들다는 것을 깨달았다. 결국 그는 고개를 끄덕이며 말했다.

"좋아, 그럼 장소는 네가 정해."

"BSP 본부 앞. 지금 가자."

리오와 지크는 정식으로 붙어 본 적이 단 한 번밖에 없었다. 그때는 물론 지크의 완패였지만, 지금 리오는 약간 긴장하고 있었다. 사실 지크는 그때부터 상당히 빠른 속도로 성장해 왔고, 속도만큼은 리오도 무시할 수 없을 정도로 빨랐다.

지크와 함께 BSP 본부 앞에 온 리오는 심호흡을 하며 긴장하지 않으려 했다.

"말려야 하는 거 아냐?"

넬이 소문을 퍼뜨린 탓에 참관을 온 리진은 걱정스러운 얼굴로 챠오에게 말했다. 그러나 챠오는 묵묵히 둘을 바라볼 뿐이었다. 한편 근처에 앉은 넬은 같이 온 라이아에게 넌지시 물어보았다.

"넌 누가 이길 것 같니? 선배, 아니면 리오 형?"

"지크 오빠가 100퍼센트 패해. 리오 기사님…… 아, 아니 리오 오빠가 질 가능성은 거의 없어. 둘의 컨디션이 비슷하다면 말이야."

라이아는 진지한 얼굴로 대답했다.

사실 지크도 알고 있었다. 지금 실력으로는 리오를 절대 이길 수 없다는 것을. 그러나 알면서도 리오에게 도전하는 이유는 자신이 가진 힘을 일깨우고 싶었기 때문이다. 예전에 라이아와 싸울 때, 그는 몸에서 바람을 뿜어냈고, 공기의 기류를 읽어 기가 느껴지지 않는 라이아의 위치도 알아낼 수 있었으며, 기분마저 상쾌했다. 그러나 그때뿐이었다. 그 이후로는 다시 능력을 발휘할 기회가 없었다. 그 능력을 깨닫고 더욱 강해지고 싶은 이유는 단 하나였다. 더 이상 곁에 있는 사람들을 떠나보내기 싫은 순수한 소망 때문이었다.

지크는 버릇대로 자신의 장갑을 조이며 리오에게 말했다.

"자, 시작하자, 리오. 관중도 꽤 모였으니까."

"그래. 봐주는 건 없다, 지크."

리오는 디바이너를 뽑아 들고 한 손을 뒤로 가렸다. 무명도에 손을 가져가던 지크는 리오가 자세를 취하자 흠칫 놀라며 권격 자세를 취했다.

리오의 전투 자세를 많이 봐 왔던 그지만 지금의 자세는 처음이었다.

'젠장, 동작을 읽을 수 없어. 왜 갑자기 자세를 바꾼 거지?'

그렇게 두 사람이 대치하고 있자 그 광경을 보던 챠오는 한숨을 쉬며 고개를 숙였다. 그녀의 반응에 리진은 깜짝 놀라며 물었다.

"왜? 왜 그러는 거야, 챠오? 무슨 문제라도 있는 거야?"

"리오 씨는 지크의 약점을 너무 잘 알고 있어. 혹시나 했지만 역시나야."

"뭐?"

리진은 이해가 안 된다는 표정으로 반문했다. 여전히 환자복 차림의 챠오는 팔짱을 끼며 대답했다.

"지크가 지금까지 몇 미터 떨어진 상대를 간접 공격으로 쓰러뜨린 것을 봤어? 내 기억으로는 거의 없어. 리오 씨의 자세는, 다른 한쪽 팔을 가리고 있기 때문에 어떤 행동이 나올지 예측할 수 없어. 특히 리오 씨 정도의 고수를 접근해서 직접 공격을 해야만 하는 지크에게, 이제 공격은 곧 반격을 자처하는 것과 같아."

리오는 정신을 집중하고 지크를 주시했다. 한편 구경을 온 데스 발키리들은 자기들 일 아니라는 듯 과자를 먹으며 재미있게 관람하고 있었다.

그런 대조적인 상황에서, 지크는 리오의 지금 자세를 어떻게 격파할지 신중히 생각했다.

"이봐, 이봐! 과자가 다 떨어지겠다고. 얼른 싸워!"

레베카는 지크와 리오가 아무런 미동도 하지 않자 과자 봉지를 치켜들며 불만스레 소리쳤다. 음료수를 마시고 있는 츄우와 아란은 그와 대조적으로 말없이 둘을 주시할 뿐이었다.

"좋아, 깨 보지!"

뭔가 생각이 난 것일까. 지크는 의미심장한 미소를 띠며 리오와의 거리를 더욱 벌렸다. 그러나 리오는 아무 행동도 하지 않았다. 오직 지크의 움직임을 볼 뿐이었다. 리오에게 반격받지 않을 만큼 거리를 벌린 그는 곧 무명도를 뽑았고, 허리를 크게 돌리며 칼로 바닥을 내리쳤다.

"가까이에서 못 깨면 멀리서 깨는 거다!"

폭음과 함께 지크가 내리친 땅으로부터 수십 개의 파편들이 초음속으로 리오를 향해 날아들었다. 그러나 리오는 피할 생각을 하지 않았다. 다만 왼손에 기를 넣은 뒤 앞쪽으로 강하게 휘두를 뿐이었다. 그러자 그의 앞에 부채꼴의 폭발이 일어나 날아오는 파편들을 막아 주었다.

"무뎌!"

리오는 아무것도 없는 오른쪽을 향해 크게 돌려차기를 가했다. 그러자 그의 발끝에 무언가 부딪치는 소리가 들려왔다.

"큭, 이런!"

백스텝으로 리오의 등 뒤를 노렸던 지크는 발차기를 양팔로 막은 채 다른 사람들의 시야에 나타났다. 곧바로 물러선 리오는 자세를 유지하며 지크에게 말했다.

"넌 백스텝을 할 때 언제나 상대방의 오른쪽으로 돌지. 패턴을 좀 바꿔 봐."

"쳇! 무시하지 마!"

지크는 씁쓸한 표정을 지으며 리오에게 돌진했다. 곧 둘 사이에 엄청난 난타전이 벌어졌다.

무명도의 푸른색 잔광과 디바이너의 보라색 잔광은 보통 사람의 눈에는 수십 개로 보일 정도로 어지러이 춤췄고, 둘의 하반신 역시 상대방에게 하단을 허용하지 않도록 먼지를 일으키며 빠르게 움직였다.

"타아앗!"

"하앗!"

순간 둘의 회심의 일격이 중간에서 충돌했다. 그 장면을 본 아란은 피식 웃으며 중얼댔다.

"지크라는 남자, 졌어."

아란의 말이 무슨 뜻일까. 일격이 충돌한 순간 지크의 몸은 크게 흔들렸으나 리오의 몸은 흔들리지 않았다. 휘두르는 속도가 거의 같은 상황에서 힘이 밀린다는 것은 상당히 불리하다는 것이었다.

"이런, 고기 먹은 힘이 나오는 거냐!"

지크는 예전과 같이 투덜대며 재빨리 뒤로 물러섰다.

"후, 입은 살았구나, 지크. 계속해 볼까?"

리오는 여유 있게 웃으며 적당한 거리를 두기 위해 뒤로 물러섰다. 자세를 취한 채 가만히 지크를 바라보던 그는 양손으로 디바이너를 잡은 뒤 자세를 낮추었고, 몸에서 기를 뿜으며 말했다.

"이번에는 내가 간다. 각오해라, 지크!"

말이 끝나기가 무섭게 리오는 엄청난 속도로 지크에게 돌진했다. 지크는 무명도를 든 손에 힘을 주며 잔뜩 긴장했다.

'설마! 온다! 헬즈 타임!'

둘의 간격이 밀착됐다 싶은 순간, 둘의 모습은 돌풍과 함께 사라졌고, 보이는 것은 붉게 변한 디바이너의 검광뿐이었다.

'1······ 2······ 3······ 4.'

아란은 둘의 모습을 보며 속으로 초를 세어 봤다. 헬즈 타임은 4초 동안 상대방에게 모든 각도로 공격을 퍼붓는 난타성 기술이었다.

정확히 4초 후, 리오는 왼손에 검을 든 채 다시 모습을 드러냈다.

반면 지크의 모습은 보이지 않았다. 둘을 볼 수 없었던 리진과 챠오와 넬은 깜짝 놀라며 지크를 찾기 위해 사방을 둘러보았다. 그의 모습은 얼마 있지 않아 나타났다.

"크억!"

마지막 일격에 공중으로 튕겨 날아간 지크는 리오의 뒤쪽에 힘없이 떨어졌다. 리오는 자세를 풀고 그를 돌아보며 말했다.

"무리하지 마, 지크. 네 마음은 알겠지만, 갑자기 강해진다는 것은 욕심이야."

"……."

지크는 대답이 없었다. 바닥에 엎드린 채 미동도 하지 않았다. 리오는 한숨을 쉬며 고개를 저었으나 그에게 다가가지 않았다. 뜻하지 않은 일격을 당할 수도 있었다. 조금 뒤, 지크가 꿈틀대며 일어나기 시작했다.

"봐주기 없기로 했잖아, 이 녀석! 그리고 마음을 안다 어쩐다 하는 헛소리는 집어치워!"

리오는 힘겹게 일어나는 지크를 보며 빙긋 미소를 지었다. 사실 리오는 봐준 것이 아니었다. 헬즈 타임은 발동 시 역학적 운동법칙을 완전히 무시해야만 하기 때문에 중간에 힘을 빼거나 하면 사용자 자신이 위험할 수도 있었다.

리오는 뒤로 물러난 뒤 다시 자세를 취하며 말했다.

"미안, 어쨌든 다시 시작하자."

몸을 일으킨 지크는 먼지가 묻은 머리카락를 털고, 디바이너 칼등에 맞은 복부를 쓰다듬었다. 상당한 충격으로 처음에는 호흡이 곤란했지만 지금은 그런대로 괜찮았다.

그는 자세를 바로잡으며 리오에게 시선을 돌렸다.

'좋아, 잠깐이지만 느껴졌어! 다시 한 번!'

"하앗, 하아아아아아앗!"

지크는 자세를 잔뜩 낮춘 채 기를 집중했다. 기가 웬만큼 모아진 순간, 지크는 무명도를 뒤로 돌리고 짧게 중얼거렸다.

"받아 봐라, 뇌천살!"

엄청난 살기가 밀려오자 리오는 이를 악물며 디바이너를 거머쥐었다.

"녀석!"

곧 지크의 강렬한 공격이 리오의 머리 위로 날아들었다. 리오는 약간 단순하다 싶은 공격을 방어하고 반격할 준비를 했다.

"음?"

지크의 공격을 받은 찰나, 리오는 머리카락이 갑자기 살랑거리는 것을 느꼈다. 일순간 그의 전신에 시원한 무언가가 느껴졌다.

'바람?'

"딴 데 정신 팔지 마!"

순간 지크의 공격이 개시됐다. 리오는 황급히 그 공격을 피하기 위해 애를 썼다. 지금껏 느껴 보지 못했던 엄청난 속도의 연속 공격이었다. 칼이 닿지 않았어도 그 여파 때문에 범위 안의 옷자락이 찢어질 정도였다.

사실 리오는 지크의 뇌천살을 이전까지는 본 일도 없었다. 지크도 실전에서 뇌천살을 써 본 일이 그리 많지 않았다. 뇌천살. 이름 그대로 천 번을 베는 무지막지한 기술이었기에 리오로서도 모두 막아 내기가 힘겨웠다.

"쳇!"

수백 번의 공격을 받던 도중, 리오는 디바이너로 공격을 막아 냈다는 느낌이 들자마자 어깨로 지크의 몸을 세게 들이받았다. 한참 공격을 하던 지크는 생각도 못했던 반격에 큰 충격을 입고 뒤로 날아가 버렸다.

"크앗!"

지크는 바닥을 죽 긁으며 멀리 밀려났다. 지크를 겨우 떨군 리오는 거친 숨을 내쉬며 그를 바라보았다.

"이 녀석!"

리오의 적동색 팔을 타고 붉은 선혈이 흘러내렸다. 지크의 몸을 어깨로 받은 순간 그 역시 일격을 당하고 말았다. 말하자면 크로스 카운터였다.

"헤헷."

한편 지크는 누운 채 눈앞에 펼쳐진 흐린 하늘을 바라보았다. 대규모 위성 공격에 의해 날려진 먼지 때문에 잿빛으로 변한 하늘. 그러나 그런 하늘도 움직이고 있었다. 바람, 그가 각성해야 할 힘에 의해.

"헤헤헷, 하하하핫!"

지크는 크게 웃으며 핸드 스프링으로 몸을 일으켰다. 입에서 피가 흘렀지만 그는 개의치 않았다. 왼팔로 입가를 문지른 그는 씩 웃으며 말했다.

"그런대로 괜찮았지? 헤헷, 바이론 녀석에게도 한 방인가 맞췄던 기술이었는데, 너 역시 별수 없구나. 헤헤헷."

리오는 지크가 예전과 같은 반응을 보이며 웃자, 팔에서 흐르는 피를 떨구며 쓴웃음을 지었다.

"짜릿했지. 어쨌거나 기분이 괜찮아진 것 같구나, 지크."

"물론! 자, 계속해 볼까!"

지크는 무명도를 양손으로 잡은 뒤 기를 끌어 올렸다. 그리고 놀라운 일이 벌어졌다.

"하아아앗!"

지크의 몸 주위에 기류가 강하게 흐르기 시작했다. 리진을 비롯한 BSP 동료들은 경악을 금치 못했고, 그의 그런 모습이 얼마나 무서운지 알고 있는 라이아는 저도 모르게 손을 꽉 쥐며 중얼거렸다.

"바람의 힘!"

한편 리오도 지크의 몸에서 엄청난 기를 느꼈다. 슈렌의 수준까지 이르지 못한 듯했지만 그래도 무시할 수준은 아니었다.

"반쯤 각성했군. 좋아!"

리오는 씩 웃으며 왼손에 파라그레이드를 거머쥐었다. 기를 주입해 날을 생성한 그는 자신의 기도 끌어 올렸다. 그의 몸에서 곧 푸른색 기가 매섭게 분출되었다. 그의 기가 한껏 끌어 올려지자 주위 지면도 진동을 개시했다.

아란은 진동을 몸으로 느끼며 자동판매기에서 미리 빼 두었던 캔 커피의 마개를 그제야 땄다. 그리고 한 모금을 마신 후 자세를 바로잡고 옆에 앉아 있는 레베카와 츄우에게 말했다.

"이제부터 시작이야. 후훗."

그러나 레베카와 츄우의 귀에 아란의 말은 들리지 않았다. 자신들이 처음 상대할 때 느꼈던 리오의 기와 지금 리오가 뿜어내는 기의 차원이 달랐기 때문이다.

"하아앗!"

이윽고 리오의 일격이 지크의 무명도에 꽂혔다. 그와 동시에 주위는 기의 충돌에 의해 폭발이 일어나 사방으로 아스팔트와 건물 파편을 날려 보냈다. 이전까지 충돌했던 것은 장난으로 보일 정도의 엄청난 일격이었다.

공격을 받아 낸 지크는 주위가 상당히 함몰된 것을 알 수 있었다. 그러나 아까와 달리 그는 밀리지 않았다.

"아직이다. 아직이다, 리오!"

뒤쪽으로 빠르게 물러선 지크는 자세를 정비한 후 리오를 향해 파고들었다. 지크는 기류가 한껏 휘감긴 무명도의 일격을 리오에게 선사했다.

"이거나 먹어랏!"

지크의 공격을 받아 낸 순간, 리오의 뒤쪽에 있는 아스팔트가 잘게 부서지며 곧장 밀려났다. 리오는 예상 이상의 압력이 밀려오자 인상을 구겼다.

"큭! 제법 하는구나, 지크! 그러나 여기까지다!"

리오는 일갈을 터뜨리며 발로 지크의 턱을 올려 찼다. 자세가 경직되어 있던 지크는 멀찌감치 날아가 건너편 건물에 처박혔다.

"크앗!"

지크는 건물 벽을 뚫고 내부까지 밀려 들어갔다. 리오는 그 틈에 두 검을 교차하고 손등에 마법진을 생성시켰다. 마법검이었다.

디바이너와 파라그레이드, 두 개의 검에서 폭염이 솟아오르자 리오는 지크가 쓰러져 있는 건물을 향해 뛰어오르며 검을 세게 휘둘렀다.

"끝장내 주겠다!"

건물 위편에 검 두 개를 꽂은 리오는 곧바로 건물을 내리그었다. 잠시 후 지크가 처박혀 있는 건물은 주위의 건물을 휘감으며 대폭발을 일으켰다.

"세, 세상에! 지크 선배!"

넬은 사방으로 흩어지는 건물 잔해들을 보며 소리쳤다. 리진은 겁에 질린 얼굴로 챠오를 바라보았다.

"자, 장난이 아닌가 봐!"

"……."

챠오는 침을 꿀꺽 삼켰다. 이전까지 둘의 대결을 가벼운 대련 정도로 생각했던 그녀 역시 리오와 지크가 사생결단 직전까지 가 있다는 것을 느꼈다.

리오는 공중으로 몸을 띄우고 화염에 휩싸인 건물 잔해를 내려다보았다. 그가 들고 있는 검은 마법검의 영향으로 아직도 활활 타오르고 있었다.

리오는 검 끝을 밑으로 향하고 크게 외쳤다.

"어서 튀어나와, 지크! 아직 가르쳐 줄 게 많단 말이다!"

그에 대답하듯 건물 잔해를 뚫고 불길에 휘감긴 무언가가 하늘로 용솟음쳤다. 그 불덩어리는 빠른 속도로 사그라졌다. 그 안에 있던 지크는 약간 그을린 얼굴을 장갑으로 닦으며 소리쳤다.

"웃기지 마라! 누가 누굴 가르쳐!"

"흥, 몸으로 느끼게 해 주겠다!"

리오와 지크는 다시 공중에서 격돌했다. 그 모습에 BSP들은 다시금 놀랐다. 지금껏 한 번도 펼친 적이 없던 지크의 공중전 때문이었다.

분명, 지크는 날고 있었다.

그 광경을 지켜보던 츄우는 기분 좋게 캔 커피를 마시고 있는 아란의 팔을 손가락으로 콕콕 찌르며 나지막이 물었다.

"저 사람들 말려야 하는 거 아니니?"

"후훗, 설마 서로 죽이기야 하려고. 구경이나 계속하자. 재미있는데?"

아란은 캔을 살짝 흔들며 웃을 뿐이었다. 츄우는 계속 격돌 중인 리오와 지크를 다시 보며 힘없이 중얼거렸다.

"재미있기보다는 무서운데?"

상대를 가격하는 검술과 상대를 베는 도검술의 대결. 한마디로 힘과 기교의 대결 같았지만 리오와 지크의 대결은 이미 그 이론적 차이를 넘어선 지 오래였다. 피하고, 막고, 베는 것. 이 세 가지와 몸에 박힌 본능적인 무예만 그들의 움직임을 지배했다.

"여기 있었군, 아란."

한참 커피를 마시며 구경하던 아란은 감정이 실리지 않은 차가운 목소리가 뒤에서 들려오자 씁쓸히 웃으며 돌아봤다.

"늦었네, 알테미스. 유감이지만 재미있는 장면을 놓친 것 같은데?"

"아, 알테미스?"

츄우와 레베카는 흠칫 놀라며 뒤에 서 있는 여성을 바라보았다.

짙은 보라색 곱슬거리는 짧은 머리에, 머리색과 비슷한 보라색 립스틱을 바른 차가운 인상의 여성. 그녀가 바로 데스 발키리 중 두 번째로 강한 알테미스 슈크라드였다.

알테미스는 츄우와 레베카를 흘끔 본 뒤 공중에서 격돌하고 있는 리오와 지크를 주시했다. 그녀는 이내 알 수 없는 미소를 지으며 중얼거렸다.

"가즈 나이트…… 피를 볼 수 있는 좋은 기회네."

좋은 기회라는 말을 들은 아란은 피식 웃으며 커피를 모두 마셨다. 그리고 자리에서 일어나 알테미스를 뒤에서 껴안으며 말했다.

"아직 아니야. 그들에 대한 임무는 지금 우리의 수준으로는 너무 힘들어. 그건 그렇고…… 후훗, 알테미스가 없는 동안 내가 얼마나 외로웠는지 알아? 밤이 싫을 정도였어."

아란이 그렇게 말하며 자기 목에 입술을 대자, 알테미스는 목을 살짝 감싸고 있는 아란의 팔에 키스를 하며 나지막이 말했다.

"미안."

한편, 리오와 지크는 한순간 서로에게 일격을 가한 뒤 멀리 떨어졌다. 잠시 쉬기 위한 것도 있었지만 다른 중요한 이유가 있었다.

"헤헷, 예전보다 훨씬 강해졌는데, 리오? 헤헤헷."

"훗, 처음 싸웠을 때에고는 차원이 틀리구나, 지크. 하지만 아직 공중에서 전투하는 건 무리인 것 같은데?"

리오 말대로 지크는 그와 달리 상당히 많은 상처를 입고 있었다. 물론 리오 역시 망토에 흠이 나긴 했지만 직접적인 타격을 입지는 않았다.

지크는 무명도를 거두며 리오에게 말했다.

"풋, 무슨 소리. 어드벤티지 주고 날 상대한 주제에……! 넌 수십 번이나 내 목을 벨 수 있었잖아. 마법도 쓰지 않았고. 좋아, 이제 그만하자. 나도 이제 기분이 좀 풀렸으니까, 목적도 이루었고."

지크의 말을 들은 리오는 빙긋 웃으며 검을 거뒀다. 그는 곧 지크와 악수나 하자는 생각으로 그에게 접근했다.

"그래. 수고했다, 지크. 지크?"

지크는 악수를 할 정도의 체력이 남아 있지 않았다. 무명도를 거두고 말을 마친 즉시 탈진해 버린 그는 지면으로 추락했다.

"으악! 지크 선배!"

"지크!"

넬과 리진은 기겁을 하며 지크의 이름을 불렀다. 챠오 역시 눈을 크게 뜨며 떨어지는 지크의 모습을 바라보았다. 다행히 리오가 추락하기 직전에 부축했기 때문에 큰 부상은 없었지만 지크는 이미 리오의 공격으로 상당한 충격을 입은 상태였다.

"이런, 정신 차려, 바보야!"

리오는 지크의 체온이 떨어지기 시작하자 한숨을 내쉬며 그의 몸을 망토로 감쌌다. 상처가 조금씩 회복되고 있었지만 금세 깨어날 상황은 아닌 듯했다. 그는 급하게 달려온 리진에게 물었다.

"차를 가져오셨습니까?"

"아, 예! 그런데 지크는 괜찮나요?"

"그리 심각한 상태는 아닙니다. 푹 자면 괜찮을 겁니다."

그러나 리오의 말은 리진과 다른 동료들을 안심시키기에 좀 무리가 있어 보였다. 그렇게 말하는 동안에도 지크의 머리에서 피가 뚝뚝 떨어지고 있었기 때문이다.

리오와 지크의 대련은 거기서 끝났다.

넬과 리진, 챠오는 지크를 데리고 번개같이 지크 집으로 향했다. 모두 이렇게라도 끝난 것을 다행히 여기며 안도의 숨을 쉬었다.

그러나 데스 발키리들은 그렇지 않았다. 엄청난 속도를 보여 준 지크는 그렇다 쳐도, 그런 속도의 남자와 대결한 뒤에도 그리 지친 기색이 없는 리오가 두려웠기에 그녀들은 모두 떠나간 뒤에도 얼마간 그곳에 남아 있었다.

아란은 자신과 키가 비슷한 알테미스의 어깨에 기댄 채 미소를 지으며 챠우와 레베카에게 물었다.

"예전과 비교해서 어때! 최강급 가즈 나이트의 느낌이?"

챠우는 옷자락을 만지작거릴 뿐 아무 말도 하지 않았다. 레베카는 인상을 찌푸린 채 부서진 건물과 아스팔트만 바라볼 뿐이었다.

조금 뒤 챠우가 진지한 얼굴로 아란에게 물었다.

"넌 저 남자를 이길 수 있을 것 같아? 물론 실제 상황에서."

아란은 힘없이 웃은 뒤 알테미스를 바라보며 대답했다.

"글쎄? 나보다 알테미스에게 물어보는 것이 더 빠르지 않을까?"

츄우와 레베카의 시선은 곧 알테미스에게 옮겨졌다. 알테미스는 무표정한 얼굴로 중얼거렸다.

"아직은 이기기 힘들어. 하지만 유로는 다를 거야. 그녀는 혈통부터 우리와 차원이 다르니까."

알테미스가 말하고 있는 '유로 디 아스타로트'. 악마왕 아스타로트의 이름을 가진 그녀는 같은 데스 발키리 소속이면서도 모습을 잘 드러내지 않는 수수께끼의 존재였다. 아스타로트의 친딸인 그녀의 힘은 대속성 가즈 나이트에 필적할 정도로 강했다. 하지만 그 외의 정보는 모두 베일에 가려 있어, 그녀를 딱 한 번밖에 보지 못한 츄우와 레베카는 그녀의 힘이 어느 정도인지 궁금했다.

"도대체 얼마만큼 강하기에 알테미스가 강하다고 하는 거야?"

레베카다운 직접적인 질문에 알테미스는 곧바로 대답해 주었다.

"호랑이는 고양이를 낳지 않아. 아스타로트 님의 친딸인 만큼 대속성 가즈 나이트도 절대 그녀를 무시할 수 없을 거야. 다른 건 몰라도 속도만큼은 신계 톱클래스지. 나도 그녀와 대련할 때 공기가 찢어지는 소리 말고 느낀 게 없었어."

"그래? 그럼 유로는 언제 온대?"

"유로는 아롤 님의 일에 직접 관여되어 있으니 이번 일을 맡은 동안 보지 못할 수도 있어. 그런데 아란, 숙소는 어디지?"

대답하기 귀찮아졌는지 알테미스는 곧바로 말을 돌렸다. 모두 곧 지크와 세이아의 집 쪽으로 향했다.

"알테미스? 같은 데스 발키리인가?"

샤워를 마치고 집 밖으로 나온 리오는 아란에게 알테미스를 소개받았다. 아란은 고개를 끄덕이며 알테미스를 바라보았다.

"그래요. 알테미스라고 하죠. 자, 알테미스? 이분이 바로 리오라는 가즈 나이트야. 인사해."

알테미스는 말없이 리오의 눈을 직시했다. 리오는 그런 알테미스의 차가운 눈을 바라보며 생각했다.

'차가운 느낌이군. 휀의 냉정함이나, 바이칼의 위악과 다른…… 마치 피에 굶주린 치타 같은데?'

그렇게 생각하던 리오는 문득 서로 아무 말도 하지 않은 것을 깨닫고 먼저 인사했다.

"가즈 나이트, 리오 스나이퍼입니다. 잘 부탁드립니다."

"알테미스 슈크라드입니다."

가볍게 목례를 하며 소개를 한 리오에 비해, 알테미스는 마치 인형처럼 감정 없는 말투로 인사 아닌 인사를 했다. 리오는 개인 취향이겠거니 생각하며 고개를 끄덕였다. 아란은 곧 알테미스와 팔짱을 끼고 리오에게 윙크를 던졌다.

"후훗, 미안해요. 수줍음을 잘 타는 아이라서요. 그럼 나중에 또."

세이아의 집으로 향하는 둘을 보며 리오는 한숨을 길게 내쉬었다.

데스 발키리까지 네 명이 가세하고 지크도 반쯤 각성되었다면 휀과 바이론만큼은 아니겠지만 그런대로 강한 전력이 구성됐다고 생각했다.

"이제 팀을 나눠야 하나? 하지만 동룡족까지 적이 된 상황이라면 팀을 나눌 필요가 없는데…… 만약 예전처럼 차원결계라도 쳐지는 날이면 주룡 쥬빌란을 상대할 수 있는 사람은 나뿐일 테니까."

"와카루 할아범도 있잖아."

그때 지크의 집 쪽에서 힘 빠진 목소리가 들려왔다. 리오는 피식 웃으며 그쪽을 바라보았다. 간편한 복장을 입은 지크가 현관 기둥에 기대어 자신을 보고 있었다.

"아아, 그렇군. 몸은 괜찮아, 지크?"

"아니, 하지만 기분은 상쾌해."

지크는 터벅터벅 리오에게 다가왔다. 리오는 텐트 옆에 놓인 간이 의자에 앉으며 말했다.

"아까 나와 대련하자고 한 이유…… 그냥 강해지고 싶다는 의지만은 아니었던 것 같은데, 안 그래?"

지크는 핵심을 찔렸다는 듯 한쪽 눈을 감고 씩 웃었다.

"헤헷, 그건 그래. 그냥 한번 신나게 얻어맞고 싶었지."

리오는 의아한 눈으로 지크를 쳐다보았다. 지크 역시 옆에 놓인 간이 의자에 걸터앉아 희끄무레한 하늘을 바라보며 말을 이었다.

"매일같이 처크 할아버지에게 야단맞았던 기억이 지워지지 않아서 그랬어. 이렇게 말하는 내가 바보 같아 보이겠지만, 난 그분께 야단을 맞을 때 정말 기분이 좋았다고. 이분이 나를 정말로 생각해 주시는구나 하고 느꼈으니까."

리오는 말없이 형제를 바라볼 뿐이었다. 지크는 멋쩍은 듯 머리를 긁적이며 계속 말했다.

"그분이 돌아가시는 순간, 난 정말 가슴에 구멍이라도 뻥 뚫린 기분이었어. 아무것도 할 수가 없었지. 울기도 했고……. 그런데 그때 옷걸이에 던져 놓은 내 재킷이 머리 위로 툭 떨어지는 거야. 이상하게 아프더라고. 알고 보니 내 재킷 어깨에 붙어 있던 철조각—메탈 플레이트, Last Radiance라고 쓰여진 것—이 내 이마를 정확히 친 것이었어."

"아, 그 장식? 그건 처크 씨가 네게 준 것이라고 들었는데?"

지크는 고개를 끄덕이며 대답했다.

"그래. 유품이라면 유품이라고 할 수도 있는 것이지. 헷, 보통 때는 돌팔매를 맞아도 아프지 않았는데 이상하게 그 부위가 계속 아픈 거야. 그리 무게도 나가지 않은 것인데 말이지. 그때 느꼈어. 처크 할아버지가 또 야단을 치시는구나 하고 말이야. 그래서 바로 너에게 부탁한 거야. 정신도 차릴 겸 한번 신나게 맞아 보려고. 너에게 한 방 크게 맞은 다음 하늘을 보고 깨달았어. 아직 처크 할아버지의 흔적이 내 곁에 남아 있다고 말이야. 할머니 그리고 나이 어린 이모 루이…… 그리고 처크 할아버지가 직접 소집한 BSP 동료들까지, 아직 지킬 것이 남아 있다고 생각하니 정말 기분이 좋아지더라고. 그 즉시 일어나면서 처크 할아버지에게 약속했어. 그 모두를 꼭 지켜 주겠다고."

지크는 말을 맺으며 오른손에 기를 집중했다. 그러자 손 주위를 작은 기류가 휘감았다. 그 광경에 리오는 놀란 눈으로 물었다.

"엇, 설마 힘을 완전히 익힌 거야?"

"모르겠어. 하지만 예전까지 쓰던 힘과 상당히 다른 것 같아. 어쨌든 고맙다, 리오. 너와 의형제 맺은 건 정말 잘한 것 같아. 헤헷."

"훗, 녀석……."

리오와 지크는 웃으며 서로의 손을 맞잡았다. 멀리서 식료품을 들고 오던 슈렌은 그런 둘의 모습에 희미한 미소를 지었다.

"나가 줘."

"루, 루이. 하지만 난……."

"나가 달라고 했잖아! 난 더 이상 널 보고 싶지 않아!"

루이는 그렇게 소리치며 현관문을 세차게 닫으려 했다. 그러나 지크의 팔은 현관문이 닫히는 속도보다 빨랐다. 지크는 강제로 문을 열어젖히며 루이에게 물었다.

"도대체 왜 그래! 난 너와 할머니가 걱정되어서 온 것뿐이란 말이야!"

"나? 엄마?"

지크의 말을 들은 루이는 황당하다는 웃음을 흘리며 시선을 돌렸다. 지크는 인상을 찌푸리며 루이를 바라보았다. 루이는 그런 지크를 보며, 평상시의 그녀라고는 생각되지 않을 정도의 말투로 소리쳤다.

"웃기는 소리 하지도 마! 넌 어차피 우리와는 피도 안 섞였잖아! 넌 싸움만 아는 괴물일 뿐이야! 그리고 넌…… 하, 하여튼 그래!"

루이는 마지막에 무슨 말을 하려고 했을까. 어쨌든 그 이전의 말도 지크의 화를 돋우기에 충분했다.

"뭐? 젠장, 그래! 처크 할아버지는 나 때문에 돌아가셨어! 하지만 난 기억이 나지도 않는단 말이야! 그리고 너보다는 못하겠지만 나 역시 슬프다고! 내 마음은 알아주지도 않는 거야? 그리고 10년 넘게 가족으로서 지내 왔는데 그렇게 심한 말을 할 수가 있어?"

"너 따위가 무슨 가족이야! 헛소리 말고 너랑 똑같은 괴물들하고나 놀아!"

짝.

순간 루이의 왼쪽 뺨에 불꽃이 튀었다. 그녀가 중심을 잃고 옆으로 쓰러지자 지크는 놀란 눈으로 루이와 루이의 어머니를 번갈아 바라보았다.

"하, 할머니……?"

처크 부인—루이의 어머니는 한숨을 쉬며 쓰러진 딸을 내려다보았다. 루이는 뺨을 손으로 어루만지며 어머니를 바라보았다. 처크 부인은 무서운 눈빛으로 루이를 보며 말했다.

"너보다 나이 많은 조카에게 그게 무슨 말버릇이니. 넌 먼저 거실로 가 있거라."

루이는 입술을 깨물며 말없이 거실로 가 버렸다. 지크는 가만히 그녀를 바라보다가 곧 처크 부인에게 인사를 했다.

"아, 안녕하세요, 할머니."

"이런, 천하의 지크 스나이퍼가 오늘은 왜 이리 힘이 없지? 음?"

지크의 목소리에 힘이 없자, 처크 부인은 빙긋 웃으며 평소처럼 그의 머리카락을 쓰다듬어 주었다. 지크는 그녀의 반응에 놀란 표정을 지었다.

"거실로 가자, 지크. 할 얘기가 많단다."

"네……."

루이는 처크 부인 옆에 앉은 채 애써 지크의 눈을 피했다. 지크는 그런 그녀를 보며 속으로 한탄을 했지만, 지금은 처크 부인의 말을 듣는 것이 우선이었다.

처크 부인은 직접 끓인 홍차를 한 잔 마신 뒤 말을 시작했다.

"기억나니? 우리가 미국에서 처음 만났던 날 말이야."

"무, 물론이죠. 평생 잊지 못할 일이에요, 저에겐."

"그래, 나도 그렇단다. 그때 난 솔직히 놀랐단다. 그이가 갑자기 얼굴이 바짝 마른 꼬마를 데리고 집에 들어오는데. 난 그이에게 다른 부인이 있는 줄 알았다니까? 호홋. 어쨌든 그때 네 등에 네 키만큼 큰 칼을 메고 있었지. 이상하게도 너 외엔 들 수 없는 칼을 말이야. 하지만 나를 더욱 당황하게 했던 것은 10살짜리 꼬마치고는 당돌한 말투였단다. 그때 넌 아직 30대였던 날 용감하게 할머니라고 불렀으니까."

"그, 그거야 뭐……."

지크는 멋쩍은 듯 머리를 긁적이며 힘없이 웃어 보였다. 처크 부인은 자기 옆에 앉은 루이의 머리를 쓰다듬으며 다시 말했다.

"레니에게 널 맡기기 전까지, 넌 루이에게 운동을 가르쳐 줬고 루이는 너에게 공부를 가르쳐 줬지. 물론 둘 다 서로의 수업을 거부하긴 했지만 말이야. 후훗, 루이 너는 그때 네가 지크에게 했던 말 기억하니?"

"……."

루이는 아무 말이 없었다. 하지만 처크 부인은 내색하지 않고 계속 말했다.

"이런 근육 두뇌의 조카에게 수학을 가르치느니 차라리 우리 집 개에게 알파벳을 가르치는 게 낫다고 했지, 호호호홋. 물론 그때 지크도 만만치 않았지만."

"안경쟁이 이모에게 운동을 가르쳐 주느니 알파벳을 배운 개에게 덩크를 강요하는 게 낫다고 했죠. 헤헤헷."

지크는 고개를 숙이며 킥킥 웃었다. 처크 부인 역시 고개를 끄덕이며 웃음을 지었다. 그러나 루이는 여전히 차가운 표정으로 아무 말도 하지 않았다.

그런 그녀를 바라보던 지크는 마음을 가라앉히기 위해 앞에 놓인 차가운 음료를 한 모금 마신 후 처크 부인과 루이를 바라보며 천천히 말했다. 무언가를 회상하듯 희미한 웃음을 띤 채…….

"처크 할아버지도, 할머니도, 어머니도, 그리고 루이도…… 모두 가족이 없던 저에게 가족의 소중함을 일깨워 준 분들이죠. 하지만 얼마 전까지는 소중함만 알고 있었어요. 그저 막연히 지켜 줘야 한다는 생각만 하고 있었죠. 하지만 처크 할아버지께서 돌아가신 뒤 저는 깨달았습니다. 제가 왜 여러분을 지켜야 하는지 말이에요."

"그래? 그럼 이유를 들어 볼 수 있겠니?"

처크 부인의 물음에 지크는 고개를 끄덕이며 대답했다.

"가족이니까요. 그것뿐이지만 이젠 정말로 가족이 뭔지, 가족의 사랑이 뭔지 깨달았어요. 어머니께서 해 주신 말도 있고요."

그때 루이는 흘끔 지크를 곁눈질했다. 고개를 숙인 상태라 눈치채지 못한 지크는 계속 말을 이었다.

"루이가 지금 저에게 화를 내는 것도 이해할 수 있어요. 제가 처크 할아버지의 복수를 한다는 생각에 정신이 나갔을 때…… 아니, 그 전부터 루이는 애타게 도움을 청하고 있었어요. 하지만 저는 그것을 무시하고 말았죠. 루이는 아마 그것 때문에 화가 났을 거예요. 모두 제가 절제하지 못한 탓이죠. 하지만 루이가 아까 저에게 화를 냈을 때 저는 속으로 안심했답니다. 저를 가족으로 생각하지 않고, 진짜로 싸움만 아는 괴물로 여기고 있었다면 제가 들어오건 말건 상관하지 않았겠죠. 아니면 총으로 쐈던가…… 헤헷."

"그렇지 않아, 이 바보야!"

순간 루이가 자리에서 벌떡 일어서며 소리쳤다. 지크와 처크 부인은 깜짝 놀라서 그녀를 바라보았다. 루이는 안경을 벗은 뒤 지크를 쏘아보며 다시금 소리쳤다.

"네가 그 침입자를 없앤 뒤에…… 아버지와 네가 일어나지 않는 걸 보고 있던 내 마음은 어땠을 것 같아! 둘 다 영원히 일어나지 않는다면…… 난……!"

루이는 말을 끝맺지 못하고 안면을 가렸다. 처크 부인은 그런 루이를 감싸 주려 했으나 지크가 손으로 그녀를 제지했다. 그는 두 손으로 얼굴을 감싸고 있는 루이의 머리를 주먹으로 가볍게 쥐어 박았다.

"앗?"

루이는 깜짝 놀라 지크를 바라보았다. 그는 예전처럼 장난기 어린 표정을 지으며 말했다.

"젠장, 역시 넌 변한 게 없구나. 스무 살 넘었으니 이젠 자기 방에 콕 틀어박혀 혼자 울지는 않겠구나 했는데…… 쯧."

루이는 아무 말 없이 고개를 숙였다. 지크는 루이의 이마에 자신의 이마를 맞대며 말했다.

"이젠 처크 할아버지 대신 내가 너를 지켜 줄 차례야. 네가 그렇게 징징 울어 대기만 하면 난 어떻게 할 수 없다고. 앞으로는 언제, 무슨 일이 생기더라도 너와 할머니가 위험해지면 반드시 달려올 거야. 처크 할아버지께서 남겨 주신 몫까지 말이야."

루이는 말이 없었다. 지크는 곧 루이의 어깨를 몇 번 두드려 주고 거실을 나서며 처크 부인에게 말했다.

"이제 가 볼게요, 할머니. 아, 그리고 앞으로 무슨 일이 있으면 이걸 쓰세요."

지크는 호주머니를 뒤지더니 긴 통에 담긴 무언가를 건네주었다. 처크 부인은 그것을 받아 들며 물었다.

"이건, 신호탄이니?"

"아, 단순한 신호탄은 아니에요. 마법으로 만들어진 것인데 전파 방해 따위 상관하지 않고 신호를 보낼 수 있어요. 물론 특별한 사람들만 알아들을 수 있지만요. 자, 그럼 안녕히 계세요. 루이도 잘 있어. 울지 말고!"

루이는 살짝 고개를 끄덕였다.

처크 부인은 손을 흔들며 지크를 배웅해 주었다. 처크의 집 밖으로 나온 지크는 아직도 뿌연 하늘을 보며 나지막이 중얼거렸다.

"헤헷. 저, 또 성장했죠?"

하지만 하늘은 아무런 대답도 없었다. 무엇 때문일까. 지크는 목으로 무언가를 연신 삼키며 혼잣말을 했다.

"하늘이 흐려서 할아버지도 저를 보기 힘드실지 모르겠네요. 하여간 억지로라도 저를 지켜봐 주세요, 할아버지. 이 손자가 멋지게 해 보일 테니까요. 할아버지는 계시지 않지만, 할아버지와의 추억이 저에게 남아 있고, 또 남겨 주신 것들도 많으니 저는 할 수 있을 거예요. 멋지게 할게요."

지크는 먼지만 떠 있는 하늘을 향해 손을 흔들어 보인 후 오토바이를 향해 걸어갔다.

그가 떠난 집 앞 공터에 바람이 가볍게 감돌았다.

7장
새로운 힘

1

해부자(解剖者)

그날 밤.

지크는 바이칼과 함께 마시멜로를 구워 먹으며 한참 얘기를 나누고 있었다. 물론 지크가 일방적으로 말하는 편이었고 바이칼은 그냥 경청하는 편이었다. 꽤 오랫동안 얘기를 한 지크는 지쳤는지 물을 들이켜며 바이칼에게 넌지시 물었다.

"그래, 리디아인가 하는 네 동생하고는 잘되어 가냐?"

"그런 저속한 질문을 하는 저의를 먼저 알고 싶군."

바이칼은 적당히 구워진 마시멜로를 입에 넣으며 지크에게 되물었다. 지크는 아차 하며 머리를 긁적이더니 다시 물었다.

"아아, 미안. 그럼 얘기는 좀 해 봤어? 네가 서로의 관계에 대해 밝힌 뒤로 그 애 아무 말이 없던데."

"별로. 그리고 할 필요도 없어."

"뭐?"

지크는 의아한 눈으로 바이칼을 쳐다보았다. 바이칼은 나뭇가지에 마시멜로를 끼우며 말했다.

"말을 안 한다 해도 나와 리디아가 남매라는 것은 변하지 않으니까."

지크는 어이가 없는 얼굴로 입술을 씰룩대며 빈정거렸다.

"오호? 하지만 그렇게 하면 리디아가 도망갈지도 모르는데? 사이가 벌어져서 말이야."

"……!"

순간 불 위에 마시멜로를 놓으려던 바이칼의 손이 굳었다. 지크는 바이칼이 진지한 표정을 지은 채 가만히 있자 당황하며 사태를 수습하려 했다.

"하하핫! 그래 그래! 도망치면 다시 잡아 오면 되는 거지 뭐! 그리 신경 쓰지 말라고! 하하하핫!"

그러나 바이칼의 귀에는 지크의 말이 들리지 않았다. 지크는 아무래도 혹을 하나 더 붙였다는 생각이 들었다.

"음, 노는 것도 피곤하군. 몸이라도 좀 풀면 좋겠는데."

며칠 동안 밤을 새며 보초를 선 리오는 잠을 편히 못 잔 탓인지 푸석한 얼굴로 텐트를 나섰다. 가벼운 맨손 체조로 몸을 풀던 리오는 우연히 지크의 집과 세이아의 집 사이에 있는 잔디밭에 리디아가 웅크려 앉아 있는 것을 보았다.

리오는 헝클어진 머리를 매만지며 천천히 그녀에게 다가갔다.

"리디아, 무슨 일 있는 거야?"

"아, 안녕히 주무셨어요, 리오 씨."

그녀는 리오를 보며 가볍게 인사하고 다시 시선을 내리깔았다. 리오는 그녀가 뭘 보나 궁금해서 어깨 너머로 잔디밭을 내려다보왔다. 리디아의 시선이 닿은 곳에 몇 마리의 나비가 죽어 있었다.

'나비? 하긴 햇빛도 잘 스며들지 못할 정도로 대기가 먼지에 휩싸여 있으니 민감한 곤충인 나비가 죽는 것도 당연하겠지.'

"어째서 이 아이들이 죽어야만 할까요? 저는 모르겠어요."

리디아의 나지막한 말에 리오는 적당한 대답을 찾지 못했다. 공기가 오염되어서 일조량이 줄어들었고…… 따위의 논리적인 얘기는 지금 그녀의 감정에 하등 도움이 되지 않을 것 같았다.

"자연의 섭리다. 약한 생물이 죽는 것은 당연해."

그때 바이칼이 불쑥 두 사람의 대화에 끼어들었다. 리디아는 살짝 인상을 쓰고 그를 돌아보며 말했다.

"어, 어떻게 그런 말을 할 수 있어요. 이 나비들도 이렇게 되고 싶지 않았을 거 아니에요."

"하등동물에게 신경 쓸 틈은 없어. 이제 집으로 돌아가자, 리디아. 따라와."

"시, 싫어요!"

리디아는 순간 발끈하며 거부했다. 바이칼은 팔짱을 낀 채 덤덤한 얼굴로 리디아를 바라볼 뿐이었다. 그런 대치 상황을 지켜보던 리오는 앞머리를 긁적거리며 생각했다.

'하긴 여자랑 말을 해 본 역사가 지크의 산수 실력보다 짧은 녀석이니까.'

"그래? 싫으면 네가 어쩔 건데."

바이칼이 강압적으로 묻자 잠시 주저하던 리디아는 갑작스레 리오의 팔을 붙잡으며 말했다.

"저는 모든 사람들과 함께 있을 거예요! 여기가 더 좋아요!"

리오는 순간 당황스러운 표정을 지었으나, 바이칼은 이미 예상했던 일이라는 듯 편하게 리디아에게 말했다.

"맘대로 해. 하지만 네가 여기 남아 있으면 피곤해지는 것은 여기 있는 사람들이야. 널 데려가려는 동룡족들의 공격을 막아 내자면 말이야. 넌 그들이 힘들어지는 게 좋아?"

"하, 하지만……!"

"하지만은 뭐가 하지만이야. 괜히 폐 끼치지 말고 어서 따라와."

"그, 그래도 싫어요! 이건 납치라고요!"

둘이 티격태격하는 중간에 애매하게 낀 리오는 바이칼의 행동이 평소와는 조금 다르다는 것을 느끼고 있었다.

'뭐가 저렇게 급한 거지, 저 녀석? 거의 협박하는 것과 다를 바 없는 행동인데. 무슨 이유라도 있는 건가?'

잠시 딴생각에 빠져 있던 리오는 결국 분위기를 좋게 만들어야겠다는 의무감으로 얼른 바이칼의 머리를 쓰다듬으며 말했다.

"자자, 오빠와 동생 간의 대화가 조금 살벌한 것 같으니 머리 좀 식힌 다음 다시 얘기하는 게 좋을 것 같아. 특히 바이칼 너."

"쳇!"

바이칼은 결국 뒤로 돌아서며 입을 다물었다. 리오는 리디아에게 미안하다는 윙크를 보낸 뒤 그를 데리고 다른 곳으로 향했다.

결국 리디아는 잔디밭에 다시 혼자 남게 되었다. 그녀는 공허한 표정을 지은 채 다시 웅크리고 앉아 죽은 나비들과 죽어 가는 곤충들을 내려다보았다.

한편 바이칼을 데리고 집에서 멀리 떨어진 놀이터로 간 리오는 팔짱을 끼며 말했다.

"리디아를 데리고 빨리 돌아가는 건 좋지만 너무 심했잖아. 막연히 동생이라는 이유만으로 그 애를 데려간다는 것은 무리라고 보는데."

"……."

바이칼은 아무 말 없이 그네에 앉아 천천히 움직이기 시작했다. 하지만 그네 타기에 익숙지 못한 그는 번번이 때를 놓쳐 그네를 멈추곤 했다. 그런 모습에 리오는 살짝 코웃음을 치고는 그네를 밀어 주며 다시 말했다.

"아마 루이체가 지금 리디아의 상황과 같았다면 나도 너와 같은 반응을 보였을지 몰라. 하지만 좀 상냥하게 그 애를 대해 주는 건 어때? 리디아는 아직 어리기 때문에 너의 성격을 이해하려고 하기보다는 상냥하게 대해 주는 것을 더 좋아할 거야."

"네 말이 무슨 뜻인지는 잘 알고 있다. 하지만 리디아는 지금 이 세계에서 빨리 사라져야 해. 여기 있다는 것 자체가 서룡족과 동룡족의 정면 대결을 부르는 것이나 다름없기 때문이다. 너희에게도 피해가 갈 것은 당연하겠지. 어쨌든 동룡족과 그 녀석들의 우두머리가 이 세계에 있으니 리디아만 드래고니스에 두고 바로 돌아올 생각이야."

"오호? 웬일로 우리 생각을 다 해 주는 거지? 이거 대사건인걸?"

리오가 의외라는 듯 웃음 짓자, 바이칼은 얼굴을 붉힌 채 아무 대답도 하지 않았다. 리오는 곧 바이칼의 어깨를 두드리며 말했다.

"그까짓 동룡족에게 쉽게 당할 우리가 아니니까 너무 걱정하지 마. 대신 네 동생 걱정이나 좀 해. 오랜만에 다시 찾은 혈육이니까. 사이좋게 지내도록 노력해, 알았지?"

"흠, 감히 이 몸에게 훈계를 하다니."

그러면서도 바이칼은 이내 리오가 밀어 주는 그네에 몸을 맡기고 있었다.

199

언제나 그랬다. 웃으며 친절하게 말해 주는 리오. 그리고 변함없이 무표정한 바이칼. 수백 년 동안 친구로 지내 온 그들에게 그 이상의 말은 무의미한 것이었다.

"다른 세계의 정보를 알아낼 방법이 없을까? 이 도시가 초토화된 걸로 보아 세계의 다른 주요 도시들도 만만치 않을 것 같은데."

집에서 멀리 떨어진 지점에서 슈렌과 함께 보초를 서고 있던 지크는 머리를 긁적거리며 슈렌에게 물었다. 가만히 주위를 둘러보고 있던 슈렌은 장발을 손으로 쓸어 넘기며 조용히 대답했다.

"이 도시가 제일 나을지도 몰라."

"음? 그건 또 왜?"

폐허 위에 앉은 지크가 눈을 동그랗게 뜨며 되묻자 슈렌은 그의 옆에 편히 앉으며 대답했다.

"와카루나 동룡족도 우리가 여기 있다는 걸 잘 알고 있겠지. 괜히 이곳을 노리고 전력을 투입하는 것보다 우리가 없는 다른 지역을 공략하는 게 시간적으로나 경제적으로나 더 낫다고 생각했을 거야."

"음."

지크는 슈렌의 말이 일리 있다는 듯 고개를 끄덕였다.

사실 그들이 있는 이 도시를 공략한다는 것은 상당한 모험이었다. 가즈 나이트 셋뿐만 아니라 데스 발키리 넷, 여차하면 전투에 가담할 수 있는 투신급 힘을 지닌 라이아, 그리고 바이칼까지 합치면 오히려 역습으로 전멸될 만큼 엄청난 전력이었다.

그걸 뻔히 알고 있는 와카루가 바보같이 전력을 낭비하며 이쪽을 습격할 이유는 없었다.

"그래도 이번만큼은 예외인 것 같군."

슈렌이 벌떡 일어나며 중얼거렸다. 그와 거의 동시에 이상한 느낌을 받은 지크는 자신의 장갑을 죄며 고개를 끄덕였다.

"헤헷, 너무 조용하면 재미가 없잖아."

둘은 시선을 돌려 동쪽을 바라보았다. 보통 사람들의 눈에는 보이지 않겠지만 그들의 눈에는 확실히 보이는 것이 있었다. 몇 척의 동룡족 전함들과 거대한 수송기들이 이쪽을 향해 다가오고 있었다.

"네가 다른 사람들에게 얘기해 줘."

슈렌은 그룬가르드를 감싼 헝겊을 풀며 말했다. 지크는 성격상 당연히 반박하고 나섰다.

"뭐? 너 혼자 재미를 보게 하란 말이야!"

"네가 나보다 더 다리가 빠르잖아. 잔소리 말고 갔다 와."

"쳇, 그럼 내 몫은 남겨 놔, 알았지?"

지크는 알고 있었다. 슈렌의 말투가 거칠 때면 그의 몸이 한참 근질거릴 때라는 것을.

슈렌의 전투 능력은 순위를 매길 수 없는 훼, 바이론, 리오 바로 다음이었다. 평상시 능력은 그렇지 않지만 가끔씩 바이오 리듬이 상승할 때처럼 그의 능력이 최고로 올라갈 때가 있었다. 지금이 바로 그런 순간이었다.

지크는 군말 없이 집 쪽으로 향했고, 슈렌은 천천히 몸을 띄우며 눈을 부릅떴다.

슈렌도 오늘 자신이 왜 불타오르는지 알 수 없었다. 하지만 한가지 확실한 것은, 이쪽을 향해 다가오는 동룡족의 전함 안에 자신을 불타오르게 하는 무언가가 있다는 사실이었다.

"전방 8천 미터 앞에 강한 화염 속성의 에너지 반응! 안전주문이 풀리지 않은 가즈 나이트급입니다!"

한 병사의 보고가 들린 순간 의자에 앉아 있던 동룡족 장군의 눈썹이 살짝 꿈틀거렸다. 얼굴에 대각선의 긴 흉터가 있는 동룡족의 젊은 장군 플루소는 자기 흉터를 손가락으로 매만지며 악의가 실린 미소를 지었다.

"어쩐지 아침부터 흉터가 쑤신다 싶더니…… 그랬군. 후후훗, 가즈 나이트 슈렌 스나이퍼. 들어라! 와카루인가 뭔가가 붙여 준 그 장난감들은 출격시키지 말도록. 그리고 너희도 마찬가지다. 괜히 출격해서 개죽음당할 생각하지 마라."

그녀가 갑작스레 명령을 변경하자 옆에 서 있던 부관이 깜짝 놀라 말했다.

"예? 하, 하지만 플루소 장군님, 그렇게 되면 명령을 수행하는 데 차질이……!"

"시끄러워! 여기서 저 가즈 나이트를 이길 자신이 있는 전사가 나 외에 있을 거라고 생각하나? 심쿠버 장군의 몸을 진공회오리만으로 흔적 없이 갈아 버린 녀석들인데? 심쿠버 장군이 아무리 약하다 해도 너희 몇백 명보다는 강했으니 이제 아무 말 하지 마! 자, 내 무기를 가져와라!"

"아, 예!"

플루소가 사용하는 무기는 보통의 것보다 약간 더 긴 '삼절곤'이었다. 물론 특수한 장치가 되어 있어 봉으로도 사용할 수 있는 특별한 무기였다.

그녀의 삼절곤 실력은 같은 동룡족 장성들보다 서룡족의 전룡단 단장들에게 더 잘 알려져 있었다. 가장 최근에 있었던 용족전쟁에서 그녀와 일대일 대결 중 사망한 전룡단 단장이 모두 여섯이었을 정도로 실력이 대단했다.

하지만 더욱 중요한 것은 그녀의 실력이 아니라 악명이었다. 서룡족 사이에 '해부자(解剖者) 플루소'라 불릴 정도로 그녀의 성격은 잔악무도했다. 어쨌거나 그녀는 지금 자신의 삼절곤을 들고 재빨리 기함을 빠져나갔다.

"슈렌 스나이퍼! 예전의 빚을 오늘 갚아 주겠다!"

멀리서 그녀가 오는 모습을 본 슈렌은 더욱 눈을 부릅뜨며 정신을 가다듬었다. 근 2백 년간 신을 제외하고는 가장 어려웠던 상대가 다가왔기 때문이다.

슈렌은 그룬가르드를 천천히 돌리며 쓸쓸히 중얼거렸다.

"오늘은 운이 조금 없는데."

이윽고 플루소가 그의 코앞까지 다가왔다. 슈렌은 곧바로 입을 열었다.

"플루소, 오랜만이긴 하지만 생각보다 갑작스럽게 만난 것 같군."

슈렌은 평소와는 다른 무서운 눈으로 동룡족 장군 플루소를 바라보며 인사했다. 반면 플루소는 무엇이 그리 기쁜지 미소를 가득 머금은 채 고개를 끄덕였다. 물론 사악하다고 할 만한 무서운 미소였다.

"오호, 그러신가? 난 이날을 손꼽아 기다리고 있었는데? 후훗, 좋아. 말은 필요 없어! 오늘로서 너에게 진 빚을 갚겠다! 각오해라, 가즈 나이트!"

일갈을 터뜨림과 동시에 그녀의 팔에서 삼절곤이 뱀처럼 몸체를 꿈틀대며 슈렌을 향해 빠르게 뻗어 나갔다. 그러자 슈렌은 삼절곤의 사정거리 밖으로 몸을 피했다.

"큭!"

그러나 슈렌은 곧 가슴에 큰 타격을 입고 중심을 잃었다. 뒤로 비틀거리다 그룬가르드로 중심을 잡은 슈렌은 재빨리 물러났다.

그에게 첫 일격을 가한 플루소는 씩 웃으며 소리쳤다.

"후훗, 하하하핫! 어떠냐! 죽음은 간신히 면했다만 다음 공격은 피할 수 없을 것이다! 나의 분노를 받아라!"

플루소의 손에서 다시금 삼절곤이 뻗어 나갔다. 슈렌은 이번엔 기로 몸 주위를 보호해 그녀의 공격을 막아 냈다.

분명 슈렌의 시각과 느낌으로 삼절곤 자체의 물리적 공격은 피한 상태였다. 그러나 플루소의 공격은 그것뿐이 아니었다. 무언가 보이지 않는 이단(二段)의 공격이 슈렌을 덮쳤다.

슈렌이 방어만 하자, 플루소는 기세를 더 올려 공격을 계속했다.

"하하하하핫! 어서 반격을 해 보시지! 내 얼굴에, 내 생애에 지울 수 없는 상처를 남긴 그 잘난 수라도(修羅刀)를 꺼내 보란 말이다!"

슈렌은 아무 말 없이 방어만 계속할 뿐이었다.

주룡 쥬빌란은 동룡족 최고 기함인 칠두지룡의 모니터실에서 와카루가 제공하는 전 세계의 상황을 말없이 지켜보았다. 쥬빌란은 즐겨 마시는 황도주(복숭아로 담근 술)로 살짝 목을 축이며 옆에 서 있는 정보부 장군에게 물었다.

"유럽이라는 곳과 아프리카라는 곳은 이미 점령이 끝난 상태인데, 북미 대륙과 러시아, 그리고 극동 아시아 지역은 아직 저항이 강하단 말입니까?"

"예, 그렇사옵니다, 마마. 그리고 오세아니아 대륙은 사흘 내로 점령이 가능할 것 같사옵니다. 가장 문제가 되는 극동 지역. 특히 대한민국과 일본이라는 곳은 북미 대륙의 인간들보다 더 저항하고 있사옵니다."

대강의 답변을 들은 쥬빌란은 옆에 술잔을 내려놓고 장군을 흘끔 바라보았다.

"대한민국은 가즈 나이트들이 있으니 그렇다 쳐도, 일본이란 나라는 어떻게 저항할 수 있는지 궁금하군요."

"예. 일본이라는 나라는 일명 에스퍼라 불리는 강력한 염 능력 소유자들이 다수 있어서……."

순간 쥬빌란의 차가운, 그렇지만 누구 못지않게 아름다운 얼굴이 굳어졌다. 정보부 장군은 그 모습에서 풍기는 이상한 느낌에 말문을 닫고 말았다.

쥬빌란은 다시 술잔을 들며 말했다.

"정신력으로 볼 때 어떤 생명체보다 강할 수밖에 없는 동룡족의 군대가 인간과 같은 하등동물의 정신력 때문에 어려움을 겪고 있다는 말이군요."

"며, 면목 없사옵니다, 마마! 하지만 인간의 정신력이 예전과 달리 상당히 진화된 상태라……."

장군의 변명을 들은 쥬빌란은 피식 웃고는 다시 술잔에 입을 대며 낮은 목소리로 말했다.

"그렇게 어렵다면 그곳에는 우리 군대를 배치하지 말길 바랍니다. 괜히 늙은 인간 하나 때문에 우리 종족이 소중한 피를 흘릴 필요는 없겠지요."

장군은 그제야 살았다는 듯 안도의 한숨을 내쉬었다.

모니터를 바라보던 쥬빌란은 다시 정보부 장군을 보며 물었다.

"아, J계획의 재탐색을 위해 파견된 플루소 장군에게 연락은 왔습니까?"

"즉시 알아보도록 하겠사옵니다, 마마."

장군은 곧 솔 스톤을 꺼내 양손으로 감싼 후 정신을 집중했다.

잠시 후 그는 솔 스톤을 다시 집어넣으며 보고했다.

"약간 좋지 않은 일이 생겼사옵니다, 마마. 플루소 장군이 현재 일대일로 가즈 나이트와 대치 중이라는 보고가 들어왔사옵니다."

쥬빌란은 고민스레 눈을 감은 후 오른손 검지를 이마에 댔다. 그리고 잠시 후 눈을 뜨며 정보부 장군에게 말했다.

"플루소 장군 정도의 실력자라면 어지간한 가즈 나이트에겐 당하지 않겠지만…… 그래도 상대가 리오 스나이퍼가 아니기를 바랄 뿐입니다. 플루소 장군의 부관에게 상황이 나빠지면 내 이름으로 후퇴 명령을 내리라고 하십시오. 제가 직접 내린 명령이라는 말도 추가해 주십시오."

"예, 삼가 받들겠사옵니다, 마마."

한편 슈렌 쪽 상황을 모르고 있는 리오는 넬과 대화를 하며 검을 닦고 있었다.

"리오 형, 슈렌 형의 능력은 그럼 어느 정도예요? 그 형도 상당히 강할 것 같은데……."

"슈렌? 음, 그룬가르드를 쓸 때도 강하지만, 수라도를 사용할 때가 정말 강하지. 나도 함부로 건드리지 못할 정도니까. 아마 바이론이나 휀도 수라도를 쓰는 슈렌을 인정할 거야."

넬은 호기심이 발동했는지 큰 눈을 반짝이면서 리오의 팔에 찰싹 달라붙어 계속 물었다.

"그래요? 그럼, 그 수라도라는 것은 어떤 건가요?"

'나도 입이 무거운 편은 아니군.'

리오는 쓸쓸한 웃음을 지으며 천천히 대답했다.

"수라도는 그룬가르드의 또 다른 모습이지. 일명 '명계의 불꽃'이라 불리는 무기인데…… 아, 이 이상은 설명 못 하겠구나. 미안."

"그런 게 어디 있어요!"

넬은 불만스럽게 소리치며 리오의 목을 팔로 졸랐다. 리오는 웃으며 그만하라는 말을 되풀이했다.

사실 리오는 넬에게 대답을 안 할 생각은 없었다. 다만 그의 생각이 바뀐 이유는 세이아의 집 쪽에서 자신과 넬을 바라보고 있는 누군가의 시선을 느낀 탓이었다.

리오는 세이아의 집 쪽을 향해 살짝 윙크를 했고, 집 안에서 커피를 마시며 그를 지켜보던 아란은 피식 웃으며 고개를 저었다.

"후훗, 재미없는 남자……."

그때 아란의 눈에 멀리서 누군가가 전력으로 뛰어오는 모습이 보였다. 아란은 정색을 하며 그쪽을 향해 청각을 집중했다.

"리오! 리오! 동룡족 부대가 쳐들어왔어!"

"뭐!"

리오는 넬을 떼어 놓은 즉시 지크에게 다가갔다. 지크는 숨을 진정시키며 자신이 봤던 상황을 얘기해 주었다.

리오는 고개를 끄덕이며 물었다.

"그리 대규모 전력은 아니지만 슈렌이 정색을 하며 널 여기로 보냈다, 이거지? 좋아, 약간 문제가 있는 것 같아 보이니 한번 가 보자. 넌 여기를 맡아 줘. 넬은 바이칼을 여기로 불러 주고. 어서!"

"이봐! 나도 좀 싸우게 해 달라고!"

지크는 슈렌과 리오가 자신을 연락병이나 수비병쯤으로 취급하는 것을 따지고 들었지만 리오는 미안하다는 표정으로 일관하며 텐트 쪽으로 가버렸다.

"이번 한 번 더 한다고 해서 손해 볼 건 없잖아. 그럼 부탁해."

"싫어, 인마!"

지크가 불만을 터트리는 한편, 바이칼은 텐트 안에서 망토를 챙겨 나오는 리오를 졸린 눈으로 바라보며 나지막이 물었다.

"이번엔 내가 여길 맡으면 안 될까?"

"왜?"

리오가 의아한 눈길로 묻자, 바이칼은 주먹으로 양 눈을 비비며 기어드는 목소리로 대답했다.

"졸리니까."

리오는 대답 대신 바이칼의 얇은 허리를 안고 텐트에서 멀리 내던졌다.

2

서롱족의 성전

플루소와의 싸움에서 한 번도 공격하지 않은 슈렌은 힘이 그리 빠지지 않았는지 호흡도 정상이었고, 심박수도 정상에 가까웠다.

그러나 플루소는 그렇지 않았다. 상당한 공격을 했는데도 슈렌이 피하기만 할 뿐, 반격을 하지 않자 정신적으로나 육체적으로나 상당히 지쳐 버렸다.

결국 플루소는 슈렌을 쏘아보며 거칠게 소리쳤다.

"어째서 반격하지 않는 거냐! 120년 전 나를 바보로 만들어 놓고 또다시 바보로 만들 생각인가!"

"……."

슈렌은 말없이 고개를 저었다. 플루소는 체력 저하를 약간이라도 줄이기 위해 삼절곤을 봉으로 바꾼 뒤 그 끝을 겨누며 말했다.

"너에게 복수하기 위해 이날만을 기다려 왔어! 더 이상 내게 다음이란 없다. 내 미래를 망쳐 놓은 대가를 오늘은 꼭 지불하게 할 것이다!"

슈렌은 다시 방어 자세를 취했다. 그의 표정은 진지했지만, 사실 플루소와 싸울 생각도 없었고, 기분도 그리 좋지 않은 상태였다.

슈렌은 여전히 플루소의 공격을 철저히 막아 내다가 그녀와 가까워지자 나지막이 말했다.

"그때와는 많이 변했군."

"홍, 무슨 소리를 하려는 건가!"

플루소의 일격이 다시 들어오자, 슈렌은 그녀의 공격을 튕겨 내고 고개를 저으며 중얼거렸다.

"아니, 아무것도."

그런 뒤 다시 둘은 한참 동안 공방전을 펼쳐 나갔다. 그러는 동안 플루소가 귓속에 넣어 둔 통신장치에서 호출음이 들려왔다.

그녀는 슈렌에게서 멀리 떨어져 방어 자세를 취한 뒤 왼쪽 귀를 손가락으로 누르며 소리쳤다.

"뭔가! 방해하지 말라고 했을 텐데!"

─ 죄송합니다, 장군님! 하지만 장군님이 계신 곳을 향해 엄청난 속도로 날아가는 무속성의 기 하나와 용족의 기 하나가 있습니다! 특히 무속성 기는 아무래도 리오 스나이퍼인 것 같습니다!

"이 녀석들! 리오 스나이퍼가 온다 해서 내가 물러설 것 같나! 가즈 나이트 따위 내 상대가 될 수 없어! 아무 말 말고 와카루 박사가 준 특수 전차나 모두 떨어뜨려! 그것으로 그 녀석을 막아라!"

─ 아, 하지만, 쥬빌란 마마께서 만약 리오 스나이퍼가 나타나면 마마의 명으로 후퇴 지시를 내리라고 하셨습니다.

"크윽! 좋아, 알겠다! 그럼 후퇴를 위해 전차를 강하시키도록! 곧 돌아가겠다!"

— 예!

플루소는 쓰디쓴 표정을 지으며 슈렌을 가만히 쏘아보았다. 슈렌은 묵묵히 그녀를 지켜보았다.

"오늘은 운이 좋군, 슈렌. 주룽 마마의 명이니 어쩔 수 없지. 나중에 보자!"

플루소는 거칠게 뒤돌아서서 기함이 있는 쪽으로 향했다. 그때 슈렌이 약간 큰 목소리로 플루소의 등에 대고 말했다.

"그땐 실수였어."

순간 플루소는 움찔하며 그 자리에 멈춰 섰다. 그리고 즉시 슈렌 쪽으로 돌아서며 손에서 기합파를 날렸다.

"닥쳐!"

슈렌은 슬쩍 그 공격을 피했고, 플루소가 날린 기합파는 건물 몇 개를 밀어 버린 뒤 사라졌다. 그녀는 분노에 휩싸인 표정으로 슈렌을 쏘아보며 소리쳤다.

"시끄러워, 시끄러워! 난 분명 너에게 복수하겠다고 했어! 다음에 만나면 절대 물러나지 않을 것이다!"

플루소는 곧 급속으로 기함을 향해 날아갔다. 슈렌은 무거운 한숨을 지으며 눈을 지그시 감았다.

조금 후 그의 옆으로 드래곤으로 변한 바이칼과 그의 등을 빌리고 있는 리오가 다가왔다. 리오는 급히 그의 상태를 물었다.

"슈렌, 괜찮아?"

"음."

슈렌은 고개를 끄덕이고 멀리 동룡족 함대로 시선을 돌렸다.

마침 그쪽 대형 수송선에서 몇 대의 초대형 전차들이 지상을 향해 낙하했다. 그것을 본 리오는 머리를 긁적이며 중얼거렸다.

"음, 가려면 그냥 갈 것이지, 저건 또 뭐야?"

「그 전에, 방금 그 동룡족 장군…… 해부자 플루소 아닌가.」

바이칼은 슈렌을 바라보며 확인하듯 물었다. 슈렌이 고개를 끄덕이자 바이칼은 인간 모습으로 변신한 뒤 팔짱을 끼며 회상하듯 중얼거렸다.

"해부자 플루소…… 동룡족 장군 중 특출 난 삼절곤 실력을 가졌지. 예전에 일어난 국지전 때 한 번 본 적 있는데……. 그때는 얼굴에 상처가 없었는데 지금은 흠집이 좀 있군."

"오호, 저 여자가 바로 그 유명한 플루소? 그런데 슈렌은 저 여자랑 무슨 관계라도 있는 건가? 안색이 좋지 않은데?"

슈렌은 묵묵부답으로 일관할 뿐이었다.

리오는 고개를 갸웃거리며 강하했던 대형 전차들 쪽으로 시선을 돌렸다. 그 전차들은 그야말로 괴물 같은 힘으로 건물들을 부수며 앞으로 전진하고 있었다. 리오는 바이칼의 어깨를 두드리며 준비 신호를 보냈다.

"자, 모두 네 대 정도 되니까 빨리 처리하고 집에 가서 쉬자. 좋지, 바이칼?"

「흥.」

바이칼은 다시 드래곤으로 모습을 바꾼 후 리오와 함께 대형 전차들이 있는 쪽으로 날아갔다.

수송선이 떨어뜨린 전차들은 전폭이 수십 미터는 되어 보이는 초대형이었다. 전차라고 부르기가 뭣할 정도의 그 대형 기종은 그야말로 요새 같았다.

대형 포탑 주위에 작은 포탑과 미사일 랜처들이 포진하고 있었다. 네 개의 독립 기동형 캐터필러들은 무지막지한 굉음을 내며 그

육중한 요새를 움직이고 있었다.

리오는 상대방의 크기가 크기인 만큼 이번에는 검 대신 마법으로 승부를 내는 것이 좋을 것이라는 생각이 들었는지 즉시 양손을 모으고 마법진을 전개했다.

리오가 마법진을 전개하는 사이 바이칼은 입에서 브레스를 뿜으며 엄호 공격을 했고, 전차들은 특수 배리어로 바이칼의 공격을 방어하며 미사일 랜처의 포구를 바이칼에게 돌렸다.

이윽고 리오의 양손 앞에 거대한 광속성 마법진이 생성되었다. 그는 양손을 앞으로 내밀며 외쳤다.

"라이트 스플래쉬!"

곧 리오와 바이칼 주위에 수백의 광탄들이 생성되었다. 그 광탄들은 지상에 있는 전차들을 향해 무섭게 날아가기 시작했다. 때마침 전차들은 대공 미사일을 이용해 리오와 바이칼을 공격하고 있었기에 양측의 중간에서 마법 광탄과 미사일의 충돌에 의한 대폭발이 일어났다.

리오는 예상보다 전차들의 공격이 세자, 다시 양손에 마법진을 전개하며 외쳤다.

"전차라면 깨끗이 뒤집어 주마! 어스퀘이크!"

리오가 만든 마법진은 한순간에 빛으로 변한 뒤 전차들이 있는 지면에 내리꽂혔다. 이윽고 전차들이 있는 지면은 대진동을 동반한 균열이 생겼다.

전차들을 받치고 있는 네 개의 캐터필러들은 연기를 뿜으며 뒤집히지 않기 위해 애썼으나 어스퀘이크 마법의 힘은 상당했기에 전차들은 결국 힘없이 뒤집어지고 말았다. 그것을 본 바이칼은 가볍게 한숨을 내쉬며 중얼거렸다.

「흥, 거북이군.」

"좋아, 끝내 볼까! 음?"

뒤집혀 전혀 움직이지 못하는 전차들을 여유 있게 처리하려 했던 리오의 표정은 일순간 굳어지고 말았다. 전차의 각 부분 장갑들이 열리는가 싶더니, 시끄러운 기계음을 내며 접히기 시작했다.

곧 전차들은 중장갑을 착용한 인간형으로 모습을 바꿨다. 그들은 다리와 포탑이 붙은 팔을 이용해 지상에서 일어났다.

"이런! 저게 어떻게 된 일이지?"

리오가 놀라는 동안, 모습을 변형시킨 전차들의 양쪽 어깨가 크게 열렸다.

그리고 그 장갑판 안에 설치되어 있던 원반형의 비행 물체 수십 개가 공중으로, 정확히 말하자면 리오와 바이칼이 있는 쪽을 향해 날아오르기 시작했다.

"수가 많은데?"

리오는 그렇게 말하며 바이칼의 등에서 떨어졌다. 그러자 바이칼은 약속이라도 한 듯 인간의 모습으로 변한 뒤 드래곤 슬레이어를 뽑아 들었다. 둘은 자신들을 향해 급속으로 날아오는 비행물체를 노려보았다.

"귀찮게!"

둘은 몸을 재빨리 움직여 공격해 오는 비행물체들을 피했다. 그러나 그 비행물체들은 상당한 기동력으로 다시 따라붙었다.

리오와 바이칼은 결국 검으로 비행물체들을 동강 내기 시작했다. 그사이 지상에 있던 전차들은 공중을 향해 포를 쏘아 대며 자신들이 퍼뜨린 비행물체들과 함께 리오와 바이칼을 협공했다.

"생물 반응형 공뢰(空雷) 같군."

슈렌은 리오와 바이칼을 도우려고 둘러보았으나 그쪽 상황은 그리 밀리는 편이 아니었다.

"바이칼, 엄호를 부탁해!"

"음."

바이칼은 곧 양손에 에너지를 응축한 뒤 지상에 있는 전차들을 향해 연속으로 쏘기 시작했다. 전차들은 곧바로 배리어를 동원해 바이칼의 공격을 막아 냈다.

그사이 리오는 다시 마법진을 생성시키고 마법진을 손으로 밀어내며 외쳤다.

"인페르노!"

마법진은 곧 사방으로 분해되어 붉은 광선을 하늘에 흩뿌렸다. 그 마법의 광선은 먹이를 노리는 뱀처럼 하늘에 떠 있는 공뢰들을 향해 날아갔다.

엄청난 폭발광이 지나간 후, 공뢰가 사라진 덕분에 한결 편해진 리오와 바이칼은 지상에 있는 전차들을 없애기 위해 시선을 지상으로 돌렸다.

한편 리오와 바이칼을 돕기 위해 몸을 움직이려던 슈렌은 자신의 머리 위에서 느껴지는 이상한 느낌에 시선을 위로 향했다.

리오와 바이칼 역시 이상한 느낌에 시선을 다시 위로 향했다.

하늘에서는 평상시에 볼 수 없는 기현상이 벌어지고 있었다. 하늘이 볼록렌즈에 비친 영상처럼 입체적으로 부풀고 있었다.

리오는 토시로 이마에 흐르는 땀을 닦으며 나지막이 말했다.

"뭔가 거대한 것이 차원이동을 하는데? 오늘은 운이 없는 건가?"

"그 노인네가 무슨 생각으로……!"

바이칼은 순간 짜증을 내며 고개를 푹 숙여 버렸다. 리오는 깜짝 놀라며 그를 바라보았다.

"음? 왜 그래, 바이칼?"

"하도 오랜만이라 기억도 안 나는 건가? 저건 드래고니스잖아."

"뭐?"

리오는 황당하다는 눈으로 점차 모습을 갖춰 가는 초차원 거대 요새, 드래고니스의 모습을 다시금 바라보았다.

그들에게 다가온 슈렌이 바이칼의 어깨를 쿡 찌르며 물었다.

"드래고니스가 왜 온 거지?"

"나도 장로에게 물어보고 싶은 말이다. 어쨌든 여기에서 멀리 떨어지자, 장로의 성격으로 보아 저 밑에 있는 변신 전차들을 드래고니스로 포격할 게 분명하니까."

"음."

리오와 슈렌은 고개를 끄덕이고, 바이칼과 함께 그곳을 빠르게 벗어났다.

"장로님! 마마께서 포격 범위로부터 벗어나고 계십니다!"

"좋아! 역시 바이칼 전하다! 자, 제8하단 블럭 메기드 캐논에 에너지를 주입하도록! 목표는 지상의 대형 병기다!"

장로는 팔을 앞으로 뻗으며 외쳤다. 사령실의 대원들은 바삐 손을 움직여 지상에 있는 가변형 전차들을 조준했다.

"좌표 E80에서 E136! 차원굴곡 현상에 의한 오차 계산 실시!"

"중력 변화율 초당 9G! 포탄 명중 예상 시간 3초! 명중률 28퍼센트에서 실효 범위까지 점차 상승합니다!"

곧 장로는 손을 힘껏 내리며 메인브릿지 안에 있는 모든 대원들에게 명령을 내렸다.

"포격 개시! 마마를 우롱한 죗값을 치르게 하는 거다!"

이윽고 드래고니스의 하단 일부에서 수백 발의 메기드 에너지탄이 지상의 가변형 전차들을 향해 무서운 속도로 내리꽂혔다.

전차들은 배리어 필드를 작동해 그 포화를 막아 내려 했으나, 신계에서도 화력만큼은 일급으로 쳐주는 메기드 캐논을 맞아서는 무의미한 저항일 뿐이었다.

결국 전차들은 1분여 가까이 계속된 포화를 견디지 못하고 파괴됐고, 그것을 멀리서 지켜보던 리오는 고개를 저으며 중얼거렸다.

"후, 장로님도 인정사정없으시군. 자, 바이칼. 네가 직접 갈 필요는 없는 것 같은데?"

"흠……."

바이칼은 고뇌 섞인 한숨을 내쉬며 고개를 끄덕였다.

지크는 믿을 수 없다는 표정으로 자신의 집 앞에 내려선 서룡족의 공중전함을 바라보고 있었다. 데스 발키리들 역시 생전 처음 보는 서룡족 전함이었기에 서룡족 전함과 하늘에 떠 있는 드래고니스를 흥미로운 얼굴로 쳐다보았다.

그때 지크의 집 쪽에서 리오가 나오며 소리쳤다.

"어이, 지크! 들어오지 않고 뭐 하는 거야!"

"아? 아아, 미안."

지크는 머리를 긁적이며 자신의 집으로 향했다. 그 모습을 보던 데스 발키리, 알테미스는 옆에 서 있는 아란의 귀에 대고 말했다.

"계획이 약간 틀어지겠어."

그러자 아란은 고개를 저었다.

"후훗, 그래도 어렵진 않을 거야. 우리는 보고 즐기다가 때만 노리면 끝이야."

알테미스는 잠시 심호흡을 한 뒤 자신의 오른손 검지를 혀로 살짝 핥으며 말했다.

"난 그때까지 못 참아. 피가 보고 싶어⋯⋯."

바람결에 들리는 그 말에 레베카와 츄우는 아무 말 없이 서로를 바라볼 뿐이었다.

"오오, 리디아 마마! 이 늙은 것이 살아생전에 리디아 마마를 만나게 될 줄은⋯⋯!"

장로는 눈물을 글썽이며 리디아의 손을 잡았다. 그 모습을 보고 있던 전룡단 단장들 역시 눈시울을 붉히며 고개를 떨궜다.

한편 바이칼은 레니가 가져다 준 차가운 홍차를 마시며 장로에게 물었다.

"장로, 끌고 온 군대는 어느 정도나 되지."

"예, 전하. 우선 드래고니스 호위함대는 지금 이곳 상공에 주둔하고 있으며, 다른 4대 용왕들께서 보내실 추가 함대와 독립 기동함대는 얼마 후 도착할 예정입니다."

"이곳 상공? 지금 상공에는 드래고니스 하나밖에 없잖아요, 할아버지?"

지크의 물음에 장로는 빙긋 웃으며 대답했다.

"예, 지금 현재는 대기권 밖에 있답니다. 초차원 전함들이니 그곳에 있다 해서 무리는 없죠."

지크는 혀를 내두르며 대화에서 빠졌다. 바이칼은 턱을 괴며 장로에게 물었다.

"선전포고 없는 용족전쟁이라⋯⋯ 각오는 하고 온 건가, 장로?"

바이칼의 날카로운 질문에 장로는 여유로운 미소를 지었다.

"아, 심려치 말아 주십시오, 마마. 아직 서룡족에서 동룡족과 표면적인 마찰을 일으킨 사람은 마마 한 분뿐이시니까요. 헛헛헛."

"음."

바이칼은 허를 찔린 듯 씁쓸한 표정을 지으며 고개를 돌렸다. 그는 그 상태로 다시 장로에게 말했다.

"어쨌든 리디아를 드래고니스로 돌려보낼 준비를 하도록. 지금 즉시."

"예, 분부대로 하겠사옵니다, 마마."

"자, 잠깐만요! 저는 싫어요. 저는 이 집을, 그리고 제가 아는 사람들 곁을 떠나기 싫어요!"

그러자 장로는 리디아에게 친절히 말했다.

"아, 그건 걱정 마십시오. 이 집을 통째로 옮기면 된답니다, 공주마마."

"예?"

리디아는 할 말을 잃고 말았다. 바이칼은 퉁명스레 찻잔을 들며 중얼거렸다.

"하긴 저 드넓은 드래고니스에 이런 작은 집 두 채쯤은 우습지."

지크는 황당한 얼굴로 머리를 긁적거리며 슈렌과 리오를 바라보았다.

슈렌과 리오 역시 놀랐는지 고개를 설레설레 저었다.

지크의 집과 세이아의 집을 트랙터 함선으로 드래고니스에 옮기는 동안 리오는 세이아와 함께 근처 놀이터에서 이런저런 얘기를 나누고 있었다.

"무슨 생각을 하시죠?"

리오는 미끄럼틀에 앉아서 드래고니스를 바라보는 세이아에게 조용히 말을 걸었다.

"설마 서룡족 분들까지 이 일에 이렇게까지 관여되실 줄은 몰랐답니다. 아아, 정말 어찌해야 할지 모르겠어요. 분명 더 큰 희생이 생길 텐데……."

세이아는 무릎에 얼굴을 묻으며 걱정스레 말했다. 리오는 우악스럽게 생긴 트랙터 함선에 이끌려 조심스럽게 드래고니스로 올라가고 있는 지크의 집을 보며 한숨을 내쉬고 말했다.

"분명 희생은 있을 것입니다. 저도 드래고니스가 이곳에 올 줄은 생각지 못했죠. 이제 저희 가즈 나이트들이 할 일은 저들의 희생을 가급적이면 줄이는 것입니다. 물론 동룡족들은 죄가 없지만 대격전이 벌어지기 전에 이 일의 발단을 없애는 것이 세이아 양과 라이아를 돕는 일이겠죠."

리오는 그렇게 말하며 웃어 보였다. 그 말을 들은 세이아는 리오를 내려다보며 나지막이 물었다. 이전처럼 자신 없는 목소리로.

"예전에 저희 어머니처럼 저 또한 이 일의 발단이라면 리오 님께서는 어떻게 하실 건가요?"

리오는 약간 놀란 얼굴로 세이아를 바라보았다. 그녀의 눈빛이 진지한 것을 본 리오는 쓸쓸히 웃으며 대답했다.

"글쎄요, 어떻게 하면 좋을까요. 힘드시겠지만 당신을 지키기 위해 작은 노력을 하고 있는 저희를 생각해 주십시오. 저는 세이아 양이 성계신으로서 반드시 이 위기를 해결하실 수 있으리라 믿고 있습니다. 당신께서 걱정하시는 만큼 말이죠."

"예. 고마워요, 리오 님. 한결 기분이 나아졌네요."

세이아는 빙긋 웃으며 조심조심 미끄럼틀에서 내려왔다. 리오는 그녀와 함께 드래고니스로 가기 위해 모두가 있는 곳으로 향했다.

그러나 둘 다 모르고 있었다. 그 놀이터에 그들 외에 다른 사람이 있었다는 사실을.

"후훗. 그래, 당신은 모든 여자들에게 친절했죠. 아직까지도 쓰디쓴 기억으로 남아 있답니다, 리오 씨. 당신이 내 목을 자를 때의 느낌까지도. 후후후훗."

커다란 고목나무 뒤에 몸을 숨기고 있던 아란은 특유의 히스테릭한 웃음을 지으며 천천히 일행이 있는 쪽으로 향했다.

"그렇습니까? 결국 드래고니스까지 등장했군요."

주룡 쥬빌란은 황도주를 조금 들이켜며 고개를 끄덕였다. 그의 앞에 소집된 동룡족 장군들 중 가장 연륜이 높고 강한 대장군 쿠르퍼는 커다란 흉터가 난 팔을 매만지며 빙긋 미소를 지었다.

"어차피 잘된 일 아닙니까, 마마. 서룡족과도 결판을 내야 하고, 또 그 가즈 나이트와도 승부를 내야 하니 말입니다. 게다가 지금 이 세계에 소집된 군대도 예전 용족전쟁 때 소집됐던 인원에 뒤지지 않으니 상당히 좋은 기회라고 할 수 있지요."

다른 장군들도 동의한다는 듯 고개를 끄덕였다.

그러나 쥬빌란은 달랐다. 그는 마치 장군들을 비웃기라도 하듯 빈 잔을 빙그르 돌리며 말했다.

"귀공은 벌써 팔에 난 상처와, 눈앞에서 일격에 사라져 간 6만 군사의 모습을 잊은 모양이군요."

"아……."

쿠르퍼 장군의 얼굴에서 미소가 사라지고 말았다. 다른 장군들 역시 마찬가지였다. 예전 용족전쟁에 참가했던 장군 120명 중에서 29명이 단 한 사람에게 당했다는 사실이 그제야 떠오른 탓이었다.

쥬빌란은 술잔을 입으로 가져가며 장군들에게 조용히 말했다.

"전쟁을 일으키는 것은 저의 판단에 달렸습니다. 쓸데없는 희생은 치르지 말기 바랍니다. 특히 플루소 장군님께서는 말입니다."

"예. 명심하겠사옵니다, 마마."

칠두지룡에 돌아온 지 얼마 안 된 플루소는 어두운 표정을 지은 채 머리를 조아렸다.

이윽고 쥬빌란은 술잔을 내려놓고 자세를 바로 했다.

"이제 회의를 시작하겠습니다. 정보대 사루 장군, 이 세계에 나타난 서룡족의 군대는 어디에 있으며, 또 얼마나 있습니까?"

그의 질문에 장군들 중에서 맨 끝자리에 앉아 있던 사루가 고개를 들어 보고를 시작했다.

"예. 네 시간 전에 차원이동을 하여 나타난 서룡족의 군대는 주력인 드래고니스와 드래고니스 호위함대로 이루어져 있습니다. 함선 숫자는 약 3만이며, 드래고니스는 현재 대한민국의 수도 상공에, 그리고 호위함대는 대기권 밖에 정박하고 있습니다. 원차원계에 있는 정보함대의 보고에 의하면, 서룡족의 기동함대와 4대 용왕들의 함대가 또 다른 움직임을 보이고 있다 합니다. 최대 집결 시 예상되는 총 함선 수는 대략 10만 정도입니다."

"3만이라…… 부관, 지금 우리 함대 수는 얼마나 됩니까?"

"예, 현재 이 세계 곳곳에 흩어져 있는 함선은 총 8만 정도입니다. 다른 세계에 흩어져 있는 기동함대와 군주들의 함대를 소집한다면 72시간 내에 10만 이상으로 끌어 올릴 수 있습니다."

보고를 들은 쥬빌란은 곧 검지를 이마에 대며 생각에 골몰했다.

"함선의 성능 차이를 감안할 때 거의 비슷한 전력이군요. 알겠습니다. 다른 장군들께서는 경청하시길 바랍니다. 아직 동룡족과 서

222

룡족은 서로 선전포고를 하지 않은 상황입니다. 쓸데없는 도발행위는 삼가 주십시오. 그리고 드래고니스에 현재 리디아 공주가 포로로 잡혀 있는 상황입니다. 게다가 그쪽에는 가즈 나이트가 세 명이나 있습니다. 이런저런 상황을 비교해 볼 때 우리 쪽이 현재는 상당히 불리합니다. 잘 생각하고 행동해 주시길 바랍니다. 자, 이제 귀공들의 의견을 들어 보도록 하겠습니다."

그러자 장군들 중 서열 15위의 젊은 장군, 란바랄이 몸을 일으켰다.

란바랄, 그는 쥬빌란과 동갑이면서 또한 서룡족과 동룡족 사이에서 태어난 혼혈아이기도 했다. 사람들은 쥬빌란이 그를 장군으로 임명하자 상당히 반발했지만, 쥬빌란은 묵묵부답으로 일관할 뿐이었다.

란바랄은 플루소와 함께 서룡족 사이에서 상당히 유명한 장군이었다. 그는 참가한 국지전에서 거의 패배한 적이 없고, 전룡단 단장 중 최강이라 불리는 '릭 발레트'와 무승부를 기록할 정도로 실력을 갖추고 있었다.

물론 당시 릭 발레트의 상황이 최악이었다고는 했지만 육탄전이 약한 동룡족으로서 최고의 성과였다. 이런 실력과 강한 책임감으로 인해 쥬빌란은 그를 상당히 신임하고 있었다.

"극동 아시아 문제입니다. 아직 대한민국과 일본이 끈질긴 저항을 계속하고 있습니다. 아시다시피 대한민국은 서룡족과 가즈 나이트들이 주둔해 있기 때문에 제외한다 치지만, 일본은 그렇지 않습니다. 그 염력 사용자들 때문에 우리 동룡족이 어려움을 겪고 있다는 사실은 치욕에 가깝습니다. 부디 저에게 일본 수도의 토벌을 허락해 주십시오."

쥬빌란은 란바랄을 바라보며 빙긋 미소 지었다. '과연 할 수 있을까'라는 뜻이 담긴 미소가 아니었다. '너라면 충분하고도 남지'라는 미소에 가까웠다.

"좋습니다. 병사와 물자는 알아서 준비하도록 하십시오. 그리고 서룡족이나 가즈 나이트들이 방해할 경우 그냥 퇴각하십시오. 그것에 대해 책임 추궁을 하지 않겠습니다."

"예! 성은이 망극하옵니다, 마마!"

그 이후로 특별한 의견은 없었다. 쥬빌란은 곧 고개를 끄덕이고 장군들에게 말했다.

"북아메리카와 러시아에 관한 일은 여러분들이 잘 알아서 해 주십시오. 그럼 오늘 회의를 마치겠습니다. 푹 쉬십시오."

쥬빌란은 그렇게 말을 맺은 뒤 회의장을 빠져나갔다. 장군들은 그 후 서로 얘기를 나누기 시작했다.

대장군 쿠르퍼는 호탕한 성격으로 젊은 사람들과 잘 어울렸다. 그래서인지 젊은 장군일수록 그를 존경하고 굳게 신뢰했다. 물론 그와 나이 비슷한 장군들이 그를 신뢰하지 않는다는 뜻은 아니다.

서열 1위의 장군이라는 호칭은 그냥 붙는 것이 아니었다.

쿠르퍼는 란바랄의 어깨를 가볍게 두드리며 말했다.

"그래, 이번 일본 토벌은 멋지게 한번 해 보게나. 인간과 같은 하등동물의 염력에 우리 동룡족들이 쩔쩔맨다는 것은 다른 종족에게도 망신이지."

"감사합니다, 쿠르퍼 장군님. 확실히 해 보이겠습니다."

"믿고 있겠네. 주룡께서도 자네를 깊이 신뢰하고 계시니 그분을 실망시키지 않도록 하게."

쿠르퍼의 응원을 들은 란바랄은 더욱 힘이 나는 것 같았다. 한편 그에겐 예전부터 의문점이 하나 있었다.

"저, 여쭤보기 죄송하지만 그렇게 악명 높은 리오 스나이퍼라는 자가 도대체 어떤 자입니까? 가즈 나이트고, 또 상당히 강하다는 것은 익히 들어 알겠지만……."

"리오 스나이퍼 말인가."

쿠르퍼의 안색이 갑자기 흐려졌다. 그는 씁쓸한 표정을 지으며 팔에 낀 장갑을 벗고 란바랄에게 장갑 속에 숨겨진 팔의 상처를 보여 주었다. 시신경이 짜릿할 정도로 상당히 깊은 상처였기에 란바랄은 놀라지 않을 수 없었다.

"이, 이것은……!"

"하핫, 목숨을 잃은 내 부하들에 비해 그 녀석과 대결한 대가가 싼 편이지. 일대일 대결을 할 때도 그 녀석은 날 가지고 놀았네. 여유 있게, 마치 어린아이를 유린하듯이……. 그리고 하늘 높이 솟아오른 후 그 지옥의 기술 데이브레이크로 나의 6만 군사를 일격에 저승으로 보내 버렸지."

"6만을 말입니까?"

"제대로 싸워 보지도 못하고 죽은 병사가 6만이라네. 내가 알기로 우리 동룡족에서 그자와 검으로 상대할 수 있는 사람은 단 두 명뿐이라네. 우리 주룡과 무룡왕이라 불리는 군주, 올파드 님…… 주룡께서 그들을 만나면 피하라는 말씀을 하시는 것이 괜한 말은 아니라네. 그리고 용족전쟁이 끝난 후 그 녀석 역시 강해졌을 거야. 가즈 나이트는 쉴 새 없이 강해지는 녀석들이니까 그때와는 또 수준이 다르겠지. 어쨌거나 자네도 일찍 죽고 싶지 않다면 그 녀석과의 대결은 피하게. 물론 리오 스나이퍼만 무서운 건 아니지. 그 이상으로 무서운 휀과 바이론을 만나면 즉시 도망치게. 자, 그럼 건투를 비네."

"예. 말씀 감사합니다, 장군님."

란바랄은 쓸쓸함을 지우지 못했다. 리오나 광황 휀, 바이론을 두려워하는 자신들 동룡족의 꼴이 마치 고양이 생각하는 쥐와도 같았기 때문이다. 그는 혹시라도 없앨 수 있을지 모른다는 생각을 하며 다른 장군들에게 다가갔다.

서룡족은, 정확히 말해 장로는 성계신인 세이아와 라이아의 거처 때문에 상당히 곤란을 겪고 있었다.

세이아는 드래고니스의 주거 지역에 옮겨 놓은 자신의 집에서 생활하겠다고 했으나, 장로와 몇몇 전룡단 단장들이 그렇게 되면 주민들이 인간과 신을 너무 우습게 볼 수 있다며 반드시 바이칼이 사용하는 제룡전으로 거처를 옮겨야 한다는 의지를 보였다.

그러나 세이아도 완강했다.

"하지만 장로님, 저희는 아직 신으로서도 초보이고, 또 그런 좋은 곳에서 거처할 만한 훌륭한 일을 한 적도 없습니다. 말씀은 감사하지만 저는 그냥 저희 집에 머물겠습니다. 부탁드립니다."

"아니되옵니다, 세이아 님! 초보 신이란 말은 들어 본 적도 없고, 또 성계신이라는 자리는 그 명예 하나만으로도 최고 대우를 받아야 합니다! 그런 분을 허름한 판잣집에 머물게 한다는 것은 우리 서룡족으로서도 있을 수 없사옵니다!"

"하……."

고민하는 세이아의 모습에 지크의 표정이 흐려졌다. 뭔가 불만 가득한 표정이었다. 그는 머리를 긁적이며 쓸쓸히 중얼거렸다.

"쳇, 이거 진짜 주역에서 조역으로 바뀐 느낌인데. 이번엔 어떻게 주연 좀 해 본다 했더니만……."

알 수 없는 말이었다.

리오는 드래고니스에 머물 때면 사용하는 자신의 지정 침실에서 길게 한숨을 내쉬었다. 드래고니스가 큰 만큼 방 하나의 크기도 엄청나게 컸기 때문에 한숨 소리마저 공명이 되어 들릴 정도였다.

"방만 크면 좋지."

게다가 침대는 더블베드라고 하기가 무색할 정도로 넓었다. 그야말로 리오 혼자 쓰기에 아까운 침대였다.

하지만 드래고니스에 머물 때마다 리오는 그 드넓은 침대에서 혼자 잠을 잔 적이 거의 없었다.

침대에 누운 채 클래식한 장식으로 뒤덮인 천장을 바라보며 시간을 보내던 리오는 손가락을 하나씩 꼽기 시작했다. 마침내 새끼손가락을 구부릴 즈음 침실 문이 열렸고 리오는 쓴웃음을 지으며 상반신을 일으켰다.

"왜, 또 잠이 안 오는 거야?"

"닥쳐."

가슴과 복부를 덮고도 남을 정도로 커다란 베개를 안은 채 들어온 바이칼은 묵묵히 리오 옆에 쓰러지듯 누웠다. 리오는 금세 잠들어 버린 바이칼의 머리를 매만져 주고 자신도 잠을 자기 위해 침대에 누웠다.

똑똑.

"음?"

그때 갑자기 그의 방문을 두드리는 소리가 들렸다.

리오는 의아한 얼굴로 몸을 일으키며 고개를 갸웃거렸다. 비상시 말고 이 시간에 자기 방을 찾을 사람은 바이칼 외에 없었기 때문이다.

그는 방문에서 두어 걸음 떨어진 지점에 서서—만약의 경우를 대비해—밖에 있는 누군가에게 정체를 물었다.

"누구십니까?"

"후훗, 역시나 무드 없는 사람이군요. 지금 당신을 해칠 생각은 없으니 문이나 열어 주실래요?"

아란이었다. 리오는 쓴웃음을 지으며 방문을 열어 주었다.

"이런 시간에 또 무슨 볼일…… 음?"

아란의 모습에 리오는 숨을 멈추고 말았다. 그녀의 차림이 너무나도 간편했던 탓이었다.

리오는 어색한 미소를 지으며 아란에게 말했다.

"그런 차림으로 여기까지 잘도 왔군. 하긴 당신 정도의 능력이라면 경비병의 눈을 피하는 건 쉬울 테니까. 왜 왔는지는 어느 정도 알 것 같은데 혹시나 해서 다시 묻지만 무슨 볼일이지?"

그러자 아란은 살며시 방으로 들어와 리오의 두꺼운 어깨에 손을 얹으며 속삭였다.

"어린아이 같은 말도 하는군요. 밤은 어른들의 시간 아닌가요? 후훗."

그러나 리오는 별로 생각이 없는 듯 머리를 긁적였다.

"흠, 미안하지만 아직 어른들의 시간에 익숙하지 못해. 게다가 지금은 먼저 온 손님이 있지."

리오는 그렇게 말하며 자신의 침대에 누워 잠을 자고 있는 바이칼을 눈짓으로 가리켰다. 그것을 본 아란은 약간 실망스러운 눈으로 고개를 저었다.

"오호, 그렇군요. 당신과 서룡족의 제왕님이 이런 사이인 줄은 몰랐어요. 후후훗. 그럼 하는 수 없군요. 나중에 기회가 생기면 또 오지요. 바이칼 님보다 일찍 말이에요. 그럼 안녕히."

아란은 살짝 윙크하며 리오의 방을 나섰다.

리오는 방문을 닫으며 설레설레 고개를 저었다. 다시 바이칼의 옆에 누운 그는 아란의 말에 찜찜한지, 침대 옆 의자로 몸을 옮기며 나지막이 중얼거렸다.

"사이는 무슨 사이."

리오는 망토를 덮고 잠을 청했다.

8장
용족 전쟁, 그 시작

1

어둠의 남자

다음 날 드래고니스의 메인브릿지에는 아침부터 비상경계령이 내려졌다. 이유인즉 소수의 동룡족 함대가 일본으로 향하고 있었기 때문이다.

"이봐요, 할아범. 저 녀석들이 갑자기 방향을 바꿔 이쪽으로 향하면 어떻게 해요?"

지크는 상황판을 바라보며 장로에게 물었다. 장로는 수염을 쓰다듬으며 대답했다.

"저 정도 숫자의 함대로 드래고니스를 노린다면 동룡족으로서는 자살행위에 다름없답니다. 드래고니스의 사정권 내에 들어와 무력도발을 한다 해도 문제가 없고, 드래고니스의 사정권 밖에서 도발행위를 한다 해도 대기권 밖에 있는 장거리 공격용 구축함대에 의해 원거리 공격을 받기 때문입니다."

"음……."

지크는 고개를 끄덕이며 뒤로 물러섰다. 곧이어 리오가 장로에게 다른 질문을 던졌다.

"반대로 말하자면 동룡족이 일본을 공격한다 해도 서룡족으로서는 도와주기 힘들다는 말씀과 같군요. 물론 그 즉시 말입니다."

"예, 그렇습니다."

장로는 무안한 얼굴로 다시 수염을 쓰다듬었다. 곁에서 가만히 듣고 있던 리오는 하는 수 없이 브릿지를 나서며 지크에게 말했다.

"여길 부탁해, 지크. 상황을 아는 이상 저들이 그대로 동룡족에게 당하게 놔둘 수는 없지."

순간 지크는 인상을 구기며 리오에게 말했다.

"아, 잠깐. 이번엔 내가 가면 안 돼? 저번부터 난 계속 전투에서 빠지고 있단 말이야. 이건 차별이라고. 나에게도 기회를 좀 줘."

"그런가? 음, 그럼 이번엔 네가 가도록 해. 그럼⋯⋯."

리오는 함께 간다는 말을 덧붙이려 했다. 그러나 그보다 다른 이가 먼저 입을 열었다.

"후훗, 그럼 우리가 같이 가 드리죠."

메인브릿지 밖에 있던 아란과 알테미스가 때맞춰 안으로 들어오며 말했다.

"어차피 저희도 도와드린다고 했고, 또 저희도 지크 씨처럼 섭섭하답니다. 싸우려고 여기 왔는데 리오 씨가 검을 휘두르는 모습만 보고 있다면 얼마나 심심하겠어요?"

그러자 지크도 잘됐다는 듯 씩 웃으며 말했다.

"오호, 언니들이 같이 가 주려고? 헤헷, 이거 재미있겠는데? 그건 그렇고 무슨 바람이 불어서 같이 간다는 거야?"

"피가 보고 싶어서."

알테미스의 조용한 대답을 들은 지크와 리오, 장로의 안색이 순식간에 바뀌고 말았다. 뭐 어떠냐는 듯한 아란의 표정을 본 리오는 어색한 웃음을 지으며 지크의 어깨를 두드렸다.

"잘해 봐. 난 응원해 주지."

지크 역시 남겠다는 말을 하려 했지만 바이론을 떠올리며 생각을 바꿨다. 바이론은 자신에게 어떠한 임무가 주어지든 항상 최선을 다할 뿐이었다. 예전처럼 파괴와 살상의 임무가 주어질지라도 괴로워할지언정 임무를 소홀히 하거나 명을 어긴 일은 없었다. 물론 자괴감이나 고통스러운 감정 때문에 홀로 술을 마셔 댈지는 모른다.

"뭐, 맘대로 해. 자자, 그럼 우리는 가 볼 테니 여기를 잘 부탁해. 부르면 곧장 와야 하고, 알겠지?"

"아아, 걱정 마. 그럼 수고해 줘, 지크."

지크가 나가자 리오는 다시 착석한 뒤 다른 세계의 상황을 보기 시작했다. 서룡족이 임시로 쏘아 올린 위성 덕택에 일부 국가의 상황은 알 수가 있었다.

예전에 슈렌이 예상했던 대로 제일 피해를 입지 않은 나라는 대한민국이었다. 동룡족은 이미 전 세계의 정부를 향해 선전포고를 한 상태였고, 또한 몇몇 나라는 이미 점령된 상태였기에 가즈 나이트들과 서룡족으로서는 빨리 전쟁에 대한 준비와 결정을 하지 않으면 안 되었다.

사실 서룡족 수뇌부는 아직도 고민에 빠져 있었다. 선전포고 후 전면전이냐, 아니면 게릴라식 국지전이냐를 놓고 한참 논쟁중이었다. 대다수 전룡단장들은 말할 것도 없이 전면전을 하자는 입장이었지만, 바이칼과 장로는 조심스럽게 상황을 지켜보고 결정하자는 입장이었다.

우선 그들이 사용할 수 있는 공간은 현재 대한민국뿐이었다. 게다가 적이 동룡족 하나뿐이라면 전면전을 해도 안 될 것은 없지만, 거기에 바이오 버그라는 귀찮은 존재가 개입되어 있기 때문에 어느 정도 땅을 확보하지 않으면 연합인 상대방과의 전면전은 사실상 어려웠다.

"훼인이 있다면 좋겠는데."

리오의 그런 한탄에는 이유가 있었다.

사실 가즈 나이트는 개인전을 위주로 하는 존재였다. 임무를 처리할 때 군대를 이끌 필요도 없고, 이끌 만한 일도 없기 때문에 전쟁과 같은 대단위 전투 시에는 그들이 앞장서서 싸우면 모를까, 지휘하는 일은 거의 전무했다. 그런데 그런 개념을 넘어선 존재가 바로 훼인이었다.

슈렌도 높은 판단 능력이 뒷받침된 군대 지휘 능력이 있지만 훼인과 비교할 수준은 아니었다. 강력한 카리스마와 전장에서 직접 체득한 독특한 전술, 전법, 그리고 그 요소들이 융합되어 나온 대단위 집단 운영 능력 등은 타인들이 그를 다른 가즈 나이트와 차별을 두는 결정적 요인이었다.

리오는 그를 마음대로 '모셔 오지' 못 하는 게 안타까울 따름이었다.

그때 옆에서 말없이 있던 슈렌이 진지한 표정으로 물었다.

"괜찮겠어? 데스 발키리들을 너무 믿지 않는 게 좋을 듯싶은데."

리오는 빙긋 미소 지으며 말했다.

"물론 나도 믿지는 않아. 안전주문이 풀리지 않은 상태의 우리와 맞먹을 정도의 전투력을 가진 악신계 전사들이 괜히 우리를 도와

줄 이유가 없겠지. 우리의 오해라면 사과하면 될 테고."

"흠……."

슈렌은 다시 눈을 감으며 고개를 숙였다. 제3자가 본다면 상대
방을 무시한다고 생각할 수도 있겠으나 그 태도는 슈렌의 트레이
드마크라는 것을 알고 있는 리오는 가볍게 고개를 돌렸다. 그의 시
선은 다시 상황판에 머물렀다.

"후, 감탄이 절로 나오는군."

란바랄은 자신의 거대한 대검을 옆으로 슬쩍 휘둘렀다. 부서진
건물 잔해에 검에 묻어 있던 피와 살점이 흩뿌려졌다.

그는 입술을 추켜올린 채 웃으며 앞에 있는 몇몇 사람들을 바라
보았다. 그들은 공포에 떨고 있었다. 지금까지 자신들의 염력으로
상대해 온 보통의 용족과는 차원이 달랐다. 공격 염력은 아예 통하
지 않고, 정신파 공격 역시 역류를 당해 사용자가 피해를 입는
상황까지 발생했다. 그야말로 그들의 수준으로는 상대가 불가능
한 존재였다.

란바랄은 천천히 걸음을 옮기며 그들에게 말했다.

"인간 주제에 여기까지 잘도 버텨 왔다. 그것만은 칭찬해 주지.
그러나 이것으로 끝이다."

란바랄은 검을 높이 치켜들었다. 곧 검 끝에 용 모양의 투기가
모이기 시작하자 앞에 있던 일본 초능력자들은 이를 악물며 방어
결계를 쳤다.

"쓸데없다! 죽어라 하등동물들!"

란바랄은 곧 투기가 실린 검을 강하게 휘둘렀다. 그와 동시에 검
에 모여 있던 용 모양의 투기들이 살아 숨 쉬듯 빠르게 꿈틀거리며

초능력자들을 향해 날아갔다.

"으아아앗!"

란바랄의 일격에 초능력자들이 만든 결계는 힘없이 찢어졌다. 전열에 있던 초능력자들은 직접적인 부상은 입지 않았지만 염력이 역류하는 바람에 귀와 코, 그리고 눈에서 피를 뿜으며 처참히 바닥에 쓰러졌다.

남은 사람은 단 세 사람뿐. 란바랄은 여전히 미소를 띤 채 그들에게 다가갔다.

"후훗, 여자 하나에 남자 둘이라…… 너희, 생각보다는 수준 높은 염력자들인 모양이군. 이곳 말로는 사이키커라고 하나? 어쨌든 앞에 있던 얼간이들과는 좀 다른 것 같아. 그래도 봐줄 생각은 없으니 각오해라!"

란바랄은 곧 검을 부여잡고 빠르게 내달렸다. 엄청난 속도, 그리고 가공할 힘 앞에 두 남자는 힘없이 동강 났다. 결국 남은 것은 여자 한 명뿐이었지만 그녀 역시 저항 한 번 못 하고 란바랄에게 잡혀 버렸다.

란바랄은 그녀의 얼굴을 잡고 들어 올리며 말했다.

"후훗, 색을 밝히는 도돔브 장군에게 선물로 드릴까? 뭐, 그러기에는 약간 아깝긴 하지만…… 후후후훗."

"읍! 으으읍!"

"오호, 혀를 깨물고 자살할 생각인가? 그것도 안 되지. 어차피 네 연약한 턱은 내 힘을 이길 수 없으니까 쓸데없는 생각은 하지 마. 좋아, 결정했다. 넌 내 시녀로 쓰도록 하지. 하하핫!"

그러나 그는 오해하고 있었다. 그 여성은 혀를 깨물기 위해 턱을 움직이려 한 것이 아니라, 란바랄 뒤에서 소리 없이 펼쳐지고 있는 살육 때문에 놀라서 그랬던 것이다.

순간 무언가 란바랄의 머리 위를 스쳐 지나 땅바닥에 힘없이 떨어졌다.

"응?"

란바랄은 깜짝 놀라며 자신 앞에 떨어진 물체를 바라보았다. 오래 지나지 않아 그것이 자신의 부하들 중 한 명이라는 것을 알 수 있었다. 그는 피로 범벅된 부하의 머리를 보며 이를 갈았다.

"이런, 잔당이 남아 있었나!"

그는 잡고 있던 여자를 내던지고 자신의 뒤쪽을 돌아보았다.

"어떤 녀석이냐! 감히 누군데 비겁하게…… 헉?"

란바랄은 뒤돌아본 순간 전율을 감추지 못했다. 자신의 앞에 떨어졌던 부하가 다른 부하들에 비해 가장 정상적인 모습으로 죽어 있었기 때문이다.

란바랄은 침을 꿀꺽 삼켰다. 공포감 때문이었다. 그는 눈앞에 벌어진 참혹한 상황과, 동룡족 보통 병사들의 시체 더미를 배경으로 서 있는 회색 거인에게 생전 처음 무시무시한 공포감을 느꼈다.

"크크크크…… 몰래 하던 놀이가 들켜 버렸군. 크크크크."

소름이 돋을 정도로 낮은 음성, 시뻘건 눈빛, 그리고 몸에서 뿜어내는 검은색 투기…… 란바랄은 자신도 모르게 무릎을 꿇고 말았다.

"아앗?"

란바랄은 무의식중에 나온 자신의 행동에 깜짝 놀라며 다시 몸을 일으켰다. 그의 온몸에서 식은땀이 쏟아졌다.

'저 괴물은 뭐지? 게다가 이 느낌은……!'

"크크, 가까이 대면해 볼까? 난 대화를 즐기지. 크크크."

움직일 때마다 꿈틀거리는 거대한 회색 근육질은 공포스러웠다.

"크크큭, 죽는 거다."

"읍!"

란바랄은 회색 남자의 손에 너무도 쉽게 붙들리고 말았다. 회색의 거인은 사악하고 광기가 어린 미소를 지은 채 두꺼운 오른손으로 란바랄의 입을 틀어막고 조용히 물었다.

"동룡족 장군 같군. 크크큭, 이름이 뭔가."

"으, 으으으읍!"

"오, 이런. 내가 입을 막고 있었군. 크크큭, 어쨌거나 제대로 대답하면 살려 주겠다. 물론 대답할 수 있다면. 크하하핫!"

"으으읍!"

제대로 대답할 수가 없었다. 입을 막은 회색 거인의 손힘이 엄청났다. 결국 란바랄은 신음만 내지를 뿐이었고, 회색의 거인은 씩 웃으며 란바랄의 얼굴을 잡은 엄지와 중지에 약간 힘을 가했다.

"읍?"

란바랄은 움찔하며 앞에 있는 회색 거인을 쏘아보았다. 회색 거인은 광기 어린 미소를 지은 채 말했다.

"크큭, 자, 넌 이제 코로 숨을 들이쉴 수는 있지만, 내쉴 수는 없다. 호흡을 하려면 입을 벌리는 수밖에 없지. 크크큭, 아주 재미있는 게임 아닌가? 괴로워해라. 울부짖지도 못할 정도로 더욱 괴로워하다 죽는 거다! 이 바이론을 즐겁게 해 주는 거다! 크하하핫!"

"흐, 흐으읍!"

'바, 바이론? 설마 어둠의 가즈 나이트, 바이론 필브라이드?'

란바랄은 호흡이 곤란한 상태에서도 예전에 주룡 쥬빌란과 다른 상급 장군들에게 들은 이야기를 떠올렸다.

살기 위해서는 절대 접촉하지 말아야 할 존재. 선신계와 악신계,

그리고 주신계를 통틀어 최강의 전사라 불리는 광황 휀 라디언트, 동룡족에게는 사신인 리오 스나이퍼, 그들과 더불어 최강의 가즈 나이트 3인 중 1명이자 악마계의 5분의 1을 단신으로 부숴 버린 공포의 존재 바이론 필브라이드.

그가 자기 앞에 있는 것이다. 그것도 가장 극악무도하다고 전해 지는 공포의 존재, 바이론이.

란바랄은 의식이 점점 멀어져 가는 것을 느꼈다. 숨을 내쉬지 못 해 죽는 경우는 처음 들어 봤지만 결코 즐겁지 못한 경험이라는 것 을 느끼면서.

"큭?"

그때 바이론이 미처 부수지 않은 동룡족의 전함이 바이론과 란 바랄을 향해 일제 포화를 날렸다. 전함에게 등을 보이고 있던 바이 론은 쓴웃음을 지으며 란바랄을 내던지고 포화가 날아오는 방향 으로 자신의 암흑투기를 집중시켰다. 곧 대폭발과 함께 바이론의 모습은 보이지 않았고, 란바랄은 폭발의 영향으로 힘없이 날아가 면서도 한껏 숨을 내쉬었다.

얼마 지나지 않아 그의 등과 어깨에 추락으로 인한 심한 충격이 전해졌지만 죽지는 않았기에 안도의 한숨을 맘껏 내쉴 뿐이었다. 곧 의식을 회복한 그는 바이론과 전함이 있던 곳을 바라보았다.

"저, 저런……!"

전함은 그가 의식을 회복하는 사이 격침되어 지상을 향해 추락 하고 있었다. 바이론은 미친 듯 얼굴을 가린 채 광소를 터뜨리고 있었다.

란바랄은 심한 갈등을 겪어야만 했다. 도망칠 것인가, 아니면 현 재의 자신으로서는 절대 상대할 수 없는 존재인 바이론과 명예를 걸고 싸울 것인가.

결국 란바랄은 분노를 삼키며 슬그머니 사라졌다. 바이론은 도
망치는 란바랄을 바라보며 크게 웃음을 터뜨렸다.

"겁쟁이 녀석, 크하하하핫!"

"뭐야, 기껏 날아오니 폐허하고 시체 더미뿐이잖아? 게다가 회
색분자! 넌 또 뭐야!"

지크는 헛수고를 한 것에 바이론에게 소리를 질렀다. 위스키를
오크 통째로 마시며 전투의 피로를 풀던 바이론은 지크를 흘끔 본
뒤 싱겁다는 듯 미소 지었다.

"크큭…… 오랜만이군, 바람 꼬마. 그런 의미에서 한잔 어떤가?
크크크."

바이론이 옆에 있는 또 하나의 술통을 들고 권하자, 지크는 질린
표정으로 손사래를 치며 거절했다.

"쳇, 됐어. 그건 그렇고 이거 미안해서 어쩌지, 아가씨들? 피를
보고 싶어서 왔다는데 일이 이렇게 됐으니…… 헉?"

같이 온 데스 발키리들을 바라보던 지크는 순간 당혹스러움에
말문이 막히고 말았다. 알테미스가 동룡족의 시체에서 흘러 나오
는 피에 손을 적시고 있었기 때문이다.

그녀는 피에 흠뻑 젖은 자신의 손을 바라보며 야릇한 미소를 지
었다. 옆에 있던 아란은 다행히 그런 취미는 없는 듯 덤덤한 얼굴
로 주위의 폐허를 둘러보았다.

알테미스를 본 바이론은 광기 어린 미소를 지으며 중얼거렸다.

"오호, 꽤 멋진 취미를 가진 여자군. 소문으로만 듣던 데스 발키
리인가? 크크큭."

"지금은 모른 척하고 싶어. 그건 그렇고 넌 이제 어떻게 할 거야? 우리랑 합류할 거야?"

지크는 바이론 앞에 있는 폐허 더미에 걸터앉으며 가볍게 물었다. 내심 그와 함께 일을 했으면 하는 생각도 간절했다. 예전의 경험으로 비추어 자신이 바이론에게 많은 것을 배웠고, 또한 배울 것이 아직 많이 남아 있었다.

술 한 통을 다 비운 바이론은 다른 술통의 마개를 뜯어냈다.

"큭, 너희와 같이 일하면 잠이 와서 견딜 수 없지. 그리고 나만의 임무가 있기 때문에 너희와 당분간 합류할 수 없다. 그건 그렇고 저기 있는 저 정신 나간 여자나 책임지시지. 크크큭, 멋진 표정을 짓고 있군."

"여자?"

지크는 바이론이 가리킨 방향을 바라보았다.

그곳엔 동룡족에게 저항하던 일본의 초능력자 중 유일한 생존자가 앉아 있었다. 바이론에게 구원 아닌 구원을 받은 그녀는 완전히 자아붕괴가 된 얼굴로 몸을 웅크린 채 앉아 있었다.

"네가 키스라도 한 거야? 왜 저래?"

지크는 인상을 찡그린 채 물었다. 바이론은 말없이 술을 마심으로써 대답을 대신했다. 결국 지크는 한숨을 쉬며 말했다.

"뭐, 좋아. 이쪽에 있는 BSP에게 보호를 부탁하면 되겠지. 물론 찾을 수만 있다면 말이야. 그럼 우리는 떠날 테니 나중에 또 보자고, 회색분자."

"크큭, 조금 더 봐야 할 것 같은데?"

바이론의 말이 나온 순간 지크는 주위에서 감도는 기분 나쁜 느낌에 정신을 집중하며 데스 발키리들을 바라보았다. 그녀들 역시 지크와 같은 느낌을 받았는지 각자 무기를 꺼내 주위를 살폈다.

지크는 오랜만에 전투를 하게 됐다는 듯 주먹을 풀며 느낌이 가장 강한 쪽을 응시했다.

"바이오 버그 녀석들인가? 헤헷. 기다렸다, 귀염둥이들. 이 지크 님께서 한창 몸이 근질거릴 때 나타나 줘서 고마워!"

그의 말과 동시에 사방에서 백여 마리에 가까운 바이오 버그들이 튀어나왔다. 모두 E급 이상의 강한 종이었기에 수가 적다 해도 긴장을 늦출 수는 없었다.

"쿠오오!"

그들은 각기 알테미스와 아란, 지크를 향해 달려들었다. 바이론은 몸 주위에 결계를 친 채 그대로 술을 마실 뿐이었다. 반면 시선은 막 전투를 시작한 지크에게 고정되어 있었다.

"하아아아앗!"

지크는 바이오 버그들이 달려드는 동안 몸의 기를 한껏 끌어 올렸다. 이윽고 그의 몸은 부드러운 기류에 휘감겼다.

'바람의 힘…… 생각보다 빨리 각성했군.'

바이론은 만족스러운 미소를 지으며 다시금 술을 마셨다.

전투 준비가 끝난 순간, 정면에서 달려오던 바이오 버그의 날카로운 팔이 지크의 안면에 날아들었다. 지크는 여유 있게 몸을 숙여 공격을 피한 뒤 몸을 일으키며 팔꿈치로 바이오 버그의 긴 턱을 가격했다.

"나를 상대한 걸 후회하게 해주마!"

지크의 팔꿈치에 가격당한 바이오 버그의 머리는 순간 위쪽을 향해 터져 버렸다. 지크는 자신이 낸 파괴력에 자신도 놀란 듯 눈을 동그랗게 뜬 채 자신의 팔꿈치를 살펴보았다.

"어라? 오늘 내가 뭘 잘못 먹었나? 아닌데……?"

한편 바이오 버그들은 자신의 동료가 처참히 당하는 모습에 아랑곳하지 않고 지크에게 무차별로 덤벼들었다. 지크는 다시 한 번 시험해 보자는 생각에 또 한 번 정면을 향해 권의 일격을 날렸다.

"간다! 석충권(石衝拳)!"

퍽.

"엉?"

챠오의 가문에서 배운 권격 기술 중 하나인 지크의 석충권을 복부에 맞은 바이오 버그는 충격을 이기지 못하고 뒤로 멀찌감치 나가떨어졌다. 충격의 여파가 주위까지 영향을 미친 듯 그 바이오 버그 뒤에 있던 다른 바이오 버그들도 함께 휩쓸려 날아갔다.

벽에 충돌한 바이오 버그 더미들은 지크에게 얻어맞은 바이오 버그를 중심으로 풍선처럼 터지며 체액을 뿜어냈다. 그들이 처박힌 벽도 물결 모양으로 흔들린다 싶더니 이내 무너져 내렸다.

그것을 본 지크는 자신의 공격 위력이 예전에 비해 훨씬 강화된 것을 느꼈는지 흡족하게 웃으며 사방에서 몰려드는 바이오 버그들을 맞아 일격을 날리기 시작했다.

"헤헷! 무시무시하게 강해진 바람의 지크 님을 방해하지 말아랏! 음하하핫!"

마치 탈곡을 당하는 벼처럼 바이오 버그들은 정확히 한 대당 한 마리씩 사방으로 튕겨 날아갔다. 그런 지크의 모습을 지켜보던 바이론은 씩 웃으며 나지막이 중얼거렸다.

"또 한 번 성장했구나, 지크 스나이퍼…… 크큭, 멋지군."

바이론의 시선은 곧 다른 곳으로 향했다. 다름 아닌 데스 발키리, 아란이 싸우고 있는 현장이었다.

그녀의 붉은색 검 디스파이어는 표면보다 약간 옅은 붉은 잔광을 어지러이 남기며 주위의 바이오 버그들을 깨끗이 잘라 내고 있었다. 바이론은 너무나 깨끗해서 시간이 정지된 듯 느껴지는 그녀의 검술에 내심 감탄을 금치 못했다.

'저 여자가 아란인가…… 시간이 지날수록 골치 아픈 상대가 되겠군. 소름 돋을 정도로 깨끗한 자세다.'

바이론은 이번에는 짙은 보라색 머리카락의 여성, 알테미스를 보았다. 그녀는 유리같이 투명한 정체불명의 검을 휘둘렀다.

그 검의 표면은 깨끗했지만 날이 마치 톱같이 되어 있었고 매우 날카로웠다. 그녀의 일격을 받은 바이오 버그들은 동강 나며 쓰러졌다. 알테미스는 틈날 때마다 날에 낀 바이오 버그의 내장과 피를 털어 냈다. 야릇한 미소를 머금고 싸우는 모습에 바이론은 피식 웃으며 생각했다.

'긴장감이나 흔들림 없이 잘도 싸우는군. 마치 퀜을 보는 것 같아. 크큭, 그 녀석과 비교 자체가 무리긴 하지만.'

결국 전투는 쉽사리 끝났다. 지크는 이마의 땀을 닦으며 바이론이 있는 쪽으로 다가왔다.

"어, 별일 없었어? 저 여자도 무사하네?"

신기하게도 바이오 버그들은 자아붕괴 상태의 여자는 물론 바이론이 쳤던 결계 역시 건드리지 않았다. 주위에 있는 모든 것들을 무차별로 파괴하는 바이오 버그의 평상시 행동을 생각하면 이상하지 않을 수 없었다.

지크는 처참히 파괴된 일본의 수도 도쿄를 천천히 둘러보았다. 서울과 다른 점이 있다면 거리에 시체가 있고 없고의 차이뿐이었다. 지크는 일본 동경지부 BSP들을 과연 찾을 수 있을까 고민하며 바이론이 자신에게 책임지라고 말한 그 여성에게 터벅터벅 다가 갔다.

"어이, 아가씨. 괜찮아요?"

그녀의 입에서 대답 대신 한 줄기 침이 흘러내렸다. 심각한 상태 였다. 입을 비죽 내민 지크는 손수건으로 그녀의 입가를 닦아 주며 물었다. 무리라고 생각은 했지만 그래도 혹시나 해서였다.

"이 지역 BSP가 어디 있는지 알아요? 알면 내가 그 사람들이 있 는 곳까지 바래다드릴게요."

그녀가 지크를 바라보았다. 지크는 희망이 있다고 생각했지만 아직 이른 판단이었다.

"제가…… 마지막이에요."

지크의 표정은 단숨에 굳어졌다. 그랬다. 그녀는 도쿄 방위 BSP 의 유일한 생존자였다.

바이론과 헤어진 지크는 서룡족 구축함에 그 일본 BSP를 태우 고 귀환길에 올랐다. 자신이 마지막이란 말 이후, 그녀는 더 이상 입을 열지 못했다. 구축함 내 의료진은 그녀가 정신적 충격을 받은 것뿐이라고 했지만 지크는 이상하게도 그녀에게 신경이 쓰였다.

인간을 초월한 존재, 동룡족에게 완전히 당한 도쿄 BSP의 얘기 에 지크는 너무도 안타까웠다. 적이 바이오 버그 하나였다면 전 세 계의 BSP들이 그런대로 활약했을지 모르지만 동룡족은 얘기가 달 랐다. 보통의 병사도 챠오보다 훨씬 강했기에 BSP는 지크 외에 전 혀 활약할 수 없었다. 구원을 바라고 있는 보통 사람들과 다를 바 가 없었던 것이다.

지크는 무슨 방법이 있겠지 생각하며 자신을 달랠 수밖에 없었다.

데스 발키리들과 함께 드래고니스로 돌아온 지크는 바이칼, 슈렌과 함께 메인브릿지에 있는 리오를 찾아갔다. 일본에서 있었던 일에 대해 자초지종을 들은 리오는 팔짱을 끼며 나지막이 말했다.

"바이론이라…… 뭐, 이유는 나중에 차차 알게 되겠지. 그건 그렇고 네가 돌아오기 전에 동룡족에서 이쪽에 선전포고를 했어. 이제 마음놓고 싸울 수 있지. 기동함대와 다른 용왕들의 지원 함대가 오기 전까지 우선 방어에만 치중하기로 했지만, 일단 기동함대만 도착하면 본격적으로 반격 작전을 감행할 거야. 아, 그리고 지크, 네 BSP 동료들을 이곳으로 불러올 수 있어? 동룡족과 서룡족 양측이 총 전력을 집결한다면 수적으로 이쪽이 약간 불리하기 때문에 BSP를 이용한 특수 부대를 또 하나 만들고 싶다고 장로님께서 말씀하시더군."

그러자 리오의 말을 오해한 지크는 순간 발끈해 소리쳤다.

"뭐라! 감히 내 동료들을 총알받이로 쓰겠다는 소리야? 아무리 BSP라 해도 보통 인간인데 어떻게 용들하고 싸움을 붙인다는 거야!"

리오는 흥분한 지크의 어깨를 두드리며 말했다.

"맨몸으로 덤비게 할 예정이었다면 내가 먼저 거절했을 거야. 자, 모니터를 봐."

지크는 궁금한 표정을 지으며 모니터를 주시했다. 조금 후 모니터에 인간형의 2족 보행 기동병기의 모습이 떠올랐다. 상당히 세련되게 디자인된 그 기동병기의 모습은 20세기 말, 지구상에서 유행했던 로봇 만화에 나오던 그것들과 매우 흡사했다.

곧이어 리오가 설명했다.

"슈렌도 알 거야. 드래고니스가 나타날 때 우리가 상대했던 가변형 전차에 대해 말이야. 화면에 비춰진 기동병기들은 우리가 작년에 상대했던 제너럴 블릭의 BX 시리즈 병기들과 비교할 수 없을 만큼 성능이 뛰어나. 물론 조종하는 것이기 때문에 파일럿의 능력에 따라 성능이 좌우되기는 하겠지만 말이야. 일단 명칭은 WED, '웨드'다. 예전에 서룡족에서 개발하던 중 필요성의 의문점이 제기되어 포기되었던 탑승형 병기지."

"그, 그런……!"

리오의 말이 끝나자 지크는 잔뜩 인상을 찡그린 채 주먹을 부르르 떨었다. 그의 그런 과잉반응에 리오는 놀라서 물었다.

"음? 왜 그래, 지크?"

"타고 싶어! 어릴 때 꿈이 저런 로봇 타는 거였는데……!"

지크의 짧은 대답을 들은 슈렌은 한숨을 푹 쉬며 모니터로 시선을 돌렸다. 지크에게 시선을 둔 채 잠시 멍해 있던 리오 역시 허탈한 미소를 지을 뿐이었다.

그때 문이 열리며 약간 피곤한 기색을 한 장로가 들어오더니 지크를 보고 반가워하며 말했다.

"오, 지크 님. 말씀드릴 것이 있습니다. BSP 동료들을 드래고니스에 초청……."

"아, 장로님 얘기하던 중이었습니다. 장로님께서 웨드(WED) 계획에 대해 설명하시기만 하면 됩니다."

"아, 그렇습니까?"

장로는 리오에게 미소를 짓고 모두에게 계획을 설명했다.

"원래 전룡단을 위해 만들려고 했던 병기 웨드는 중도에 계획이 포기되어 프로토 타입의 기체만이 창고에 처박혀 있답니다. 전력 보강에 대한 얘기를 나누던 중, 웨드를 BSP 여러분이 쓰실 수 있게 개조하여 생산하자는 의견이 나와 그 계획을 실행하기로 결정했습니다. 만약 성공하기만 한다면 BSP들도 구경만 하고 있지 않아도 될 것입니다."

"오호?"

지크는 관심 있다는 표정으로 고개를 끄덕였다. 장로는 계속 설명을 이어 나갔다.

"BSP들은 보통 인간들과는 다른, 초인적인 능력을 가지고 있다고 들었습니다. 염력, 즉 '사이코키네시스'라 불리는 능력과 보통 인간의 한계를 초월한 운동능력, 그리고 엄청난 동체시력 등등 말입니다. 하지만 현재 웨드는 전룡단에 맞춰진 상태로 개발된 상태라, BSP들의 그런 능력에 걸맞게, 그리고 동룡족이 용의 형태로 변했을 때도 문제없이 전투할 수 있을 정도로 조정할 필요가 있습니다. 그래서 우선 지크 님의 동료들에게 맞는 기체들을 실험적으로 만들어 본 뒤, 모든 BSP들이 사용할 수 있는 기체를 생산한다는 계획을 짜 봤습니다. 우선 지크 님께 허락을 받고 싶습니다만……."

지크는 대답 대신 눈물을 글썽이며 장로의 주름진 손을 덥석 잡았다. 목이 메여 차마 말을 하지 못하고 있는 지크를 대신해 리오가 대답했다.

"왜 이제야 말씀하시냐고 하는 듯하군요."

지크는 맞다고 고개를 끄덕였다. 장로는 약간 당황한 표정을 짓다가 고개를 마주 끄덕였다.

"아, 아아. 감사합니다 지크 님. 그럼 곧바로 그분들을 모시러 가겠습니다."

웨드(WED, West Evoke Dragoon) 계획.

육탄전을 주로 하는 전룡단의 전투 능력 향상과 생존률을 높이기 위해 오래전 수립된 이 계획은 인간형의 대형 탑승병기 이용을 골자로 하고 있다. 보통 보병끼리 전투는 전룡단이 동룡족 장갑무사대에 비해 월등한 우세를 보이지만, 동일한 근접 전투력을 보유했다고 칭해지는 동룡족 고등 무사들과의 전투에서는 원거리 전투력의 열세로 인해 전룡단이 불리해지는 경우가 상당히 잦았다. 게다가 소수정예인 전룡단의 경우 단원 한 명의 사상이 상당한 마이너스 요인으로 작용하기 때문에 이에 대한 보완책이 절실했다.

서룡족의 기술 수준은 동룡족이 따라올 수 없을 만큼 높았다. 주거 가능 전투 요새인 드래고니스를 위시한 구축함과 초계함, 순양함, 전함 등의 성능은 동룡족의 함선들이 결코 따라올 수 없을 만큼 강력했다.

그 기술력이 뒷받침된 서룡족은 인간 세계에서 가끔 볼 수 있는 탑승형 전투병기에서 힌트를 얻어, 인간형 기동병기인 웨드를 만들기에 이르렀다. 그러나 전룡단의 전통인 검과 방패를 이용한 육탄전과 탑승병기를 이용한 전투는 전혀 맞지 않는다는 강력한 반발에 못 이겨 웨드 계획은 프로토 타입 기체 하나만을 남긴 채 수포로 돌아갔다.

1백 년 만에 부활한 드래고니스의 웨드 개발팀이 계획하고 있는 기체의 종류는 모두 여섯 가지였다. 우선 표준형, 이것은 기동성과 장갑 등이 적절히 조정된 기체이자 다른 특수 기체들의 표본이었다.

두 번째로 사격 중시형. 이것은 지크의 동료인 케빈의 자문을 구하고 그의 능력을 100퍼센트 살릴 수 있도록 만들어진 원거리 사격 중시형 기체였다.

세 번째로 격투 중시형. 무기의 화력은 표준형에 비해 현저히 떨어지지만 기동성의 포인트가 다른 어떤 형태보다 높은 기체였다.

물론 장갑도 표준형에 비해 월등히 높았다. 이 기체는 당연히 챠오와 마티에 맞춰진 것이다.

네 번째로 화력 중시형. 무기 화력, 적재 능력과 장갑이 다른 어떠한 기체보다 월등한 기체로서, 기동성은 떨어지지만 대단위 전투에서 반드시 필요한 기체로 설계된 것이다.

다섯 번째로 사이키커 전용 기체. 다른 모든 것은 표준형에 가까웠으나 하리진의 능력인 사이코키네시스 파워의 특별한 제어기와 변환기가 탑재되어 있는 기체였다.

마지막으로 매직 유저 전용 기체. 이것은 단 두 대만 생산하면 되는 기체였다. BSP에서 마법을 사용할 수 있는 대원은 프시케와 티베, 두 명뿐이기 때문이다. 이 기체는 역시 표준형에 가까운 기체에 마법력 증폭기를 탑재한 기체였다.

가즈 나이트 전용 기체도 만들자는 의견이 있었으나, 드래고니스의 기술력으로 만들 수 있는 운동 유닛으로는 가즈 나이트들의 정신능력과 운동능력을 따라갈 수 없었기에 그 의견은 가볍게 취소되었다.

각 특수 기체들은 서로의 개발 형태가 약간씩 달랐다. 사격 중시형의 경우, 사용자의 사격 능력을 100퍼센트 소화하기 위해서는 사용자의 시각과 기체의 외부 카메라가 완벽한 조화를 이루어야만 했다. 결국 카메라를 안구 구조와 비슷하게 만드는 수밖에 없기 때문에 케빈은 개발 기간 동안 하루에도 몇 시간씩 드래고니스의 개발실에 특별히 마련된 안과에서 살다시피 해야 했다.

그리고 사이키커 전용 기체의 경우 정신력에 의한 범용성이 높은 만큼 특별한 무기와 장비를 탑재해야 한다는 의견이 있어서 개발진들은 짜증을 잘 내기로 유명한 리진과 여러 차례 입씨름을 해야 했다는 일설도 있다.

화력 중시형의 경우, 탑재한 무기와 두꺼운 장갑판의 무게 때문에 처음 만들어진 시험기가 걷지도 못하고 주저앉아 버려 그 기체의 개발진은 계획이 끝날 때까지 다른 개발진들에게 놀림을 받아야 했다.

가장 개발하기 쉽고 개발 기간이 짧았던 기체는 바로 매직 유저 전용 기체였다. 마력 증폭기의 경우 드래고니스에서 기존에 사용하고 있었기 때문에 문제가 없었고 다른 기타 장비들도 표준형과 다를 바가 없었기 때문에 BSP의 자문도 필요 없었다. 그러나 개발 기간이 의외로 길어진 것은 기체의 도장, 즉 컬러링 때문이었다.

개발진들이 '산뜻하게 파란색으로 하자'고 했을 때 프시케는 별 이의가 없었지만 티베는 그렇지 않았다. '붉은색이 아니면 타지 않겠다. 도장도 화려해야 함'이라는 확고한 의지를 보여서 결국 만들어진 두 대의 기체는 겉모습은 같았으나 색이 판이하게 달랐다.

한참 개발 계획이 끝나 갈 무렵, 지크에 의해 가즈 나이트 전용 기체에 대한 의견이 다시 나왔다.

대다수, 아니 거의 모든 개발진들이 가즈 나이트 전용 기체는 무리라고 했지만 지크가 우격다짐으로 나오는 바람에 시도는 해 보기로 했다.

하지만 역시 무리였다. 새로운 운동 유닛과 파워 제네레이터, 동력 장갑 물질이 나오지 않는 한 가즈 나이트 전용 기체는 오히려 탑승한 가즈 나이트에게 방해가 될 뿐이었다.

게다가 다시금 계획이 취소된 결정적 이유는 지크의 주문 중 '변신합체'라는 항목이 들어 있었던 탓이다.

어쨌든 개발 계획은 여유를 두고 순조롭게 진행됐다.

드래고니스 안에서 웨드 계획이 한창 진행 중일 때, 가즈 나이트들을 비롯한 수뇌부에서는 드디어 시작된 서룡족과 동룡족의 전쟁에 대한 논의가 진행 중이었다.

제일 문제가 되는 부분은 바로 바이오 버그와 적 기동병기들에 의한 지상전이었다. 상대방의 지상 전력이 상상외로 강했기 때문에 결국 웨드 계획이 마무리될 때까지 가즈 나이트들을 주축으로 한 전룡단이 지상을 맡기로 결론이 났다. 그러나 어렵사리 내린 결정이었는데도 바이칼은 빈정거릴 뿐이었다.

"그것 말고 다른 의견이 있었다면, 난 그 의견을 낸 사람을 군사로 썼을 것이다. 피곤하게 회의를 왜 한 거지?"

반론을 펼치는 사람은 아무도 없었다.

하여튼 그렇게 인간과 서룡족, 그리고 바이오 버그와 동룡족의 전쟁은 서서히 본격화되기 시작했다.

2

시베리아의 열풍

"오늘부터 리오 스나이퍼 님을 보좌할 릭 발레트입니다! 잘 부탁드립니다!"

동룡족과 바이오 버그의 연합군과 처음으로 전투를 벌이게 될 시베리아로 향하기 전, 리오는 한 명의 보좌관을 얻었다. 바로 전룡단 제1단장이며 전룡단 단장 중 최강이라 불리는 릭 발레트였다.

단독 전투가 특기인 가즈 나이트에게는 반드시 보좌관이 필요했다. 가즈 나이트들이 단독으로 전투를 할 때 생기는 빈자리를 보좌관들이 대신해야 하기 때문이다. 리오도 보좌관의 중요성을 알기에 특별히 거부하지 않았다.

리오는 릭과 악수하며 빙긋 미소를 지었다. 그와 릭은 예전부터 친분이 있었기에 초면의 어색함은 없었다.

"다시 자네와 함께 일하게 됐군. 나도 잘 부탁하네, 릭."

"예, 감사합니다. 리오 님. 그럼 전 단원들과 함께 선착장으로 먼저가 보겠습니다."

사실 릭에게 리오는 어릴 때부터 우상이었다. 검을 좋아하고, 검술을 익히기 위해 자신의 아버지와 이곳저곳 돌아다니기도 했던 그는, 어느 날 아버지와 함께 전쟁터로 가게 됐다. 아버지와 함께 망원경으로 전방의 모습을 보며 전쟁의 참혹함을 몸으로 느끼던 그는 몸에 피를 잔뜩 뒤집어쓴 남자가 얼굴의 피를 닦으며 자신과 아버지가 있는 막사로 들어오는 것을 보게 되었는데 그것이 바로 릭과 리오의 첫 만남이었다.

어린 릭에게 비친 리오의 첫인상은 정말 무서웠지만, 그 이후 리오의 싸우는 모습에서 뭔가 특별함을 느낀 그는 리오를 존경하게 되었다.

릭은 옛일을 회상하며 작전회의실을 나갔다.

"윽!"

"으악!"

그는 막 들어오던 지크와 그만 부딪히고 말았고 릭은 크게 주춤거리다가 뒤로 넘어졌다. 지크는 미안한 표정을 지으며 그에게 다가갔다.

"아, 미안. 내가 요즘 정신이 없어서 친구, 다친 데는 없어?"

"아, 예. 괜찮습니다."

그때 몸을 반쯤 일으키던 릭의 품에서 무언가 살랑거리며 떨어졌다. 사진 같았지만 뒷면으로 떨어져 어떤 사진인지 알 수 없었다. 지크는 릭을 일으켜 주고 떨어진 사진을 집었다.

"릭이라고 했지? 저번에 소개받을 때 자네가 제일 눈에 띄던데…… 근데 이게 뭐야?"

"예. 앗! 그것은!"

256

릭은 지크가 사진을 보려 하자 깜짝 놀라며 손을 뻗었다. 지크는 재빨리 그것을 가로챈 다음 장난기 어린 미소를 지으며 사진을 돌려보았다.

"헤, 애인 사진이라도 되는 모양이지? 어디 얼마나 예쁜가 한번 볼…… 헉!"

순간 지크는 눈을 휘둥그렇게 뜨며 말을 멈췄고, 릭의 얼굴은 홍당무처럼 붉어졌다.

"무슨 일이야?"

지크의 비명을 듣고 리오는 고개를 갸웃거리며 그가 들고 있는 사진을 보았다. 그리고 그 역시 놀란 표정을 지으며 릭을 바라보았다.

"이건 또 어디서 구했나?"

"그, 그건, 그러니까……."

그 사진은 빨래를 널고 있는 세이아의 모습이었다. 리오는 명암도 좋고, 각도도 좋고, 게다가 모델도 좋은 사진이어서 소장할 만하다 생각하며 다른 전룡단 단장들을 돌아보았다. 그런데 그들 역시 릭과 마찬가지로 좋지 않은 표정을 짓고 있었다.

지크는 인상을 찡그리며 그들에게 엄숙히 말했다.

"친구들도 가진 거 다 보여 봐."

그들이 한숨을 내쉬며 내놓은 사진은 각양각색이었다. 대부분 세이아의 사진을 가지고 있었지만, 몇몇 단장들은 챠오와 마티, 티베, 리진, 라이아에 심지어는 시에의 사진을 가지고 있기도 했다.

"얼씨구, 이거 도촬(盜撮, 몰래 사진을 찍는 것) 실력이 대단한데? 그래도 세이아 씨가 벗고 있는 사진이 없는 게 다행이네. 자네들 거기까지 손을 뻗었으면 리오에게 목숨을 내놔야 했을 거야."

"녀석이, 무슨 소리야."

리오는 힘없이 웃으며 지크의 등을 슬쩍 밀었다. 전룡단 단장들은 각자 사진을 돌려받고 머쓱한 얼굴로 회의실을 나갔다.

회의실에 남은 지크는 바이칼을 보며 심각한 얼굴로 말했다.

"저런 언니 부대를 데리고 전투를 하는 건 좀 그런데? 정신교육 좀 시키라고, 바이칼."

"흥, 번데기가 남의 주름살을 탓하고 있군."

사실 모르고 있었지만 지상에서 올라온 여성 손님들의 사진은 꽤 잘나가는 품목 중 하나였다. 그중에서 제일 잘나가는 것이 세이아의 사진이었는데, 세이아는 이미 전룡단 사이에서 절대적인 우상이 된 지 오래였다. 그러나 리오 덕분에 그녀를 향해 직접적인 프러포즈를 하는 전룡단은 아무도 없었다.

"흠, 모르겠군."

리오는 쓸쓸히 웃으며 선착장으로 향했다.

시베리아 도착까지 그리 오래 걸리지 않았다. 전열함 한 척에 순양함 한 척, 초계함 한 척과 구축함 각각 네 척으로 이뤄진 기동함대였기에 대한민국에서 시베리아까지 반나절이면 충분했다.

기함인 전함 '위그드라실'호에 마련된 회의실. 그곳에서 리오와 릭, 그리고 릭 휘하의 부대장들이 모여 회의를 하고 있었다. 대강 회의가 끝난 후, 리오는 커피 잔을 내려놓으며 모두에게 말했다.

"아아, 좋아. 그럼 내가 이쪽에서 선제공격을 가하도록 하지. 좀 추운 지형이긴 하지만 자네들이라면 전투하는 데 어렵진 않을 거야. 그럼 모두 열심히 해 주게나."

함선 안에서 전투회의가 끝난 후, 리오는 곧 의자를 빼고 몸을 반쯤 일으켰다. 그러나 그가 미처 알지 못했던 전룡단의 새로운 구호가 아직 남아 있었다.

"자, 우리의 여신을 위하여!"

"위하여! 우오오오!"

구호를 외친 후 힘차게 뛰어나가는 전룡단 단장 릭과 휘하 부대장들의 모습을 지켜보던 리오의 눈은 걱정으로 가득 찼다. 리오는 머리를 긁적이며 나지막이 중얼거렸다.

"지크 말대로군. 저 언니 부대들을 어떻게 이끌지?"

한편 지상에서 동룡족과 싸우던 러시아 정규군은 거의 궤멸 직전이었다. 동룡족이 사용하는 이상한 방어막 때문에 대공포탄과 미사일은 솜방망이에 불과했고, 지상 여기저기서 튀어나오는 대형 바이오 버그들에게 보병은 물론 전차대까지 전멸하고 말았다.

동룡족은 전함의 포격을 이용해 러시아 군을 계속 공격했다. 바이오 버그들은 힘을 잃어버린 러시아 군대에 미련을 버리고 뒤로 보이는 도시를 향해 진격했다.

도시 외곽을 방어하는 전차를 운전하던 병사들은 운전대를 잡은 손이 주체할 수 없이 떨림을 느낄 수 있었다. 바이오 버그들 수천 마리가 시베리아의 차가운 눈을 헤치며 달려오고 있었다.

그 순간 바이오 버그들의 무리 위에 시뻘건 불길이 스쳐 지나갔다. 곧 그 화염의 범위에 들어 있던 바이오 버그들은 대폭발에 휩싸이며 흔적도 없이 사라졌다.

"아, 아⋯⋯?"

병사들을 비롯해 총을 메고 담 뒤에 앉아 싸우기를 기다리던 사람들과 방공호 안의 부녀자, 그리고 아이들은 갑자기 일어난 상황에 깜짝 놀라며 공중을 올려다보았다. 거대한, 날개 달린 거대한 붉은색 생물이 등에 사람을 태운 채 공중에서 지상의 바이오 버그를 향해 화염을 토하고 있었다.

"드래군! 드래군이다!"

한 소년이 붉은 장발의 남자를 보고 소리쳤다. 곧이어 사람들은 짙게 깔린 먹구름을 뚫고 급강하하는 수십 마리의 거대 드래곤들의 모습에 시선을 빼앗겼다. 그 드래곤들의 편대비행 모습은 어른이 되면서 잊었던 어린 시절의 환상을 일깨우기 충분했다.

붉은색 드래곤을 탄 붉은 머리카락의 남자가 오른손에 든 보라색 검으로 드래곤에게 지시를 내리는 모습은 반신반의했던 드래군의 모습을 사람들에게 확실히 각인시켰다.

도시를 향해 진격하던 바이오 버그는 드래곤의 압도적인 공격력에 순식간에 궤멸되었다.

급한 일을 마친 드래곤 무리는 러시아 정규군과 동룡족의 전투가 벌어졌던 곳을 향해 급속도로 날아갔다.

전혀 생각지도 못했던 존재에게 구원을 받은 도시 사람들은 멍하니 그들이 사라진 하늘을 바라볼 뿐이었다.

"서룡족의 기동부대입니다! 바이오 버그 부대는 전멸된 것으로 추정됩니다!"

"뭐라고! 이런, 이렇게 빨리 오다니!"

동룡족 부대가 술렁였다. 선전포고를 한 것이 어제 같았는데 벌써 상대하기 껄끄러운 서룡족과 붙어야 한다는 사실 때문이었다.

"아! 12시 방향 대형 에너지탄 다수가 급속 접근! 위험합니다!"

병사의 보고가 전해지기 무섭게, 동룡족 기동함대의 기함이 크게 흔들렸다. 갑작스러운 충격에 의자에서 떨어진 함대장은 의자 팔걸이에 의지해 급히 일어나며 병사들에게 소리쳤다.

"피해 상황, 피해 상황을 어서 보고해!"

"전방에 위치한 구축함 3대가 에너지탄에 직격당해 추락 중이 며, 기함은 1번, 2번 돛대가 대파되었습니다! 출력도 80퍼센트로 줄었습니다!"

곧이어 레이더병의 보고가 잇달았다.

"서룡족 함대입니다! 전열함 한 척 규모의 소형 기동함대입니다! 방금 공격은 전열함의 장거리 메기드 캐논으로 추정됩니다!"

"전열함? 이런! 어서 반격해라. 이대로 당할 셈인가! 후방의 장 갑 공격함을 전방으로 올려라! 갑절로 돌려주면 될 것 아닌가!"

함대장은 이를 악물며 반격 지시를 내렸고, 병사들은 그의 지시 를 재빨리 다른 부대에 전달했다. 그러나 그것도 잠시, 한 병사의 외침이 함대장의 귀를 울렸다.

"전방에 한계 측정 불가능의 마력과 기력 감지! 이건 전룡단 단 장들의 수준을 초월한 수치입니다! 위험합니다!"

"뭐라고? 어서 화면을 돌려 봐!"

곧 화면에 붉은색 드래곤을 옆에 두고 있는 한 남자의 모습이 비 쳤다. 그 남자의 붉은 머리카락과 전의가 담긴 미소, 그리고 남자 의 양손에 펼쳐진 마법진을 본 순간, 웬만큼 나이를 먹은 병사들과 함대장의 얼굴이 새파랗게 질리고 말았다.

"가, 가즈 나이트? 그것도 리오 스나이퍼! 후퇴다! 어서 후퇴해 라! 지금의 소규모 부대로는 저 괴물을 상대할 수가…… 아아악!"

함대장의 비명은 곧이어 전 함대를 덮친 플레어의 붉은빛에 지 워지고 말았다. 가볍게 러시아의 중요 거점을 점령하려 했던 동룡 족의 소규모 기동함대는 극소수의 생존자를 남긴 채 모조리, 그것 도 너무도 쉽게 전멸했다.

"흠, 생각보다 함대가 소규모여서 다행이군. 동룡족의 생존자는 얼마나 되나?"

"예, 두 명 정도입니다. 플레어 후, 폭풍에 당해 추락한 보급함에서 여자 한 명, 남자 한 명을 발견할 수 있었습니다."

도시 근처에 캠프를 차리고 한참 상황을 점검하던 리오는 그 보고를 들은 후 의자에서 일어나며 다시 물었다.

"생존자들은 어디 있지?"

"저희가 임시로 빌린 병원에서 치료를 받고 있습니다. 가 보시겠습니까?"

리오는 묵묵히 고개를 끄덕였다.

리오는 릭과 함께 캠프를 벗어나 도시 쪽으로 들어갔다. 도시에 들어서자, 사람들이 약간 거리를 둔 채 리오와 릭을 바라보았다. 사람들이 계속 경계하는 시선으로 자신들을 바라보자 릭은 맘에 안 든다는 듯 인상을 쓰며 말했다.

"마치 동물원 원숭이 보는듯하는군요. 이게 자신들을 지켜 준 존재에 대한 인간의 대우입니까? 환영은 못 해 줄망정 ……."

"환영? 후훗."

리오는 빙긋 웃고 말았다.

릭은 의아하다는 눈으로 그를 쳐다보았다. 리오는 자신보다 키가 작은 릭의 어깨를 손으로 토닥였다.

"우리가 저들을 얼마나 많이 만나 봤으며, 저들 역시 우리를 얼마나 봤겠나. 이런 상황이라면 정체불명의 구원자들을 환영해 주는 사람들이 이상할 거야. 아, 그리고 이 세계의 사람들은 자신들이 모르는 존재나 자신들을 능가할지 모르는 존재를 상당히 두려워한다네. 뭐, 그것도 이상하진 않아. 이 세계에서는 인간이 만물

262

의 영장이니까. 만물의 영장으로서 웃기는 자존심을 발휘하는 것일지도 모르지. 하지만 차차 나아지겠지, 뭐. 아, 이 병원인가?"

"예, 그렇습니다."

"그래, 그럼 자네는 잠깐 여기 있게. 사람들이 자네를 총으로 쏘진 않을 테니 걱정 말고."

"예."

리오는 곧 병원 안으로 들어갔다.

릭은 팔짱을 낀 채 병원 벽에 기대섰다. 지나가는 사람들이 여전히 그를 거리감 있는 눈으로 힐끔거렸지만 릭은 그럴 때마다 이해를 하자 생각하며 자신을 달랬다.

"음?"

순간 릭의 머리를 향해 작은 무언가가 날아왔다. 그리 빠르지도 않았고, 악의가 실리지도 않았기에 릭은 손으로 그 물체를 가볍게 받았다.

"이런?"

그에게 날아온 것은 다름 아닌 눈덩이였다. 릭은 불쾌함이 가득 담긴 눈으로 주위를 둘러보다가, 근처에서 놀던 아이들이 미안하다는 얼굴로 달려오자 그제야 표정을 풀며 아이들을 바라보았다. 아이들은 잔뜩 겁에 질린 채 그에게 사과했다.

"죄, 죄송해요! 일부러 그런 건 아니니 용서해 주세요!"

"눈싸움을 하다가 잘못 날아갔어요. 제발 저희를 불태우지 말아주세요!"

릭은 아이들이 자신에게 상당히 두려움을 가지고 있는 것에 약간 의아해하며 말했다.

"아냐, 괜찮아. 그런데, 불태우지 말라는 건 또 무슨 소리니?"

럭이 묻자 아이들은 잠시 머뭇거렸다. 이윽고 한 아이가 기어드는 목소리로 대답했다.

"우, 우리 아빠가 당신들은 바이오 버그도 한 번에 태워 버릴 정도로 무시무시한 사람들이라고 했어요. 근데 우리를 정말 불태우지 않으실 건가요?"

아이의 말을 들은 럭은 사람들이 자신들을 너무도 오해하고 있다는 것을 알 수 있었다. 하지만 이해할 수 없었다. 사람들을 구해 준 자신들의 힘이 인간들에게 왜 그렇게도 두려움의 대상이 되어야 하는지를…… 리오가 자신에게 말한 것처럼, 자신들이 인간을 이해하는 것과 인간이 자신들을 이해하는 데에는 상당한 시일이 걸릴 것이라고 그는 생각했다.

"보급함에 타고 있었으니 시베리아에 있을 주둔 기지의 위치는 당연히 모르겠군."

미소를 띤 채, 리오는 중상을 입고 누워 있는 동룡족 여성에게 기지의 위치를 돌려서 물어보았다. 자신이 포로가 됐다는 것을 알고 있는 동룡족 여성은 눈을 감으며 말했다.

"우리가 돌아오지 않으면 더 많은 병력이 이쪽으로 올 테니, 시원하게 우리를 죽이고 떠나시지. 어차피 기지의 위치를 알게 되면 우리를 죽일 것 아닌가?"

그녀의 말에 리오는 좀더 시간이 필요하겠다고 생각했는지 건너편 의자에 앉으며 말을 이었다.

"후훗, 당신들의 처리 문제는 군사기밀이라 가르쳐 주기 곤란해. 하지만 확실히 알아둘 점이 있어. 지금의 내 상태라면 아까 전멸당한 부대의 열 배 숫자가 온다 해도 충분히 감당할 수 있지. 우리가 너희를 두고 도망칠 기대는 안 하는 게 좋아."

동룡족 여성은 황당함에 실소를 터뜨렸다. 이번에 리오가 없앤 부대의 규모는 전함 수로 따진다 해도 열 척이 조금 넘었다. 몇 백을 상대하는 리오에겐 가볍게 보일 수밖에 없었다. 하지만 리오에 대해 모르는 그 여성에게는 황당한 망언으로밖엔 들리지 않았다. 물론 무리도 아니었다.

"후훗, 하하하핫! 너무 허풍이 심하군, 붉은 장발님. 자신이 무슨 가즈 나이트라도 된다고 착각하고 있나? 열 배가 와도 충분히 감당해? 하하하핫!"

그녀의 웃음이 너무 격렬해서일까. 그녀의 붕대로 감싼 머리 위에 놓여 있던 상태 체크용 콘센트가 침대 매트로 흘러내렸다. 리오는 콘센트를 그녀의 머리 위에 다시 올려놓으며 말했다.

"훗, 자신의 부대가 어떻게 전멸했는지도 모르는가 보군. 알고 있나? 아니면 모르고 있나?"

그녀는 사실 모르고 있었다. 함선 창고에서 작업하던 도중 갑작스러운 큰 충격에 의해 머리를 부딪혔는데, 깨어나 보니 병원이었고 포로로 잡혀 있었다. 자신을 치료하던 서룡족 의무병에게 자신의 부대가 전멸됐다는 것 말고는 들은 것도 없었다.

게다가 앞에 앉은 붉은 머리카락의 남자는 웃음부터 심상치 않았다. 서룡족이 아닌 게 확실한데도 엄청나게 강했으면 강했지 약해 보이지는 않았다.

"리오 님!"

그때 한 서룡족 병사가 급히 병실 안으로 들어오며 리오의 이름을 불렀다. 그 병사는 리오에게 경례를 붙인 뒤 큰 목소리로 상황 보고를 하기 시작했다.

"보고드립니다, 리오 님! 백여 척 정도 되는 동룡족의 대함대가 이곳으로 오고 있습니다! 도착 시간은 두 시간 뒤로 추정됩니다!"

"아, 그래? 훗, 아까와 비교해 딱 열 배군. 좋아, 그럼 나가도록 하지. 의무병 여러분은 부상자와 포로의 치료에만 전념해 주도록. 자, 계속 수고해, 아리따운 아가씨들."

의무병들이 환히 웃으며 손까지 흔드는 모습을 보고, 동룡족 여성은 이들이 집단으로 정신이상을 일으킨 게 아닌가 하는 생각이 들었다. 백여 척 정도의 대함대가 몰려온다는데 그 붉은 머리카락의 남자는 아무것도 아니라는 듯 여유 있게 밖으로 나가고, 의무병들 역시 아무 걱정 없는 표정으로 손을 흔들어 대고 있었다. 결국 리오에 대해 궁금증을 가지게 된 동룡족 여성은 옆에서 간식을 먹고 있는 의무병에게 넌지시 물었다.

"포로로서 할 말은 아니지만, 저 리오라는 남자의 정체가 도대체 뭐죠? 서룡족도 아닌 것 같은데……."

그러자 의무병은 빵을 씹고 별것 아니라는 얼굴로 답했다.

"저분요? 가즈 나이트죠. 혹시 리오 스나이퍼 님 처음 보세요?"

동룡족 여성은 정신이 멍했다. 방금 전까지 자신이 비웃은 남자가 바로 '사신'이라 불리는 그 리오였단 말인가. 너무나 갑작스러운 충격이 전해진 탓에 그녀의 의식은 점차 멀어졌다.

"앗! 환자가 의식을 잃었어!"

이유를 모르는 의무병들만 고생할 뿐이었다.

릭과 함께 캠프로 돌아온 리오는 급히 레이더를 보며 상황을 파악했다.

분명 백여 개의 점들이 이쪽으로 몰려오고 있었지만, 상당히 느린 속도로 오고 있었고, 게다가 진행 좌표가 정직하다고 생각될 정도로 일직선이었기에 리오는 뭔가 이상하다는 생각을 했다.

"저쪽에서 경계를 하고 일부러 저렇게 느린 진행을 하는 것 같나, 아니면 무슨 사정이 있기 때문에 저렇게 진행하는 것 같나?"

리오의 물음에, 역시 이상하다는 생각을 가지고 있던 릭은 자신의 적갈색 스포츠 머리를 흔들며 대답했다.

"그들이 왜 저렇게 진행을 하는지 이유는 잘 모르겠지만, 어쨌든 뭔가 석연치 않습니다. 백여 척 정도의 함대를 전투가 끝난 지 한 시간도 안 되어 저렇게 준비한다는 것도 이상하죠. 물론 저들의 정신 상태가 좋다면 가능하겠지만 말이죠."

머리카락에 손을 댄 채 가만히 고심하던 리오는 곧 텐트 밖으로 나갔다. 릭 역시 리오를 따라 밖으로 나섰다.

리오는 텐트 밖 아름드리 나무에 손을 댄 채 눈을 감았다. 잠시 동안 바람을 맞으며 생각하던 그는 곧 의미심장한 미소를 지으며 릭을 돌아보았다.

"이번에 상대할 동룡족 함대에는 잔머리를 쓸 줄 아는 녀석이 있는 것 같군. 좋아, 자네들은 캠프를 철수하게. 그리고 좀 불편하겠지만 원래 모습으로 돌아간 상태로 이곳에서 기다리고 있게. 단, 주의할 점은 병력이 모두 사방을 관찰하고 있어야 하고, 땅에 발을 붙이고 있으면 절대 안 된다는 것이네."

"예? 그럼 리오 님은……."

"난 원래 단독 전투 전문 아닌가. 적들 함대 쪽으로 한번 가 볼 테니 내 지시에 따라 기다리고 있어. 만약의 사태가 벌어지면 자네가 지휘권을 넘겨받아. 그럼, 수고하도록."

리오는 곧 캠프를 떠나 동룡족 함대가 오는 쪽으로 급속히 날아갔다. 릭은 멀리 사라지는 리오를 바라보며 고개를 갸웃거렸다.

"혼자 처리하시려고 그러시나?"

10분도 안 되어 동룡족의 함대 근처에 도착한 리오는 가까운 침엽수림에 몸을 숨긴 뒤 느릿느릿 오고 있는 동룡족의 함선들을 관찰했다. 그의 생각에 지금 오는 함선들은 가짜이고, 진짜 적들은 지하나 고공을 통해 습격해 올 가능성이 클 것 같았다.

그의 생각이 맞아떨어졌는지, 현재 오고 있는 동룡족 함선 대부분은 이동이 가능하게 특수 제작된 함선 같은 풍선에 불과했다.

'이쪽에서 수를 보고 동요하길 바라는 모양이군. 그렇게 한 다음 뒤를 치겠다는 말이겠지. 그럼 함장부터 만나 봐야 하나?'

리오는 곧 침엽수림에서 벗어나, 기척을 없애고 후방에 배치된 진짜 전함들을 향해 조용히 이동했다. 그 함대의 진짜 함선 숫자는 고작 십여 대에 불과했다. 그 정도라면 리오에게는 정면으로 붙어도 가벼운 정도였으나, 리오는 조용히 기함을 향해 접근했다.

'서룡족 녀석들, 무슨 재주로 기동함대를 전멸시켰는지는 모르지만 이번에는 너희의 뒤통수를 부숴 주마! 감히 나 워스프 님의 자존심을 건드리다니……!'

동룡족의 장군, 워스프는 자존심에 심한 상처를 입은 상태였다. 그가 휘하의 기동함대가 전멸한 것을 알게 된 것은 자신들과 연합해 있는 바이오 버그 측에서 위성으로 전멸 후 상황을 찍어 건네준 덕분이었다. 전멸 시의 상황을 보내지 않은 것이 좀 의심스러웠지만, 다혈질인 워스프는 자신의 부관과 급히 작전을 짜서 바이오 버그 측이 미리 준비한 작전용 풍선을 이용해 바이오 버그들과 함께 양동작전을 개시했다.

바이오 버그 쪽에서 보내 준 사진 중에 서룡족의 함대 규모도 대략적으로 나와 있었기에, 워스프는 현재 양동작전이 성공한다면 서룡족의 함대를 별 피해 없이 가볍게 부술 수 있을 것이라는 자신감에 차 있었다.

"바이오 버그들은 어디까지 진격해 있나!"

"20분 후면 목표 지점에 도착합니다!"

"서룡족 함대는!"

"움직임 없습니다! 아, 장군님! 아주 미세한 생명 반응 하나가 기함을 향해 접근해 오고 있습니다!"

"미세한 생명 반응? 기껏해야 새 따위겠지. 그런 것에 신경 쓸 겨를 없다! 가까운 대공포대에 연락해서 없앨 수 있으면 없애 버려!"

워스프의 말이 끝나기가 무섭게 함장실이 크게 흔들렸다. 곧이어 사람의 형상을 한 그림자 하나가 함장실 천장을 뚫고 워스프의 앞에 내려섰다.

일직선으로 뚫려 버린 천장에서 시베리아의 차가운 공기가 밀려들었다. 그 바람은 미소를 지은 채 몸을 숙이고 있는 남자의 붉은 장발을 세차게 흔들었다.

워스프는 놀람의 극에 달한 상태로 자기 앞에 선 붉은 머리카락의 남자에게 소리쳤다.

"네, 네 녀석은 누구냐! 여봐라, 뭘 하는 거냐!"

"후, 이렇게 인사를 드리게 돼서 미안하군. 음? 동룡족 장군 워스프 님 아닌가. 지난번 용족전쟁 이후 오랜만인걸? 후훗."

그 붉은 머리카락의 남자가 얼굴을 들며 아는 체를 하자, 워스프의 얼굴은 순간 얼음처럼 창백해졌다. 기함의 외부 장갑판부터 함장실까지 일직선으로 뚫고 들어온 그 남자에게 용감히 달려들던 병사들은 워스프의 반응과 동시에 발을 멈췄다.

"리, 리오 스나이퍼! 설마 네놈이 부대를 전멸시킨 장본인인가?"

"오, 당신 부대였나? 또 미안하게 됐는데? 어쨌든 지금 이 함대는 전투를 하러 가는 건가, 아니면 풍선 퍼레이드를 하러 가는 건가? 좀 물어보고 싶어서 직접 왔는데, 대답해 줄 수 있겠지?"

리오는 미안하다는 듯 미소를 지은 채 머리를 긁적이며 워스프에게 물었고, 이미 질릴 대로 질린 그는 입술을 부들부들 떨었다.

"그, 그건, 그러니까……."

"양동작전이라면 이미 준비되어 있으니까 너무 걱정하지 마. 바이오 버그 중에는 콘크리트 벽도 체액으로 뚫을 수 있는 별종이 있다는 것까지 알고 있으니까. 그 녀석들이라면 땅속을 통해 우리의 뒤를 치는 건 간단하겠지. 내 말이 맞나?"

워스프는 끄응 하고 신음 소리를 내며 고개를 숙여 버렸다. 리오는 곧 의자에 앉아 있는 워스프의 어깨를 두어 번 치며 말했다.

"전투 상황이 아닌 지금 동룡족을 죽이긴 싫으니까, 당신과 당신 부하들은 이제 여기서 철수했으면 좋겠어. 아, 한 가지 물어볼 게 또 있는데, 당신이 끌고 온 이 부대가 시베리아 지방에 파견된 동룡족 부대의 전부인가?"

현재 상황을 잘 아는 워스프는 모든 것을 포기한 사람처럼 술술 대답해 주었다.

"그렇다. 인간들을 없애는 데 이 정도 전력이면 충분한 것 아닌가. 서룡족에 대한 선전포고가 내려진 지도 얼마 안 됐으니까."

워스프는 현재 리오에 대한 공포감 대신 밀려오는 치욕감 때문에 견딜 수가 없었다. 그 때문에 자신도 모르게 말이 정직하게 나와 버렸다.

리오는 고개를 끄덕이고는 곧 워스프에게 작별 인사를 고했다.

"좋아, 난 이만 가 보지. 그리고 한 번 더 말하겠지만 건강을 위해 서라도 더 이상 진격해 오지 않는 게 좋아. 그럼 살펴 가길."

리오는 곧 자신이 뚫어 놓은 구멍을 통해 다시 밖으로 나갔다.

"이런 젠장!"

워스프는 그가 나가자마자 의자 팔걸이를 주먹으로 내리치며 탄식했다. 수백 년 전 용족전쟁 때도 그랬지만, 동룡족에게 있어서 가즈 나이트는 공포라는 단어의 집합체임과 동시에 가장 저주스러운 존재였다. 그리고 임무 실패 시 쥬빌란에게 용서를 받을 수 있는 고마운 핑곗거리이기도 했다.

계속 탄식을 하며 고통스러워하던 워스프는 하는 수 없이 고개를 들며 나지막이 말했다.

"철수한다."

"예? 하, 하지만 이미 출격한 바이오 버그들은 어떻게 합니까?"

부관의 질문에 워스프는 담배 연기로 답변을 대신했다.

「음?」

리오의 명령에 의해, 드래곤의 모습으로 변한 채 공중에 떠 있던 릭은 어느 순간 지면 쪽으로 시선을 돌렸다. 그리 강하지는 않았지만 경계해야 할 정도의 생물체들이 땅속으로 이동하는 것이 감지되었다. 다른 전룡단 단원들도 그것을 느꼈는지 릭에게 시선을 보냈다. 릭은 쓴웃음을 짓고 브레스를 뿜기 위해 숨을 크게 들이마시며 속으로 감탄을 금하지 못했다.

'미리 알고 나에게 이런 지시를 내리신 건가? 아니면 경험에서

나온 지시였을까? 하여간 대단한 분이라니까.'

이윽고 레드 드래곤인 릭의 입에선 거대한 화염의 기둥이 눈 덮인 지면을 향해 뿜어져 내렸다. 곧 거대한 폭발과 함께 땅 밑으로 침투하던 바이오 버그들은 시커멓게 구워진 채 지면 밖으로 밀려 나왔다.

"크우우우웃!"

무사한 바이오 버그들은 땅을 뚫고 지면 위로 기어 올라왔다. 그 것들은 지금까지 영상 자료로 보아온 바이오 버그보다 상당히 거 대한 종이기에 릭은 전룡단원들을 바라보며 크게 소리쳤다.

「자, 한 번에 날려 버리자! 우리의 여신을 위하여!」

"리오 녀석은 잘하고 있을까, 바이칼?"

"나하고 상관없어."

소파에 앉아 대형 입체 TV로 세상 좋게 쇼 프로를 보고 있던 지 크는 바이칼의 대답에 속으로 비웃으며 생각했다.

'자식, 내숭은.'

그러던 중 지크의 눈에 방 한쪽에 있는 검은색의 허름한 거울 하 나가 들어왔다. TV에 광고가 나오는 동안 그는 그 거울을 들어 정 체를 물었다.

"이건 또 뭐야?"

"아, 120년 전 어머니께서 내 생일 선물로 주신 거다. 그곳에 얼 굴을 비춰 보면 자신의 모습 대신 자신이 세상에서 가장 좋아하는 사람의 모습이 비춰진다 하시더군. 난 한 번도 본 일은 없어."

"오호라. 그럼 이번 기회에 한 번 보는 건 어때? 궁금하지 않아? 두렵기도 하겠지만."

"쓸데없는 짓. 네 지문이 묻는 게 더 두렵다."

지크는 바이칼의 퉁명스러운 대답에 입을 삐죽 내밀며 거울을 소파 옆에 내려놓았다. 그러나 거기에서 포기할 지크는 아니었다. 다시 쇼 프로가 시작되고 바이칼이 그곳에 열중하는 동안 지크는 다시 거울을 집어 들고 바이칼 쪽으로 맞춘 다음 의미심장한 미소를 지은 채 바이칼의 볼을 손가락으로 콕 찔렀다.

"음?"

바이칼은 순진하게도 지크가 찌른 방향을 돌아보았다. 그 순간 바이칼의 눈은 거울에 비친 자신의 눈과 마주쳤다. 곧이어 거울에서 오색찬란한 빛이 뿜어졌고, 이윽고 거울 표면에 바이칼의 모습 대신 다른 사람의 모습이 나타났다. 작전이 성공하자, 지크는 활짝 웃으며 거울 쪽을 바라보았다.

"자, 바이칼이 제일 좋아하는 사람은 누구냐! 헉."

그 순간 지크는 손에 힘을 잃어버렸고 거울은 안전하게 소파의 시트 위에 떨어졌다. 그는 반쯤 의식을 잃은 상태로 바이칼을 다시 돌아보았다. 바이칼은 얼굴이 붉어진 채로 지크의 목에 드래곤 슬레이어를 갖다 대며 무겁게 말했다.

"이 일을 다른 누구에게라도 퍼뜨린다면 죽음을 면치 못할 거다! 주신 할아범에게 말을 해서라도 반드시 널 죽이겠어!"

"무, 물론입죠! 여부가 있겠습니까!"

조금 후, 둘은 모든 일을 잊은 듯 다시 TV에 몰두했다. 그러나 지크의 생각은 조금 달랐다. 그는 웃음을 참기 위해 온갖 노력을 다하고 있었다.

상황을 모르는 바이칼은 여전히 TV에 시선을 둘 뿐이었다.

「더욱더 밀어붙여! 밀리지 마라!」

예상보다 많은 바이오 버그가 땅속에서 튀어나오자 전룡단들은 약간 당황하긴 했지만 릭의 패기 있는 지휘에 따라 전황은 빠르게 호전되어 갔다.

C급 정도의 거대 바이오 버그라 해도 전룡단을 이기기는 무리였다. 기습이 성공했다고 해도 전룡단을 위기로 몰 수 있을 정도는 아니었다. 아마 리오가 미리 지시하지 않았더라도 전룡단은 거의 희생자 없이 일을 끝낼 수 있었을 것이다.

결국 오래 걸리지 않아 바이오 버그는 최후의 한 마리도 남기지 않고 전멸되었다. 전룡단들은 일단 한숨을 돌리며 상황을 정리했다. 그즈음 돌아온 리오는 바이오 버그들의 사체들이 주위에 널려 있는 것을 보며 안도의 한숨을 지었다.

"휴, 모두 잘해 주었군. 수고했네, 릭. 흠, 날도 저물어 가니 오늘은 쉬고, 내일 아침 일찍 이곳을 떠나세."

"예? 하지만 동룡족의 시베리아 공략 기지가 어디 있는지도 파악하지 못했는데 어떻게…… 그리고 적이 습격이라도 해 온다면 어떻게 합니까?"

릭이 걱정스레 한마디 던지자, 리오는 걱정 말라는 듯 그의 어깨를 두드려 주며 말했다.

"훗, 내가 누군가. 너무 걱정하지 말게. 그리고 내가 여기 있다는 사실을 그들이 알아서 더 이상 함부로 이곳을 습격하지 못해. 아, 그리고 난 기함에 잠깐 갈 테니 자리를 비우는 동안 부탁하네."

리오는 곧바로 상공에 떠 있는 기함을 향해 날아올랐다. 릭은 고개를 갸웃거리며 그에 대해 다시금 생각해 보았다.

'오랜 경험에서 나오는 여유인가? 아니면 동룡족의 전력이 우리

가 생각했던 것보다 훨씬 약하다는 것인가? 저분의 속을 도저히 모르겠군.'

어쨌든 그날 하루도 그렇게 천천히 저물어 갔다.

밤새도록 보초를 선 덕분에 피곤한 눈을 비비며, 릭은 멀리 눈 덮인 산을 배경으로 떠오르는 태양을 바라보았다. 하늘에 뜬 먼지 때문에 흐릿했지만 그래도 못 봐줄 정도는 아니었기에 그는 잠시 동안 그 일출을 감상했다.

"하아아암."

릭은 한껏 기지개를 켜며 몸을 풀고 미리 준비해 둔 빵을 먹으며 고픈 배를 채웠다.

"엇?"

릭은 주위 공기가 갑자기 흔들리는 것을 느꼈다. 곧바로 시선을 공중으로 돌리고 이리저리 돌아보던 릭은 남쪽 상공에서 작은 함선 한 대가 오는 것을 볼 수 있었다. 그는 시력을 집중해 그 함선을 확인해 보았다. 다행히 서룡족의 수송함이었다.

"아, 도착했나?"

뒤에서 리오의 목소리가 들려오자, 릭은 곧 뒤를 돌아보며 의아한 표정으로 물었다.

"저, 지원군입니까? 아직 전력상의 손실은 없습니다만……."

"아, 지원군이긴 하지. 한 명밖에 없긴 하지만 말이야. 놀리기 싫은 녀석이 하나 있어서 어제저녁에 바로 이곳으로 오라고 했어. 대전열함 장착용 초장거리 메기드 캐논이 필요하기도 했고 말이야."

"장착용 메기드 캐논 말씀이십니까? 아니, 어디에 쓰실 생각이시기에……."

리오는 따뜻한 커피를 양철컵에 따르며 대답해 주었다.

"우주에 귀찮은 녀석이 떠서 우리를 감시하고 있다는 것을 잊어 버렸어. 그것 때문에 어제 우리의 존재가 생각보다 빨리 적들에게 포착된 거지. 물론 기함을 우주로 올리는 것도 괜찮지만 본부에서 보급하는 데 반나절 걸릴 거리라면 저렇게 추가 병기를 주문하는 게 더 좋겠지. 아, 착륙 신호를 보내 주도록 지시하게."

"아, 예."

수송함은 오래 지나지 않아 지면에 착륙했고, 이윽고 수송함의 문을 열고 한 남자가 천천히 모습을 드러냈다.

"우씨, 추워. 빌어먹을 리오 녀석. 마이애미 해변이면 모를까, 왜 시베리아까지 사람을 부르고 난리야. 쯧."

투덜대는 지크를 내려 준 수송함은 기함에 장거리 메기드 캐논을 장착하기 위해 기함인 위그드라실 쪽으로 향했다. 지크는 양손으로 몸을 감싼 채 리오에게 다가왔다.

"왜 불렀어? 한참 바이칼 놀리며 TV 보느라 기분 좋았는데……."

"후훗, 며칠 전만 해도 싸우지 못해서 안달하던 녀석이 추운 건 싫었던 모양이구나. 뭐 마실 거라도 줄까?"

"커피나 줘. 추워 죽겠다."

지크는 몸을 부르르 떨며 텐트 안으로 들어갔다. 한편 리오에게 불려 온 남자가 지크라는 것을 알아 버린 릭은 어색한 미소를 지으며 나지막이 중얼거렸다.

"전력이 너무 급상승한 건 아닌지 모르겠군."

텐트에 들어간 릭이 제일 처음 본 것은 컵을 입에 문 채 과자를 찾는 지크의 모습이었다. 그러나 맛보다 영양을 중시한 군사물자인 만큼 맛있는 과자는 찾기 어려웠다. 지크는 투덜대며 생선 통조림을 들고 리오 앞에 앉았다.

"좋아. 이 추운 곳에 나를 대령시킨 빌어먹을 용건이나 한번 들어보자고."

리오는 열전도에 의해 따뜻해진 자신의 컵을 손으로 매만지며 입을 열었다.

"아, 별거 아니야. 그냥 파괴 공작을 같이 하자는 것뿐이지."

"오, 그래? 너무 가벼운 일이라 커피 맛이 절로 떨어지는구나."

지크는 떨떠름한 표정을 지으며 다 마신 커피 잔을 내려놓았다. 리오는 빙긋 웃으며 말을 이었다.

"바이오 버그는 네 전담이잖아. 첫 번째 목표인 이 시베리아를 완전히 탈환하기 위해서는 네 힘도 상당히 필요해."

"쳇, 알았다고. 어차피 할 생각 없었으면 오지도 않았을 텐데, 뭐. 헤헷, 그건 그렇고 언제부터 시작이야?"

리오는 검지를 위로 올리며 대답했다.

"축포가 울리면."

몇 시간 후, 출동 준비가 끝난 지크, 릭, 그리고 전통단들은 리오의 신호가 떨어지길 기다렸다. 무명도를 등에 멘 채 몸을 풀던 지크는 귀에 낀 무전기로 기함에 있는 리오에게 연락을 취했다.

"어이, 아직이야?"

— 아, 다 끝났어. 조금만 기다려.

이윽고 위그드라실의 포대 중 하나를 개조하여 만든 초장거리 메기드 캐논에서 극도로 증폭, 압축된 에너지탄 한 발이 드높은 공중을 향해 뻗어 나갔다. 그로부터 잠시 후 리오의 연락이 떨어졌다.

— 좋아, 위성 파괴 성공. 아까 내가 말해 준 그 좌표를 향해 이제부터 신나게 날아가 봐. 난 조금 있다가 뒤쫓아갈 테니까.

"좋아! 자자, 출발이다, 언니 부대들! 가자!"

지크의 몸은 곧바로 강력한 기류에 휘감겼고, 곧 엄청난 속도로 서쪽을 향해 날아갔다. 드래곤 모습으로 변해 있던 릭과 전룡단도 그를 따라 빠르게 움직였다.

"뭐라고? 감시 위성이 파괴를 당해서 서룡족 기동함대의 감시가 불가능하다니, 무슨 소리냐!"

워스프는 잔뜩 인상을 찡그린 채 부관에게 되물었다. 부관은 고개를 숙이고 다시 한 번 보고했다.

"예. 아무래도 서룡족 함대와 접촉한 한 대의 수송함에 장거리 공격용 메기드 캐논의 부속품이 들어 있었던 모양입니다. 위성이 위치 전환을 하기도 전에 파괴당한 것으로 보아 거의 확실합니다."

"음, 그럼 어서 방어 태세를 갖춰라!"

워스프가 갑옷 등으로 무장하며 즉각 지시를 내리자, 그의 부관은 의아하다는 얼굴로 바라보며 물었다.

"예? 하지만 서룡족 측은 이 기지의 위치를 모르지 않습니까?"

"예전 용족전쟁 때 내 부관이었던 얼간이도 나에게 그렇게 말했던 적이 있지. 내가 아는 리오 스나이퍼 녀석이라면 어제 우리 함대를 습격했을 때 이미 무슨 조치를 취해 놨을 거다. 녀석은 분명히 온다. 그 와카루인가 하는 인간이 어제 공수해 준 가변형 전차 '귀골(鬼骨)'을 모두 꺼내도록. 우리는 기함 대신 '독룡(毒龍)'을 탄다! 자존심이 상하긴 하지만 그 거대 전차의 성능은 뛰어나니까 말이야. 이번에는 실수 없도록!"

"예! 알겠습니다!"

"잘 들어라, 전룡단! 전투는 확실히, 그러나 이 지크 님의 방해는 금물! 알겠나!"

— 치이!

그러나 무전기 안에서는 노이즈만이 들려올 뿐이었다. 무시당한 느낌에 지크는 떫은 표정을 지으며 다시 앞을 바라보았다.

이윽고 그의 시야에 다수의 공중 비행형 바이오 버그들이 보였다. 즉시 속도를 줄인 지크는 등에 장착한 무명도에 손을 가져가며 전룡단에게 지시를 내렸다.

"자, 온다! 단숨에 돌파하는 거다!"

— 치이이!

"으윽! 이 빌어먹을 녀석들아! 이건 진짜라니까!"

— 앗, 죄송합니다!

곧이어 지크의 뒤쪽에서 전룡단의 브레스가 빠른 속도로 날아오고 있는 비행형 바이오 버그들을 향해 맹렬히 날아갔고, 폭발광과 함께 바이오 버그들의 진로가 잠시 막혔다. 그때 폭발광과 연기를 뚫고 바이오 버그 무리 안쪽을 향해 급속으로 파고드는 작은 그림자가 하나 있었다.

"도망가면 죽는다! 하아아앗!"

지크는 자신의 품에서 노란색 부적들을 잔뜩 꺼낸 뒤, 자신의 몸에서부터 퍼지는 기류를 이용해 바이오 버그가 있는 곳곳에 뿌린 다음, 양손을 모으고 진언에 들어갔다. 이윽고 그의 양손에 은회색의 이상한 문장이 떠오르자 그는 양손을 불끈 쥐며 소리쳤다.

"없어져 버렷! 지크식 개량 부적술, 폭살진(爆殺陣)이닷!"

순간 바이오 버그들 사이사이에 뿌려져 있던 부적들은 염력에 의한 대폭발을 일으켰다. 그 위력은 지크와 전룡단을 상대하기 위해 날아온 바이오 버그의 과반수를 구워 버릴 정도로 놀라웠다.

그 기술을 본 릭은 멍한 얼굴로 옆에 있는 단원에게 말했다.

「기술 이름이 좀 유치하다 생각되지 않나?」

바이오 버그는 얼마 지나지 않아 모조리 전멸했다. 그리고 지크 측은 별다른 피해 없이 다시 동룡족 기지를 향해 날아갔다.

그때 지크를 옆에서 호위하던 릭은 문득 그의 얼굴이 약간 까맣게 그을려 있는 것을 발견하고 깜짝 놀랐다.

「아, 아니 지크 님! 얼굴이 왜 그렇게 되셨습니까?」

"음? 아아. 부적 한 장이 내 얼굴 가까이에 있는 걸 몰랐어. 헤헷."

「……」

"옹? 그런 눈으로 쳐다보는 저의가 뭐지?"

「아, 아닙니다! 죄송합니다!」

지크와 전룡단들은 얼마 가지 않아 2차 방어진과 격돌하기에 이르렀다. 2차 방어진은 용으로 변한 동룡족의 소규모 부대였다.

「물러서지 마라, 동룡족이여!」

그들은 양손으로 각자의 솔 스톤을 감싸고 엄청난 마력을 집중했다. 그에 질세라 전룡단은 입에서 브레스를 내뿜으며 공격했고, 두 용족은 일대 격돌했다.

"으아악! 이 망할 녀석들아!"

전룡단의 두꺼운 브레스와 동룡족의 현란한 마법 사이에 끼어 버린 지크는 비명을 지르며 이리저리 피해 다니기 바빴다. 리오라면 대규모 마법을 사용해 용으로 변한 동룡족과 맞대결을 펼칠 수 있지만 그런 대규모 마법을 모르는 데다 지상전이 전문인 그로선 당연한 일이었다.

"음?"

한참 몸을 피해 다니던 지크는 갑자기 주위의 색이 이상해진 것을 느꼈다. 약간 어두워졌다고 할까. 시선을 위로 올려본 그는 곧이어 눈을 크게 뜨고 전룡단에게 소리쳤다.

"후퇴! 뒤로 물러서!"

「예? 무, 무슨 말씀이십니까?」

"궁금하면 위를 봐!"

「예? 아, 아니!」

릭의 눈에 비친 것은 상공에 떠서 태양빛을 흡수하고 있는 리오의 모습이었다. 릭은 리오의 그 기술을 기록 화면으로 본 일이 있기 때문에 무엇인지 정확히 알고 있었다.

「전원 후퇴! 데이브레이크의 영향권 내에 들어가면 위험하다!」

전룡단은 곧 브레스를 약하게, 연속으로 쏘아대며 천천히 뒤로 물러났다. 동룡족은 전룡단의 그런 움직임을 모르는지 계속해서 마력을 집중해서 쏘아 댔다.

"하아아앗!"

태양 에너지를 적당히 흡수한 리오는 모은 에너지를 곧바로 무속성 에너지로 바꾸었다. 그의 몸에서 곧 회색의 빛이 구형으로 퍼지기 시작했다.

이윽고 자신의 몸보다 약 두 배가량의 지름을 가진 회색 구체를 만든 리오는 그 구체를 몸에 단 채 지상을 향해 급강하했다. 그제야 동룡족들도 자신들을 향해 엄청난 에너지 덩어리가 내려오는 것을 느꼈는지 즉시 몸을 피했으나 이미 때는 늦었다.

구체에서 몸을 떨어뜨린 리오는 곧바로 상승했다. 반면 구체는 관성에 의해 계속 지면으로 낙하했다. 구체가 땅에 닿은 순간 지면으로부터 수백 미터 전방 일대는 대폭발에 휩싸였고, 그 범위 내에 있던 동룡족은 일순간 잿더미로 변해 사라졌다.

그것으로 2차 방어진은 끝이었다.

"이 녀석! 그걸 쓸 생각이었으면 진작 말했어야 할 거 아냐! 무전기는 폼이냐!"

"아아, 미안. 내가 무전기를 안 가져왔거든. 잠깐 무전기 좀 빌려줘, 지크."

"옛다."

"아아, 기함, 들리는가? 동룡족 기지까지 남은 방어부대가 있는지 레이더로 확인할 수 있나? 없다고? 좋아, 그럼 이곳으로 와서 보급 준비를 하도록. 이상."

무전을 끊은 리오는 곧 릭에게 보급할 때까지 휴식 시간을 주도록 명했다.

휴식 시간에 전룡단의 대부분은 의아한 표정을 지었다. 눈앞에 적의 기지가 보이는 곳에서 편히 쉬라는 것은 너무 사치스럽다고 생각한 탓이었다.

하지만 가즈 나이트 둘이 즉석식품을 먹으며 눈 덮인 시베리아 경치를 여유 있게 즐기는 모습에 그들의 걱정은 곧 사그라들었다.

반면 동룡족은 전혀 그렇지 않았다. 전력 손실이 극히 미미한 서룡족과 가즈 나이트가 기지 근처에서 꼼짝도 하지 않자 그들은 극도로 긴장하지 않을 수 없었다. 물론 1차 방어진과 2차 방어진이 순식간에 전멸당한 것도 그들의 사기 저하에 큰 원인이 되었다. 하지만 거기에 더해 가즈 나이트가 둘이나 포진하고 있다는 소문이 동룡족 병사 사이에 빠르게 퍼져 그들의 사기는 시간이 갈수록 떨어졌다. 기지를 향해 언제 무엇이 날아올지 모른다는 공포감 때문에 그럴 수밖에.

한 시간이 다 되어 갈 무렵, 기지 중앙에 위치한 초거대 전차 독룡에 타고 있는 동룡족 장군 워스프 역시 화가 머리끝까지 났다. 그는 결국 이성을 잃고 의자 팔걸이를 강하게 내리치며 부관을 향해 소리쳤다.

"빌어먹을, 빌어먹을! 저 간악한 가즈 나이트들과 서룡족 녀석들을 박살 내 버려야 내 직성이 풀리겠다! 귀골 전차부대를 전방에 배치한 뒤 전군 출격한다!"

그러자 부관은 깜짝 놀라며 워스프의 부들부들 떨리는 팔을 잡고 그를 진정시키기 위해 모든 노력을 기울였다.

"자, 장군님, 제발 진정하십시오! 저들이 공격해 오지 않는 것은 우리의 전력을 알지 못해서임이 분명합니다! 제발 명령을 취소하시고 주룡께 지원부대를 요청하심이……!"

"에이, 시끄럽다! 더 이상 이러고 있다간 공격당해서 죽기 전에 화가 나서 죽을 것 같다! 뭘 하는 거냐! 어서 지시를 따라라!"

그의 강경하고 정신 나간 명령에 결국 부관은 고개를 떨구었다.

부대 전체에 전군 출격 명령이 떨어졌다. 명령이 떨어지자 동룡족 병사들은 긴장감 몰려 미친 듯이 기지 밖으로 뛰쳐나갔다. 그 덕분에 워스프가 지시한 진형은 출격 지시가 떨어진 지 5분도 안 되어 완전히 깨어지고 말았다.

"오, 이 통조림 참치 맛있는데?"

리오는 통조림에 든 참치를 먹으며 만족한 듯 고개를 끄덕였다. 지크는 진지한 얼굴로 리오를 바라보며 말했다.

"내가 맛있다고 추천한 걸 무시하지 마."

"아아, 그렇군."

역시 식사를 하며 그들의 뒤에서 대화를 듣고 있던 릭은 가즈 나이트가 이렇게 여유 있게 사는 사람들인가 생각하며 고개를 갸웃거렸다.

지크가 갑자기 고개를 들었다. 리오 역시 먹던 통조림을 내려놓으며 천천히 몸을 일으켰다. 그들의 반응에 릭은 움찔하며 리오에게 물었다.

"동룡족이 움직이기 시작했습니까?"

"그렇다고 볼 수 있지. 작전은 성공이야. 자, 휴식 시간은 이것으로 끝이니 전룡단에게 전열을 정비하도록 지시하게, 릭. 그리고 정신을 바짝 차리라고 해. 동룡족이 아닌 거대한 무언가가 여럿 느껴지니까."

"네? 알겠습니다!"

릭은 곧바로 휴식을 취하고 있는 전룡단을 향해 달려갔고, 그사이 리오는 어깨를 움직여 몸을 풀며 지크에게 말했다.

"데이브레이크를 쓴 탓에 심하게 움직일 수는 없을 것 같아. 또 지면의 진동으로 보아 예전에 말했던 그 가변형 대전차와 또 다른 무언가가 있는 것 같으니 그것들은 네가 좀 처리해 줘."

지크는 기다렸다는 듯 씩 웃으며 형제의 어깨를 두드렸다.

"헤헷, 그 덩어리들은 내가 확실히 맡을 테니 걱정 말라고. 오늘이야말로 이 지크 님의 신기술을 보여 줄 테니 말이야."

"좋아. 자, 가 볼까!"

리오와 지크는 전룡단으로부터 출발 준비가 다 됐다는 신호를 기다리다가, 신호가 떨어지자마자 지크가 약간 앞선 상태로 동룡족의 기지를 향해 출발했다.

"전룡단은 잘 듣도록. 현재 동룡족들은 정신 상태와 진형이 상당히 흐트러진 상태다. 그러니 이쪽에서 냉정을 유지하고 방어 위주의 공격을 펼친다면 동룡족 병사들을 쉽게 물리칠 수 있을 것이다. 주의할 점은 동룡족 것이 아니라고 생각되는 지상 병기가 포착되면 덤비지 말고 우리에게 전하라는 것이다. 자, 그럼 건투를 빈다."

「오옷!」

그렇게 동룡족과 바이오 버그 연합군에 대한 제1반격작전인 시베리아 탈환은 마무리로 치달았다.

「온다! 브레스로 선제공격! 대신 전열이 무너지지 않게 주의해!」

릭은 동룡족과의 거리가 적당히 좁혀지자 큰 소리로 전룡단에게 지시를 내렸다. 전룡단은 지시에 따라 파상적인 브레스 공격을 펼쳐 동룡족을 차례차례 처리해 갔다. 물론 동룡족 측에서 반격을 하지 않은 건 아니었지만 그 피해 정도는 비교조차 할 수 없었다.

전황은 간단했다. 불에 뛰어드는 나방 무리라고 할까. 동룡족 부대는 너무나도 허무하게 죽어 나갔고, 결국 몇십 분도 안 되어 후열에 있던 가변형 대전차 귀골과 동룡족 장군 워스프가 타고 있는 독룡만 남게 되었다.

독룡 앞에 포진해 있는 20대의 가변형 전차는 대구경 주포를 쏘며 인간형의 모습으로 변했다. 완전히 모습을 바꾼 전차들은 양어깨에 설치된 초대형 머신건을 쏘며 전룡단을 공격했다.

「온다! 받아쳐라! 각자 프로텍트 마법을 이용해 몸을 보호하라!」

전룡단은 릭의 지시에 따라 프로텍트 마법을 사용한 뒤, 브레스로 머신건 탄을 밀어냈다. 머신건 탄은 그런대로 막기 수월했지만 귀골의 대구경 주포는 한마디로 일격필살이었다. 전룡단이 만든 프로텍트 마법은 물론이고, 개인적으로 만든 결계까지 밀고 들어왔기에 전룡단에서도 피해가 속출했다.

후열에 있던 귀골들이 등에 부착된 대구경 주포를 공중으로 쏘아 댔다. 탄은 긴 곡선을 그리며 전룡단의 머리 위로 떨어졌다.

이윽고 포탄은 공중에서 폭발했고, 그 안에 있던 액체가 지상에 있는 전룡단에게 떨어져 내렸다.

지크는 움찔하며 전룡단에게 소리쳤다.

"빌어먹을! 네이팜 탄이다! 모두 피해, 바보들아!"

지크의 지시를 들은 전룡단은 몸을 피했으나, 미처 피하지 못하고 범위 내에 들어가 버린 전룡단은 하늘에서 떨어진 액체를 뒤집어쓰고 말았다. 액체들은 엄청난 속도로 불이 붙으며 드래곤의 두꺼운 피부를 태워 버렸다.

「우워어어!」

"이런 제길!"

고통에 겨운 비명을 지르며 불타고 있는 전룡단 단원의 모습을 보며 지크는 이를 악물었다.

그가 알던 네이팜 탄과는 차원이 다른 위력이었다. 대인용 네이팜 탄이 아닌, 대드래곤용 네이팜 탄이 분명했다. 멀리서 느껴지는 온도만 해도 수십만 도에 가까웠다.

"이봐, 릭! 전룡단 후퇴시켜! 저 덩어리는 나와 리오가 맡겠다!"

「예? 하지만 저 전차들은 20대나 됩니다!」

"우리는 저 녀석들보다 훨씬 더한 괴물들도 상대해 본 사람들이야! 말꼬리 달지 말고 어서 사라져!"

「아, 예!」

전룡단은 곧 릭의 지휘에 따라 리오와 지크를 엄호하며 뒤로 물러섰다.

전장에 단둘이 남게 된 리오와 지크는 전차를 없애기 위한 방법

을 고민했다. 그사이 귀골들은 둘에게 포화를 퍼부었고, 둘은 사방
으로 몸을 움직이며 생각을 짜냈다.

"젠장! 어떻게 할 거야, 리오! 방법이라도 있어?"

"오늘에야말로 신기술을 보여 주겠다고 떠든 녀석은 누구지!"

"쳇, 알았어! 엄호나 좀 해 줘!"

지크의 몸은 곧바로 강한 기류에 휘감겼다. 리오는 귀골들을 향
해 달려가는 지크를 엄호하기 위해 양손에 마법진을 떠올렸다.

설원에 쌓인 눈을 헤치며 지크는 귀골들을 향해 고속으로 달렸
다. 귀골들은 지크의 접근을 포착했는지 어깨에 장비된 대인살상
용 공뢰를 퍼뜨리며 지크를 위협했다.

"멋지게 보여줘 봐, 지크! 인페르노!"

귀골들의 어깨에서 공뢰들이 벌떼처럼 튀어나와 지크에게 따라
붙자, 리오는 미리 준비한 인페르노 마법을 가동했다. 양손에 준비
된 마법진에서 붉은색 광선들이 제각기 목표를 찾아 잔광을 흩날
리며 날아갔다.

인페르노의 빛줄기와 공뢰들이 부딪쳐 일어난 폭발을 뚫고 귀
골에 가까이 접근한 지크는 허리에 맨 무명도를 양손에 들고, 몸의
기를 극한까지 끌어 올렸다. 그는 자신에게 시선을 돌리는 귀골들
을 쏘아보았다.

"명도(冥刀) 무명(无冥), 구백구십구식(九百九十九式) 뇌천살(雷千
殺) 개(改)! 지옥도(地獄圖)! 자, 목을 내밀어라!"

지크의 몸에서 퍼지던 기류가 폭풍처럼 거세지더니 어느 순간
보이지 않게 되었다. 멀리서 그것을 보던 리오의 눈은 지크가 사라
짐과 동시에 크게 떠졌다. 그는 재미있다는 표정으로 팔짱을 끼며
중얼거렸다.

"오호, 지옥도라…… 이거 정말 보이지도 않는걸?"

이윽고 지크의 모습은 전차들의 뒤쪽에서 회오리바람을 동반하며 나타났다.

그는 굳은 표정으로 무명도를 칼집에 넣으며 뒤돌아섰다. 그러자 20대의 귀골 중 열아홉 대가 일순간 수십 조각으로 몸이 잘리며 폭발했고, 마지막 남은 한 대마저 왼팔과 머리의 반이 잘려 나가며 상태 이상을 일으켰다.

한순간에 전차 20대가 부서지는 모습을 본 릭과 전룡단은 믿을 수 없다는 표정을 지은 채 지크를 바라보았다. 리오 역시 놀란 표정으로 다가와 기특하다는 듯 그의 등을 두드리며 소리쳤다.

"대단한데! 바람의 힘을 각성하고 이 정도로 강해질 줄 몰랐어!"

"등 좀 그만 두드려…… 우웩!"

순간 지크는 몸을 크게 웅크리며 위장 속의 내용물을 토해 냈다. 리오는 손으로 입가를 가린 채 뒤로 돌아서며 물었다.

"이건 또 무슨 반응이지?"

"네가 내 속도로 칼을 천 번 휘둘러 봐! 우우욱! 중력을 무시하는 운동 때문에…… 우욱! 위장이 뒤집힌다고! 우우욱!"

"부작용이 있는 기술이구나."

리오는 괴로워하고 있는 지크를 측은하게 바라볼 뿐이었다.

그때 머리 일부와 왼쪽 팔이 잘린 귀골이 리오와 지크가 있는 방향으로 몸을 돌렸다. 그러나 아쉽게도 그 귀골은 뒤쪽에서 날아온 전룡단의 브레스에 무차별로 당했고, 결국 폭발하며 땅바닥에 주저앉았다.

「괜찮으십니까, 두 분 다!」

릭은 둘에게 급히 날아오며 상태를 물었다. 리오는 엄지손가락을 펴 보이며 고개를 끄덕였다. 반면 아직도 몸을 숙이고 있는 지크는 엄지손가락을 아래로 향한 채 계속 구토 증세를 보였다.

"이봐, 지금은 약도 없어."

"우우욱!"

아직도 회복 기미가 안 보이는 지크의 모습에 리오는 한숨을 지으며 시선을 마지막 남은 초대형 전차 쪽으로 돌렸다. 그 전차는 다행히 움직일 기미를 보이지 않았으나, 그 전차에서 풍기는 알 수 없는 분위기는 지크가 없앴던 귀골 20대보다 훨씬 강해 보였다.

'웬만한 전함보다도 강할 것 같군. 포탑 양쪽에 장치된 저 동굴 같은 포대는 또 뭘까. 하긴 상대해 보면 알겠지.'

"좋아, 여기서 휴식. 나와 지크가 여기서 상황을 보는 동안 자네들은 부상자의 후송과 전사자들을 처리하도록. 저 거대 전차는 우리가 맡는 게 희생이 적을 것 같으니까."

「예, 알겠습니다.」

리오의 지시를 받은 릭은 곧바로 전룡단을 이끌고 후방으로 갔다. 리오는 지크의 등을 두드리며 재촉했다.

"자자, 완전히 끝내 버리자고, 지크."

"등 두드리지 말랬지! 우우욱!"

"이런, 이런…… 어쨌거나 먹은 것도 많군."

리오는 지크의 구토 증세가 멈출 때까지 기다릴 수밖에 없었다.

"이렇게 전멸당하다니…… 설마 이렇게 될 줄은……!"

동룡족 장군 워스프는 머리를 양손으로 감싼 채 괴로워하며 중얼거렸다. 한 번의 출격 명령에 의해 완전히 전멸된 시베리아 기지의 병사들, 그리고 가즈 나이트 한 명에 의해 조각나 버린 귀골 20대. 이것은 워스프 자신이 생각해도 주룡 쥬빌란에게 도저히 용서받을 수 없는 결과였다.

"장군님……."

워스프의 부관은 걱정스러운 얼굴로 자신의 상관을 쳐다보았다. 독룡의 상황실 안은 워스프의 무거운 분위기에 맞춰 어두울 대로 어두웠다. 이윽고 워스프는 고개를 들고 상황실 안에 있는 모든 병사에게 말했다.

"전원 탈출하도록."

"예?"

워스프의 갑작스러운 지시에 전 병사들은 깜짝 놀라며 그를 쳐다보았다. 워스프는 덤덤히 미소 지으며 자신의 부관과 병사들에게 말했다.

"이 독룡은 나 혼자서도 조종할 수 있게 만들어져 있다. 그리고 너희의 임무는 주룡께 이 시베리아 기지가 함락됐다는 것을 전하는 것이다. 부관은 이것을 받도록."

워스프는 자신의 품에서 커다란 메달을 꺼내 부관에게 건네주었다. 부관은 그것을 본 순간 완전히 고개를 숙이고 말았다. 일부 병사들까지 눈물을 떨구었다.

그 메달은 장군들에게 하나씩 전해지는 일종의 면죄부로서, 장군을 놔두고 도망친 병사들이 쥬빌란에게 처벌받지 않게 하는 표시였다.

"마마께 죄송하다고 전해라."

"예!"

조금 후 병사들은 워스프와 일일이 악수를 나눈 뒤 독룡에서 탈출했다. 워스프는 병사들이 모두 나간 것을 확인하고 직접 조종석에 앉았다.

"이걸 누르면 한 명이 조종하게 되는 건가? 하하하핫."

워스프는 허탈한 웃음을 지으며 커버를 젖히고 스위치를 눌렀다.

"온다."

리오는 몸을 숙이고 있는 지크의 머리를 두드렸다. 속이 그런대로 풀린 지크는 리오가 준 물통의 마개를 닫으며 몸을 일으켰다.

"어라? 녀석들 다 도망가잖아? 이렇게 되면 게임 끝난 거 아냐?"

지크는 독룡의 뒤쪽에서 동룡족의 병사들이 용의 모습으로 변해 어딘가로 향하는 모습을 보며 머리를 긁적였다. 그러나 리오의 생각은 약간 달랐다.

"그렇지는 않을 거야. 우리가 해치운 저 대전차들도 인공지능 회로 하나만으로 움직이니, 저 거대한 녀석도 파일럿 한 명이 다 조종할 수 있을 거야. 게다가 저기 도망치는 녀석들 가운데 동룡족 장군 워스프가 보이지 않았어. 아, 움직인다!"

리오와 지크는 두 개의 거대한 포를 꿈틀거리며 움직이기 시작한 시베리아 기지의 마지막 보루, 독룡을 향해 시선을 돌렸다.

9장
모스크바 탈환 작전

1

웨드의 시동(始動)

현재 두 사람의 가장 큰 궁금증은 거대 전차, 독룡의 대형포대 양옆에 장치된 두 개의 거대한 포였다. 지크는 혹시나 했지만 자신의 추측이 틀릴 거라 생각하고 리오에게 아무런 말도 하지 않았다.

독룡이 천천히 움직이기 시작함과 동시에 입을 크게 벌린 잉어와 비슷하게 생긴 그 두 개의 포 역시 마치 살아 있는 생물처럼 자유자재로 움직이기 시작했다. 딱딱한 유압식 실린더로 움직이는 게 아닌, 수많은 파이프에 의한 유연한 움직임은 리오와 지크의 궁금증을 불안감으로 바꾸기 충분했다.

한편 독룡의 주조종실에 앉아 있는 워스프는 이미 동룡족 장군으로서 위엄을 잃은 지 오래였다. 그의 전신에는 1인 조종 스위치를 누른 순간 좌석에서 튀어나온 수십 가닥의 싱크로 나이즈 플러그가 굶주린 모기떼처럼 꽂혀 있었다. 몸 위에서 불끈거리는 플러스 속에, 워스프는 이성마저 잃은 듯 음산한 미소를 흘렸다.

"후후, 기분이 좋군. 하하핫! 누구도 나를 방해할 수는 없다! 이 프리트의 화염 속에서 깨끗이 사라지거라, 가즈 나이트들이여!"

그의 몸에 꽂힌 플러그들이 심하게 요동쳤다. 그에 맞춰 두 개의 포대가 리오 일행을 향했다.

리오는 검붉은 눈썹을 꿈틀대며 나지막이 중얼거렸다.

"흠, 오는 건가?"

거대한 포구에서 리오 일행이 위치한 곳 근처까지 알 수 없는 액체들이 강하게 분무되기 시작했다. 이 세계의 기계병기에 대해 거의 모르는 리오는 의아한 눈길로 지크를 쳐다보았다. 리오가 채 묻기도 전에, 지크는 미소를 지은 채 뒤돌아서며 소리쳤다.

"헤헷, 도망가자!"

"뭐?"

지크는 리오를 억지로 잡아끌듯 하며 독룡으로부터 물러났다. 그 직후 독룡의 포구에서 뿜어 나오는 액체는 시퍼런 화염으로 변해 마치 광선처럼 리오와 지크를 향해 일직선으로 날아왔다.

가까스로 화염의 범위에서 벗어난 리오는 놀란 눈으로 지크를 바라보며 자신들을 노린 무기의 정체에 대해 물었다.

"저건 뭐야? 화염 방사기의 일종인가?"

지크는 시베리아의 차디찬 바람에 약간 마른 입술을 장갑으로 비비며 퉁명스레 대답했다.

"너희 동네 화염 방사기는 불꽃이 시퍼렇냐? 보통의 화염 방사기라면 저런 열을 낼 수도 없거니와, 또한 여기까지 곧장 분사될 수도 없다고. 저건 스페이스 셔틀이나 우주용 대형 로켓에 쓰이는 부스터를 무기에 응용해 나사(NASA)에서 만든, 개발 코드네임 '이프리트'라는 열 병기야. 해저에서도 웬만큼 강력한 열을 낸다고 알려져 있어. 아무리 우리라도 저것에 휘말리면 다음 인생을 보장하지 못할걸."

리오의 눈썹이 크게 꿈틀거렸다. 지크의 얘기는 계속됐다.

"하지만 이프리트는 개발된 지 한 달 만에 너무 위험하다는 이유로 유엔(UN)으로부터 사용 금지는 물론 설계도 및 계획서 폐기 명령까지 받은 무기인데…… 그것도 10년 전 일이라 녀석이 다시 나왔다는 것 자체가……."

지크의 설명을 들은 리오는 자신들을 향해 설원을 헤치고 다가오는 독룡을 바라보며 살며시 고개를 저었다.

"일단 이프리트인가 하는 것이 우리 눈앞에 있으니 사용 금지나 폐기 명령은 고민할 문제가 아니겠지. 그런데 대형 부스터를 응용한 무기라면 사용 시 그 반동을 어떻게 이겨 내는 거지? 저 정도의 위력이라면 뒤로 밀려 나가는 게 정상 아닌가?"

"쳇, 뒤로 같이 뿜으면 되는 거지, 뭐. 어쨌거나, 온다!"

지크의 신호를 들은 듯, 독룡은 곧 포대 주위에 설치된 미사일 포트의 문을 열고 무차별 사격을 가했다.

"오, 젠장!"

지크는 공중으로 떠오르는 수백 기의 소형 미사일들을 바라보며 여느 때와 마찬가지로 한마디 던졌다. 겉으로는 묵묵했지만 리오 역시 속으로 무수한 욕설을 퍼붓고 있었다. 사실 미사일이란 것은 이 세계의 병기 중에서 리오가 가장 꺼리는 것이었다. 중간에서 부순다 해도 생물처럼 죽는 게 아니라 폭발하기 때문에 귀찮았고, 빠른 속도와 높은 기동성 때문에 피하기도 만만치 않았다. 그리고 가장 무서운 점은 무차별로 공격해 온다는 것이었다.

둘은 다시 공중으로 날아올라 미사일들을 요리조리 피했다.

"빌어먹을! 기관총이라도 하나 들고 나올걸!"

지크는 다가오는 미사일들의 숫자가 점점 많아지자 귀찮다는 듯 큰 소리로 투덜댔다.

리오 역시 귀찮았는지 왼손에 마법진을 떠올린 뒤, 곧바로 지면을 향해 손을 뻗었다.

그가 만든 마법진에서는 커다란 화염구 하나가 튀어나와 지면을 격침했다. 눈 덮인 설원의 한곳에 일순간 강한 화염이 치솟아 올랐고, 대부분 열 추적식인 미사일은 그 화염 쪽으로 머리를 돌렸다.

하지만 리오가 미처 생각지 못한 점이 있었다. 현재 독룡과 한 몸이 되어 있는 워스프는 미사일조차 하나하나 제어할 수 있는 상태였다.

목표를 일순간 착각했던 미사일들은 곧 다시 독룡으로부터 전송된 신호에 따라 방향을 바꿨고, 리오와 지크의 얼굴은 순간 사색이 되었다.

"이런, 말도 안 돼!"

"빌어먹을!"

마법을 쓰기에 상황은 너무 늦어 있었다. 리오는 어쩔 수 없이 기를 사방으로 펼쳤고, 미사일들은 리오가 만든 푸른 기의 장막 속에서 서로 뒤엉켜 폭발했다.

일단 미사일들을 처리한 리오는 이어서 몸의 기를 높이고 독룡을 향해 돌진했다. 그의 갑작스러운 행동에 지크는 깜짝 놀랐다.

"자, 잠깐! 지쳤으니 나에게 부탁한다고 한 녀석이 이러면 어떡해!"

"아직 안 지쳤어!"

그렇게 말을 던진 후 리오는 독룡과 거리를 좁혀 나갔다.

"오너라, 리오 스나이퍼!"

독룡은, 정확히 말해 워스프는 기다렸다는 듯 이프리트의 포구를 리오에게 돌린 뒤 강하게 폭염을 분출했다.

"어림없다!"

한 발의 폭염을 여유 있게 피한 리오는 디바이너에 기를 불어넣으며 독룡의 주 포대를 노렸다.

"리오! 이 바보 녀석아, 위험해!"

"뭐?"

지크의 고함 소리에 시선을 돌린 리오는 자신의 머리 바로 위에 이프리트의 포구가 입을 벌리고 있자 움찔하고 놀랐다. 재빨리 몸을 움직이려 했으나, 짧은 시간 동안 플레어에서 데이브레이크에 이르는 대형 기술을 연속으로 쓴 그에게 이프리트가 뿜어내는 폭염의 속도는 감당하기 힘든 것이었다.

"크아악!"

결국 리오는 이프리트의 폭염을 온몸에 뒤집어쓰고 말았다.

리오를 명중시켰다는 것을 느낀 워스프는 이프리트의 포구를 독룡의 동체로부터 멀리 떨어뜨린 뒤 지면을 향해 계속 폭염을 뿜어댔다. 이프리트의 열 폭풍에 휘말린 리오의 모습은 점차 보이지 않게 됐다.

포구에서 뿜어 나오는 엄청난 열과 압력에 지면은 부서지기보다는 녹아서 사방으로 튀었다. 실로 가공할 만한 열이었다.

그 광경을 안타깝게 지켜보던 지크는 이를 악물며 독룡을 향해 돌진했다.

"이 바람둥이 녀석! 부탁한다면서 개죽음을 당하면 여자들에게 무슨 망신이야!"

한편 워스프는 리오를 잡았다는 생각에 이프리트의 열 폭풍 출력을 더욱 올렸다.

"하핫! 하하하핫! 이것으로 가즈 나이트 리오 스나이퍼의 전설
도 끝이다! 수천만 도의 폭염 속에서 영원히 잠들어라, 리오 스나
이퍼! 으하하하핫!"

삐익 삐익

한참 신이 나 있는 워스프의 귀에 달갑지 않은 경보음이 들려왔
다. 워스프는 순간 불길한 마음에 독룡의 상태 화면을 돌아보았다.
리오를 잡은 두 개의 이프리트 중 한 개의 터빈 안에 이물질이 들
어왔다는 경보였다.

"이, 이것은……?"

그와 동시에 폭염을 뿜어내던 이프리트의 뒤쪽에서 강한 폭발이
발생했고, 순간 폭염이 역류하며 양쪽으로 화염을 뿜어내기 시작했
다. 지크는 갑자기 일어난 기현상에 몸을 멈추고 상황을 지켜봤다.

오래가지 않아, 한쪽 이프리트는 결국 대폭발을 일으키며 독룡
의 육중한 몸체를 뒤흔들었다.

지크는 독룡으로부터 화염 덩어리 하나가 공중으로 치솟는 것을
잠시 동안 멍하니 바라보다가, 순간 주먹을 불끈 쥐며 희열에 찬
목소리를 터뜨렸다.

"저 괴물 녀석! 하여튼 넌 괴물이야!"

부서진 이프리트로부터 치솟아 오른 화염 덩어리의 불길은 이내
사그라졌다. 화염 속에 있던 리오는 상당히 지친 모습으로 지크 쪽
으로 날아왔다.

"리오!"

비틀거리며 날아온 리오를 부축한 지크는 형제의 몸이 엄청나게
뜨거운 것에 놀라지 않을 수 없었다. 리오의 적동색 피부는 열기에

의해 후끈 달아올라 있었다. 그는 입에서 뜨거운 열기를 뿜어내며
힘없이 말했다.

"진짜 강하군! 아무튼 이제 진짜로 너에게 맡겨야겠다, 지크."

"알았으니, 몸이나 좀 식히라고!"

지크는 후퇴해 있는 전룡단에게 연락을 취한 뒤 리오를 눈밭에
눕혔다. 리오가 눕자마자 지면에 쌓인 눈들이 연기를 내며 증발했
다. 그가 아무리 기로 몸을 보호했다 하더라도 수천만 도에 이르는
열에 전혀 영향을 받지 않을 수는 없었다.

"자, 바람의 지크 님이 상쾌하게 박살 내 주마!"

공중으로 떠오른 지크는 독룡의 움직임이 잠시 멈추자 이때가
기회라고 생각하고 공격하려 했다. 그러나 그에겐 아직 해결되지
않은 문제가 있었다.

"응?"

갑자기 무언가 의심적은 생각이 든 지크는 자신의 무명도와 멀
리 보이는 육중한 장갑 덩어리 독룡을 번갈아 바라보았다. 사실 대
인 격투가 전투 방식의 주를 이루는 지크에게 독룡 같은 대형물체
를 격파하기는 상당히 어려운 일이었다.

"욱! 어쩌란 말이냐! 지금 당장 신기술을 개발할 수도 없잖아!"

지크는 죄 없는 자신의 머리카락을 쥐어뜯으며 괴로워했으나 방
도가 나오지 않았다. 그가 그렇게 고민하는 동안 독룡은 다시 움직
이기 시작했고, 지크의 마음은 점점 조급해졌다.

— 지크, 이 멍청한 녀석! 단공(斷空)을 써라! 네 스스로 봉인시킨
그 기술을 쓰란 말이다!

그때 귀에 끼고 있는 마이크 폰에서 리오의 목소리가 들려왔다.
그 말에 지크는 침을 꿀꺽 삼키며 형제가 있던 쪽을 바라보았다.

리오가 릭의 부축을 받은 채 무전기를 통해 지크에게 소리치고 있었다. 그러나 지크는 형제의 말에도 여전히 머뭇거렸다.

"하, 하지만 단공은 보통의 내 수준으로는 쓸 수 없는……!"

지크답지 않은 약한 소리를 누르듯 리오가 다시금 고함을 크게 질렀다.

— 지금 넌 옛날의 너와 차원이 달라! 진정한 바람의 힘을 깨친 바람의 가즈 나이트란 말이다! 그런 기술에 지쳐 쓰러질 정도의 네가 아냐! 그리고 너에게 강해지라며 몇 번이나 조언해 준 바이론에게 미안하지도 않아?

"윽!"

사실 리오가 전투 불능에 빠진 지금 상황은 역전된 것이나 다름없었다. 리오가 없었다면 전룡단의 전투는 상당히 어려웠을 것이고, 사상자도 배 이상 늘어났을 것이 뻔했다. 그러나 자신이 어쩌지 못하는 상황에 처할 것을 염려한 리오는 지크를 불렀고, 결국 리오가 예상했던 나쁜 상황대로 지크는 마지막 카드가 되어 있었다.

지크는 독룡에게 시선을 돌리고 이를 악물며 예전에 바이론에게 들었던 말을 외쳤다.

"좋아! 말은 필요 없다! 남자는 가슴으로 통하고, 가슴으로 일을 처리하는 법! 간다, 단공!"

지크는 무명도의 날과 자신의 몸을 일직선이 되게 만든 뒤 눈을 감고 정신을 집중하기 시작했다.

단공. 이것은 지크가 스스로 수련하여 터득한 기술 중 가장 절단력이 높은 기술로서, 자신과 무명도, 그리고 대기가 하나가 됨으로써 사용할 수 있는 초고성능의 초식이었다. 단순하게 공기나 땅을 베는 것이 아니라, 극도로 높은 기를 이용해 공간을 베는 것으로서 그 절단력은 이루 말할 수 없었다.

그러나 보통 상태에서 지크가 이 기술을 성공시킨 일은 기술 개발 당시 한 번뿐이었다. 그 이후로는 그가 이성을 잃고 바람의 힘을 사용할 때 말고는 한 번도 사용한 적이 없는 기술이었다.

"아, 아니……?"

리오를 한참 부축하고 있던 릭은 갑자기 주위를 감싼 모든 것이 정지된 느낌을 받았다. 공기도 흐르지 않았고 바람도 불지 않았다. 다른 전룡단 역시 같은 느낌을 받았다.

그 이유는 리오만이 알고 있었다. 그는 희미하게 미소를 지으며 중얼거렸다.

"드디어 바람의 가즈 나이트께서 시동이 걸렸군. 지금까진 자신의 주위를 감싸고 있는 대기와 친해지지 않았던 녀석이 드디어 완벽하게 바람을 알게 됐어. 깨치기야 나와 잠깐 대결했던 단 30분만의 일이고. 후훗."

"예?"

릭은 리오의 말을 듣고서야 주위의 대기가 정지했다는 것을 알게 됐다. 그러고 나니 그저 재미있는 사람이라고만 생각했던 지크의 모습이 한순간 어렸을 때 봤던 리오와 흡사하게 느껴졌다.

"이 느낌은 슈렌 님의 것 이상의……! 설마 지크 님께서 슈렌 님의 힘도 뛰어넘을 수 있단 말입니까?"

그럭저럭 몸이 회복된 리오는 슬며시 웃으며 고개를 저었다.

"후훗, 그럴 리가. 지금의 지크는 사바신과 비슷한 정도야. 슈렌이 더 강하다고 평가받는 이유는 물리적 힘이 크기 때문이지. 내가 슈렌보다 물리적 힘이 세기에 더 강하다고 평가받듯이 말이야. 무술의 기량으로 따지면 슈렌이 나보다 뛰어나지."

"그, 그렇군요."

릭은 잠시 생각해 봤다. 지금 느껴지는 지크의 힘도 엄청난데 리오가 언급하지 않은 바이론과 광황이라 불리는 휀의 힘은 어느 정도일지 상상조차 가지 않았다. 릭은 궁금함을 눌러 두지 않는 성격이었다.

"저, 그렇다면 휀 님의 힘과 바이론 님의 힘은 어떻습니까?"

리오는 힘없이 대답했다.

"휀은 나보다 약간 못한 물리적 힘에, 끝을 알 수 없는 초신(超神)의 기량과 얼음 같은 냉철함을 가지고 있지. 바이론은 나보다 월등한 힘에, 비슷한 기량과 가공할 만한 저력을 가지고 있네. 나에게 둘을 평가해 달라는 것은 둘을 욕되게 하는 것과 다름없지."

릭이 놀라는 동안, 정신을 집중하던 지크는 드디어 눈을 부릅떴다. 눈앞에는 그에게 이프리트의 포구를 들이대고 있는 거대 전차 독룡의 모습이 보였다.

하나 남은 이프리트의 포구에서 화학물질 냄새가 나기 시작했다. 폭염을 분출하기 직전 상태였다. 지크는 지금 그 범위 내에 있었고, 단공을 쓰기 전에는 완전 무방비 상태가 되는 그에게 크나큰 위기의 순간이었다.

그러나 지크의 정신 상태는 어느 때보다 맑았다. 주인의 정신 상태를 나타내는 무명도의 반사광이 맑고 투명하게 빛났다.

"깨끗한 검은 물질을 자르고, 맑은 정신은 공간을 자른다! 지금 무념(無念)과 무상(無想)의 이름으로 공간을 가르나니……!"

지크의 웅얼거림과 함께 무명도는 그의 손에 이끌려 하늘 높이 올라갔다.

그 모습을 독룡 내의 모니터로 지켜보고 있던 워스프는 좋지 않은 예감이 들었는지 곧바로 이프리트와 이어진 싱크로나이즈 플러그에 힘을 넣었다.

"허튼수작은 집어치워라, 가즈 나이트!"

이프리트의 터빈이 돌아가는 소리. 지옥의 문처럼 벌려진 포구의 중앙에서 밀려 나오는 시퍼런 폭염. 그러나 그 모든 것을 무시하듯 무명도의 칼날은 흐르는 물처럼 깨끗이 내리그어졌다.

"단공!"

릭을 비롯한 전룡단 전원은 할 말을 잃고 말았다. 지크와 일직선상에 놓인 모든 것, 즉 구름과 산, 그리고 설원 위에 놓인 독룡의 모습이 일순간 거울이 엇갈린 듯 위아래로 갈리는 허상이 보였다. 이프리트 포구에서 뿜어져 나오던 불도 단공의 일시적 진공에 일순 꺼지고 말았다.

"헉!"

워스프의 비명과 잠시 동안의 경직 후, 그의 몸과 함께 독룡의 두꺼운 동체는 역단층처럼 어긋나는가 싶더니 이내 대폭발에 휩싸여 사라져 갔다.

"오, 오오오!"

무명도의 반사광이 파란색으로 바뀌자, 무념의 상태에서 벗어난 지크의 입에서 놀라운 비명이 터져 나왔다. 릭을 비롯한 모든 전룡단도 마찬가지였다.

"그래. 바로 그거다, 지크. 잘했어."

리오는 빙긋 웃으며 지크를 향해 힘차게 주먹을 쥐어 보였다. 멍한 얼굴로 그를 돌아본 지크는 이내 함박웃음을 터뜨리며 무명도를 든 손을 번쩍 들어 올렸다.

"하하핫! 이겼다! 이 지크 님이 이겼다고! 봤지? 와하하핫!"

서룡족과 동룡족의 작은 첫 전투는 그렇게 막을 내렸다. 적은 사상자와 포로 두 명 생포라는 값진 결과를 낳았지만, 말 그대로 첫 전투인 만큼 이후 일어날 대전투에 비하면 예행연습에 불과했다.

리오는 첫 번째 전투가 성공적으로 끝났다는 안도감과 다음에 닥칠 전투에 대한 긴장감을 동시에 느끼며 다가오는 기함 위그드라실호 쪽으로 시선을 돌렸다.

제1전룡단 기함 위그드라실 안에서는 승리의 자축 행사가 벌어졌다. 독룡을 깨끗이 이등분해 승리를 결정지은 지크는 술에 취해 상의까지 벗고 노래를 불렀고, 다른 전룡단 역시 운 없게 경비를 맡게 된 단원 말고는 전부 잔치에 참가해 승리를 만끽했다.

단장인 릭은 처음엔 이게 무슨 짓이냐며 지크에게 따졌지만 그 역시 술이 한두 잔 들어가면서 결국 어깨동무를 하고 노래를 부르는 처지가 되고 말았다. 물론 리오는 전신에 입은 가벼운 화상 탓에 귀환 직전까지 의무실 신세를 져야만 했다.

다음 날, 전룡단 기동함대는 무사히 드래고니스로 귀환했다.

1차 탈환 작전을 성공으로 이끈 그들은 동료들과 드래고니스의 거주민들로부터 대대적인 환영을 받았다.

바이칼은 그저 덤덤하게 잘했다는 한마디를 던졌을 뿐이었으나, 그 한마디는 전룡단에게 상당한 영광이었기에 사기충천하기에 충분했다.

시베리아 탈환 작전이 성공적으로 끝난 후, 리오는 오랜만에 드래고니스로 옮겨진 지크의 집으로 돌아갔다. 바이칼의 궁전에서 쉴 수도 있었지만 그곳은 묘한 압박감이 있어, 리오는 몸도 마음도 편히 쉬기 위해 다시 지크의 집 신세를 지기로 마음먹었다.

"더 이상 바이칼 녀석과 스캔들 일으키기 싫어."

리오는 궁전을 나서며 가볍게 한마디를 남겼다.

드래고니스로 옮겨진 지크의 집은 지상에 있을 때와 별다를 것이 없었다. 리오는 스스럼없이 지크의 집 현관문을 열었다.

"다, 다녀왔습니다만……."

순간 리오는 어리둥절한 표정을 짓고 말았다.

지크의 집 거실에서 레니를 주축으로 리진, 마티, 티베, 그리고 옆집에 사는 세이아까지 가세해 카드놀이가 한창 벌어지고 있었다.

리오가 들어온 것을 맨 처음 발견한 리진은 입에 과자를 잔뜩 물고 그를 반겨 주었다.

"어서 와요, 리오 씨! 식사는 주방에 남은 것이 있으니 알아서 챙겨 드세요."

"예? 아, 예……."

리오는 쓸쓸히 웃으며 터벅터벅 주방으로 향했다. 그때 세이아가 또다시 불러 세우며 말을 덧붙였다.

"어머, 리오 님. 오븐에 피자 남은 것도 있거든요? 데워서 드세요."

"예."

결정타를 맞은 리오는 힘없이 망토를 벗어 옷걸이에 걸은 뒤 오븐으로 다가갔다. 오븐 안에 세이아의 말대로 피자가 담겨 있었다.

"후훗, 말 그대로 피자가 있군. 완전히 말라비틀어진!"

리오는 몇 시간, 아니 며칠이 지난 피자일까 생각하며 오븐의 버튼을 눌렀다. 의자에 앉아 차가운 우유를 마시며 피자가 익기를 기다리던 리오는 아차 하며 다시 오븐으로 다가갔다.

"아, 가스밸브를 열지 않았군."

오븐을 다시 작동시킨 리오는 쓸쓸히 웃으며 의자에 앉았다. 런

희와 함께했던 10년 세월이 갑자기 그리웠다. 손가락을 꼽아 본 그는 쓸쓸히 중얼거렸다.

"그때 련희 나이가 서른이었으니까…… 시간차를 계산하면 지금은 서른넷이겠군. 후훗, 그냥 거기에 눌러 있을 걸 그랬나?"

리오는 눈을 감아 보았다. 자신이 떠나올 때 억지로 울음을 참던 련희의 모습이 눈앞에 아른거렸다. 그녀가 그의 삶에 얼마나 커다란 위안이었던가. 련희와 살면서 수백 년 동안 겪어 왔던 아픔을 잠시 잊을 수 있었던 그였다. 사실 련희가 자신을 억지로 떠나보내려 했을 때 할 말을 잃었을 정도로 안타까웠다. 그러나 그녀의 마음을 잘 알고 있었기에 그는 고개를 끄덕일 수밖에 없었다.

그는 다시 생각해 보았다. 만약 이 세계에 오지 않았다면 일이 어떻게 되었을까. 혹시 지금처럼 용족전쟁으로까지 번진 것도 와카루를 완전히 없애지 못한 자신 탓이 아닐까.

잠시 안정되었던 리오의 얼굴은 다시금 일그러졌다.

"어머, 리오 님. 제가 그만 카드놀이에 정신이 팔려서……."

세이아가 급히 앞치마를 두르며 미안하다는 듯 말했다.

"아, 아닙니다. 계속하시지요. 오랜만에 여유를 즐기시는 것 같던데요."

당황한 리오는 그렇게 말하면서도 사색이 된 세이아의 얼굴에 신경이 쏠렸다. 혹시나 련희에 대한 생각을 그녀가 읽은 건 아닐까 걱정되었다. 세이아는 등을 돌린 채 음식 재료를 다듬으며 말했다.

"아니에요, 리오 님. 괜찮습니다."

그러나 리오가 보기에는 전혀 괜찮지 않았다. 둘 사이에 한참 동안 어색한 분위기가 흘렀다.

다듬은 재료를 오븐 위에 놓았는데도 세이아는 여전히 등을 돌리고 있었다. 고개 숙인 그녀의 뒷모습을 바라보던 리오는 쓸쓸히 웃음을 흘리며 말했다.

"읽으셨죠?"

"……."

세이아의 어깨가 꿈틀댔다. 리오는 미지근해진 우유를 마저 들이켜며 말했다.

"련희와 함께 있던 10년 동안 그 사실을 잊어 보려고 했지만, 제가 가즈 나이트라는 진실만은 사라지지 않더군요. 반드시 검을 잡아야 하고, 반드시 피를 접해야만 하는 사실 역시 말이죠. 그 사실을 몇 번이고 깨달았지만, 그때마다 슬퍼지더군요. 후훗, 하지만 어쩔 수 없지 않습니까? 제가 선택한 길이니까요."

"자신이 너무 바보 같다고 생각지 않으세요?"

단호한 그녀의 목소리에 리오는 움찔하며 말을 끊었다. 세이아에게 나온 말치고는 의외로 거칠었다. 여전히 등을 돌린 그녀는 국자로 요리를 몇 번 저으며 말했다.

"그렇게 말씀하신다 해서 리오 님이 더 멋있어 보이지는 않는답니다. 리오 님을 슬프게 만드는 사람은 그렇게 생각하고 계시는 리오 님 자신이라고 생각합니다. 저는 리오 님의 그런 슬픈 모습에 반해서 신이 되어 다시 만나고자 한 게 아니라…… 앗."

"예?"

세이아의 마지막 말에 리오는 눈을 휘둥그레 떴다. 순전히 그녀의 말실수였다. 그녀의 귀가 빨갛게 달아오른 것을 본 리오는 결국 실소를 터뜨리고 말았다.

"후훗, 그렇군요. 제가 지금까지 어리석게 생각하고 있었습니다. 하하핫."

"웃지 말아 주세요!"

그녀의 착한 항의에도 리오는 짓궂게 미소를 지우지 않았다.

그는 빈 우유팩으로 자신의 이마를 툭 쳤다. 그렇다. 일은 이미 벌어졌고, 자신이 처리해야 하는 일은 산더미처럼 쌓여 있었다. 자신의 슬픔과 운명을 탓할 시간조차 없었다.

세이아 덕분에 다시 생각을 정리할 수 있었던 그는 앞에 닥친 현재에 충실하자 생각하며 우유팩을 차곡차곡 접었다.

"그래도 울면서 그런 말씀을 하시면 어울리지 않습니다, 세이아님, 후훗."

"예? 너, 너무하세요, 리오 님."

정곡을 찔린 세이아는 그제야 앞치마로 눈가를 닦았다. 신이 되기 전이나 후나 변한 게 없는 그녀 모습은 리오를 안심시켰다.

1차 탈환 작전이 성공적으로 끝난 후, 가즈 나이트들과 전룡단은 아시아 각지에서 밀고 당기는 전투를 계속했다. 결국 그로부터 한 달이 지난 후, 아시아 대부분은 전룡단과 가즈 나이트에 의해 탈환되어 각 나라의 임시정부에 양도되었다.

한편 그 한 달이라는 시간 동안 웨드(WED) 계획이 마무리되었다. 원형이 될 기체들은 이제 실전 테스트만을 남겨 두었다.

수시간에 걸친 회의 끝에 러시아의 수도 모스크바 탈환 작전에 웨드를 처음으로 투입한다는 결론이 났다. 물론 반대론도 만만치 않았다. 유럽 탈환의 초석이 될 모스크바 탈환 작전과 같은 큰일에 아직 실전도 거치지 않은 웨드를 투입하면 계획이 수포로 돌아갈 수 있다는 반대 의견이 대부분이었다.

하지만 장로가 전룡단이 시가전을 할 때 바이오 버그로 인해 곤경에 빠진 것을 가즈 나이트가 처리해 준 것과 BSP들의 주전투 무대가 건물이 많은 거리였음을 예로 들어 반대론의 전룡단 단장들을 설득했다. 결국 웨드 투입 쪽으로 결론이 났다.

가장 표준형 웨드에 가까운 스펙과 무장을 지닌 리진의 웨드의 경우, 기본 무장이 그레네이드 랜처 내장식 라이플과 수류탄 여섯 개, 웨드용의 컴뱃 나이프 등이었고, 전용 추가 병기는 BSP 전용 무기인 사이킥 소드를 웨드용으로 확대한 것과, 사용자의 초능력에 연계되어 따로 공중을 떠다니며 지원 사격을 하는 세 개의 '옵션'이었다. 이 옵션의 경우 광학병기를 사용하기에 장시간 활동이 어렵다는 단점을 지니고 있었지만, 모든 각도에서 공격이 가능하다는 강점이 있어 최고급 무기로 분류되었다.

화력 중시형 웨드의 원형인 헤이그의 웨드는 왼쪽 어깨에 개틀링식 250밀리 중형 빔 머신건과 오른쪽 어깨에 전열함의 메기드 캐논을 소형화한 메기드 바주카가 보급용 백팩과 함께 장비되어 있었다. 기체의 기본 장갑 역시 다른 웨드와는 차별화될 정도로 두꺼웠고, 출력 역시 엄청나 전방 공격용으로는 최적 성능을 자랑했다.

사격 중시형 웨드의 원형인 케빈의 웨드에 추가된 장비는 단 하나뿐이었다. 최대 출력 1.5기가 와트급의 프로톤 라이플로서, 최대 명중 거리 80킬로미터의 가공할 만한 병기였다. 위력과 사정거리에 비례해 연속 사격은 불가능했지만, 정확도만큼은 케빈 전용으로 선택될 정도로 놀라웠다. 하지만 이 병기는 케빈에게만 지급이 가능했고, 예비 프로톤 라이플은 존재하지 않았다. 케빈의 프로톤 라이플은 실수로 만들어진 것이었다.

개발진이 같은 것을 다시 만들어 보려고 아무리 해도 불가능했고, 제작된 프로톤 라이플을 뜯자니 완성된 것도 못 쓰게 될 것 같왔기에 결국 그걸 사용하는 행운은 케빈에게 돌아갔다. 나머지 매직 유저용 기체에는 마법 증폭장치 외 별다른 추가 장비가 없었다.

웨드를 실은 수송선에 탑승하기 전, 챠오는 리오와 함께 얘기를 나누었다. 아니, 일방적으로 리오가 얘기하고 있었다. 물론 그를 붙잡은 사람은 챠오였다. 그녀가 무엇 때문에 자신을 불렀을까 고민하던 리오는 결국 어색함을 무마하기 위하여 공적인 일에 대해 말하는 중이었다.

"음, 이번 모스크바 탈환 작전에는 제가 참여하지 않습니다. 저나름대로 할 일이 있기 때문이죠."

"……!"

순간 챠오의 얼굴이 살짝 일그러졌다. 자신이 빠진다는 말에 그녀가 불안감을 느끼는 것이라고 오해한 리오는 당황스러움을 감추지 못하고 그녀를 안심시키기 위해 노력했다.

"아아, 물론 슈렌과 지크, 그리고 데스 발키리들이 지원을 합니다. 그러니 너무 긴장하지 마십시오."

"……."

그러자 챠오의 표정이 다시 풀렸다. 그 때문에 또다시 오해를 한 리오는 다시 공적인 이야기를 계속했다.

"이번 작전은 큰 비중을 차지하고 있습니다. 성공하느냐, 실패하느냐에 따라 유럽 쪽을 탈환하는 데 걸리는 시간이 크게는 3개월까지 차이가 날 수도 있죠. 이번에 여러분들을 투입하는 이유는 시가전에 대해서는 전룡단보다 훨씬 경험이 많기 때문입니다. 이번 작전에서 여러분의 역할이 상당히 중요하죠."

"……."

아무런 말도 없는 챠오. 그리고 말을 마친 뒤 시선을 함대 쪽으로 돌리는 리오. 둘 사이에는 더 이상 아무 말도 없었다. 그리고 끈끈함도 없었다.

"와우! 휘익! 그림 좋은데! 휙휙!"

기함 위그드라실로 향하다 우연히 두 사람을 목격한 지크가 큰 소리로 놀려 대며 지나갔다. 리오는 사라지는 지크를 보다가 다시 챠오를 바라보며 힘없이 웃어 보였다.

"후훗, 녀석. 자, 이제 출발하십시오. 돌아오시는 날에 챠오 양이 좋아하시는 치킨을 듬뿍 사 드리겠습니다."

"······아, 잠깐만요."

막 돌아서려던 리오를 챠오가 다시 불러 세웠다. 리오는 궁금한 얼굴로 다시 챠오를 돌아보았다. 그녀는 약간 머뭇거리다가 침을 삼킨 뒤 넌지시 물었다.

"저, 제가 리오 씨를 뵙자고 한 이유······ 아시나요?"

"예?"

리오는 의아한 표정으로 챠오를 바라보았다. 평소와 달리 고개를 숙인 채 한껏 긴장하고 있는 그녀를 본 그는 곧 그녀의 이마에 살짝 입맞춤을 한 뒤 빙긋 웃으며 말했다.

"자, 이건 응원의 훈장입니다. 아까도 말씀드렸지만 아무 걱정하지 마십시오."

"예? 아, 예!"

얼굴이 발그레해진 챠오는 보일 듯 말 듯한 미소를 지으며 고개를 끄덕였다.

"으아악! 응원의 훈장이래! 그런 낯간지러운 말을 하다니!"

둘의 머리 위에서 지크의 비명 소리가 들려왔다. 리오는 머리를 감싼 채 공중에서 괴로워하고 있는 지크를 올려다보며 소리쳤다.

"이봐, 안 가고 거기서 뭐 하는 거야!"

"다른 여자들의 원성이 들리지 않느뇨, 이 바람둥이! 넌 자신이 얼마나 나쁜 녀석인지 모르고 있어!"

지크는 계속 그렇게 소리치며 공중을 맴돌았다. 무중력 장치 덕분이었다. 리오는 결국 미안한 표정으로 챠오를 바라보았다.

"아아, 저 녀석의 말은 신경 쓰지 마십…… 아, 챠오 양?"

챠오는 뒤도 돌아보지 않고 웨드 수송함에 탑승했다. 이유를 모르는 리오는 어깨를 한 번 으쓱하고는 역시 뒤돌아섰다.

하지만 지크의 말은 아직 끝나지 않았다.

"이 바람둥이야! 바이칼에게 일러바칠 거다! 각오하라고!"

"바보 녀석."

리오는 머리를 흔들며 천천히 드래고니스의 브릿지로 향했다.

"그건 그렇고 지크 녀석 말 때문에 챠오가 오해나 안 했으면 좋겠군. 괜히 내가 이상한 감정이라도 품고 있다고 오해하면 안 될 텐데……."

리오는 자신만 오해하고 있다는 것을 모르고 있었다. 그가 수백 년 동안 바람둥이로 오해받는 이유와 지금 상황은 거의 일맥 상통했다. 그는 지나치게 친절할 뿐, 사실 이성에겐 거의 관심이 없었다. 하지만 그런 그의 마음을 아는 사람이 리오 자신밖에 없다는 것이 문제였다.

브릿지에 도착한 리오는 바이칼, 장로와 함께 대형 스크린을 통해 모스크바로 출발하는 함대의 모습을 지켜보았다.

리오는 걱정되는 듯 한숨을 쉬며 장로에게 물었다.

"괜찮겠습니까? 아무래도 동룡족 역시 모스크바만큼은 빼앗기지 않으려고 결사를 다짐할 텐데 말입니다. 제가 참여하지 않는 게 계속 걸리는군요."

장로는 진지한 표정으로 긴 수염을 쓰다듬으며 대답했다.

"지금까지 리오 님은 주요 지역의 전투에 모두 참여하셨습니다. 그리고 모두 승리를 거두셨지요. 하지만 리오 님 한 분으로 이 세계의 탈환을 이룰 수 있는 것은 아닙니다. 이번에 리오 님이 참가하지 않고 모스크바전의 승리를 거둔다면, 전룡단들의 리오 님에 대한 의존도를 줄일 수 있을 것입니다. 그러면 리오 님께서는 다른 일에 신경 쓰실 수 있고, 전룡단도 강해지겠죠."

"아, 그렇겠군요."

머리를 긁적이는 리오에게 장로는 얘기를 계속했다.

"리오 님은 전략적으로 드래고니스와 함께 우리 측 최대의 무기이며 최후의 방어선입니다. 리오 님께서 언제나 최고의 상태를 유지하셔야만 우리는 이번 전쟁에서 승리할 수 있습니다. 부디 명심해 주십시오."

"알겠습니다."

리오는 장로의 진지한 태도와 깊은 생각에 존경심을 느끼며 엄숙히 대답했다.

예전에 용족전쟁 때도 느낀 것이지만, 장로가 서룡족에서 차지하는 비중은 상당히 컸다. 바이칼의 자리가 거의 비어 있는 서룡족을 아무런 문제 없이 이끄는 그의 운영 능력은 신계에서도 인정할 정도로 대단했다. 특히 국가와 같은 대단위 조직을 이끌 능력이 떨어지는 리오로서는 존경하지 않을 수 없었다.

한편 계속 떨떠름한 표정을 짓고 있던 바이칼은 리오를 흘끔 바라보며 낮은 목소리로 물었다.

"아까 바보 너구리 녀석이 통신으로 너에 대해 이상한 말을 하던

데, 어찌 된 거지?"

리오는 혹시나 하는 생각에 표정을 굳히며 되물었다.

"너, 무슨 말을 하고 싶은 거야?"

"흥, 바람둥이 녀석."

바이칼은 퉁명스레 쏘아붙이며 고개를 휙 돌렸다. 이유를 모르는 리오와 장로는 서로를 멍하니 바라볼 뿐이었다.

아시아와 유럽의 완전한 탈환이 걸린 모스크바 작전은 리오가 불참한 가운데 서서히 시작되었다.

"으음……."

모스크바 작전에 동원된 군대가 출전한 다음 날 새벽, 아란은 머리를 감싸 쥐며 침대에서 몸을 일으켰다. 악몽을 꾸었는지 그녀의 몸은 온통 땀에 젖어 있었고 안색 역시 나빴다.

아란은 침대 옆에 놓아 둔 물주전자째로 물을 벌컥벌컥 들이켰다. 물을 충분히 마신 후 그녀는 주전자를 내려놓으며 쓰디쓴 미소를 지었다.

"훗, 쓸데없는 망상이 또…… 이젠 정말 싫군…… 후후훗, 하하하핫……."

아란은 머리를 감싸 쥐며 히스테릭한 웃음을 터뜨렸다.

한 달에 한 번 꼴로, 악몽 때문에 죽음을 간접 경험을 하는 그녀였다. 게다가 리오라는 가즈 나이트를 직접 만난 후 그녀는 악몽을 더욱더 자주 꾸었다. 왜 그런 꿈을 꾸는 것일까. 왜 리오를 만난 뒤 더 자주 그 꿈을 꾸게 되는 것일까.

인연은 우정으로, 우정은 믿음으로, 믿음은 사랑으로, 사랑은 슬픔으로, 슬픔은 배신감으로, 배신감은 결국 절망으로 변한다.

그녀는 전생의 기억을 통해 그 사실을 누구보다 잘 알고 있었다.

2

무너지는 적의 방어선

　제궁 밖에서 한가로이 산책하던 리오는 우연히 아란과 마주쳤다. 다른 때와 달리 그녀의 혈색이 좋아 보이지 않자 리오는 걱정스레 물어보았다.

　"음? 오늘은 안색이 좋지 않군, 아란."

　리오의 물음에 아란은 피식 웃으며 비아냥댔다.

　"후, 쥐가 고양이 걱정을 하네요. 그런데 당신은 모스크바에 가지 않았나요? 알테미스와 츄우, 그리고 레베카가 당신이 보이지 않는다며 연락을 해 왔는데…… 후훗, 설마 겁이 난 건 아니겠죠?"

　그녀의 도발적인 말투에 이미 익숙해진 리오는 가볍게 어깨를 으쓱했다.

　"아아, 이번 작전엔 이래저래 빠지게 됐지. 하지만 보통 때와는 달리 당신들과 웨드들이 추가 지원을 하니 별문제는 없을 거라고 봐. 아, 여기서 헤어져야겠군. 바이칼이 아침부터 보자고 해서 말이야. 그럼 다음에 점심이라도 같이 하지."

리오는 손을 흔들며 아란과 헤어졌다. 그의 뒷모습을 말없이 바라보던 아란은 쓸쓸한 미소를 지으며 중얼거렸다.

"후, 어쨌거나 당신은 여러모로 성장했군요…… 7백 년 전과는 아예 다른 사람처럼 보이니까. 후후후훗."

아란은 자신이 머무는 세이아의 집을 향해 터벅터벅 걸어갔다.

모스크바 탈환 작전이 개시된 지 4일이 흘렀다.

모스크바 외곽 지역은 피를 말리는 접전이 한창 진행 중이었다. 도시 안쪽으로는 들여보내지 않으려는 동룡족 바이오 버그 연합과 방어선을 돌파하려는 서룡족의 전투는 어느 쪽으로도 밀리지 않고 사상자만 속출했다.

전룡단 단장들은 입술이 탈 정도로 긴장한 채 전황을 지켜봤고, 반대편의 동룡족 장성들 역시 긴장할 대로 긴장해 있었다. 지금의 균형에서 밀리는 쪽이 이번 싸움에서 지거나 큰 피해를 입는다는 사실을 쌍방은 잘 알고 있었다.

슈렌과 지크, 그리고 세 명의 데스 발키리가 있긴 했지만 그 다섯의 힘과 수많은 바이오 버그의 무제한적인 힘은 수치상으로 보아 비등비등했다. 이번 작전에 투입된 바이오 버그가 소형 종이 아닌 대형 종이라는 사실도 세력 균형을 이루는 데 큰 역할을 했다.

현재 서룡족이 상대하고 있는 대형 바이오 버그는 유전자 진화를 이룬 탓인지 드래곤으로 변한 전룡단도 10개체 이상은 한꺼번에 상대하기 힘들 정도로 강했다. 게다가 없애고 또 없애도 다시 숫자가 채워지니 서룡족으로선 그야말로 미칠 지경이었다.

"슈렌 님, 무슨 방법이 없겠습니까? 이대로 가다간 양측이 큰 피해만 입고 끝날 것 같습니다."

제8전룡단 단장 레소드는 직속 상관이자 이번 작전의 총 책임자인 슈렌에게 지시를 부탁했다. 8기함 레인폴스의 총사령관석에 앉아 묵묵히 전투 상황을 지켜보던 슈렌은 화면을 전체 지도로 바꾼 뒤 레소드에게 보라는 듯 턱짓을 했다.

"여기서부터 여기까지."

슈렌은 광학 사인펜으로 모니터에 일직선을 그어 보였다. 동룡족의 본진으로부터 기함까지 70킬로미터가 넘는 거리였다. 모니터에 그어진 선을 보며 레소드는 이해 안 간다는 표정으로 물었다.

"슈렌 님, 말씀하신 뜻을 잘 모르겠습니다만……."

슈렌은 펜으로 의자 팔걸이를 천천히 두드리며 설명했다.

"적의 최전방을 맡고 있는 바이오 버그들은 B에서 A급 정도의 대형 종들이오. 가죽도 두껍고 힘도 상상외로 강하기 때문에 전룡단이라 하더라도 어려움을 겪고 있는 것은 사실이오. 지금까지의 BSP 기록과 전룡단의 작전 기록들을 살펴본 결과 대형 바이오 버그들은 본진 어딘가에 있는 슈퍼컴퓨터의 명령을 받아 일괄적인 행동을 하고 있다는 것이 밝혀졌소. 그 많은 대형 종들을 장기 말처럼 전략적으로 움직이자면 분명 그런 독립적인 통제장치가 필요하겠지."

슈렌은 펜을 모니터 앞에 내려놓으며 계속 말했다.

"바꿔 말해, 그 슈퍼컴퓨터를 부순다면 일시적이나마 바이오 버그들의 행동을 멈출 수 있을 것이고, 그사이 전룡단이 총공격을 해서 최전방의 바이오 버그들을 일격에 부순다면 지금의 균형을 깰 수도 있을 것이오."

레소드는 순간 허망한 표정을 짓고 말다. 70킬로미터 거리 안에, 그것도 적의 본진 중앙에, 추가로 몇 겹의 외부 방어선 안에 보호되고 있는 슈퍼컴퓨터를 슈렌은 한마디로 '파괴하면 된다'라고 얘기하는 것이다.

레소드는 당연히 반발하고 나섰다.

"슈, 슈렌 님! 그것은 불가능합니다! 적의 외부 방어선을 뚫지 않는 한 저 슈퍼컴퓨터는 건드리지도 못한단 말입니다!"

"정공법으로 한다면 그렇지."

슈렌은 인정한다는 듯 고개를 끄덕였다. 레소드는 다시금 할 말을 잃고 말았다. 그가 다시 반발할 것을 계산한 듯 슈렌은 모니터를 가리키며 추가 설명을 시작했다.

"아군 본진에서 적 본진까지, 정확히 이 기함에서 적의 통제용 슈퍼컴퓨터까지의 거리는 71.028킬로미터. 소수점 네 자리에서 반올림한 수치니 아마 정확할 것이오."

"……"

레소드는 눈만 껌벅일 뿐이었다. 슈렌은 편안히 다리를 겹친 자세로 계속 말했다.

"이 거리는 내가 아무리 투창 실력이 좋다 해도 목표물을 100퍼센트 맞출 가능성이 희박한 거리요. 그리고 분명 일주일 전 있었던 울란바토르 탈환 작전까지는 불가능했을 것이오. 그러나 이번 작전에는 내가 생각하는 방법을 시도할 수 있고, 성공할 확률 역시 매우 높소."

"예?"

경악에 휩싸인 레소드는 한참 뒤에도 슈렌의 생각을 읽을 수 없었다. 그건 당연했다. 슈렌도 지금의 아이디어가 좀 어처구니없다는 생각을 몇 번이고 했기 때문이다.

"이보세요, 케빈 브라이언 중위! 웨드 안에서는 흡연을 하지 말아 달라고 말씀드렸지 않습니까!"

웨드 격납고 안에서는 현 웨드 책임자인 전직 러시아 BSP 대위, 나타샤 벨로비치와 케빈이 또다시 말다툼을 벌이고 있었다. 격납고 안의 대원들은 모두 그들에게 시선을 집중했다. 그들의 말다툼은 불쾌하기보다는 재미있어서 싸움이 벌어질 때면 늘 대원들의 즐거움이 되곤 했다.

자신의 웨드, 코알라의 조종석을 열고 흡연을 즐기던 케빈은 인상을 쓴 채 나타샤를 바라보았다.

"어허, 난 담배 연기 없으면 정신 집중이 안 되는 사람입니다. 대위님 잘 아시잖습니까."

케빈의 느글느글한 말투는 칼이라 불릴 만큼 날카로운 나타샤의 신경을 건들기 충분했다.

"그건 니코틴 중독 초기 증상입니다! 게다가 안에서 담배를 피우시면 웨드의 콤바인 퍼센트가 낮아질지도 모른다는 말이 있으니 담배는 밖에서 피워 주세요!"

케빈은 피식 미소를 지은 뒤 한쪽 발을 떨며 비아냥대듯 말했다.

"노처녀 대위님. 밖은 당신 나이와 똑같은 영하 29도란 말이오. 폐가 얼어붙을 정도의 기온인데 밖에서 담배를 피우라고 하시는 겁니까?"

"지, 지금은 전투 중입니다. 사생활에 관련된 얘기는 삼가세요!"

나타샤는 얼굴을 붉히며 다시 케빈에게 소리쳤다. 케빈은 알았다는 듯 조종석 외부 장갑에 담배를 비벼 끄고 웨드에서 내렸다.

그가 내리기가 무섭게 전룡단원 두 명이 격납고 안으로 들어왔다. 그들은 케빈에게 경례를 붙이고 자신들이 받은 명령을 전했다.

"케빈 중위님! 프로톤 라이플 작전 준비가 완료되었습니다!"

"음? 아아, 맞아. 그것 때문에 내가 여기 있었지. 알았으니 2분만 기다려 달라고 말씀드리시오. 아, 그리고 나타샤 대위님, 프로톤 라이플의 탄환 좀 꺼내 주십시오. 두 개만 있으면 됩니다."

턱수염을 매만지며 말하는 케빈의 행동은 솔직히 나타샤의 맘에 들지 않았지만 일단 지금은 작전 중이기 때문에 그녀는 더 이상의 불필요한 말은 하지 않았다.

"예, 알겠습니다. 1분만 기다려 주십시오."

"고맙습니다, 올드 미스. 하하핫."

케빈은 웨드용 고글을 쓰며 웨드 안으로 들어갔다. 그의 마지막 말에 이를 갈던 나타샤는 곧장 들고 다니던 노트북의 스위치를 켜고 원격으로 창고에서 프로톤 라이플용 탄환을 꺼내는 작업을 개시했다. 1분도 지나지 않아 두 개의 프로톤 라이플 탄환이 케빈에게 지급됐고, 그는 웨드의 시동을 걸며 씩 웃어 보였다.

"자, 나가 볼까, 귀염둥이. 아아, 이게 빠지면 안 되지. 안 되고 말고."

'코알라'의 처녀 출격 모습을 걱정스레 지켜보던 나타샤는 케빈의 웨드가 갑자기 이상한 행동을 하기 시작하자 눈을 휘둥그레 떴다. 잠시 후 그녀는 확성기를 켜고 날카로운 고성을 질러 댔다.

"케빈 중위! 웨드의 마스크 공기 흡입구에 도대체 뭘 꽂은 겁니까!"

"그럼 다녀오겠습니다!"

케빈은 듣는 둥 마는 둥 웨드를 끌고 격납고 밖으로 나갔다. 나타샤는 밀려드는 찬 공기에 몸을 움츠리며 눈을 질끈 감았다.

"으윽, 저 니코틴 중독자!"

한편 슈렌을 비롯한 전룡단 단장들은 케빈의 웨드가 어서 빨리 나오기를 기다렸다. 그들 모두 실패할지도 모르는 이번 일에 상당히 걱정하고 있었기에 케빈의 늑장은 애를 태우기 충분했다.

이윽고 케빈의 웨드가 나왔을 때 전룡단 단장들의 얼굴은 일순간 굳어 버렸다. 슈렌의 부관인 레소드 역시 당황한 얼굴로 슈렌을 바라보았다.

"슈렌 님. 웨드의 마스크 부위에 뭔가 꽂혀 있습니다만……?"

인간형에 가까운 외관을 가진 웨드들은 대부분 마스크 부분에 외부 공기 흡입구가 있었다. 마치 마스크에 구멍이 두 개 뚫린 것처럼 보일 정도로 구조가 간단했기 때문에 그것에서 힌트를 얻은 케빈은 드래고니스의 담배 회사에 특별 주문을 하여 기호식품에 대한 욕구를 충족시켰다.

그것을 본 슈렌은 별것 아니라는 듯 덤덤히 말했다.

"좀 큰 담배군."

향긋하게 밀려오는 담배의 연기. 케빈은 이 냄새를 맡아야만 정신이 집중되는 것 같았다.

나타샤가 말한 그대로 니코틴 중독 증상이 아닌가 생각해 봤지만 그가 담배를 처음 물게 된 10대 후반에도 사격하기 전에 담배를 피우면 실력이 기막히게 향상되곤 했다. 그가 골초 아닌 골초가 된 것도 그런 이유에서였다.

케빈은 콧노래를 흥얼거리며 정신과 코알라의 CDS CPU를 콤바인시켰고, 그 자신은 곧 웨드가 됐다. 그러고는 능숙하게 코알라의 백팩에 장비된 프로톤 라이플을 꺼내 길게 펼쳐 사격 준비를 하고, 탄환을 장전한 뒤 영점 조정을 했다.

"흠흠. 중력 오차 계산, 0.0000001…… 장애물 계산…… 좋아. 타깃 록온…… 음?"

코알라가 갑자기 프로톤 라이플의 조준장치에서 시선을 떼자 슈렌은 움찔하며 통신기를 통해 케빈에게 상태를 물었다.

"이상이라도 있습니까?"

— 음, 이상이라면 이상입니다. 록온 사이트의 각도가 0.06도 정도 빗나가 있군요. 아아, 뭐 걱정하지 마십시오. 록온 사이트를 끄고 하면 되니까.

통신기에서 들려온 청천벽력 같은 소리에 전룡단 단장들은 다시금 술렁였다. 슈렌의 부관 레소드는 슈렌의 앞에 무릎까지 꿇으며 명령 철회를 요구하기 시작했다.

"이, 이건 안 됩니다 슈렌 님! 록온 사이트를 사용하지 않고 70킬로미터 밖의 목표를 맞춘다는 것은 인간으로서는 불가능합니다! 제발 명령을 철회해 주십시오!"

그러나 슈렌의 의지는 확고부동했다.

"케빈 중위는 당신들보다 총기류를 더 오래 다뤄 본 사람입니다. 그리고 그가 실패한다면 나 혼자 가서라도 슈퍼컴퓨터를 부술 테니 걱정 마십시오."

결국 레소드는 더 이상 말을 하지 못했다. 조금 후 케빈에게서 다시 통신이 들어왔다.

— OK! 전방에 있는 지크에게 명령을 내려 주십시오!

결국 올 것이 왔다. 전룡단 단장들이 불안해하고 긴장하는 가운데 슈렌은 묵묵히 고개를 끄덕였다.

"알겠소."

전룡단 제1, 9, 30부대를 맡은 지크는 참호 안에서 몸을 풀며 슈렌의 연락이 오길 기다렸다.

그의 임무는 작전이 성공하여 적의 전방에 포진해 있는 바이오버그의 움직임이 잠시 정지하면 그 틈을 타 돌격하는 것이었다. 솔직히 상당히 초조한 임무였다. 기다림은 모두, 사람의 마음을 바짝 긴장시키게 마련이었다.

"젠장, 케빈 녀석은 왜 이리 늦는 거야. 담배 연기에 질식이라도 한 건가?"

지크는 귀에 꽂고 있는 마이크 폰을 두드려 보며 투덜거렸다. 뒤에 서 있는 릭 역시 상당히 초조한 듯 허리에 찬 검 자루를 손가락으로 계속 매만졌다.

— 지크, 지크 들리나?

드디어 슈렌의 낮은 목소리가 들려왔다.

"헤헷, 반가울 정도로 잘 들리지."

지크는 그제야 한숨을 돌리며 릭에게 수신호를 보냈다. 릭은 옆에서 모든 전룡단과 다른 단장들에게 바쁘게 연락을 취했다.

"좋아, 신호나 보내 줘!"

— 지금이다.

지크는 너무 빠른 게 아닌가 생각하면서도 릭을 향해 엄지손가락을 펴 보였다. 곧바로 열을 지어 서 있던 전룡단의 중앙 부분이 양옆으로 갈라졌다.

양쪽으로 분리된 전룡단의 사이에 폭 30미터 정도의 길이 형성됐다.

그 길의 가드레일 역할을 맡은 전룡단원들은 절연물체가 코팅된 특수 방패를 옆에 들어 몸을 보호했다. 프로톤 라이플의 에너지가 지나갈 때 휩쓸리지 않기 위함이었다.

빠르고 완벽하게 준비가 끝나자 지크는 회심의 미소를 지으며 슈렌에게 말했다.

"준비 끝!"

신호를 받은 슈렌은 곧바로 케빈에게 발사 신호를 보냈다.

케빈의 웨드는 즉시 프로톤 라이플의 두꺼운 방아쇠를 당겼다.

"좋아, 날아랏!"

엄청난 굉음과 함께, 프로톤 라이플의 총구에서 적황색의 광선이 무서운 속도로 동룡족의 본진을 향해 뻗어 나갔다.

"온다!"

지크는 곧장 머리를 숙였다. 절연체 방패를 든 전룡단원들은 이를 악물며 곧 닥쳐 올 전자폭풍에 대비했다. 대비 기간에 비해 그들의 몸을 덮친 전자폭풍 시간은 찰나에 불과했지만 한 번 경험한 전룡단원들은 절대 다시 겪고 싶지 않다는 생각을 하기 충분했다.

전룡단이 미리 준비한 길을 지나친 광선은 폐허가 된 전장을 빠르게 통과했고, 이윽고 동룡족의 진형을 급습하기에 이르렀다.

"쿠에엑!"

전방에, 정확히 말해 프로톤 라이플의 광선이 통과하는 길에 위치해 있던 대형 바이오 버그들은 일시에 몸이 관통되어 즉사했다.

뒤에 있던 불운의 동룡족 병사 몇 명마저 관통한 광선은 동룡족이 설치해 둔 두께 2미터의 강철 바리케이드에 직격했다.

그 바리케이드마저 가뿐히 관통한 광선은 동룡족의 본진까지 들어갔고 본진 중앙에 설치되어 있던 바이오 버그 통제용 슈퍼컴퓨터의 중앙을 꿰뚫는 데 성공했다.

슈렌을 비롯한 서룡족 본진의 장성들은 임시로 띄워 둔 위성에서 연락이 오길 기다렸다. 그들의 긴장된 얼굴과 반대로 케빈의 웨드는 프로톤 라이플을 놓고 편히 앉아 공기 흡입구에 끼워진 담배 연기를 조종석 내부에 공급하고 있었다.

전룡단 단장들은 미덥지 못하다는 눈으로 코알라를 바라보고 있었으나 조금 후 들려온 오퍼레이터의 말에 눈이 휘둥그레졌다.

"전해 드리겠습니다! 적의 바이오 버그 통제 컴퓨터 소멸! 현재 적 전방에 위치한 바이오 버그들은 미동도 하지 않고 있습니다!"

"서, 성공했단 말인가?"

레소드를 비롯한 전룡단 단장들은 놀라움을 금치 못했다.

아무리 자신들이 만든 웨드에 타고 있다지만 인간이, 그것도 70킬로미터 밖에 있는 목표물을 록온 사이트도 사용하지 않고 맞추다니 도저히 믿어지지 않았다.

레소드는 자신들을 비웃듯이 연기를 내뿜고 있는 케빈의 웨드를 바라보며 예전에 장로에게 들은 말을 떠올렸다.

"이것이 장로님께서 말씀하신 인간의 잠재 능력이란 것인가! 설마 인간이 이 정도의 능력을 가질 정도로 진화했을 줄은……!"

그때 슈렌이 레소드의 어깨를 손으로 두드렸다. 그는 기함을 가리키며 모든 전룡단 단장들에게 말했다.

"이제부터 시가전에 대비한 작전을 짜도록 하겠소. 모두 기함에 들어와 주시길."

"예!"

단장들은 일사불란한 힘찬 대답과 함께 기함 안으로 들어갔다.

레소드는 자신의 상관 슈렌의 묵묵한 뒷모습을 바라보며 쓸쓸한 웃음을 지었다.

"그래, 저분들도 한때는 보통 인간들이셨지. 그걸 잊었군."

웨드, 코알라에 슬쩍 시선을 돌린 그는 기함으로 천천히 향했다.

"자, 가자! 지금 저 녀석들을 박살 내지 못하면 언제 박살 내겠나! 돌격이다!"

오퍼레이터로부터 작전 성공 신호를 받은 지크는 무명도를 높이 들어 올리며 전룡단에게 돌격 명령을 내렸다. 불가능하다고 생각된 전격 작전이 성공했다는 것에 사기가 오른 전룡단은 각자 고함을 지르며 전투 불능 상태가 되어 버린 바이오 버그에게 돌진했다.

그들은 모두 드래곤의 모습으로 변한 뒤 지크를 따라 적진을 향해 급속으로 진격했다. 바이오 버그들이 다시 통제를 받기 전에 속전속결로 끝내야 했기 때문이다.

슈퍼컴퓨터의 통제를 잃은 바이오 버그는 마치 사격연습장의 종이 타깃처럼 전룡단의 브레스 공격에 속수무책으로 쓰러졌다.

반격은커녕 반항조차 하지 못했다. 재가 되어 쓰러지는 동료에게도, 브레스를 뿜기 위해 날아오는 전룡단에게도 바이오 버그들은 눈길조차 돌리지 않았다.

수천의 바이오 버그들이 거의 학살되었을 무렵, 후방에서 동룡족 부대가 밀려왔다. 바이오 버그들이 이루고 있던 방어선을 대신할 새로운 방어선이 구축될 시간을 벌기 위해 오는 기동부대였다.

지크는 급히 전룡단에게 대열 정비를 지시했다.

"녀석들이 몰려온다! 전 부대는 포지션 8을 유지하고 박살 낼 준비를 해!"

지크의 지시에 따라 모든 전룡단은 뒤쪽으로 물러서서 세 개의 화살촉 모양으로 대열을 정비했다. 포지션 8이었다.

"상대가 얇고 긴 진형을 짠 상태로 다가오면, 포지션 8을 지시해라. 그다음은 네가 좋을 대로 해."

그것은 이번 작전이 시작되기 전 슈렌이 지크에게 특별히 당부

한 진형의 형태였다.

보통의 동룡족 병사들은 근거리 공격보다 원거리 공격을 주로 한다. 용의 모습으로 변했을 때는 특히 그랬다. 슈렌이 예상한 '얇고 긴 진형'은 돌격을 외칠 게 뻔한 지크가 이끄는 부대, 즉 중앙 돌파 중시형 부대를 부채꼴 모양으로 포위해 집중사격을 펼치도록 고안된 특별한 진형이었다. 포지션 8이란 바로 그런 진형을 깨기 위해서 고안된 또 다른 진형이었다.

중앙의 화살촉은 지크의 성격대로 중앙 돌파를, 다른 두 개의 화살촉은 양쪽으로 나뉘어 상대 진형의 측면 끝을 노리는 것이 바로 포지션 8이었다.

지크는 곧바로 기를 끌어 올리며 동룡족의 부대가 근접하기를 기다렸다. 그때 지크의 뒤에 있던 릭이 다급한 목소리로 소리쳤다.

"지크 님! 적진 중앙의 이동 속도가 느려지고 양쪽의 이동 속도가 빨라졌습니다! 지시를 내려 주십시오!"

"흥, 사나이는 정면 돌파야! 1대대는 나를 따르고 9, 30대는 양쪽을 맡아라! 그리고 전진해!"

"알겠습니다!"

슈렌에게서 이어진 지크의 지시를 따라 세 개의 화살촉 진형 중 두 개는 방향을 바꾼 뒤 계속 전진했고, 나머지 하나는 그대로 지크를 따랐다. 얼마 걸리지 않아 지크와 그의 부대는 옆으로 넓게 퍼진 동룡족 부대와 코가 닿을 정도로 가깝게 접근했다.

"좋아. 첫 테이프는 내가 끊는다! 지옥도를 멋지게 그려 주마!"

말이 끝나기 무섭게 지크의 몸은 전룡단의 맨 앞에서 사라졌다. 다름 아닌 지옥도의 전개였다.

그 기술이 어떤 것인지 알고 있는 릭은 전진 속도를 늦춘 뒤 다시 지크가 나타나길 기다렸다.

바람을 동반한 섬광과 잔영이 지나간 직후, 서룡족의 전방 3백 미터 안에 들어 있던 동룡족들은 일순간 고깃덩어리로 변해 지상으로 떨어져 내렸다.

동룡족 부대가 전룡단의 중앙 돌파에 대비해 한곳에 뭉쳐 있던 탓에 동룡족 병사 수는 지옥도에 당해 그야말로 격감하고 말았다.

지옥도의 전개를 마친 지크는 이내 모습을 나타냈다. 그런데 그가 나타난 곳은 다름 아닌 동룡족 장군의 코앞이었다.

"윽?"

느끼지도 못할 정도의 속도로 눈앞에 나타난 지크의 모습에 동룡족 장군은 움찔 뒤로 물러섰다.

지크가 상황을 파악하고 인상을 굳힌 채 동룡족 장군을 쏘아보자 역시 살기 어린 눈으로 마주 쏘아보던 동룡족 장군은 검을 뽑아들며 잔뜩 긴장했다.

'어, 어떻게 우리 병사들을 한꺼번에 몰살시킬 수 있는 거지? 게다가 이 살기등등한 녀석의 모습은⋯⋯! 틀림없이, 가즈 나이트! 하지만 물러서지 않는다!'

"잘 만났다, 가즈 나이트! 내 이름은 란바랄! 동룡족 장군 서열 제15위의 남자다!"

"웩."

지크는 란바랄의 말을 들을 사이도 없이 몸을 숙이고 구토를 하기 시작했다. 당황한 란바랄은 멍하니 그를 바라볼 수밖에 없었다. 이전에 일본이란 나라에서 만난 가즈 나이트 바이론과는 너무 차이가 크다고 란바랄은 생각했다.

"지크 님! 무사하십니까!"

그때 지크 뒤에서 릭이 급속으로 다가왔다. 지크는 계속 구토를 하면서도 손을 까딱이며 괜찮다는 신호를 보냈다. 릭은 지크를 부축한 뒤 검을 꺼내 앞에 있는 란바랄을 바라보았다. 그와의 악연을 한탄하며 릭은 쓴웃음을 지었다.

"또 만나게 됐습니다, 란바랄 장군. 지난번 용족전쟁 이후 참으로 오랜만이군요."

릭의 목소리와 얼굴을 본 란바랄은 움찔하며 정신을 차렸고, 곧 그 역시 살의에 찬 미소를 지으며 입을 열었다.

"릭 발레트 님 아니신가. 후훗, 이렇게 다시 만날 줄은 생각도 못 했는데?"

릭은 곧 자신을 따라온 전룡단원에게 지크를 맡긴 뒤, 검술 자세를 취하며 말했다.

"당신과 처음 대결했을 때 덕분에 명예가 실추되고 말았죠. 전룡단 최강의 검술 실력자인 내가 동룡족 서열 15위인 당신과 실력이 비슷하다는 결론이 나고 말았으니 말입니다. 당신으로서는 행운일지 모르겠지만!"

그의 몸에서 뿜어지는 기에 의해 릭의 머리카락이 세차게 흔들렸다. 그 엄청난 살기를 즐기듯 란바랄은 크게 웃음을 터뜨렸다.

"후, 아직도 어린 것 같군. 릭 발레트. 그럼 여기서 완전히 눌러주겠다!"

릭과 란바랄은 서로의 검을 부딪치며 수백 년 전 풀지 못한 실력 대결을 시작했다.

나이로 볼 때, 릭은 전룡단 단장 중에서도 상당히 젊은 축에 드는 편이었다. 그런데도 검술은 단장들 중 최고였고, 판단력과 지휘 능력도 최상급이어서 상당히 빠르게 제1단장이라는 명예를 물려

받게 됐다.

가끔씩 일어나는 국지전에서도 그는 상당한 용맹을 떨쳤기에 동룡족의 백전노장들도 그를 상당히 경계했다. 특히 예전에 벌어진 용족전쟁 때 그와 명승부를 펼쳤던 란바랄의 경우엔 더했다.

"아직 힘이 남으셨습니까!"

릭의 힘이 넘치는 횡베기가 란바랄의 옆을 노리고 들어왔다. 자신의 대도검(大刀劍)으로 릭의 장검을 힘겹게 막아 낸 란바랄은 이마에 흐르는 땀을 무시한 채 웃으며 외쳤다.

"하핫, 꼬마를 상대하기에 이 정도면 충분하지 않나!"

일진일퇴, 둘의 검술 실력은 거의 막상막하였다. 릭은 릭대로 란바랄의 실력이 상당히 좋아진 것에 놀라고 있었고, 란바랄은 란바랄대로 릭의 엄청난 실력에 감탄하고 있었다.

둘의 격돌을 중심으로, 서룡족 전룡단과 란바랄이 이끄는 동룡족 부대들의 육탄전은 열기를 더해 갔다.

그러나 전황은 차츰 근접 전투에 강한 전룡단에게 기울었다. 결국 란바랄은 후방에서 전해진 후퇴 명령을 받고 릭과의 대결을 다음으로 미뤄야 했다.

검을 거둔 란바랄은 인상을 잔뜩 쓴 채 선배들에 대한 불만을 표출했다.

"제기랄, 도대체 무슨 생각을……! 좋아, 오늘은 내가 먼저 물러가마, 릭 발레트! 하지만 승부는 아직 나지 않았다! 철수! 철수하라!"

란바랄의 선언과 함께 동룡족 방어부대는 급히 전장을 빠져나갔다. 릭은 그들을 추격하는 대신 진형 정비를 외치며 혹시라도 있을지 모르는 역습에 대비했다.

이윽고 동룡족이 더 이상 역습해 올 기미가 없자 릭을 비롯한 전룡단은 포효를 지르며 승리의 기쁨을 만끽했다.

한편 기술을 단 한 번 전개하고 후방으로 물러나야 했던 지크는 불만 어린 얼굴로 멀리 후퇴하는 동룡족을 쏘아보았다.

"흥, 버릇없는 것들! 감히 이 지크 님과의 승부를 미루다니!"

그러나 지크의 속은 아직도 울렁거렸다.

작전이 끝난 뒤, 슈렌은 지크와 전룡단 단장들 그리고 BSP 대원을 대표한 헤이그를 기함에 불러 작전 회의를 재개했다. 이번 작전의 결과는 상당히 성공적이었고, 특히 상상을 초월한 사격 실력을 펼쳐 작전을 성공으로 이끌었던 케빈은 지금까지 웨드들에 대해 별다른 신뢰감을 가지지 못했던 전룡단 단장들의 생각을 바꾸어 놓기 충분했다.

그러나 지옥도를 사용해서 전장을 릭에게 맡겼던 지크는 그리 좋은 점수를 받지 못했다.

대강의 보고를 받은 슈렌은 모니터로부터 시선을 돌리며 입을 열었다.

"좋습니다. 적들은 이제 모스크바 시내 안쪽과 시 외곽까지 물러났습니다. 수고해 준 전룡단 제1, 9, 30부대 장병들과 단장들에게 경의를 표하는 바입니다. 그럼 이제 다음 작전으로 넘어가겠습니다. 먼저 단장 여러분께 의견을 듣겠습니다."

단장들의 의견은 대충 두 가지로 갈렸다. 모스크바를 네 곳에서 동시에 포위해 적을 섬멸하자는 의견과, 적이 집중해 있는 모스크바의 동쪽에 전력을 집중해 힘의 대결을 하자는 것이었다.

하지만 두 작전 모두 슈렌에게는 받아들여지지 않았다. 모스크바 시민들의 안전이 우선되지 않은 작전이었기 때문이다.

"적을 섬멸하는 데는 매우 좋은 작전입니다. 그러나 우리의 주 임무는 동룡족의 전멸이 아니라 모스크바의 탈환입니다. 두 작전 중 어느 하나를 실행하게 된다면 분명 우리의 손이나 흥분한 동룡족의 손에 시민들이 다칠 우려가 있습니다. 다른 작전을 말씀해 주시기 바랍니다."

회의실에 한참 동안 정적이 감돌았다. 시민의 안전과 동룡족의 효율적 격퇴라는 두 마리의 토끼를 잡는다는 것은 그만큼 어려운 일이었다.

시간이 흘러도 더 이상 좋은 의견이 나오지 않자 지크는 탁자 위에 팔을 베고 엎드리며 지루함을 나타냈다. 그때 헤이그의 목소리가 정적을 깼다.

"게릴라 전법을 응용한 작전은 어떻습니까?"

참석한 전룡단 단장들이 솔깃한 시선으로 모두 헤이그 쪽으로 시선을 돌렸다. 슈렌 역시 고개를 끄덕이며 관심을 나타냈다.

"좋습니다. 좀더 자세히 말씀해 주시겠습니까?"

헤이그는 곧장 자신이 생각한 작전을 말했다.

"제가 생각하는 작전은 이렇습니다. 적의 후방에 우선 소수정예의 대원들을 파견합니다. 그 정예대원들은 적을 후방부터 철저히 교란합니다. 그리고 적이 혼란스러워진 틈을 타서 전군이 총공격을 퍼붓는 것입니다. 적이 혼란스러워지면 그만큼 적군 격퇴에 걸리는 시간은 짧아질 테고, 시민과 아군의 피해도 그만큼 줄일 수 있을 것입니다."

헤이그의 의견에 슈렌과 다른 전룡단 단장들은 생각보다 좋은 작전이라고 판단한 듯 고개를 끄덕였다. 그러다 슈렌이 다시 헤이그에게 물었다.

"헤이그 대위님이 말씀하신 작전은 그 소수정예 부대에게 모든 것이 달려 있습니다. 그 정예부대는 어떻게 뽑을 생각이십니까?"

헤이그는 자신 있는 미소를 지어 보였다.

"지금 이 작전을 위해 파견된 웨드의 파일럿들은 BSP 사이에서도 정예 중의 정예입니다. 그리고 거의 2년 동안 생사고락을 같이하며 호흡을 맞춰 왔기 때문에 팀플레이 역시 거의 완벽하다고 생각합니다. 게다가 이번 작전에 투입된 웨드 역시 보급형 기체가 아닌 강력한 전용 기체 아닙니까? 저희에게 한번 맡겨 주십시오."

전룡단 단장들은 술렁였다. 케빈이 보인 실력이 아무리 훌륭했다 해도 위험한 일이었다. 그때 제1전룡단 단장 럭이 말했다.

"저는 찬성입니다. 아까 케빈이란 분이 보여 주신 정교한 사격 솜씨, 그것은 우리 전룡단 단장 사이에서도 불가능한 것이었습니다. 다른 분들의 실력 또한 리오 님을 비롯한 가즈 나이트 분들이 인정하실 정도로 상당하십니다. 물론 아무것도 착용하지 않은 맨몸으로는 전룡단 단원들도 이길 수 없는 분들이시지만, 인간이란 종족은 원래 이 세상의 어떤 종족보다 도구를 잘 사용하는 종족입니다. 도구를 사용할 때의 인간은 우리도 무시하지 못할 정도지요. 능력이 높은 인간의 경우 철로 만든 검 하나만으로 마룡들과 싸울 수 있을 정도니까요. 그래서 저는 절대적으로 찬성하는 바입니다."

"예, 저도 찬성입니다."

다음으로 헤이그의 의견을 지지한 사람은 다름 아닌 슈렌의 부관 레소드였다. 그는 자신의 녹색 단발을 옆으로 쓸어넘기며 말을 이었다.

"자존심이 상하긴 하지만, 예전에 장로님께서 말씀하신 대로 인간이란 종족은 우리 용족을 제외한 모든 종족 중 발전 속도가 가장 빠른 종족입니다. 인정하지 않을 수 없지요. 그리고 저분들이 탑승하고 사용하실 웨드는 우리 서룡족의 기술진이 총력을 기울여 만든 것입니다. 인간의 능력과 우리의 능력을 한꺼번에 믿어 보는 것입니다."

전룡단 안에서 상당한 파워를 지닌 둘의 찬성이기에 다른 단장들은 결국 군말 없이 고개를 끄덕였다. 슈렌이 모두에게 물었다.

"반대 의견 있으십니까……? 그러면 없으신 것으로 알겠습니다. 그럼 작전은 3일 후, 새벽에 개시하도록 하겠습니다. 헤이그 대위, 정확한 웨드 부대의 투입 시기를 정해 주실 수 있으시겠습니까?"

헤이그는 기다렸다는 듯 고개를 힘차게 끄덕였다.

"물론입니다."

"여보세요? 엄마? 아아, 저 잘 있어요. 날씨요? 엄청 춥죠. 먹고 싶은 거요? 떡볶이요. 괜찮아요, 엄마. 여기가 어딘데 오시려고요. 아하핫."

티베, 프시케와 함께 방을 쓰고 있는 리진은 유일한 개인 통신수단인 위성전화로 집에 연락을 하고 있었다. 어차피 가격은 무료였다. 전룡단 단장들과 단원들 역시 대부분 드래고니스에 가족이 있는 탓에 통신위성을 띄운 것이지만 BSP 대원들도 그 덕을 톡톡히 보고 있었다.

"예예, 알았어요, 엄마. 아빠 깨어나시면 저 잘 있다고 전해 주세요. 예, 끊어요, 엄마."

전화를 끊은 리진은 그래도 아쉬운 듯 한숨을 쉬며 전화기를 배낭에 집어넣었다. 그러고는 침대에 벌렁 누운 채 옆에 있는 티베와 프시케를 바라보았다. 조용히 책을 읽고 있는 프시케와는 달리 티베는 표정이 그리 좋지 않았다. 그런 것을 그냥 보고 지나칠 리진이 아니었다.

"어, 왜 그래, 티베?"

잠시 동안 말없이 리진을 바라본 티베는 고개를 저으며 말했다.

"넌 전화할 가족이 있어서 좋겠다. 난 가족이 없잖아. 만약에 죽는다 해도 울어 줄 가족이 없어."

리진은 할 말을 잃었고 책을 읽고 있던 프시케 역시 책에서 시선을 떼고 티베를 돌아보았다. 분위기가 침울해졌음을 느낀 티베는 아무 말 없이 간이 침대에 누워 이불을 덮었다.

그녀를 한참 동안 주시하던 리진은 팔짱을 끼며 덤덤히 말했다.

"그럴지도 몰라, 티베. 널 위해 울어 줄 가족은 분명 없으니까. 하지만 눈물을 흘릴 동료들은 분명히 있어. 더 이상 죽는다, 슬프다는 바보 같은 말 하지 마. 우리가 더 슬퍼지잖아."

리진의 말에 티베는 슬그머니 고개를 들었다. 그녀에게 가까이 다가간 리진은 티베의 머리를 자기 가슴에 따뜻하게 묻어 주었다.

"아무 걱정 마, 티베. 우리는 한 팀이잖아."

"응……."

둘의 모습에 안도의 미소를 지은 프시케는 다시 읽던 책으로 시선을 돌렸다.

"야호, 잘 쉬고 있어?"

그때 그녀들 방에 지크가 기습적으로 들어왔다. 상당히 밀착해 있던 리진과 티베의 얼굴이 하얗게 변해 버렸다.

그들과 시선을 마주친 지크는 당혹스러운 표정으로 잠시 서 있다가 이내 등을 돌리며 더듬더듬 말했다.

"미, 미안. 너희가 그런 사이인 줄 몰랐어. 방해됐다면 사과할게."

"알면 나가, 이 멍청아!"

얼굴이 시뻘겋게 달아오른 리진과 티베는 베개를 지크에게 던졌다. 지크는 투척물을 일일이 손으로 받아 내며 소리쳤다.

"아, 알았으니 프시케나 좀 내보내 줘! 할 얘기가 있단 말이야!"

"먼저 나가! 그리고 이상하게 소문나면 알아서 해!"

지크는 티베의 괄괄한 목소리를 들으며 황급히 방을 나왔다.

리진이 잘 때 애용하는 토끼 인형을 멀거니 들고 있던 그는 이내 킥킥 웃으며 중얼거렸다.

"셋이서 벌벌 떨고 있을 줄 알았는데, 변함없는 걸 보니 안심이 되는구먼. 역시 강심장들이라니까."

"변함없는 건 지크 씨도 마찬가지잖아요."

지크는 움찔하며 뒤돌아보았다. 프시케가 어느새 방에서 나와 복도에 떨어진 물건들을 줍고 있었다. 머쓱해진 지크는 머리를 긁적거릴 뿐이었다.

"헤헷. 빨리도 나왔네."

"예. 오랜만에 지크 씨와 얘기하게 됐는데, 가슴이 두근거려 견딜 수가 있어야죠. 아, 그 토끼 인형 주세요. 리진은 그 토끼 인형이 없으면 잠을 못 자거든요."

품에 베개와 인형들을 가득 안은 프시케는 처음 만났을 때와 전혀 변함없는 맑은 미소를 지은 채 지크에게 말했다.

그 미소를 볼 때마다 지크는 자신의 마음도 덩달아 맑아지는 것을 느끼긴 했지만, 그때마다 왠지 마음에 걸리는 것 또한 있었다.

그녀를 이 세계에서 처음 만난 게 아닌 것 같다는 느낌이었다.

프시케가 물건을 정리해 안에 갖다 놓은 후, 지크는 그녀를 데리고 웨드 수송함 출입구를 향해 걸어갔다. 프시케는 그가 다른 생각이 있겠지 하고 따랐으나, 아무리 봐도 지크는 수송함 밖을 향해 가고 있었다.

그가 출입구 앞에 서자 프시케는 걱정스레 물었다.

"저, 지크 씨. 혹시 밖에서 말씀하실 생각이세요?"

건망증이 심한 지크는 쾌히 웃으며 고개를 끄덕였다.

"그럼. 밖에서 밤바람도 쐬고, 보름달도 보고, 분위기 좋잖아?"

그는 가볍게 출입구 개폐 스위치를 눌렀다. 놀란 프시케가 그를 말리기 위해 입을 열었지만 일은 이미 벌어졌다.

"지, 지크 씨. 밖은 추울 텐데……."

"윽!"

살을 베듯이 불어오는 러시아의 강풍에 지크는 황급히 문을 닫았다. 프시케는 급히 손수건을 빼 들고 지크에게 향했다.

"지크 씨, 괜찮으세요?"

"으, 으응. 밤바람이 좀 차가웠던 것뿐이야. 하하하."

그러나 지크의 미소는 눈썹과 얼굴에 낀 서리에 설득력을 잃고 말았다. 빙긋 미소를 지은 프시케는 하얗게 변한 그의 얼굴을 닦아주며 말했다.

"2층 휴게실로 가요. 그곳에서 나오는 차가 아주 맛있어요."

프시케는 지크를 데리고 휴게실로 자리를 옮긴 후 자동판매기에서 따뜻한 차를 뽑아 지크에게 건넸다. 지크는 따뜻한 차를 연신 들이켜다가 뭔가 말할 것이 있는 듯 잠깐 프시케를 봤다가도 다시 찻잔으로 눈길을 돌리곤 했다. 프시케는 그런 그의 모습을 맑은 눈동자로 바라볼 뿐이었다.

지크는 차 세 잔을 비우고 나서 겨우 말할 결심을 굳혔다. 그는 볼을 붉적이며 어렵사리 입을 열었다.

"저, 저기…… 차 좀 한 잔 더……."

도대체 말하려고 했던 것이 무엇이었을까. 다시 말을 돌리고 만 지크는 고개를 푹 숙였다. 네 번째 차를 빼 온 프시케는 찻잔을 살 며시 밀며 말했다.

"지크 씨, 좋아하는 사람 있으세요?"

"응?"

지크의 눈이 순간 크게 벌어졌다. 하지만 평소와 다름없이 머리 를 긁적이며 가볍게 대답했다.

"물론 있지! 그것도 많이. 리오나 슈렌이야 형제니 제쳐 놓더라 도 바이칼, 헤이그 선배님, 케빈, 릭 등등……."

"솔직히 말씀해 주세요."

지크는 움찔했다. 한 번도 그의 말을 중간에서 끊은 적 없던 프 시케가 평소에 보이지 않던 엄한 표정을 지은 채 쳐다보고 있었다.

당혹스러움과 난처함에 표정이 굳어 가던 그는 곧 쓴웃음을 지 으며 차를 단숨에 들이켰다.

"쳇!"

술잔을 내려놓듯 찻잔을 탁자에 거칠게 내려놓은 지크는 이제껏 고민스레 말하려던 것을 가볍게 털어놓았다.

"프시케, 지금까지 날 속이고 있었지?"

"예, 예?"

상황은 단번에 역전되고 말았다. 지크는 그녀에게 얼굴을 바짝 들이대며 기세를 높였다.

"어떻게 나를 다시 찾아냈는지는 몰라도 그냥 솔직히 말하면 안 됐던 거야? 자신이 누구고 왜 나를 다시 찾아왔는지 평소처럼 부 드럽고 솔직하게 말하면 안 됐냐! 지금까지 다른 사람도 아닌 프시케에게 속아 왔던 난 어떻게 되는 거야?"

"죄, 죄송해요, 지크 씨! 저, 저는 그냥 자신이 없어서……."

프시케는 당황했다. 자신이 원래 사이키라는 사실을 그가 이렇게 빨리 알아낼 줄은 생각지도 못했다.

지크는 의자에 등을 기대며 낮은 목소리로 말했다.

"소리 지른 건 미안해. 하지만 처음 만났을 때부터 프시케를 어디선가 만났다는 느낌만은 지울 수 없었어. 프시케가 내게 잘해 줄 때마다, 웃음 지을 때마다 그런 느낌을 계속 받은 난 정말 괴로웠다고……. 부탁이야. 이제 솔직히 말해 줘."

"예……."

프시케는 쓸쓸히 웃으며 머리카락을 천천히 쓸어내렸다. 그 손길을 따라 그녀의 머리색은 갈색에서 파란색으로 바뀌었다. 사이키는 고개를 깊이 숙이며 자신의 진짜 정체를 털어놓았다.

"죄송해요, 지크 씨. 저 사실 사이키예요. 지크 씨를 도저히 잊을 수 없어서 주신께 신의 자리를 내놓고 지크 씨에게 돌아왔어요. 그러니 지크 씨, 사이키 싫어하지 마세요. 이렇게 사과할게요. 부탁이에요. 흐흑."

프시케, 아니 사이키는 진심 어린 눈물을 흘리며 고개를 더욱 숙였다.

그러나 지금 상황은 프시케의 철저한 오해였다. 그녀의 머리색이 파란색으로 바뀌는 순간부터 지크는 이미 판단력을 상실했다. 그는 사실 프시케가 아주 어릴 적 알고 지냈던 여자 친구가 아닐까, 단순히 그렇게 생각하고 있었다.

"죄송해요, 지크 씨…… 지크 씨? 저, 정신 차리세요! 제가 잘못했으니 제발 정신 차리세요!"

그녀의 간곡한 부탁에도 불구하고 눈을 뜬 채 탁자 위에 엎드린 지크는 오랫동안 일어날 줄 몰랐다.

고민이란 단어가 없는 그의 두뇌로는 지금의 엄청난 상황을 이해하기가 상당히 힘들었다.

"오랜만에 보는군. 대천사장 미카엘이 사용한 초절성검(超絶聖劍) 에릭튜드……."

바티칸 교황청 내부. 그곳에서 백색 코트를 입은 한 청년이 현재의 교황 바오로 3세에게 받은 은회색의 긴 원통형 물체를 바라보며 낮게 중얼거렸다.

다짜고짜 들어와 에릭튜드를 내놓으라 한 청년에게 바오로 3세는 아무런 말도 하지 못했다. 사실 그 청년이 이름을 밝힌 순간부터 바티칸 최대의 비보, 에릭튜드의 주인은 이미 바뀌어 있었다.

교황은 이마에 흐르는 땀을 손수건으로 닦으며 말했다.

"설마, 그 예언이 맞을 줄은…… 대천사장 미카엘 님께서 2천 년 전, 동방박사 3인에게 직접 전해 주신 우리 종교 최대의 비보 에릭튜드를 휀 라디언트라는 이름의 남자가 찾으러 올 거라는 황당한 예언이 진짜 맞을 줄은 몰랐습니다. 아아, 이 세상의 끝이 다가온 것입니까, 휀 라디언트 님?"

에릭튜드를 벨트 옆에 장비한 휀은 조용히 바오로 3세를 바라보았다.

"멸망의 예언이란 것은 닥쳐 올 미래를 즐길 후세를 질투한, 지식인의 헛소리에 불과한 것. 예언이 틀리다는 것을 증명하는 것은 간단하오."

"예? 아, 아니 어떻게 말입니까?"

교황의 눈이 반짝였다. 그러나 그 기대에 비해 휀은 너무도 간단히 답했다.

"지금 즉시 이 세계를 파괴하면 되지 않겠소."

"예? 자, 잠깐만! 당신은 도대체 누구십니까!"

바오로 3세는 방을 막 나서고 있는 휀에게 다급히 정체를 물었다. 그러자 그는 뒤도 돌아보지 않고 허무함이 밴 특유의 어투로 대답했다.

"신의 무력을 대행하는 자."

휀은 그 말만을 남기고 바티칸을 떠났다. 교황은 급히 사람들에게 그가 사라진 방향을 물었지만 사람들은 동쪽인 것 같다고 막연히 대답할 뿐이었다.

10장
스승과 제자

1

게릴라 작전

"연전연패…… 어떻게 된 것입니까, 자랑스러운 나의 장군들이여. 열 번 싸우면 아홉 번을 지는 특별한 사정이나 이유가 있습니까? 있다면 얘기해 주십시오."

모스크바의 크렘린 궁전. 그 안에 위치한 거대 회의실에 모스크바를 전진기지로 바꾸기 위해 배치되어 있던 동룡족 장군들의 모습이 보였다. 하나같이 사색이 되어 있는 그들은 스크린에 비친 쥬빌란의 웃는 얼굴 앞에서 몸을 최대한 움츠리고 있었다. 물론 연전연패의 이유를 떳떳하게 말하는 장군은 단 한 명도 없었다.

쥬빌란은 아무 말 없이 그들을 바라보다가 이내 인상을 굳히며 무거운 목소리로 말했다.

"모스크바를 빼앗긴다면 다음은 유럽, 그리고 그다음은 본거지가 있는 아메리카 대륙입니다. 그걸 알면서 모스크바는 포기하고, 유럽에서 결사투쟁을 하겠다고 나에게 부르짖고 싶으신 장군들은 즉시 돌아오시기 바랍니다. 물론 돌아오는 장군들은 어제 막 도착하신 무룡왕, 올파드 님과 개인 면담을 하셔야 합니다.'"

올파드라는 이름에 장군들의 얼굴은 더욱 파랗게 변했다.

올파드. 그는 동룡족의 실질적인 2인자로 확고한 위치를 굳히고 있는 남자였다.

6대 군주 중 한 명이기도 한 그는 권력으로나 무력으로나 분명 쥬빌란 다음의 위치를 차지하고 있으나, 권력을 남용하지 않고 쥬빌란에 대한 무조건적인 충성과 보좌만을 하며 살아온 남자로 잘 알려져 있었다.

쥬빌란의 아버지, 즉 전대 주룡이 사망한 후 일어난 동룡족의 쿠데타 세력이 어린 쥬빌란을 노리고 용궁을 장악하려 했을 때, 전신에 서른 번이 넘게 칼을 맞고도 쿠데타 군을 모두 베어 내고 쥬빌란을 지킨 일화는 동룡족 사이에서 거의 전설로 여겨지고 있었다.

"올파드 같은 남자가 서룡족에 있었거나, 그 같은 존재가 동룡족에 한 명 더 있었다면 두 종족의 현재 균형은 분명 깨졌을 것이다."

서룡족의 장로가 자주 거론하는 말이었다. 그만큼 올파드는 두 용족에게 있어서 엄청난 비중을 차지하는 인물이었다.

쥬빌란은 잠시 틈을 두었다가, 눈을 감으며 경고했다. 더 이상 말이 필요 없다는 뜻이었다.

"만약 결사라는 단어를 부르짖을 생각이시라면 지금 당장 하도록 하십시오. 그럼 수고하시오. 자랑스러운 동룡족의 장군들."

통신이 끊어진 뒤, 동룡족 장군들은 고뇌에 찬 한숨을 내쉬었다. 쥬빌란의 지금 말은 그가 무척 화가 났으며, 임무 실패는 곧 죽음이라는 뜻을 담고 있었다.

잠시 후 모스크바에 주둔한 동룡족 군대의 총사령관 솔런 장군은 자리에서 일어나 단상으로 나서며 다른 장군들에게 말했다.

"이번 작전이 실패하면 주룡의 말씀대로 서룡족은 유럽까지 쳐들어올 것이 뻔하오. 그리고 유럽까지 당한다면 주룡께서는 총퇴각명령을 내리실 것이오. 그렇게 되면 두 용족 간의 균형은 무너질 것이고 동룡족의 위상은 땅에 떨어지고 말 것이오."

그 말에 란바랄의 미간이 크게 일그러졌다. 손으로 얼굴을 가려 표정을 감추긴 했지만 그는 치밀어 오르는 분노를 도저히 삭일 수 없었다. 그는 손가락 사이로 보이는 솔런에게 마음속으로 독설을 연이어 퍼부었다.

'그걸 아는 자가 바이오 버그 통제 컴퓨터가 부서졌을 때 나체인 채로 인간의 여자들을 희롱하고 있었나! 무능력한 자!'

란바랄은 서룡족, 동룡족의 혼혈아라는 열악한 배경을 딛고 실력을 인정받아 어렵게 장군이 되었기 때문에 혈연, 지연이란 배경을 통해 쉽게 장군이 된 기존 장군들에게 상당한 불만을 가지고 있었다. 그들은 누가 봐도 돈과 미녀, 그리고 권력을 밝히는 것 외에는 무능력했기 때문이다. 그를 비롯한 젊은 장군들은 실력으로 장군의 명예를 얻은 터라 젊은 장군 대다수가 란바랄과 같은 불만을 가지고 있다고 해도 무리가 아니었다.

그런 불만을 아는지 모르는지 솔런은 뻔한 연설을 계속 이었다.

"우리는 그 최악의 상황을 막아야 하오. 비록 가즈 나이트가 서룡족에 붙어 있다 하더라도 우리가 죽을 각오로 전투에 임한다면 그들을 물리칠 수 있을 것이오. 우리에게 기적이 일어나기를 바랍시다. 기필코 이길 수 있다는 신념을 가집시다! 우리 동룡족의 미래를 위해!"

솔런의 연설이 끝난 뒤, 동룡족 장군들은 방어 작전 회의에 들어갔고, 세 시간이 지나서야 겨우 회의가 끝났다. 장군들은 피곤에 지친 표정으로 회의실을 나섰다.

그들 중에는 서룡족 사이에서 '해부자'로 불리는 플루소도 끼어 있었다. 시무룩한 표정으로 회의실을 빠져나가는 그녀의 모습을 본 란바랄은 가볍게 어깨를 쳐 주며 응원하듯 말했다.

"너무 그렇게 힘겨워하지 마시오, 플루소 장군. 서룡족 사이에서는 나보다 그대가 더 유명하지 않소. 그 녀석들이 언제 쳐들어올지 모르지만 아직은 그런 표정을 짓지 마시오. 아직 끝난 게 아니지 않소."

자신의 어깨 위에 올려진 란바랄의 손을 가볍게 쳐낸 플루소는 차가운 표정을 지은 채 무안한 표정의 상대를 마주 바라보았다.

"알고 있습니다, 란바랄 장군. 그런데 오늘 전룡단 제1단장, 릭 발레트와 또다시 부딪치셨다고 들었는데, 어떠셨습니까?"

플루소에게 번번이 퇴짜를 맞는 자신의 손을 매만지던 란바랄은 릭이란 이름이 나오자 이내 표정이 굳어졌다.

"아아, 그 릭이란 자는 여전히 강했소. 나도 예전보다 많이 강해졌는데, 그자 역시 강해졌는지 나에게 결코 밀리지 않았소."

란바랄은 잠시 말을 끊고 창밖을 바라보았다. 영하 20~30도를 오르내리는 추운 날씨답게 하늘은 어느새 함박눈으로 뒤덮여 있었다. 그 모습에 조금 마음이 풀어진 것일까, 푸른 눈을 가진 동룡 란바랄은 푸근한 미소를 지으며 말을 이었다.

"후훗, 만약 릭 발레트가 아군이었다면 나와 그자는 절친한 친구가 되었을 거요. 내 몸에 서룡족의 피가 흐르고 있어서 그런지 모르겠지만 릭 발레트라는 멋진 남자와 우정을 나누고 싶은 솔직한 심정은 어쩔 수 없구려. 아, 그럼 난 모스크바 서쪽으로 가겠소. 정문을 잘 부탁하오, 플루소 장군."

"수고하십시오, 란바랄 장군."

대화를 마친 란바랄과 플루소는 각각 자신이 맡은 구역으로 걸어갔다. 회의실을 나온 다른 동룡족 장군들도 홀로, 또는 부관과 함께 바삐 맡은 구역을 향해 발길을 돌렸다. 쥬빌란의 경고를 듣기도 했지만, 그들은 자존심상 기필코 서룡족에게 지지 않겠다는 다짐을 굳게 하고 있었다.

사실 전날의 패배는 동룡족으로서는 어이없는 패배라고 할 수 있었다. 70킬로키터가 넘는 거리에서 사격으로, 한 치의 오차 없이 바이오버그 통제 컴퓨터를 관통한다는 것은 그 누구도 상상하지 못한 변수였다. 란바랄이 급히 자신의 부대를 끌고 나가 서룡족의 부대를 지연시켰기에 그나마 모스크바 안으로 들어오는 것만큼은 막을 수 있었다.

서룡족의 황당한 작전에 당했다는 것은 동룡족 장군들에게 치욕이었다. 그렇기에 그들은 필사적으로 승리를 다짐했다.

새벽 5시 40분.

킬리닌 로(路)에는 스텔스 기능을 사용한 7대의 웨드가 투명하게, 그리고 소리 없이 도로에 착지했다.

웨드의 발바닥 부분은 두꺼운 특수 고무로 되어 있어서 파일럿이 운전을 잘하기만 하면 소음을 거의 내지 않고 이동할 수 있었다. 또한 백팩과 다리에 포함된 주 부스터에는 강력한 적외선 흡수 장치와 소음기가 장착되어 있어 적의 적외선 레이더와 음파탐지기로부터 웨드를 문제없이 보호할 수 있었다.

웨드 겉으로 흐르는 침묵과는 달리, 자신의 전용 기체 '아브라함'

에 타고 있는 헤이그는 다른 대원과의 통신 화면을 켜며 각자에게 바삐 상태를 물었다.

"매복한 적은 없나, 케빈?"

"예. 걱정 마십시오, 선배님."

케빈의 자신감에 찬 얼굴이 왼쪽에 떴다. 지크 이상으로 쾌활하고 배짱 좋은 그의 윙크는 남녀를 불문하고 강한 신뢰감을 주었다.

"리진, 위성지도는?"

"말을 듣지 않아요, 선배님. 지금까지와 달리 쉐이드 필드—특별한 방사선으로 위성의 대기권 외 촬영을 막는 장치—가 모스크바 시내 전체를 뒤덮고 있어요. 우리가 적이 없는 장소에 착지한 것 자체가 행운이에요. 아무래도 웨드에 내장된 레이더를 사용하는 수밖에 없을 것 같아요."

"그렇군. 하지만 레이더를 켜면 우리가 역추적에 걸릴 텐데…… 초반부터 문제가 생기는군. 우리에게 주어진 시간은 두 시간밖에 없는데……."

그때 좌측 아래 화면에 떠오른 프시케가 예의 밝은 미소를 지으며 말했다.

"염려 마세요, 선배님. 마법을 이용해서 코넬—프시케의 웨드—의 반경 80미터 안에 있는 적들의 좌표를 알아낼 수 있으니까요. 코넬의 이미지 컴퓨터가 전송하는 적의 모습과 x, y, z 좌표는 각 웨드에 장치된 디스플레이에 시각적으로 표현되니 안심하시고요."

"음, 그렇다면 다행이군. 하지만 80미터밖에 안 된다는 게 좀 마음에 걸리는데."

"아, 80미터 밖의 녀석들은 저에게 맡겨 주십시오. 완벽히 처리하겠습니다."

케빈은 입에 담배를 물며 헤이그에게 또다시 윙크를 했다. 그의 사격 실력을 누구보다 잘 아는 헤이그는 웃으며 고개를 끄덕였다.

"좋아, 부탁하네. 자, 그럼 1차 행동 개시!"

동룡족 병사들은 장군들의 특별 경계 명령을 받은 후부터 용의 모습으로 변한 채 각 구역에서 경비를 철저히 하고 있었다. 천천히 밝아 오는 동쪽 하늘을 바라보며 경비를 서던 병사들은 지루함을 달래려는 듯 잡담을 나누기 시작했다.

「장군님들 모두 결사의 각오를 다지고 계시던데. 그런 장군님들의 모습을 보는 건 정말 처음이야. 물론 플루소 장군님이나 란바랄 장군님은 언제나 기합이 세셨지만…….」

「음, 그건 그렇고 며칠 전 전투 말이야. 그때 얘기 들었나? 70킬로미터 정도 떨어진 거리에서 서룡족 녀석들이 저격을 했다는 거 말이야. 그게 성공해서 바이오 버그 방어선이 무너진 거라며?」

「아, 나도 들었어. 정말 기술력 하나는 괴물 같은 녀석들이잖아. 그런데 어떻게 그 거리에서 저격이 가능한 거지? 가즈 나이트도 그렇게 정교하지는 못할 텐데…….」

「가즈 나이트 얘기가 나와서 그런데, 이번 전쟁 이길 수 있을까? 훈련소에 입대할 때, 리오 스나이퍼의 데이브레이크에 6만의 병사가 날아가는 모습을 자료로 본 적이 있거든. 그 괴물들과 직접 대면한 일은 없지만 왠지 무서워.」

「다 그렇지, 뭐. 장군님들도 그 리오 스나이퍼 앞에서는 우리랑 같을 텐데…… 컥!」

순간 병사 한 명이 입에서 피를 뿌리며 눈 덮인 거리에 쓰러졌다. 병사들은 혼비백산하며 주위를 둘러보았다. 그러나 그들의 시

각이나 육감으로는 동료 병사를 쓰러뜨린 존재를 도저히 확인할
수 없었다.

「뭐야! 저격인가!」

「컥!」

무언가 바람을 가르는 소리. 그리고 그 소리가 들릴 때마다 머리
에 구멍이 나며 쓰러지는 병사들. 결국 목격자들마저 모두 죽어 버
린 탓에 그 지역에서는 비상 신호가 울려 퍼지지 않았다.

잠시 후 스텔스 기능으로 투명하게 변한 웨드들이 그 거리에 나
타났다. 그들은 동룡족 병사들의 시체를 한군데로 몰아 놓은 다음
사람이 있는 것으로 추정되는 건물 창문을 손가락으로 두드렸다.

잠시 후 부스스한 모습의 중년 부인이 창문을 열며 머리를 내밀
었다. 그녀는 대뜸 짜증 섞인 러시아 토박이 말로 소리쳤다.

"뭐요, 카스텔라는 다 떨어졌다고요. 아침부터 사람을…… 엉?"

그 부인은 눈앞에 아무도 없자 고개를 갸웃거리며 다시 창문을
닫으려 했다. 그때 그녀 앞에서 무언가 위아래로 열리더니 갈색 머
리카락의 여성이 미소를 지으며 튀어나왔다. 세계 각국 언어에 능
통한 프시케였다.

"아, 실례했습니다, 아주머니. 한 가지 말씀드릴 것이……."

"응…….."

아쉽게도 중년 부인은 뒤로 쓰러져 기절했다. 프시케는 미안한
표정을 지으며 열린 창문을 통해 재빨리 건물 안으로 들어갔다.

부인은 생각보다 빨리 의식을 회복했다. 프시케와 헤이그에게
자초지종을 들은 그녀는 이내 구세주를 만난 사람처럼 기뻐했다.

"오오, 그러셨군요! 난 갑자기 공기가 열리며 아가씨 한 명이 튀
어나와서 깜짝 놀랐지 뭐예요. 그런데 그 동룡족 병사들 정말 불쌍

하네요. 카스텔라를 자주 달라고 한 것 빼고는 그다지 나쁘지 않은 청년들이었는데…….”

그 착한 동룡족 병사들을 저격해 쓰러뜨린 케빈과 다른 멤버들은 부인의 말에 죄책감을 느낀 듯 고개를 숙였다. 그러나 전쟁 중에 그런 억울한 희생은 어쩔 수 없는 일이라는 것을 아는 헤이그는 감정에 휩싸이지 않고 그녀에게 물었다.

“다른 사람들은 괜찮습니까? 이유 없이 죽거나, 강제로 노동을 당하고 있는 사람이 있거나 하진 않습니까?”

그녀는 곧바로 한숨을 내쉬었다. 그녀는 인상을 흐리며 답했다.

“죽은 사람은 많죠. 처음 이 모스크바가 함락될 때 바이오 버그에게 죽은 사람이 엄청났답니다. 그 바이오 버그들은 시체 조각까지 남김없이 먹어 치웠죠. 그리고 보는 앞에서 노동력을 착취한 건 아니지만 젊은이들이 어디론가 끌려간 게 확실해요. 제 아들은 함락되기 직전 교통사고로 다리와 팔을 다치는 바람에 끌려가진 않았죠. 하여튼 다른 젊은이들은 끌려간 뒤로 소식이 없어요. 더욱 파렴치한 것은 동룡족의 총사령관인가 하는 자가 모델 출신이었거나 꽤 예쁜 여자들을 모조리 잡아서 데려가는 것이랍니다. 그리고 하룻밤이 지나면 보내 주죠.”

“음, 엄청난 호색가인가 보군. 그녀들을 다 상대할 수나 있을까 궁금하군.”

케빈은 어김없이 담배를 물고 한마디 내뱉었다. 즉시 여성 대원들의 따가운 눈초리가 꽂힌 건 물론이었다.

그 부인에게 많은 정보를 입수한 BSP 팀은 다시 웨드에 탑승한 뒤 다음 구역으로 이동했다.

그들의 이동은 동 트기 전까지 계속되었다. 케빈에 의한 라이플

저격으로 각 구역에서 웨드들의 장애물이 됐던 동룡족 병사들은 소리 없이 세상을 떴다.

푸시케와 교대하며 각 웨드들에게 마법으로 적의 위치를 알려주던 티베는 감탄하며 케빈에게 사격 비결을 물었다.

"케빈 선배님, 4백 미터 거리에 있는 적들을 어떻게 저격하시는 거예요? 레이더도 켜지지 않았고, 또 상대가 태양을 등지고 있는데……?"

담배를 문 케빈의 얼굴이 곧 화면에 떠올랐다. 티베는 저렇게 담배를 피우는데 쉰 살까지 살 수 있을까 생각하면서도 그의 대답을 진지하게 들었다.

"음? 아아, 입김으로 구별하지. 용의 모습으로 변한 동룡족 병사들은 입김의 온도가 사람보다 높은 건 물론 굴뚝 연기보다 높아서 사람보다 입김이 많이 나오는데 그걸 이용해서 위치를 파악해 저격하는 거야. 내가 옛날 용병 시절에 배운 것이지."

"우아, 놀랍네요. 아! 적의 본진, 앞으로 4백 미터!"

티베의 긴장감 어린 목소리와 함께, 일곱 대의 웨드는 모두 움직임을 멈췄다. 헤이그는 씩 웃으며 모두에게 명령을 전달했다.

"좋아, 이제 본 작전인 '모스크바의 폭설'을 지금부터 정확히 20분 후 개시한다. 정신 바짝 차리고 작전 준비를 하도록."

"예!"

지시를 내린 헤이그는 잠시 웨드와의 트랜스를 끄고 긴장을 풀려는 듯 한숨을 내쉬며 호주머니를 열었다. 주머니 속에서 그의 부인과 딸의 사진이 나왔다. 그는 사진을 이마에 대며 반드시 성공해서, 그리고 살아서 돌아가겠다는 다짐을 했다.

"근데 리진, '모스크바의 폭설'이 뭐니, 그게. 이름이 너무 유치하지 않니?"

그때 통신기로부터 수다쟁이 티베의 비아냥대는 목소리가 들려왔다. 엄숙한 분위기에서 깨어난 헤이그는 깜짝 놀라며 눈을 떴다.

곧이어 만만치 않은 수다쟁이 리진의 목소리가 들려왔다.

"애, 그래도 선배님이 지은 작전명인데 그렇게 말하면 안 되지. 뭐, 그래도 유치하긴 유치하다. 히히히. 완전 밀레니엄 스타일(시간 상으로 헤이그와 같은 2천 년 초기 세대는 구세대다. 밀레니엄 스타일은 구식 스타일을 지칭하는 말)이시라니까. 호호홋. 챠오는 어떻게 생각해?"

"음? 글쎄? 약간은……."

헤이그는 그들의 대화를 들으며 말없이 인상을 찡그렸다.

플루소는 현재 모스크바의 동쪽(현재는 최전방)에서 서룡족의 공격에 대비하고 있었다. 용으로 변한 병사들 앞에 인간의 형상으로 서서 지휘를 하는 그녀의 모습은 자그마했지만 위압감은 사그라들지 않았다.

"음!"

플루소는 짧게 신음하며 얼굴 중앙에 대각선으로 그어진 흉터를 손으로 매만졌다. 왠지 모르게 쓰려 오는 흉터. 의학적으로는 상처 후에 남은 흉터일 뿐이었지만, 플루소는 이상하게도 어떤 특별한 상황이 되면 그 흉터가 쓰라렸다.

용족이라면 웬만한 상처는 흉터 없이 회복되는 게 정상인데 2백 년 전 생긴 그 상처는 이상하게도 깊은 흉터로 남아 있었다.

그 흉터의 출처에 대해서는, 그녀가 쥬빌란에게조차 묵묵부답으로 일관했기 때문에, 모두 그저 흉터에 뭔가 사연이 있을 거라고 짐작할 따름이었다.

오른쪽 이마에서부터 왼쪽 뺨까지 깊숙이 난 그 흉터가 생긴 이후, 그녀는 여성답지 않은 과묵함과 위압감을 가지게 됐고, 그 이후 그녀의 이름 앞에 '해부자'라는 흉명(凶名)이 따라다니게 됐다.

흉터의 쓰라림이 약간 가시자, 플루소는 알 수 없는 미소를 띠며 어제 전투 이후 상당히 가깝게 접근해 온 서룡족 본진을 바라봤다.

"큭. 너도 온 건가, 슈렌. 오늘은 일진이 좋군, 후후후훗."

그녀 수하의 병사들은 그런 상관의 모습을 보며 가끔씩 전율을 느낄 때가 있었다.

"2분 전! 모두 작전 준비!"

초조하게, 또 한편으로는 여유 있게 시간을 보내던 헤이그는 즉시 자신의 웨드와 트랜스하며 대원들에게 지시를 내렸다. 그의 지시에 맞춰 다른 대원들도 각자의 기체와 트랜스하기 시작했다.

웨드의 운동장치가 특히 중요시되는 챠오와 마티는 기다릴 때 몇 번이고 했던 자기검진 프로그램을 다시 실행해 보았다. 리진은 그레네이드 랜처의 내장식 탄창에 원통형 그레네이드 탄을 채워 나갔다.

티베와 프시케 역시 웨드에 내장된 마법 증폭장치를 다시 한 번 점검했고, 케빈은 열다섯 번째 담배를 입에 물고 불을 붙인 후 백 팩에 장비된 프로톤 라이플에 탄 한 발을 장전했다.

그리고 1분이 넘는 시간이 흘렀다.

리진은 웨드의 조종석 내부를 적정 온도로 유지해 주는 에어컨 디셔너가 이상이 생긴 게 아닌가 생각해 보았다. 예전에 바이오 버그와 실전에서 처음 마주했을 때 이상으로 긴장되고 이마에 땀이 맺혔기 때문이다.

조금만 더 긴장했더라면 아마 그녀의 웨드는 오른손에 잡고 있는 라이플의 방아쇠를 당겼을지도 몰랐다. 리진은 참으로 기나긴 2분이라고 생각했다.

"작전 개시!"

이윽고 헤이그의 지시와 동시에 웨드들은 스텔스 기능을 모두 끄며 전방에 위치한 동룡족들에게 무차별 사격을 개시했다. 뒤에서 갑자기 포화를 당한 동룡족 병사들은 화약무기에 의해 처참히 쓰러져 갔다.

「기습이다! 적의 기습이다!」

한 병사의 처절한 외침과 함께, 동룡족 병사들은 급히 뒤로 돌아섰으나 그들의 머리 위로 검은색과 붉은색의 웨드가 스쳐 지나감과 동시에 상황은 더욱 혼란 속으로 빠져들었다.

「으, 으아아악!」

챠오와 마티의 웨드는 동룡족 병사들의 안쪽을 파고들며 웨드용 수류탄을 각각 두 개씩 떨어뜨렸고, 얼마 지나지 않아 그들 뒤쪽에 있던 동룡족 병사들은 수류탄의 폭발에 의한 화염과 진공의 충격에 휩싸여 쓰러져 갔다.

폭발의 화염을 뚫고 동룡족 병사 앞에 선 챠오의 웨드 바티스와 마티의 웨드 메디치는 요염하다고 할 수 있을 정도의 살기를 내뿜으며 혼란에 빠진 동룡족 병사들을 노려보았다.

같은 시각, 가장 많은 사살 횟수를 기록하고 있는 케빈의 웨드 '코알라'는 귀여운 이름에 걸맞지 않는 엄청난 살상 능력을 자랑하고 있었다.

케빈은 백팩 빈 공간에 한 정의 2백 밀리 라이플을 추가로 가져온 상태였다. 코알라는 결국 두 정의 라이플을 사용했고, 마치 쇼를 하듯 사방에서 공격해 오는 동룡족 병사들을 순식간에 떨어뜨렸다.

탄창의 탄이 떨어지면 케빈의 두 라이플은 2백 밀리 두랄루민 합금탄이 아닌 그레네이드 탄을 뿜어냈고, 그레네이드 탄의 폭발로 동룡족 병사들이 물러나면 그 즉시 웨드 양팔에 장치된 탄창 교체장치를 이용해 라이플에 탄을 채워 나갔다. 그러고는 살육의 연속이었다.

삑.

"음?"

한참 사격을 즐기고 있던 코알라는 멀리서 강한 생체 반응이 접근해 온다는 것을 경고했다. 케빈은 그 경고를 듣자마자 여유 있게 오른손에 든 라이플을 백팩에 꽂은 뒤 즉시 프로톤 라이플을 바꿔 들었다.

그가 무기를 바꾸는 동안, 동룡족 장군 서열 107위의 도돈프가 용의 모습으로 변해 케빈에게 접근해 왔다.

「들어라! 난 동룡족 장군 도돈프! 거기 있는 기계전사는 나와 정정당당히 승부를 겨루자!」

케빈의 대답은 간단했다.

"엿이나 먹으시지."

그와 동시에 구경 조정을 통해 발사 범위가 조정된 프로톤 라이플은 어제와는 다른 두꺼운 빛을 뿜어냈다. 그리고 프로톤 라이플의 발사 범위와 사정거리 안에 포함된 동룡족 병사들과 동룡족 장군 도돈프의 모습은 출력 1.5 기가와트의 에너지 속에서 흔적도 없이 사라져 갔다.

"이야……"

무차별 살상을 하는 케빈의 모습을 보던 티베는 대단하고 생각하며 앞을 바라보았다.

사실 티베는 우연히 케빈의 뒤쪽에 있었기 때문에 동룡족 병사들과 마주칠 일이 거의 없었다. 그러나 케빈도 보지 못하는 적이 있게 마련이었다.

「우워어!」

"악!"

티베의 웨드가 앞을 바라본 순간, 동룡족 병사의 꼬리가 티베의 웨드 '케톤'의 다리를 후려쳤다. 티베는 꼼짝없이 뒤로 넘어졌다.

「죽어라!」

동룡족 병사는 즉시 웨드 위에 올라타고 창을 위로 치켜들었다. 갑작스러운 상황에 놀란 티베는 비명을 지르며 손을 앞으로 내뻗었다.

"으악! 오지 마! 파이어 볼!"

순간 앞으로 뻗은 티베의 웨드에서 거대한 화염탄이 생성됐다. 놀란 동룡족 병사는 급한 나머지 그 화염탄을 창으로 찔렀다. 순간 화염탄은 보통의 파이어 볼 주문과는 비교할 수 없을 정도로 강하게 폭발했다.

「우, 우오오!」

웨드의 마력 증폭기에 의해 증폭될 대로 증폭된 화염탄을 찌른 동룡족 병사는 전신이 폭발의 영향에 의해 분해되며 그 자리에서 생을 마감했다.

"으아, 으아? 어, 어떻게 된 일이지?"

티베의 웨드는 시커멓게 그을린 채 자신의 손을 내려다보며 고개를 갸웃거렸다. 후방에서 보고 있던 리진은 즉시 티베에게 다가가 그녀의 웨드를 일으켜 주며 소리쳤다.

"이 바보야! 아무리 케빈 선배가 잘 싸우고 있다 해도 방심하면 어떡해!"

"뭐? 너 말 다 했니! 난 죽을 뻔했단 말이야!"

「죽어라!」

그때 두 명의 동룡족 병사가 창을 앞으로 내민 채 리진과 티베를 향해 괴성을 지르며 돌진해 왔다. 통신 중이라 미처 대비를 못한 두 사람은 말 그대로 위기에 빠지고 말았다.

그런데 갑자기 티베의 백팩 뒤에 장치되어 있던 '옵션' 셋이 사용자 의지와는 관계없이 튀어나가 동룡족 병사에게 사격을 가했다. 옵션에서 발사된 레이저에 두부가 관통된 동룡족 병사는 그 자리에 쓰러졌다. 그 상황을 먼저 알아챈 사람은 티베였다.

"자, 잠깐 리진. 지금……."

"아, 알고 있어. 자, 임무에 집중하자, 우리!"

"그, 그래!"

둘은 다시 정신을 가다듬으며 전장으로 향했다.

한편 헤이그는 프시케와 한 조가 되어 동룡족 병사들과 싸우는 중이었다. 프시케의 '코넬'이 마력 증폭장치를 이용한 냉동 마법으로 대기를 동결시켜 동룡족 병사들의 움직임을 막으면, 헤이그의 '아브라함'이 명중률 낮은 메기드 바주카로 그들을 날리는 전법을 은 즐겨 사용했다. 이것은 그들이 예전에 바이오 버그들과 싸울 때 사용하던 전법으로, 동룡족과의 싸움에서도 상당히 효율적이었다.

"아, 선배님!"

"프시케!"

한참을 그렇게 싸우던 도중, 코넬이 갑자기 주저앉으며 전투 불능에 빠져 버렸다. 이유를 알지 못한 헤이그는 이를 악물며 어깨에 장비된 개틀링 머신건으로 동룡족 병사들을 물리치고 프시케에게 다가갔다.

"프시케, 괜찮나? 무슨 일이야!"

"죄, 죄송해요. 마력 증폭기를 잘못 사용해서 잠깐 탈진한 것 같아요. 이제 괜찮아요, 선배님."

그러나 헤이그의 생각은 달랐다. 일단 한 번 쓰러진 이상 프시케에 의한 마법 지원은 이번 전투에서 어렵다는 결론이었다.

헤이그는 곧바로 프시케 앞쪽으로 이동했다.

그러고는 양어깨에 장비된 메기드 바주카와 개틀링 머신건, 그리고 라이플을 총동원해 방어하면서 그녀가 회복될 때까지 기다려 보기로 했다.

"버텨 볼 테니 충분히 쉬고 있어! 내가 다른 대원들에게 연락을 취할 테니까!"

"예."

"2분 전."

슈렌은 그렇게 중얼거리며 그룬가르드를 감싸고 있던 헝겊을 풀었다. 그것을 신호로 전방을 맡은 전룡단 단장들은 즉시 휘하 전룡단들에게 지시를 내렸다.

그와 같이 있던 지크, 그리고 데스 발키리 알테미스와 레베카, 츄우 역시 전투 준비를 했다.

알테미스는 자신의 검지를 혀로 핥으며 의미심장한 미소를 지었고, 레베카와 츄우는 각자의 무기인 토울 해머와 홍창 바로크를 꺼내며 일전을 다짐했다.

지크는 그들의 모습을 보며 어깨를 으쓱할 뿐이었다.

"쳇, 나도 무명도를 헝겊에 싸고 다닐까. 만날 장갑만 죄고 있으니, 원…… 다른 사람들 준비하는 거 보기가 민망하네."

그 말을 들은 레베카와 츄우는 지크를 쏘아보며 비아냥댔다.

"허이구, 가즈 나이트 주제에 전투를 장난으로 알고 있잖아? 재수 없게……."

"호호홍, 맞아 맞아. 얼굴은 꼭 뭐처럼 바짝 말라 가지고…… 리오나 슈렌이란 남자는 멋있기나 하지. 주제에 썰렁한 개그나 하고 말이야. 호호호."

지크는 아무 말도 하지 않았다. 그래서 그와 가까이 있던 릭은 의외로 일이 벌어지지 않는구나 생각하며 안심했다. 그러나 그런 판단은 일렀다.

"앗! 지크 님, 참으십시오!"

릭은 막 무명도를 빼어 들려는 지크를 뒤에서 잡고 말렸다. 지크는 두 눈을 부릅뜬 채 츄우와 레베카를 향해 소리쳤다.

"이거 봐! 저 여자들이 나에게 언어폭력을 했단 말이다! 오늘부로 너희와의 동맹은 끝이야!"

"메롱."

츄우는 손가락으로 한쪽 눈밑을 내리고 혀를 내밀며 그를 더욱 도발했다. 거기에 반응하듯 지크는 씩씩대며 더더욱 화를 냈다.

그를 말리면서 릭은 이번 작전의 총책임자로 임명된 가즈 나이트가 슈렌인 것을 상당히 다행이라고 생각했다.

이윽고 슈렌이 말한 2분이란 시간이 흐른 직후 전룡단은 제1부대를 시작으로 모스크바 동쪽을 향해 진격을 개시했다. 슈렌은 다른 작전 때와는 달리 드래곤의 모습으로 변한 레소드의 등에 올라타 최전방에서 군대를 지휘했다.

한편 웨드들에 의한 후방 기습에 휘말려 버린 동룡족 부대는 혼란에 빠졌다.

동룡족 장군들이 최선을 다해 병사들의 대열이 흐트러지지 않도록 노력했으나 웨드들의 갑작스럽고 폭발적인 화력 앞에 장군들마저 목숨을 잃었다.

결국 총사령관 솔런은 전방에 내보내려고 했던 가변형 전차 귀골들을 웨드에게 전격적으로 투입하기 이르렀다.

"이대로 후퇴하다 죽나, 싸우다 전사하나 마찬가지다! 모두 목숨을 걸어라!"

솔런은 후방에 있던 동룡족 병사들을 전방으로 돌린 후, 모든 연락망을 동원해 바이오 버그들과 대형전차 귀골의 절반을 웨드들이 있는 후방에 집중시켰다.

이와 같은 필사적인 대항 덕분인지 동룡족 병사들과 장군들은 무사히 전방으로 이동했고, 그와 동시에 웨드들은 귀골이라는 커다란 위기를 눈앞에 두게 됐다.

"알겠나! 최대한 시간을 끌어야 한다, 플루소 장군! 귀공의 능력에 이번 작전의 성패가 달려 있다!"

"존명(尊命)!"

최전방에서 적들과 격돌하기만을 기다리던 플루소에게 솔런의 특명이 떨어졌다. 바로 전방에서 공격해 오는 적들을 최대한 차단하라는 것이었다.

플루소는 명령을 받은 즉시 진형을 방어형으로 바꾸었다. 언제나 공격적인 진형만을 고집하던 플루소가 방어형 진형을 사용하자 휘하 병사들은 어리둥절해했지만 재빨리 진형을 바꾸었다.

진형이 거의 완성되어 갈 무렵 전방을 감시하던 한 병사의 보고가 들어왔다.

"장군님! 적과의 거리 3분입니다! 명령을 내려 주십시오!"

그 보고를 기다렸다는 듯 플루소는 자신의 삼절곤을 봉의 형태로 바꾼 뒤 맨 앞으로 나섰다. 그녀는 자신이 맡은 군단을 바라보며 기합이 실린 목소리로 외쳤다.

"때가 왔다, 동룡족 전사들이여! 우리 동룡족의 명예를 위해, 그리고 각자의 목숨을 위해 싸울 때가 왔다! 여기서 후퇴하는 자는 주룡께 죽음을 당할 것이고, 여기서 싸우다 죽는 자는 동룡족 전사의 전당에 이름을 올리게 될 것이다! 자, 일어서라!"

「오오옷!」

그녀를 선두로 동룡족 병사들은 각자의 솔 스톤을 꺼내들고, 다가오는 전룡단을 향해 필사적으로 마법탄을 날리기 시작했다.

그들의 머릿속에는 이기겠다는 생각뿐이었다. 패배한 뒤에는 죽음, 살아서 돌아가도 죽음, 살 수 있는 길은 단 하나, 승리뿐이었다. 그런 각오로 정신무장을 한 동룡족 병사들에게 엄청난 전투 능력이 발휘되는 건 당연했다. 전룡단의 전진 속도는 눈에 띄게 주춤했다.

"레소드, 후방으로 물러나길 바라오."

레소드의 등에서 멀리 다가오고 있는 동룡족 군대를 바라보고 있던 슈렌은 레소드의 등을 벗어나며 지시했다. 레소드는 깜짝 놀라며 상관을 바라보았다.

「예? 하지만 저는 슈렌 님의 부관…….」

"군대는 명령에 살고 명령에 죽는 곳이오. 따라 주시길."

슈렌의 목소리에 깔린 엄숙함. 레소드는 슈렌이 평소와는 다르다는 것을 느꼈다. 묵묵히 명령을 내리고 앞으로 나서지 않던 슈렌이 지금은 마치 피가 끓어오르는 사람처럼 살기를 뿜어냈다.

「예, 그럼 지시를 기다리겠습니다.」

레소드가 고도를 높여 후방으로 빠짐과 동시에, 슈렌은 그룬가르드를 평소와는 달리 역방향으로 잡고, 심호흡을 하며 기를 끌어올렸다.

그의 모습은 가까이 접근하고 있던 플루소의 눈에도 띄었다. 그녀는 슈렌의 몸에서 발산되는 엄청난 살기에 흠칫 놀랐다. 그와 동시에 그녀의 얼굴에 난 상처도 심하게 쓰라렸다.

"설마, 저 녀석……?"

그동안 동룡족 병사들이 쏜 마법탄들이 슈렌과 함께 있는 제8전룡단을 향해 퍼부었다. 그것을 본 전열의 전룡단은 방패를 이용해 자신들의 몸을 보호했다.

그러나 슈렌에게 날아온 몇 발의 마법탄들은 마치 고무공이 튕기듯 슈렌의 몸 근처에서 사방으로 튕겨 나갔다. 그만큼 슈렌에게서 뿜어지는 기가 강력하다는 증거였다.

그것을 본 플루소는 자신의 예상이 맞아떨어진 것에 분노를 토하며 병사들에게 소리쳤다.

"모두 진격을 멈춰라! 살고 싶으면 방어마법을 사용하든가, 공중으로 후퇴해라!"

이윽고 슈렌이 감았던 눈을 번쩍 떴다. 그리고 눈에 띄지 않을 정도의 속도로 그의 오른손이 왼손에 역방향으로 들려 있던 그룬가르드의 끝을 향해 움직였다.

"비살검(秘殺劍), 수라도(修羅刀)!"

슈렌은 그룬가르드의 끝을 오른손으로 잡은 뒤 시계방향으로 끝부분을 살짝 틀었다. 그 순간 생긴 그룬가르드의 균열 부위에서 거대한 화염이 세차게 분출되었다.

창끝을 잡은 슈렌의 오른손은 바깥쪽으로 부드럽게 밀려 나갔다. 그 모습은 일자형으로 생긴 태도(太刀)를 뽑는 모습과 흡사했다.

수초도 지나지 않아 왼손에 들린 그룬가르드는 칼집으로, 오른손에 들린 그룬가르드의 끝은 거대한 화염을 머금은 긴 태도의 모습으로 바뀌었다. 물론 외형이 달라진 건 아니었다. 말 그대로 그룬가르드 안에 숨겨진 또 하나의 무기가 다시금 세상에 드러난 것뿐이었다.

「이, 이런 바보 같은?」

진격하던 동룡족 병사들은 슈렌의 수라도가 나온 순간 마법을 이용한 방어 자세를 취했다. 하지만 플루소의 명령을 듣고 방어를 할 생각은 아니었다. 수백 미터 떨어진 지점 위에 떠 있는 슈렌의 몸에서 뿜어지는 화염의 살기가 그들의 몸을 반응시킨 것이었다.

"아수라염파진!"

이윽고 슈렌은 오른손에 든 칼집을 공중으로 높이 띄웠고, 그 즉시 수라도를 양손에 잡은 뒤 광범위하게 휘두르기 시작했다. 그러자 슈렌이 있는 지점에서 거대한 화염의 해일이 동룡족을 향해 급속도로 뻗어 나갔다.

처음 한 방은 동룡족 병사들도 무사히 막을 수 있었다. 그러나 보통의 해일도 한 번으로 끝나는 경우는 없는 법. 점점 파워를 더해 밀려오는 화염의 파도에 동룡족 병사들은 한 명, 두 명씩 힘을 잃고 재로 변했다.

예전에도 똑같은 기술에 당한 적 있는 플루소는 온 힘을 다해 공중으로 날아올랐다. 물론 병사들에 대한 지시도 잊지 않았다.

"뭘 하는 거냐! 어서 위로 올라와! 계속 막고만 있다간 재도 남기지 못한단 말이다!"

그러나 플루소의 생각과 달리 동룡족 병사들은 함부로 움직일 수가 없었다. 일순간이라도 방어를 푸는 날에는 그녀의 말대로 재도 남기지 못하는 상황이 되고 있었다.

멀리서 그 광경을 바라보던 데스 발키리 레베카와 츄우는 자신들의 눈앞에서 펼쳐지고 있는 거대한 살극에 숨을 죽였다. 그녀들도 이런 광경은 처음 봤기 때문이다.

지크 역시 씁쓸한 미소를 지었다. 자신이 생각했던 것 이상으로 슈렌이 강한 탓이었다.

"저것이 그룬가르드 안에 숨겨진 또 다른 칼날 수라도인가. 그룬가르드가 응축하고 있던 화염의 에너지를 몽땅 소모하는 것 같은데?"

지크가 중얼거리자, 옆에서 레베카가 인상을 찡그리며 물었다.

"이봐, 바람의 가즈 나이트. 리오라는 남자와 저 남자, 그리고 너까지 셋은 서로 형제라면서 저걸 처음 보는 거야?"

"쳇, 처음 보면 어쩔 건데. 난 슈렌이 오늘 입고 나온 속옷 색깔도 모른다고."

"……"

레베카의 얼굴이 일그러졌다. 지크는 입을 비죽 내밀며 투덜댔다.

"내가 어째서 가즈 나이트가 된 건지 물어보고 싶은 얼굴이군."

레베카는 그대로 고개를 돌려 버렸고, 츄우 역시 한심하다는 듯 혀를 차며 슈렌 쪽으로 시선을 돌렸다. 한편 같은 데스 발키리인 알테미스는 그리 만족스럽지 못한 표정을 짓고 있었다. 그녀는 아랫입술을 살짝 깨물며 나지막이 중얼거렸다.

"다 태워 버리면 피를 못 보잖아! 난 피가 보고 싶어!"

그녀의 말에 지크는 침을 꿀꺽 삼키며 속으로 중얼거렸다.

'약간이라도 정상적인 사람이 나오면 안 되는 건가…… 데스 발키리는…….'

수라도에 의한 슈렌의 화염 난사가 끝날 무렵, 동룡족 병사들의 수는 화염의 해일이 휩쓸고 지나간 모스크바 동쪽 일부에 대기하고 있던 병사들까지 합해 상당수 줄어들었다.

"기회다. 전룡단, 일제히 전진하도록."

슈렌은 마이크 폰을 이용해 전룡단에게 전진 지시를 내렸다. 전룡단은 때를 기다렸다는 듯 고함을 지르며 시커멓게 그을린 대지 위를 날았다.

슈렌은 지크와 데스 발키리들에게 따로 작전 지시를 내렸다.

"안에서 작전을 계속하고 있을 웨드들이 시간적으로 위험하니 지크, 네가 데스 발키리들을 데리고 그쪽으로 먼저 가 보도록 해. 그리고…… 피직!"

"응? 슈렌! 슈렌!"

갑자기 잡음과 함께 통신이 끊기자, 지크는 약간 걱정스러운 얼굴로 슈렌이 있는 쪽을 바라보았다. 다행히 슈렌의 기는 아직 정상적으로 느껴졌다.

지크는 일시적 전파 방해인가 하며 데스 발키리에게 소리쳤다.

"자, 드디어 우리 차례야. 언니들! 가서 휩쓸어 버리고 오자고!"

"오옷!"

"호홍, 좋아요!"

몸에 힘을 불끈 넣으며 전의를 다지는 두 사람과는 달리, 알테미스는 드디어 살육을 할 수 있다는 희열에 찬 미소를 지으며 검지를 이로 살짝 깨물었다. 마치 오랫동안 기다려 온 즐거운 이벤트를 앞둔 어린아이처럼 흥분한 모습이었다.

"……."

슈렌은 자신의 머리 대신 마이크 폰을 부순 삼절곤을 수라도로 방어한 채 묵묵히 플루소의 얼굴을 바라보았다. 플루소는 인상을 잔뜩 찡그린 채 삼절곤에 더욱 힘을 쏟으며 입을 열었다.

"드디어 꺼냈군, 내 미래와, 내 얼굴을 망쳐 놓은 그 수라도를! 내 휘하 부대까지 전멸한 이상, 너하고 여기서 반드시 결판을 짓고 말겠다! 가즈 나이트 슈렌!"

그녀의 전투적인 모습과는 달리 슈렌은 안타까움이 섞인 표정을 짓고 있었다. 그는 조용히 뒤로 물러서서 수라도를 양손에 다시 쥐고 자세를 취하며 나지막이 그녀의 이름을 불렀다.

"플루소……."

슈렌은 그녀와 자신 사이에 있었던 옛일을 잠시 떠올렸다.

"어째서죠! 왜 저에게 창술을 가르쳐 주지 않으시겠다는 겁니까! 제가 동룡족이란 이유 때문입니까!"

인간의 나이로 14세 정도로 보이는 한 소녀가 나무에 기대앉아 있는 슈렌에게 창술을 가르쳐 주지 않는 이유를 따지듯 물었다.

슈렌은 엷은 미소를 지은 채 소녀를 응시했다.

"나의 창술은 살생의 기술. 어린아이에게 가르치고 싶지 않군. 그러나 호신을 위한 봉술은 가르쳐 줄 수 있지."

슈렌의 말은 소녀에게 절반의 타협으로 들렸다. 소녀는 결심을 굳힌 듯 고개를 힘차게 끄덕였다.

"알았습니다. 그럼 저에게 봉술을 가르쳐 주십시오! 더 이상 몸이 허약한 동룡족이란 말은 듣기 싫습니다!"

동룡족의 마을 근처에서 슈렌과 우연히 만난 동룡족의 소녀. 그녀는 파괴적인 창술로 마을 근처에서 돌아다니던 마물들을 없애는 슈렌의 모습에 깊은 감명을 받았다. 그래서 그녀는 부모의 허락을 받고 정식으로 자신의 집에 슈렌을 초대해 창술을 가르쳐 달라고 부탁하게 된 것이다. 슈렌은 결국 호신을 위한 봉술을 가르쳐 주었고, 소녀는 빠른 속도로 봉술을 익혀 갔다.

선천적인 유연함과 동룡족이라고는 생각되지 않을 정도의 육체적 힘. 그런 재능에 힘입어 그리 오래 걸리지 않아 그녀는 슈렌이 가르쳐 준 봉술의 한계를 뛰어넘을 정도가 됐고, 그 봉술을 바탕으로 자신만의 독특한 창술을 개발하기에 이르렀다.

슈렌이 틈틈이 소녀를 가르친 기간은 2백 년.

그녀의 이름은 플루소였다.

2백 년간 슈렌은 매번 임무가 끝나고 주어지는 휴가 기간 동안 플루소를 가르쳤다. 그동안 플루소의 나이는 4백 살(인간 나이로는 18세 정도)이 됐다.

4백 살이 되던 해, 플루소는 평소와 다른 얼굴로 슈렌에게 다가왔다. 슈렌은 여느 때같이 옅은 미소를 띠며 이유를 물었다.

"무슨 일이지, 플루소? 오늘은 얼굴색이 좋지 않구나."

플루소는 아무 말이 없었다. 슈렌은 그녀에게 무슨 사정이 있겠거니 하며 그녀가 스스로 얘기하길 기다렸다.

그러고도 한동안 망설이던 플루소가 드디어 고개를 들며 슈렌에게 말했다.

"이제 스승님께 더 이상 무술을 배울 수가 없게 됐습니다. 저의 일 때문에 집이 성도(동룡족에게 드래고니스와 비슷한 위치를 가지는 지역. 동룡족만의 세계)로 이사를 가게 됐습니다. 인간이신 스승님은 성도에 들어오실 수 없으니…… 죄송합니다."

"그래⋯⋯."

슈렌의 얼굴에 잠시 그늘이 스쳐 지나갔다. 표정의 변화가 거의 없는 그의 얼굴에 섭섭함이 여실히 드러났다. 그러나 잠시 후 표정을 수습한 슈렌은 미안해하는 플루소에게 옅은 미소를 지어 보였다. 그는 연습용으로 사용하는 봉을 손에 잡으며 말했다.

"마지막으로 대련을 했으면 하는데, 괜찮겠나?"

"예. 아, 그런데 마지막으로 여쭙고 싶은 것이 있습니다, 스승님."

"무엇이지?"

"스승님께선 분명 인간이신데 그렇게 강하신 이유를 감히 알고 싶습니다."

플루소의 질문에 슈렌은 잠시 생각하다가 봉을 건네주며 나지막이 대답했다.

"나와 같은 인간이 한두 명 있는 것도 이상하진 않겠지. 그렇지 않아?"

"그렇군요⋯⋯ 감사합니다, 스승님."

그날의 대련을 끝으로 둘은 오랫동안 만나지 못했다. 그런 둘이 다시 만나게 된 것은 그로부터 1백 년이 지난 어느 날이었다.

슈렌은 그때 주신에게 서룡족의 마을을 공격하는 동룡족의 기동함대를 처리하라는 긴급명령을 받았다.

슈렌은 거의 사용하지 않던 수라도를 꺼내 동룡족들과 싸웠고, 결국 동룡족의 기동함대는 전멸 직전의 피해를 입고 퇴각했다.

그 뒤를 쫓던 슈렌은 병사들을 무사히 후퇴시키려는 두 명의 동룡족 장군과 마주치게 됐다. 상대방에게 죽지 않을 정도의 상처를 입힌 슈렌은 그가 어서 퇴각하기를 바랐으나, 그 동룡족 장군은 결코 물러서지 않고 슈렌과 대결을 계속했다.

"하아, 하아! 아직이다! 아직이다, 가즈 나이트! 이대로 돌아간다면 전하와 죽은 부하들에게 할 말이 없다! 나를 봐줄 생각은 추호도 하지 마라!"

슈렌은 말없이 자세를 방어형으로 바꿨다. 그 장군이 지치기를 기다려 살려 보내겠다는 생각이었다. 그때 다른 동룡족 장군 한 명이 그들에게 급속으로 다가왔다. 그 장군은 슈렌에게 신경도 쓰지 않고 부상당한 장군을 부축했다.

"타일런! 그만하세요, 타일런!"

"프, 플루소! 기함에 남아 있으라고 하지 않았소! 꼭 살아서 돌아갈 테니 어서 물러가시오! 가즈 나이트는 내가 상대할 테니 걱정 말고 이걸 받으시오."

'플루소'라는 이름을 들은 순간부터, 동룡족 장군을 부축하던 여성 장군을 본 순간부터 얼어붙어 있던 슈렌의 이성은 그 동룡족 장군이 그녀에게 건네주는 반지를 본 순간 일시에 깨져 버리고 말았다.

그가 아는 한 그 반지는 분명 동룡족 사이에서 약혼을 의미하는 반지였다.

"그랬군, 플루소!"

플루소는 순간 경악을 금치 못했다. 동룡족 함대를 전멸 직전까지 몰아붙인 가즈 나이트가 바로 자신에게 봉술을 가르쳐 준 스승이었기 때문이다.

"스, 스승님? 설마 스승님이 가즈 나이트, 염장(炎將) 슈렌 스나이퍼! 어째서 그런!"

"어서 도망치시오, 플루소! 저 가즈 나이트는 내가…… 욱!"

플루소의 약혼자인 동룡족 장군 타일런은 더 이상 말을 할 수 없었다. 이성을 잃어버린 슈렌에게 복부에 강한 일격을 당한 탓이었다. 슈렌은 지금까지, 정확히 말해 6백여 년간 한 번도 보인 적 없는 차가운 눈으로 그 동룡족 장군의 복부에 주먹을 찔러 넣었다.

자신의 명이 다한 것을 알았는지, 타일런은 플루소를 돌아보며 힘겹게 중얼댔다.

"플루소! 사랑하오…… 아아악!"

그 말을 마지막으로 동룡족 장군 타일런은 슈렌의 수라도에 의해 조각나 버렸다.

"타, 타일런!"

약혼자의 처참한 최후를 눈으로 지켜본 플루소는 아무 말 없이 슈렌을 바라보았다. 자기 얼굴에 묻은 타일런의 피를 손으로 닦으며, 슈렌 역시 플루소에게 시선을 돌렸다.

그는 플루소에게 다가가 그녀가 손에 쥐고 있던 반지와 손가락에 끼고 있던 반지를 강탈해 눈앞에서 증발시켜 버렸다.

"후, 나에게 창술을 가르쳐 달라고 한 목적이 바로 이것인가."

"아, 아아……!"

붉은 섬광을 폭사하는 슈렌의 차가운 눈은 최하 서열의 장군인 플루소를 얼어붙게 만들기 충분했다. 그녀는 갑자기 닥친 엄청난 사태에 반쯤 넋을 잃고 뒤로 슬금슬금 물러섰다.

그녀의 모습을 보던 슈렌은 오른손에 들린 수라도를 치켜들며 중얼거렸다.

"내가 뿌린 씨앗은 내가 거두겠다. 넌 나의 처음이자 마지막 사……."

슈렌은 갑자기 말을 끊었다. 그러다 플루소의 후퇴 속도가 빨라지자 말을 맺었다.

"……마지막 제자다. 이젠 죽은 제자겠지."

"아, 안 돼! 아아악!"

처참한 비명과 함께 플루소의 얼굴에서 한 줌의 피가 뿜어졌다.

그녀는 얼굴을 손으로 감싸며 괴로워했다. 슈렌은 그녀에게 최후의 일격을 가하기 위해 다시금 수라도를 치켜들었으나, 다음 순간 정지하고 말았다.

"아, 아니……?"

그제야 슈렌의 눈이 평소의 눈으로 돌아왔다. 그의 눈동자에 피흘리며 괴로워하는 플루소의 모습이 비쳤다. 언제나 과묵하고 잔잔한 표정을 유지했던 그의 얼굴은 순간 경악으로 하얗게 질렸다.

그는 수라도까지 놓친 채 피범벅이 된 양손을 내려다보며 떨리는 목소리로 중얼거렸다.

"내, 내가 지금 무슨 짓을…… 무슨 일을……!"

슈렌은 자신이 한 일을 믿지 못하겠다는 듯 계속해서 같은 말을 반복했다. 그사이 용감하게 몸을 던진 동룡족 병사와 부관에게 구출된 플루소는 부축을 받으며 기함으로 돌아갔다.

그리고 다시 120년 뒤, 둘은 또 한 번 전장에서 만나게 된 것이다. 슈렌은 그녀의 얼굴에 난 대각선의 긴 흉터를 보고 가슴이 저미는 것 같았다.

'후회인가…….'

슈렌은 운명의 장난을 저주했다.

2

새로운 출발

"뭘 하는 건가! 정신 차리고 똑바로 공격하지 못하겠나!"

플루소의 연속적인 공격에, 슈렌은 아무런 행동도 하지 못하고 방어만 거듭할 뿐이었다. 아니, 공격을 하지 않았다는 것이 옳다.

슈렌은 뒤로 몸을 날려 플루소와 거리를 두었고, 수라도를 그룬가르드의 몸체 안으로 집어넣었다. 이제부터는 그룬가르드를 사용할 심산이었다.

플루소는 모욕당했다는 생각이 들었는지 치를 떨며 소리쳤다.

"날 무시하는 건가! 아직도 날 유린하고 싶은 건가, 슈렌!"

"그렇지 않다."

"뭐라고?"

슈렌은 그룬가르드를 앞으로 뻗으며 말했다.

"수라도를 사용하게 되면 난 힘을 제어하지 못할 때가 생긴다. 이 칼이 수라도라고 불리는 이유도 그것. 정신력이 약해진 사용자를 싸우기만 하는 귀신 '수라'로 바꾸기 때문이다. 그룬가르드가 만들어진 이유는 그 수라도를 봉하기 위한 것. 아무리 나라 해도 수라도를 계속 사용하면 정신이 흐트러져 그룬가르드를 사용하겠다는 것뿐이다. 정신이 흐트러지면 너에게 질 테니까. 최상의 상태인 나와 대결하는 것이 네 명예를 위해서라도 좋지 않을까."

가만히 슈렌의 말을 듣던 플루소는 재미있다는 듯 미소 지었다. 그녀는 다시금 자세를 취하며 소리쳤다.

"후훗, 그 말은 나와 정식으로 대결하겠다는 뜻! 좋아, 목을 바쳐라! 염장 슈리메이어 반 스나이퍼! 윽!"

플루소는 말을 끝내기가 무섭게 복부와 등, 그리고 다리에 3연타를 맞고 바닥에 쓰러졌다. 그녀는 자신이 어떻게 당했는지도 모르는지 허망한 눈으로 주위를 바라보았다.

어느새 그녀 뒤에 선 슈렌은 다시 자세를 취하며 누워 있는 플루소에게 나지막이 말했다.

"청출어람(靑出於藍)이라는 말을 확인해 보고 싶군. 일어서라."

"이, 이 녀석!"

슈렌의 말에 분노한 플루소는 재빨리 몸을 일으키며 자세를 가다듬었다.

"젠장, 탄환이 다 떨어져 가는군! 선배님은 얼마나 남았습니까!"

밀려오는 바이오 버그들과 멀리서 원거리 공격을 감행해 오는 가변형 전차 귀골들을 힘겹게 상대하던 케빈은 다급한 목소리로 헤이그에게 물었다.

이미 백병전용 쇼크너클을 웨드의 양손에 장착한 헤이그는 소리치듯 대답했다.

"레이저 개틀링의 에너지는 1분 정도 쏠 수 있고, 메기드 바주카는 한 발 남았어! 자네는 어떤가!"

"탄창 하나 남았습니다. 프로톤 라이플은 여분이 없습니다!"

다른 BSP들 역시 상황은 마찬가지였다. 프시케와 티베는 연속으로 마법을 써서 상당히 지친 상태였다. 지금 마법을 쓰는 것도 거의 기적이나 다름없었다.

그나마 다행인 것은 리진과 챠오, 마티 등 근접 전투가 능한 사람들이 아직은 건재하다는 것이었다. 하지만 그들 역시 웨드 자체의 에너지가 거의 다 떨어진 상태여서 상황은 점점 악화되었다.

헤이그는 자신들에게 이 정도의 병력이 올 줄은 사실 생각도 못했다. 아니, 이런 병력이 오는 것 자체가 사실 비정상적이었다.

원래 계획은 동룡족의 후방을 적당히 공략한 뒤 뒤로 빠지는 것이었다. 하지만 지금 그들은 모스크바에 배치된 바이오 버그들과 귀골의 대다수를 상대하고 있었다. 상대하는 바이오 버그와 귀골들이 전체의 대부분이라는 사실을 BSP들이 모르고 있는 게 그들에게 오히려 다행인지도 몰랐다.

"도대체 이 녀석들 얼마나 되는 거야! 끝이 없잖아!"

리진은 자신에게 덤벼들던 대형 바이오 버그 하나를 적진에 내던지며 투덜거렸다. 그러나 그녀의 투덜거림을 받아 줄 여유가 있는 동료는 현재 없었다.

다른 한편에서 마티는 지금까지 모니터로 구경해 왔던 전투가 얼마나 쉬운 것이었나 절감했다. 아무리 많은 수의 병력이 몰려와도 가공할 정도의 파괴력으로 적을 일소하는 리오가 참전했던 기존의 전투와, 그가 빠진 현재의 전투는 시간적 손실이나, 물자적 손실에서 상당한 차이를 보였다. 마티는 자신의 무력함을 뼈저리

게 느꼈다.

"정신 차려, 무슨 생각을 하는 거야."

한참 생각을 하던 마티의 귀에 챠오의 차분한 목소리가 들려왔다. 그제야 정신이 든 마티는 다시 전의를 다지고 바이오 버그들을 이리저리 쳐냈다.

"리오 씨나 슈렌 씨가 얼마나 대단한 사람인가를 느끼고 있을 뿐이야. 물론 챠오도 동감하고 있겠지만."

"그렇군."

챠오와 마티의 웨드는 앞에 있는 적들을 적당히 처리한 뒤 동시에 뒤쪽을 돌아보았다. 뒤쪽에 적들이 몰려와 있을 것이 뻔했다.

"아!"

순간 그녀들의 눈에 황색의 거대한 빛 두 줄기가 앞쪽으로 뻗어 나가는 것이 보였다. 그 범위 안에 들어 있던 바이오 버그와 귀골들은 흔적도 없이 사라지고 말았다.

자신들 앞에 갑자기 펼쳐진 엄청난 광경에 넋을 잃고 있던 둘은 머리를 흔들며 아래쪽을 내려다보았다. 그 순간 챠오와 마티는 숨을 죽이고 말았다.

어깨까지 살짝 내려오는 빛나는 금발. 흰색과 흑색, 적색이 적절히 조화된 배틀코트. 설령 신이라 할지라도 속을 들여다볼 수 없을 것 같은 차가운 표정. 그리고 온몸에서 풍기는 거대한 위압감…….

"휀…… 휀 라디언트……?"

마티는 휀이 분명 아군에 가까운 사람이라는 것을 알면서도 두려움 섞인 목소리로 그의 이름을 읊었다.

서서히 공중으로 떠오른 휀은 챠오와 마티의 웨드를 번갈아 바라보았다. 그러나 그리 관심은 없는지 곧바로 뒤돌아 품에서 한 손

에 잡힐 정도 지름의 원통형 물체를 꺼냈다. 그 앞쪽에 위치한 삼
각뿔 모양의 물체가 반으로 갈라져 옆으로 퍼지는가 싶더니, 곧 그
표면에서 흰색의 빛이 칼날 모양으로 뻗어 나왔다.

휀은 그것을 내려다보며 나지막이 중얼거렸다.

"이것이 초절성검 에릭튜드인가."

그 말과 동시에 휀의 모습은 챠오와 마티의 시야에서 사라졌고
바이오 버그와 귀골 수가 급격히 줄어들기 시작했다.

뜻하지 않은 강력한 지원병에 휀을 모르는 다른 BSP들은 놀라
움을 감추지 못했다.

단 십여 분 만에 바이오 버그들과 귀골들을 전멸시킨 휀은 다시
웨드들에게 다가와 조용히 말했다.

"다음은 너희인가."

그의 목소리를 스피커를 통해 겨우 들은 챠오와 마티는 급히 웨
드와의 트랜스를 푼 뒤 조종석을 열고 자신들의 존재를 알렸다. 그
녀들의 모습을 본 휀은 에릭튜드를 거두며 짧게 한숨을 내쉬었다.

"아쉽군."

"뭐라고! 바이오 버그와 귀골이 전멸당했다고! 그것도 단 십여
분 만에!"

총사령관 솔런은 부관의 보고를 접한 즉시 하늘이 노래지는 것
을 느꼈다. 전투가 개시된 이후 내내 안절부절못하고 있던 그는 힘
없이 의자에 주저앉았다.

"어째서인가. 확인된 바로는 리오 녀석도 전투에 참전하지 않았
다는데…… 어째서인가!"

솔런의 물음에 전멸됐다는 사실만 알고 있는 부관은 침통한 표

정으로 고개를 떨굴 뿐이었다.

그때 한 병사가 급히 막사로 뛰어들더니 경례도 붙이지 않고 보고를 했다.

"큰일입니다, 장군님! 과, 광황! 광황입니다!"

막사 안에 있던 솔런과 부관의 표정은 일순간 얼어붙고 말았다. 솔런은 눈을 휘둥그레 뜬 채 병사에게 물었다.

"뭐라? 광황?"

"예! 광황 휀 라디언트입니다! 현재 본진 안쪽까지 침입한…….'

퍽.

그러나 병사는 말을 제대로 마치지 못하고 머리와 몸이 따로 떨어지며 쓰러지고 말았다.

뒤이어 막사 안으로 들어온 남자를 본 솔런과 부관은 사색이 되어 밖으로 탈출하려 했다. 그러나 남자의 몸에서 알 수 없는 기운이 퍼져 둘은 꼼짝도 할 수 없었다.

결국 둘은 공포에 찬 눈으로 막사 안까지 들어온 남자를 바라볼 수밖에 없었다.

휀은 앞에 굴러떨어진 병사의 머리가 방해되는 듯 옆으로 차 버리고 둘에게 다가가며 말했다.

"……죽어."

막사 바깥쪽을 향해 뿜어져 나간 한 줄기의 빛은, 어떡해서든지 모스크바를 빼앗기지 않기 위해 노력한 동룡족 모스크바 주둔군 사령관 솔런의 허무한 최후를 전군에게 알렸다.

본진까지 순식간에 당해 버렸다는 소식이 전해지자 란바랄은 또다시 고민에 빠졌다. 이대로 혼자 도망친다면 분명 쥬빌란에게 신임을 얻고 있는 자신일지라도 죽음을 면치 못할 것이고, 상대가 휜 인 이상 싸워 봤자 허무한 죽음뿐이었기 때문이다.

결국 란바랄은 자신이 충성을 바친 남자의 칼에 죽겠다는 마음 으로 후퇴 명령을 내렸고, 서쪽에 있던 탓에 피해를 받지 않은 그 의 부대는 여유 있게 후퇴할 수 있었다. 그러나 전방을 맡았던 부 대들은 후퇴할 수 있을 거라는 조금의 가망성조차 보이지 않았다.

전방, 후방 모두 가즈 나이트들에게 저지당한 상태였고, 상당수 의 장군들이 지크와 데스 발키리들에 의해 핏방울로 변해 버린 탓 에 병사들이 의지할 지휘자는 오직 플루소 한 명뿐이었다. 하지만 플루소조차 슈렌과의 대결에 온 정신을 집중한 상태여서 병사들 에게 남은 길은 투항 아니면 자결이었다.

그런 상황을 모르는 플루소는 여전히 슈렌과 대결을 벌였다.

슈렌에게 전수받은 기술을 스스로 발전시킨 플루소의 실력은 슈 렌과 거의 대등할 정도였고, 그것을 증명하듯 슈렌 역시 그녀와의 대결만큼은 여유 없이 치르고 있었다. 봉과 삼절곤을 번갈아 사용 하는 변화무쌍한 플루소의 공격은 슈렌을 몰아붙이기 충분했다.

"나의 약혼자를, 내 사랑을, 내 미래를 파멸하다니! 너를 도저히 용서할 수 없다, 슈렌 스나이퍼! 여기서 네 목을 가져가지 않는다 면 난 저승에서 그에게 할 말이 없다!"

거의 절규에 가까운 그녀의 목소리는 슈렌의 가슴을 아프게 했 다. 수라도를 사용했던 탓일까, 아니면 또 다른 무엇 때문이었을 까…… 일순간 이성을 잃은 대가가 이 정도로 참혹한 것인지 슈렌 은 자신에게 묻고 있었다.

한참 대결을 벌이고 있는 둘에게 레소드와 릭이 접근해 왔다. 레 소드는 큰 목소리로 슈렌과 플루소에게 소리쳤다.

"슈렌 님! 전투가 끝났습니다! 동룡족 장군들 대다수가 사망하거나 자결했고, 상당수는 투항하여 포로가 됐습니다! 우리의 승리입니다!"

"멈춰라, 플루소! 쓸데없는 전투를 멈추고 투항하라! 반복한다, 투항하라!"

릭의 외침에도 불구하고 플루소는 계속 슈렌에게 공격을 시도했다. 이미 그녀에게는 종족을 위한 것이 아닌, 자신을 위한 전투였기에 릭의 말이 통할 리 없었다. 결국 플루소를 멈추게 할 수 있는 것은 슈렌이었다.

"플루소, 넌 아직 죽을 때가 아니다."

"갑자기 무슨 헛소리냐, 슈렌! 나를 이긴 다음에나 그런 말을 하시지."

슈렌의 말에 더욱 흥분한 플루소는 무기를 봉의 형태로 바꾼 뒤 또다시 돌진해 들어왔다. 슈렌은 그룬가르드의 끝으로 플루소의 봉 끝을 정확히 맞받아 쳐서 그녀를 멀리 밀쳐낸 뒤 기를 극한까지 끌어 올리며 말했다.

"결과만 확실하다면 일의 순서는 바뀔 수도 있는 법……."

"쳇!"

멀리 나가떨어진 플루소는 슈렌을 재차 공격하기 위해 돌진했다. 그때를 기다린 슈렌은 곧 준비했던 기술을 전개했다.

"헬 그랜드 노바!"

온몸에서 기염을 뿜어내던 슈렌은 자신을 향해 돌진해 오는 플루소를 향해 손을 휘둘렀다. 그러자 그녀의 바로 아래 지면에서 일순간 강력한 화염이 치솟아 올랐다.

그 화염을 정면으로 맞은 플루소는 예상치 못했던 방향에서 날아온 공격에 크게 흔들리며 몸을 주춤했다. 기회를 잡은 슈렌은 플루소의 몸이 진행하는 방향에 맞춰 지면에서 연속으로 화염 기둥을 뿜어 올렸다.

수차례에 걸친 공격에 플루소는 의식을 잃었다. 원래 헬 그랜드 노바는 마지막 일격을 그룬가르드 응용기, 그랜드 노바로 끝내야 하지만, 슈렌은 플루소가 의식을 잃자마자 기술을 중단했다. 그녀를 죽일 생각도 없었고, 또한 그랜드 노바를 쓸 만큼의 체력도 남아 있지 않았다.

플루소가 힘없이 지면에 떨어지자마자 슈렌은 지친 듯 머리를 감싸며 레소드에게 말했다.

"플루소는 동룡족 장군들 중에서도 꽤 서열이 높으니, 잘 대해 주도록."

"걱정하지 마십시오, 슈렌 님. 두 종족 간의 포로 협정에 장성급에 대한 예우도 있으니 저에게 맡겨 주십시오. 지금은 우선 슈렌님께서 쉬시는 게 좋을 듯합니다만……."

슈렌은 고개를 끄덕이며 힘없이 뒤돌아섰고, 릭이 곧 그를 부축해 기함으로 향했다.

그렇게, 모스크바 탈환 작전은 서룡족의 승리로 끝났다.

전투 이후 뛰어난 성능과 파괴력을 보인 웨드의 양산과 보급은 문제없이 가속화되었고 서룡족은 러시아 전체를 탈환하여 이후 유럽을 점령하고 있는 동룡족들을 충분히 위협할 수 있었다. 하지만 아쉽게도 더 이상 탈환 작전을 실행할 수 없었다.

최초로 온 드래고니스 호위 함대와 기동함대로는 수적으로 더 이상 세력을 확장할 수 없기 때문이었다. 결국 이후의 대형 탈환 작전은 4대 용왕의 함대가 올 때까지 잠정적으로 지연됐다.

"휀 라디언트……."

바이칼은 자신의 앞에 선 차가운 얼굴의 휀을 바라보며 마음에
안 든다는 듯 인상을 찡그렸다. 여느 때와 같은 그의 반응에 휀은
고개를 저으며 허무감이 깃든 목소리로 말했다.

"내가 온 지 일주일이나 지났는데 반응이 똑같군. 하긴 아직 어
리니까."

"흥."

바이칼은 주먹을 불끈 쥐며 고개를 옆으로 돌려 버렸다. 휀은 다
시 말했다.

"가겠다."

"흥, 일주일 동안 그 말을 기다렸다."

바이칼은 어서 가라는 듯 바깥쪽으로 손을 내저었다. 휀은 즉시
돌아서 알현실을 빠져나갔다. 그때 바이칼의 옆에 서 있던 리오가
휀을 불러 세웠다.

"잠깐, 휀. 참전하려고 온 게 아닌가?"

"아직 내 임무를 수행 중이다. 이쪽에 잠깐 볼일이 있어 모스크
바 쪽을 지나가다가 시끄러운 소리가 들려 잠깐 참전한 것뿐이다.
좋아하긴 일러."

"흠, 그렇군."

리오는 아쉽다는 듯 머리를 긁적였다.

휀은 곧바로 어딘가를 향해 떠났다. 사실 휀이 가담해 준다면 리
오나 서룡족에게 편하지 않을 수 없었다. 전 가즈 나이트 중 최고
의 대량 살상병기이자 전략가인 그의 가치는 전룡단 수십만에 비
할 수 있었다.

리오는 팔짱을 낀 채 휀이 나간 알현실 문을 바라보며 물었다.

"웨드의 블랙박스에 영상으로 저장되어 있던 휀의 신무기……
뭔지 알고 있어, 바이칼?"

"몰라."

바이칼의 간단한 대답에 리오는 손으로 얼굴을 쓰다듬으며 무기
에 대한 설명을 해주었다.

"초절성검 에릭튜드지. 8백여 년 전 대천사장 미카엘이 사라지
기 직전까지 사용한 궁극의 성검이야. 선신 계열 최강 무기이기도
한데, 이상한 건 미카엘이 행방불명되면서 같이 사라져 버린 에릭
튜드가 왜 지금 휀의 손에 있느냐는 것이지. 플렉시온 하나만으로
도 강하기 이를 데 없는 녀석에게…… 말 그대로 호랑이에게 제트
엔진을 달아주는 것과 마찬가지일 텐데 말이야."

리오의 심각한 말을 듣던 바이칼은 손가락으로 팔걸이를 톡톡
두드리며 생각하다가 나지막이 말했다.

"어디서 주웠나 보지."

순간 알현실 안에 있던 리오와 장로의 얼굴이 굳어졌다. 리오는
손을 바이칼의 이마에 대며 조심스레 물었다.

"어디 편치 않은 거야? 열은 없는데……."

"손을 떼지 않으면 죽여 버리겠다. 어쨌거나 포로인 동룡족 장군
플루소를 데리고 와 주시오, 장로."

"예, 전하."

장로는 곧 알현실 밖으로 나갔다. 잠시 후 리오는 피곤한 얼굴로
일주일 동안 겪은 플루소에 대한 일을 중얼거렸다.

"일주일 동안 탈출 시도 네 번에 자살 미수 여섯 번…… 골치 아
픈 포로인데…… 슈렌은 사나운 여자를 잘도 잡아 왔군. 미인이긴
하지만……."

순간 바이칼의 눈썹이 꿈틀댔다.

"또 바람기가 발동했나."

요즘 들어 그런 말을 바이칼에게 자주 듣는 리오는 불쾌한 듯 미간을 찌푸리고 말았다.

"왜 내가 너에게 그런 말을 들어야 하지?"

"이 몸이 설명해 줄 가치도 없다고 생각한다."

둘의 말싸움이 끝나 갈 무렵, 입과 손이 결박된 플루소가 알현실로 끌려 들어왔다. 리오는 미소를 띠며 그녀를 끌고 온 릭에게 나가 보라는 손짓을 했다.

"나 하나만 있어도 괜찮으니 나가서 쉬게. 아 참, 세이아 님께 오늘은 일이 있어서 집에 들어가지 못한다고 직접 전해 주겠나?"

바이칼의 눈썹이 다시금 꿈틀댔다.

"흥, 아예 살림을 차리시지."

"알았다니까. 어쨌든 전해 줄 수 있겠나? 미안하네."

"제, 제가 직접 세이아 님께…… 말씀이십니까?"

릭은 평소와 다르게 심하게 머뭇거렸다. 그제야 리오는 릭이 세이아를 열모하는 친위대 중에서도 증상이 심각한 사람이라는 사실을 떠올리고 부탁을 취소하려 했다. 그러나 리오가 말을 꺼내기 전에 릭이 경례를 붙이며 기쁘게 대답했다.

"예! 이 영광을 저에게 주셔서 정말 감사합니다! 그럼 즉시!"

릭은 곧바로 알현실을 나갔다. 그의 뒷모습을 보는 리오의 얼굴은 불안감 그 자체였다.

"뭐, 어떻게 되겠지."

리오는 곧 플루소에게 다가가 그녀 입을 묶은 근육 결박 장치를 해제했다. 플루소는 결박이 풀리기가 무섭게 피식 웃으며 말했다.

"후, 내가 지금까지 여섯 번이나 자결을 시도했다는 걸 잊었나?"

리오는 미소를 띠고 대답했다.

"아, 당연히 알지. 골치가 아플 정도니까."

"그런데도 내 결박을 풀어 주다니 대단히 멍청하군, 리오 스나이퍼, 후후훗."

"그건 너무 걱정하지 마. 지금 이 시간부터 귀공이 자결을 시도할 때마다 50명의 동룡족 포로들이 나에게 처형될 테니까. 귀공은 중요한 포로지만 그 동룡족 병사들은 우리에게 있어서 밥벌레일 뿐이거든."

플루소의 얼굴은 벌레를 씹은 듯 일그러졌다.

"뭐, 뭐라고! 네가 그러고도 차원의 균형을 맞춘다는 가즈 나이트인가! 이런 비겁한 녀석! 넌 내가 죽여 주겠다!"

그녀의 거친 말에도 불구하고 리오는 여전히 여유를 보였다.

"후, 귀공에게 쉽게 죽음을 당할 정도면 가즈 나이트라는 직책에서 벌써 정리 해고를 당했겠지. 자, 그럼 이제부터 허심탄회하게 대화를 나눠 보도록 하지. 아, 그리고 지금 귀공은 서룡족의 어전에 있다는 것을 잊지 말도록. 무례한 행동은 용서 없어."

리오는 다시 바이칼의 옆으로 돌아가 섰다. 바이칼은 정신감응으로 넌지시 리오에게 물었다.

「너 아까 그 말 진심이야?」

「당연히 아니지. 자, 어서 취조나 하시지.」

바이칼은 헛기침을 몇 번 한 뒤 플루소를 취조하기 시작했다. 취조라고 했지만 그냥 단순한 대화일 뿐이었다. 바이칼과 리오의 머릿속에서 미리 정리된 결론이 '그녀에게서 정보를 얻어 봤자 별 쓸모 없다'는 것이었다.

"묻겠다. 음…… 나이가 몇이지."

순간 리오와 플루소는 허망한 표정으로 바이칼을 바라보았다. 리오는 팔꿈치로 그의 어깨를 툭 치며 불안한 목소리로 물었다.

"이봐, 너 취조 처음 해 봐?"

"지금까지 취조는 장로가 했다. 내가 못하는 건 당연하지."

"아주 당당히 말하는군. 내가 하는 게 속 편하겠어."

리오는 미안하다는 얼굴로 다시 플루소를 바라보았다. 플루소는 이해가 안 가는 사람들이라는 시선으로 둘을 바라보며 미간을 찌푸렸다. 리오는 헛기침과 함께 다시 취조를 시작했다.

"험, 현재 이 세계에 있는 동룡족 함대의 숫자는 어느 정도인가?"

"후, 좀 많지."

플루소의 대답은 분명 성의가 없었으나 지금 취조는 다른 이유로 행해지는 것이기에 리오는 가볍게 고개를 끄덕이며 말했다.

"아아, 그렇군. 처음 이곳에 온 함대의 수는 대략 4만, 추가 함대는 대략 2만, 그리고 격파된 함대 약 1만…… 더하고 빼면 약 5만 정도 되는군."

플루소의 눈이 크게 떠졌다.

"어, 어떻게 그런 것을! 그걸 어떻게 알았나!"

리오는 어깨를 으쓱하며 답했다.

"뭐, 간단하지. 동룡족 측에서도 우리 함대의 숫자가 어느 정도인지는 알 테니까. 자자, 흥분을 가라앉히고 다음 질문을 해 보지. 와카루 박사를 알고 있나?"

"와카루? 흥, 그런 인간은 알지 못한다. 난 그저 주룡 마마의 명을 따를 뿐이다."

"바이오 버그와 그 귀골이라는 가변형 전차를 지원해 주는 사람을 말하는 것이다. 그들이 어디서 만들어지는지, 어디서부터 옮겨지는지는 알 것 아닌가."

그는 혹시나 해서 물었지만 플루소는 성의 없는 대답으로 일관했다.

"모른다고 하지 않았나. 우리는 본부로부터 공수되는 것을 받아 사용할 뿐이다. 그리고 바이오 버그라는 생체병기들은 그 지역에 미리 배치되어 있었기 때문에 어떻게 만들어졌는지도 모른다."

플루소가 생각보다 솔직한 것에, 리오는 다행이라고 생각하며 고개를 끄덕였다.

"그렇겠군. 그럼 다음 질문. 이건 좀 사적인 질문이 될지 모르겠는데…… 자살하려 한 이유를 말해 줄 수 있나?"

"쿠쿡, 하하하하핫!"

플루소가 갑자기 대소를 터뜨렸다. 리오는 또 뭐가 불만일까 생각하며 대답을 기다렸다.

"상당히 멍청한 질문을 하는군, 리오 스나이퍼. 당신 같으면 천하의 원수에게 사로잡히고도 살고 싶을 거라고 생각하나? 약혼자를 죽이고 내 얼굴을 이렇게 만들어 놓은 자에게 잡혔는데 살 기분이 날 거라고 생각하나!"

그녀의 말을 들은 리오는 슈렌이 왜 그랬을까 의아하게 생각했으나, 처음 만났을 때부터 지금까지 슈렌이 생각 없이 행동한 일은 없었기에 그 이유를 묻는 것은 다음으로 미루기로 했다.

"그 내용을 몰랐으니 질문한 것 아닌가. 하여간 그건 들었으니 넘어가기로 하고, 그 이유 때문에 그랬다면 귀공은 장군으로서 자격이 없군."

"뭐, 뭐라고!"

플루소가 심하게 흥분하며 소리치자, 리오는 굳은 표정을 지으며 그녀를 쏘아붙였다.

"장군이라는 직책은 전투 시 언제나 공과 사를 명확히 구분해 냉철한 판단을 내려야 한다. 귀공이 만약 포로가 된 것이 수치스럽고 주룡 쥬빌란에게 죄스러운 마음에 자살하려 했다면 이해하겠지만, 그런 사적인 이유로 자살하려 했다면 분명 장군으로서 자격이 없는 것이다."

"윽!"

플루소는 분하다는 듯 이를 악물며 고개를 떨궜다. 그녀 스스로 생각해 봐도 자신의 행동은 너무나 이기적이었기 때문이다.

"속칭 광황이라 불리는 휀은 너무 공적인 면을 강조하기 때문에 다른 사람들에게 철면피라고 인식되지만, 그를 알고 있는 사람들에게는 절대적인 신뢰를 준다. 그에 비하면 귀공의 발언은 정반대로군. 사적인 원한에 휩싸인 채 군대를 지휘하는 장군에게 어떤 병사가 신뢰감을 가지고 지휘에 따르겠나. 말하지만 지금 포로가 된 귀공의 부대 병사들은 귀공의 생각은 하지도 않고 즉시 투항을 했다. 과연 좋은 현상이라고 생각되는가?"

플루소는 아무 말도 하지 못했다. 그녀에게서 배타심이 사라진 것을 느낀 리오는 이 정도면 자살은 하지 않겠다고 생각하며 말했다.

"흠, 내일 정오에 포로 협상안이 동룡족 측에서 오기로 되어 있으니 그때까지 편히 쉬게 해 주지. 자, 관광이나 하러 나가 볼까?"

"뭐, 뭐라고?"

플루소는 깜짝 놀라며 리오를 바라보았다. 리오는 미소를 지은 채 플루소의 결박을 풀어 주고 바이칼에게 말했다.

"자, 그럼 난 플루소 장군을 감시할 겸 직접 드래고니스의 주거 지역을 안내할 테니 너도 쉬고 있어."

턱을 괸 채 리오를 바라보던 바이칼은 맘대로 하라는 듯 눈을 감은 채 고개를 끄덕이며 말했다.

"맘대로. 흥, 이젠 얼굴에 흠집 난 여자도 꼬시는군."

"후훗, 미안. 자, 나가 보도록 하지. 아아, 이런 복장으로는 관광하기 좀 힘들 것 같은데…… 그래, 관광 기념으로 옷이나 한 벌 사주지."

"이, 이봐! 잠깐!"

리오가 플루소의 손을 이끌고 알현실을 나가 버리자 혼자 알현실에 남게 된 바이칼은 자리에서 일어나며 중얼거렸다.

"오랜만에 리디아나 만나러 가야겠군."

릭은 지금 어느 때보다도 잔뜩 멋을 부린 상태였다. 지금까지 단한 번밖에 보지 못했던 세이아를 직접 만나서 얘기까지 한다는 생각에 동료의 정장을 빌려 입은 것이다. 생전 가지 않던 미용실까지다녀오며 머리에도 신경을 썼다. 거리를 걷는 도중에도 몇 번이고쇼윈도 앞에 서서 자신의 모습을 살펴보았다.

그만큼 세이아는 릭에게 있어서 여신 이상의 존재였다.

얼마나 걸었을까. 릭은 리오가 가르쳐 준 주소에 위치한 집 앞에서게 되었다. 드래고니스 주거 지역에 널리 분포된 주택과는 상당히 다른 그 집 앞에서 릭은 다시 한 번 옷매무새를 가다듬었다.

'뭐지, 이 긴장감은? 란바랄의 앞에 섰을 때도 이 정도의 긴장감은 없었는데…… 아아, 분명 난 뭔가 잘못된 거야. 세이아 님을 뵐면목이 없어.'

릭은 돌아가 버릴까 망설였지만 리오의 부탁이 떠올라 다시 용

기를 내서 문 앞에 섰다. 그러다가 다시 뒤돌기를 몇 번…….

횟수가 반복될 때마다 릭의 머릿속은 더욱더 뒤엉켰다. 그때 뒤에서 한 여성의 목소리가 들려왔다.

"저, 저희 집에 용건이 있으신가요?"

"아, 아앗! 죄송합니다! 저는 수상한 사람이 아닙니다! 저는 그저, 그저…… 아앗?"

릭은 움찔하며 뒤로 돌아서서 쓸데없는 변명을 늘어놓았으나 그것도 잠시, 릭의 모든 생체 기능은 그 순간 정지하고 말았다.

허리까지 내려오는 긴 은발, 청색도, 녹색도 아닌 불가사의한, 하지만 따뜻한 눈동자와 그에 걸맞은 단아한 얼굴. 가슴에 안고 있는 종이 봉투. 그리고 그 모든 멋진 조화가 뿜어내는 신비롭기까지 한 아름다움…….

"허, 헉! 세, 세이아 님!"

릭은 긴장으로 그 자리에 주저앉아 버렸고, 그것을 본 세이아는 깜짝 놀라 가까이 다가가 부축하며 걱정스러운 얼굴로 물었다.

"어머, 왜 그러세요! 괜찮으신가요?"

세이아의 향기가, 세이아의 손이 몸에 닿자, 릭은 결국 혼절해 버렸다.

갑자기 벌어진 상황에 세이아는 당황하며 지크가 있을 옆집으로 급히 달려갔다.

"이봐, 정신 차리려, 친구. 천하의 제1전룡단 단장이 겨우 그 정도에 기절하는 거야?"

지크는 손으로 릭의 머리를 툭툭 건들며 그를 깨웠다. 잠시 후 릭은 환상에서 깨어나는 사람처럼 부스스 눈을 떴다. 하지만 정신을 차린 후에도 그는 아직 환상에서 깨어나기 힘든 듯 몽롱한 눈빛으로 말할 뿐이었다.

"세이아 님……."

"이 친구 맛이 갔군. 바이칼이 전룡단 단장들에게 여자 만나지 말라고 한 건 아닐 텐데, 왜 이러나? 이봐, 정신 차려!"

결국 지크는 릭의 턱에 강한 일격을 선사했다. 충격을 받은 릭은 순간 눈을 번쩍 뜨며 주위를 둘러보았다.

"지, 지크 님? 여긴 도대체 어디입니까?"

"어디긴 어디야. 세이아 씨 집이지. 여긴 여자들만 사는 집이니까 빨리 일어나. 용건 있으면 빨리 말하고."

지크는 한심하다는 얼굴로 고개를 저으며 릭에게 말했다. 릭은 자신이 누운 곳을 살펴보았다. 평범한 소파였지만 아늑하고 따뜻한 느낌이었다.

"오호, 그 친구 일어난 거야? 세이아를 한 번 보고 뻗었다며? 바보같이."

그때 2층에서 데스 발키리 레베카가 여자치고는 두꺼운 근육질의 목에 수건을 두른 채 내려오며 비아냥거렸다. 지크는 입을 내밀며 어깨를 으쓱거릴 뿐이었다. 뒤이어 레베카가 가는 곳에 그림자처럼 붙어 다니는 츄우가 내려오며 릭에게 활짝 미소를 지어 보였다.

"어머, 일어났어요, 숫총각 씨? 기절해서 누워 있는 모습이 얼마나 귀여웠는지 알아요? 호호호홍. 그런데 너무했다. 얘기 한 번 했다고 기절하다니…… 리오라는 바람둥이 오빠하고는 정반대네?"

릭은 전투 때보다 꽤 활달한 그녀들을 보고 사람은 역시 만나 보지 않고는 모르겠구나 하고 생각했다. 예전 모스크바 탈환 작전 때 토울 해머와 바로크를 휘두르며 악귀처럼 동룡족 병사들을 살해하던 모습과는 너무나 딴판이었다.

옷이라고는 러닝셔츠와 반바지밖에 입지 않아 노출이 심한 상태인 레베카는 릭의 앞쪽 소파에 앉아 탁자 위에 놓인 담배를 하나 꺼내 물었다. 그러고는 마치 죄수를 심문하는 형사처럼 릭을 내려다보며 물었다.

"릭이라고 했나? 당신 서룡족 전룡단 단장 중에서 최강이라며? 나랑 팔씨름 한번 해 볼까?"

"아, 아뇨. 사양하겠습니다."

"허이구, 싱겁기는. 그럼 담배는 어때? 피울 줄 알지?"

"다, 담배는 전혀……."

레베카가 계속 릭에게 이상한 것을 권하자, 지크는 피곤하다는 듯 레베카에게 손짓을 하며 투덜댔다. 물론 릭을 위한 것이었지만.

"이봐, 헐크 레이디. 이상한 것 좀 권하지 마. 팔씨름 상대는 나중에 사바신이라는 녀석 소개해 준다고 몇 번이나 말했어? 자, 이 여자들의 언어폭력은 무시하고 어서 용건이나 말해. 나도 빨리 이 집에서 나가고 싶다고."

"아, 예. 그러니까…… 앗!"

릭이 막 말을 하려는데 뒤에서 츄우의 흰 손이 부드럽게 다가왔다. 그녀는 릭의 얼굴과 목을 만지며 귀에 대고 속삭였다.

"어머머, 그냥 가시면 너무 섭하죠. 놀다 가라니까……. 당신 같은 총각에게 가르쳐 줄 것이 있단 말이에요. 호홍."

"네, 네?"

릭은 잔뜩 긴장한 채 츄우에게서 벗어나려 했으나 이상하게도 그녀의 손길에서 빠져나올 수 없었다. 릭은 기를 높여서라도 정신을 차리려 했다.

릭의 몸에서 기가 강하게 뿜어지자 츄우는 싱겁다는 듯 웃으며 손을 뗐다.

"후훗, 난 또 넘어가나 보다 하고 좋아했는데 역시 장난은 그만해야겠네."

'장난이었다고……?'

릭은 츄우의 말에 놀라지 않을 수 없었다. 자신이 순간적으로 몸을 움직이지 못한 것은 츄우의 기에 자신의 생체 기능이 눌린 탓이라는 사실을 알고 충격을 받았다.

'그래, 이 여자들은 데스 발키리…… 가즈 나이트들보다 약간 뒤떨어질 뿐이다. 방심하면 큰일이야. 정신 차리자.'

"어머, 너무 그렇게 화내지 말아요, 릭 씨. 장난이었다니까."

"아, 아닙니다. 죄송한 건 오히려 접니다."

그때 부엌에서 세이아가 홍차를 들고 거실로 나왔다. 릭은 그 순간 다시금 모든 생체 기능이 정지하는 것 같은 느낌을 받았다.

"홍차 들면서 계속 말씀 나누세요. 아, 이제 괜찮으세요, 릭 씨?"

세이아가 이름을 부르며 빙긋 미소 짓자, 릭은 갑자기 호흡곤란에 빠지는 것 같았다. 평생 이런 느낌은 정말 처음이었다.

"세, 세이아 님! 리오 님께서 오늘은 일이 있으셔서 집에 늦게 들어오신다고 전해 드리라고 하셨습니다!"

"네? 아, 그렇군요. 그래서 직접 오셨군요. 후훗, 감사합니다."

'세, 세이아 님께서 나에게 감사를! 아아아……!'

"어라? 이봐, 릭! 정신 차려!"

지크는 다시 기절해 버린 릭을 깨우기 위해 골머리를 썩여야 했고, 세이아는 릭이 도대체 왜 그럴까 생각하며 고개를 갸웃거릴 뿐이었다. 데스 발키리 두 명만 재미있다는 듯 연신 웃어 댔다.

"자, 새 옷은 어떤가? 맘에 드나?"

리오는 쇼윈도에 모습을 비쳐 보고 있는 플루소에게 미소를 지으며 물었다. 그녀는 약간 멍한 얼굴로 아무 대답도 하지 않았다.

갑자기 리오가 그녀의 고개를 살짝 들어 올렸다.

"음?"

플루소는 자신을 바라보는 리오를 놀란 눈으로 바라보았다. 리오는 곧 고개를 끄덕이며 플루소에게 말했다.

"아, 좋아. 요즘은 화장 기술이 발달해서 심한 흉터도 가려 주는군. 뭐, 미용사 아가씨들이 고생 좀 했겠지만 말이야. 후훗. 자, 이제 돌아다녀 볼까?"

플루소는 아무 말 없이 리오를 따라나섰다. 리오는 드래고니스 주거 지역의 이곳저곳을 플루소와 돌아다니며 시간을 보냈다.

하지만 식사를 할 때나, 드래고니스에서 가장 멋진 볼거리라 할 수 있는 오리하르콘 공예의 걸작인 신룡 브리간트 상 앞에서도 플루소는 미소를 짓지 않았다.

그런데도 리오는 플루소를 이끌고 밤늦도록 드래고니스의 주거 지역을 관광했다.

거의 자정이 되어 리오는 그녀와 함께 레스토랑 앞에 마련된 의자에 앉으며 한숨을 돌렸다.

"하, 이렇게 돌아다녀 본 것도 정말 오랜만이군. 어쨌든 다행인 건 내가 아는 여자분들과 마주치지 않았다는 것이지. 후훗. 그런데 배고프지 않아? 점심 식사 이후로 음료수 말고는 아무것도 먹지 못했잖아."

"먹고 싶으면 마음대로 해. 난 어차피 포로니까."

리오는 아무 말 없이 밤하늘을 바라보았다.

때마침 그들 앞에 있는 레스토랑에서 가녀린 피아노 음색이 들려왔다. 그 피아노 연주곡을 들은 플루소의 눈이 순간 반짝였다.

"이 음악은……."

"아, 이 레스토랑이 맘에 든다고? 좋아, 한번 가 보도록 하지."

"자, 잠깐! 난 음악을……."

리오는 다짜고짜 레스토랑 안으로 플루소를 끌고 들어갔다. 플루소는 결국 리오가 이끄는 대로 따라 들어갔다.

한 가지 이상한 점은 레스토랑 안의 전등이 한 테이블과 피아노 쪽만 남기고 모두 꺼져 있다는 것이었다.

리오는 불이 켜져 있는 테이블로 가서 플루소와 함께 앉아 그녀에게 피아노 쪽을 보라는 듯 자리를 살짝 비켜 주었다. 그 순간 플루소는 얼굴을 험하게 일그러뜨리며 흥분해서 자리를 박차고 일어났다.

"네, 네 녀석! 도대체 무슨 생각으로 날 이곳에 데려온 건가! 어째서 나에게 잘 대해 주나 했더니 이런 모습을 보고 싶어서였나!"

"잠자코 앉아."

리오의 무거운 목소리가 플루소의 감각을 곤두세웠다. 그녀는 침을 꿀꺽 삼키며 다시 자리에 앉았다.

리오는 다시 미소를 지으며 그녀에게 말했다.

"오늘의 주인공은 나와 당신이 아니라, 저 피아니스트와 당신이야. 포로 교환이 되어 다시 적으로 변한다 해도 아까 아침에 말한 것처럼 당신이 진정한 장군이 되게 하려면 오해를 풀어야 할 것 같아서 이렇게 한 거야. 마음이 풀려야 냉철한 지휘도 할 수 있을 것 아닌가. 후훗."

플루소는 아무 말 없이 수정으로 만든 피아노를 치고 있는 남자를 바라보았다.

언제나 감긴 듯한 눈. 묵묵히 다문, 하지만 가끔씩 희미한 미소를 짓는 입술을 가진 푸른 장발의 슈렌이 수정 피아노를 슬픈 선율로 연주하고 있었다.

그의 모습을 조용히 바라보던 플루소는 눈을 질끈 감으며 나지막이 중얼거렸다.

"이 곡은 스승과 제자로서 헤어질 때 저자가 들려 준 곡이지. 그때까지만 해도 난 저자를 스승으로 존경했어. 그때까지만 해도 헤어지기 싫었지. 정말이야. 헤어지기 싫었어……."

리오는 묵묵히 플루소의 얘기를 들어 주었다.

"그런데…… 어째서 내게 그런 짓을 할 수 있는 거지! 가즈 나이트의 신분을 숨긴 건 이해하겠지만 임무를 위해서라면 제자가 사랑했던 사람과 제자를 극악무도하게 살해할 수 있는 거야? 내 얼굴을 봐, 이 흉터를! 이 흉터처럼 내 증오가 사라지지 않아!"

리오는 여전히 묵묵부답이었다. 피아노 연주를 멈춘 슈렌이 테이블로 다가왔다.

"리오, 잠시만……."

"응? 아아, 미안. 그럼 나는 나가 있지. 플루소는 조금 후 밖에서 보자."

리오는 슬쩍 자리를 비켜 주고 레스토랑 밖으로 나갔다.

슈렌은 플루소 앞에 앉으며 그녀를 바라보았다. 플루소가 여전히 눈을 부라리며 바라보고 있자, 슈렌은 눈길을 피하며 탁자 위에 놓인 잔에 와인을 채우며 입을 열었다.

"……그때의 모든 일은 나의 실수였다. 물론 이 말을 한다 해서 네 흉터는 물론 마음의 상처도 없앨 수는 없겠지. 지금 와서 이런 말을 한다 해도 결과는 같을 테고."

그러자 플루소는 잘됐다는 듯 살기를 띠며 비웃었다.

"오호, 그래?"

그녀는 탁자 모서리에 병을 내려치고 깨진 부분을 슈렌의 목에 겨누며 무겁게 말했다.

"그럼 죽는다 해도 할 말이 없겠군. 그렇지?"

슈렌은 눈썹 하나 꿈쩍 않고 와인을 천천히 마셨다.

"어차피 여기서 죽는다 해도 3개월 후면 다시 살아난다. 그러나 너의 복수심은 네가 포기하지 않는 한 죽을 때까지 멈추지 못할 것이다. 지금 상황으로 봐서는."

"흥!"

플루소는 김이 샌 듯 깨진 병을 탁자 밑으로 던져 버렸다. 산산이 부서진 병 조각을 밟고 일어선 플루소는 슈렌을 내려다보며 싸늘하게 내뱉었다.

"김새는 말만 하는군. 좋아, 그럼 내가 어떻게 하면 되는 거지, 스승님? 가르쳐 보시지."

그녀의 물음에 슈렌은 플루소와 눈길을 마주했다.

플루소는 내심 놀라지 않을 수 없었다. 수백 년 전 슈렌을 처음 만났을 때부터 지금까지 그가 애원하는 듯한 눈빛을 보인 적은 처음이었다.

슈렌이 조용히 말을 이었다.

"내 얘길 들어줘. 잠시만이라도."

얼마나 시간이 지났을까. 레스토랑 앞에 놓인 벤치에 앉아, 맑은 하늘과 유유히 움직이는 서룡족의 레이더 관제기를 쳐다보던 리오는 슈렌이 많이 달라졌음을 느끼며 고개를 갸웃거렸다.

"녀석, 오늘은 왜 슬픈 얼굴로 피아노를 연주한 거지? 보통 때는 무슨 생각을 하는지 알 수 없는 표정이었는데…… 이상하군. 도대체 그 플루소라는 동룡족 장군과 무슨 관계가 있는 걸까?"

한참 생각에 골몰해 있을 때 갑자기 레스토랑 문이 열렸다. 고개를 돌린 리오가 본 것은 손으로 얼굴을 가린 플루소가 뛰쳐나오는 모습이었다.

"아, 아니, 플루소?"

"당신들 본부에는 나 혼자 돌아가겠어. 그 걱정 마. 도망치지 않을테니까. 그럴 정도로 비굴하진 않아. 그럼 이만……."

깜짝 놀란 그는 무슨 일이냐고 물어보려 했지만 플루소는 외면한 채 담담하게 말할 뿐이었다.

"아, 잠깐!"

그러나 플루소는 말없이 어디론가 뛰어가 버렸다. 리오는 슈렌에게 무슨 일이 생긴 게 아닌지 안으로 급히 들어갔다. 슈렌은 무거운 얼굴로 깨진 병 조각을 쓸어 담고 있었다.

"슈렌, 도대체 무슨 일이지?"

"아무 일도 아냐. 걱정할 필요 없어."

슈렌은 희미한 미소를 지으며 리오를 돌아보았다. 플루소와 슈렌의 상반된 모습에 혼란해진 리오는 뭔가 눈치챘는지 웃어넘기며 다시 물었다.

"그 깨진 와인, 네 아르바이트 비용에서 제하는 거지?"

"그럴걸."

슈렌은 여전히 미소를 짓고 있었다. 마치 모든 번뇌에서 해방된 사람처럼.

오후 늦게 본부로 출근한 릭은 다른 전룡단 단장들로부터 충격적인 사실을 들었다. 지금까지 공석이었던 제2전룡단 단장이 새로 내정되었다는 것과 그 인물이 상상도 못 할 인물이라는 것이었다.

릭은 소식을 전해 준 레소드에게 이성을 잃고 소리쳤다.

"아, 아니 도대체 전하께서 무슨 생각을 하시고 그런 결정을……레소드, 어떻게 된 건가!"

레소드 역시 표정이 그리 좋아 보이지 않았다. 그는 편두통 때문인지 이마를 매만지며 말했다.

"모르겠어. 오늘 정오의 포로 협상 직후 전격적으로 행해진 인사라서 나도 전하의 뜻을 이해할 수 없군. 아…… 어디 가나, 릭!"

레소드는 멀찌감치 뛰어가는 릭을 불렀으나, 그는 소리치며 사라질 뿐이었다.

"전하를 뵙겠어! 이유를 들어 봐야지!"

얼마 지나지 않아 제궁에 도착한 릭은 궁인들에게 물어 바이칼 전용 식당으로 들어갔다.

그는 장로, 리디아와 식사를 하고 있던 바이칼에게 실례를 무릅쓰고 큰 소리로 인사했다. 그만큼 릭에게는 절박한 일이었다.

"전하! 제1전룡단 단장, 릭 발레트! 실례를 무릅쓰고 전하를 뵙습니다!"

스테이크 조각을 우물거리고 있는 바이칼이 떨떠름한 얼굴로 물을 들이켜고 손짓을 했다.

"와서 말해."

"예! 감사합니다, 전하!"

릭은 바이칼의 옆에 다가와 무릎을 꿇고 말했다.

"어제까지 포로였던 동룡족 장군 플루소에게 왜 제2전룡단 단장의 직위를 맡기셨는지 감히 듣고 싶습니다!"

"쳇."

바이칼은 포크를 거칠게 탁자 위에 내려놓았다. 릭은 움찔하며 고개를 숙였다. 릭을 불만스러운 표정으로 잠시 내려다보던 바이칼은 한숨을 내쉬며 말했다.

"지크 녀석의 불만이 끝일 줄 알았는데 너까지 이럴 줄은 몰랐군. 뭐, 좋아. 어차피 음식도 맛이 없던 참인데…… 대답해 주지. 그 전에 한 가지 묻겠다. 넌 동룡족을 증오하나?"

"예?"

갑작스러운 질문에 릭은 당황하며 바이칼을 올려다보았다. 그는 여느 때와 같이 냉랭한 표정이었다. 릭은 긴장으로 마른침을 꿀꺽 삼키며 대답했다.

"도, 동룡족 자체를 증오하지는 않습니다. 왜냐하면 선왕께서 말씀하신 바와 같이, 그들 역시 같은 용족이기 때문입니다. 증오심 같은 사소한 감정으로 같은 용족을 평가해서 안 된다고 생각합니다."

"알면서도 식당까지 쳐들어와 식사를 방해한 거군. 그래도 지크 녀석보다는 똑똑한 대답을 했으니 처벌하진 않겠다. 사라져."

"네?"

릭은 멍하니 바이칼을 바라보았다. 그는 식사를 다 했는지 물을 천천히 들이켰다. 그때 리디아가 걱정스러운 얼굴로 바이칼에게 말했다.

"저, 오라버니, 식사를 남기시면 안 돼요."

"식사를 남기든 버리든 내 맘이야."

"예, 오라버니."

바이칼의 신경이 날카로워지자 리디아는 고개를 숙이며 다시 식사에 전념했다.

둘을 바라보던 장로는 한숨을 내쉬며 걱정스러운 표정만 지을 뿐이었다.

"아, 그리고 제2전룡단 단장이라고는 했지만 그녀는 당분간 내 지시가 있을 때까지 레소드 대신 슈렌을 보좌하게 된다. 슈렌이 나가지 않으면 그녀 역시 출격하지 않으니 뒤통수를 맞을 염려는 안 해도 좋아. 더 이상 할 말도 없으니 어서 사라져."

"아, 예!"

릭은 경례를 한 뒤 식당을 빠져나갔다.

식당 문 앞에서 앞일에 대해 걱정하던 릭은 결국 한숨을 쉬며 집무실로 향했다. 아무리 고민해 봐도 결론이 나지 않았다.

오후 9시.

대회의실에서 장로 입회하에 전룡단 단장들의 임시 회의가 열리고 있었다.

제2전룡단 단장으로 임명된 플루소가 장로의 지시로 모든 전룡단 단장들에게 소개되었다. 물론 대부분의 전룡단 단장들은 그리 환영하지 않는 눈빛이었다.

종종 일어났던 용족 간의 국지전에서 그녀에게 사망한 전룡단 단장들이 한둘이 아니었기 때문이다.

그 사망자 명단에는 형제와 친구도 끼어 있었다. 게다가 전(前) 제2전룡단 단장은 그녀와 겨루다가 사망했다.

묘한 상황이었다. 플루소는 거수경례를 하며 입을 열었다.

"신임 제2전룡단 단장 플루소 스나이퍼입니다. 이번 용족전쟁이 끝날 때까지 임시로 제2전룡단 단장직을 맡게 됐습니다. 잘 부탁 드립니다."

"스, 스나이퍼? 스나이퍼의 성을 사용한단 말인가?"

전룡단 단장들은 새로 붙여진 그녀 이름을 듣고 경악했다. 동룡족은 성을 쓰지 않고 솔 스톤에 의해 혈통을 구분하고 있기에 성이 있다는 건 대단한 일이었다. 특히 드래고니스 안에 스나이퍼 성을 쓰는 사람은 세 명에 불과하다는 걸 잘 아는 릭은 사색이 된 채 아무 말도 하지 못했다.

"마, 말도 안 돼…… 거짓말이야."

"조카라…… 하하하……."

그날 정오부터 저녁 늦게까지, 지크는 집 지붕에 올라가 앉아 슬프게 울어 댔고, 리오 역시 평소에는 입에 대지 않던 술을 마셨다. 그러나 슈렌은 달랐다. 오히려 만면에 미소를 지은 채 조용히 그룬 가르드를 닦을 뿐이었다.

11장
백야의 사신

1

궁극(窮極)의 웨드

그로부터 두 달 반이 지났다. 여전히 아시아와 유럽 경계의 전선에는 변함이 없었고, 경계 지역에서 국지전만 간헐적으로 벌어졌다. 달라진 것이 있다면 보급형 웨드들이 국지전에서 활약하고 있는 것이었다.

웨드들은 각국에서 활약했던 BSP들의 시가전, 게릴라전 경험을 바탕으로 놀라운 성능을 보여 주었다. BSP 파일럿 중에 전룡단 단장들도 놀랄 만큼 두각을 나타내는 파일럿들도 등장했다. 웨드가 시험적으로 투입된 지 한 달이 지나고 웨드들은 서룡족 전력에서 빠질 수 없는 중요한 존재였다.

한편 그동안 불가사의한 일이 일어났다. 바로 백야, 하얀 밤의 정령, 또는 화이트 나이트(White Night)라 불리는 정체불명의 웨드에 관한 것이었다.

어느 날 우연히 화이트 나이트를 담은 영상을 본 서룡족 장로는 경악을 금치 못했고, 가즈 나이트들을 불러 보여 주었다.

"아니, 장로님. 도대체 어느 정도로 대단한 녀석이기에 우리까지 부르셨나요?"

자료가 준비되는 동안 의자에 앉아 시간을 보내던 지크는 따분하다는 얼굴로 장로에게 물었다. 장로는 보통 때와는 달리 굳은 표정으로 시작 버튼을 누르며 지크와 리오, 그리고 슈렌에게 말했다.

"보시면 아실 겁니다. 게다가 리오 님은 특히 말이지요."

"예? 저 말입니까?"

리오는 의아한 얼굴로 장로를 바라보았고, 장로는 아무 대답 없이 의자에 몸을 맡겼다.

그런대로 깨끗한 영상이 시작됐고, 몇 분간은 웨드와 바이오 버그 간의 시가전이 나타났다. 조금 후 바이오 버그 쪽에 귀골 수십여 대가 지원되자 웨드들은 급격히 밀렸다. 중동 지역인 탓에 강한 모래바람이 불었고, 웨드들은 급히 아이 카메라 프로텍터(웨드의 아이 카메라는 인간의 안구와 연동하여 움직이기에 파일럿의 시야가 이물질의 방해를 막기 위해 아이 카메라 위를 덮어 주는 투명한 보호장치가 웨드의 눈가에 내장되어 있다)를 쓰고 전투에 임했다.

"시작됩니다."

장로의 말과 함께, 갑자기 모래바람이 멈췄고 웨드들은 순간적으로 변한 기상에 사격을 하면서도 의아한 듯 주위를 두리번거렸다. 그때 웨드들 앞에 흰색 그림자가 모습을 드러냈다. 웨드들은 사격을 멈추고 허공에 떠 있는 그림자를 올려다보았다.

"백색 웨드? 그런데 저 모습은……?"

리오는 영상에 나타난 순백색 웨드와 장로를 번갈아 바라보았다. 장로는 잠시 영상을 정지시키고 설명했다.

"보신 바와 같이, 그림자가 출현했을 때의 순간 속도는 음속의 12배…… 전용 기체라 해도 낼 수 없는 속도입니다. 그 비밀은 정체불명의 웨드 종아리 부분과 백팩에 달린 부스터에 있는 것 같지만 아직 우리 서룡족의 기술로는 소형이면서 가공할 만한 출력을 낼 부스터를 개발할 수 없습니다. 그리고 어깨에 부착된 거대한 제너레이터…… 보통 웨드의 세 배는 됨 직한 거대 제네레이터입니다. 계속 보시죠."

다시 영상은 시작되었고, 순백색 웨드는 양손에 리오의 파라그레이드와 유사한 대검을 거머쥔 채 괴속도를 내며 바이오 버그와 귀골들을 파괴했다. 그 웨드의 동작을 지켜보던 리오는 인상을 찡그린 채 침을 꿀꺽 삼켰고, 슈렌 역시 눈을 크게 뜬 채 중얼거렸다.

"저 기체의 동작, 리오와 같아!"

"게다가 버릇까지 말이야."

지크의 말대로 리오가 검을 휘두를 때마다 오른쪽 다리를 지면에 대는 행동과 결정타를 날릴 때 온몸의 체중과 탄력을 싣는 동작이 똑같았다.

잠시 후 동룡족 함대가 나타나 그 웨드를 향해 포화를 날렸다. 귀골과 바이오 버그를 거의 처리한 웨드는 백팩에 날개처럼 달려 있는 부스터에서 푸른 불꽃을 뿜어내며 동룡족 함대를 향해 돌진했다. 그 함대 앞에 선 웨드는 몸에 배리어를 치고 양손에 든 검으로 중심을 잡았다. 리오는 더 이상 믿을 수 없다는 듯 자리에서 벌떡 일어나며 소리쳤다.

"저, 저건 지하드의 자세?"

이윽고 화면 가득 녹색이 환하게 빛났다. 그 빛이 지하드의 독특한 빛이란 걸 잘 알고 있는 그들의 눈도 휘둥그레졌다.

"정말 이런 괴물은 처음이야. 도대체 기계 주제에 어떻게 그런 기동성과 파괴력을 가지고 있는 것이지? 게다가 지하드까지 구사하다니……!"

장로의 방을 나서서 리오, 슈렌과 함께 복도를 거닐던 지크는 아직도 못 믿겠다는 듯 말했다. 그러나 리오의 생각은 달랐다. 예전의 경우에 비춰 보면 그럴 수도 있었다.

"예전에 우리가 상대했던 베히모스를 생각하면 이상할 것도 없어. 그 녀석들은 인공 물체인데도 엄청난 전투력을 발휘했으니까."

"하지만 그 웨드가 네 기술인 지하드를 사용한 건 어떻게 설명해야 하지."

슈렌의 물음에 리오는 고개를 숙이며 난감해했다.

"그걸 모르겠어. 내가 지하드를 쓰는 것을 본 사람도 거의 없고 가르쳐 본 적도 없어. 물론 가르친다고 따라 할 수 있는 기술이 아닌데. 게다가 웨드는 더더욱…… !"

고민한다고 해서 결론 날 일이 아니었기에, 그들은 수수께끼 웨드에 대한 생각을 일단 미루고 기분 전환을 할 겸 식사하러 갔다.

제궁의 사관용 식당으로 향하던 셋은 우연히 플루소와 마주쳤다. 그녀는 예전과는 달리 밝게 웃으며 인사했다.

"아, 아버님. 숙부님들과 식사하러 가십니까?"

플루소의 태도에 지크는 못 참겠다는 듯 머리를 거칠게 긁적였고, 리오 역시 심기가 편치 않은 듯 얼굴을 찡그렸다.

"윽! 또 숙부래!"

"틀린 말은 아니지만……."

그러나 슈렌은 그들의 불평을 한 귀로 흘리며 그녀의 어깨를 가볍게 잡고 고개를 끄덕였다.

"음, 같이 식사하겠니?"

"예, 아버님."

슈렌과 플루소는 즐겁게 사관 식당 안으로 들어갔고, 지크는 불만이 터질 듯한 얼굴로 그들의 뒷모습을 보며 말했다.

"무슨 놈의 부녀지간이 저렇게 정다워. 쳇, 리오, 우리는 집에 가서 먹자."

"좋은 생각이야."

두 남자는 터벅터벅 제궁 밖으로 발길을 돌렸다.

"어머, 리오 씨. 조카분하고 슈렌 씨는 안 오셨나요?"

집에 들어서자마자 세이아가 물었다. 리오와 지크는 짜증이 났으나 떨떠름한 미소를 지으며 고개를 끄덕였다.

"아, 예. 회의할 게 있다고 해서 먼저 왔습니다."

"그렇군요. 잠깐만 기다리세요. 제가 점심을 준비할게요."

세이아는 곧바로 부엌으로 향했다.

리오와 지크는 약속이나 한 듯 동시에 이마에 손을 얹으며 힘없이 투덜댔다.

"빌어먹을!"

"어, 두 사람 다 왜 그래요? 무슨 일 있어요?"

2층에서 내려오던 라이아가 물었다. 지크는 손을 내저으며 황급히 대답했다.

"음…… 별거 아니야. 그냥 피곤해서. 그건 그렇고 라이아, 넌 요즘 뭐 하니?"

"예? 뭐 하긴요. 학교 갈 일도 없고, 특별히 임무가 주어진 것도 아니라서 시에랑 다른 언니들하고 함께 시간을 보내고 있죠, 뭐."

라이아가 씩 웃으며 답하자 지크는 고개를 끄덕이며 TV를 켰다.

"아 참, 넬 소식 들으셨어요? 요즘 웨드 운전에 재미 들린 것 같던데……."

"넬? 그 애가 언제부터 웨드를 조종하고 있었니?"

라이아의 말을 들은 지크는 몸을 일으키며 라이아에게 물었다. 라이아는 소파에 앉아 TV를 보며 대답했다.

"3일 전인가 그래요. 그런데 시뮬레이션 기계로 챠오 언니와 마티 언니를 이겼다지 뭐예요. 그것도 CDS가 적용된 시뮬레이터로 말이죠."

"뭐라고?"

지크는 눈을 크게 떴고, 옆에서 얘기를 듣고 있던 리오 역시 놀라며 라이아를 바라보았다. 라이아는 여전히 TV에 시선을 둔 채 계속 말했다.

"챠오 언니랑 마티 언니가 그러더군요. 넬은 뒤통수에도 눈이 달린 애라고 말이죠. 웨드를 타지 않은 상태에서는 어림없지만 웨드만 타면 신들린 듯 조종한다는 거예요. 정말 대단하지 않아요?"

"그 애에게 그런 재주가 있었단 말이야?"

지크는 감탄을 연발하며 고개를 끄덕였다. 하지만 리오는 자못 진지한 얼굴로 생각에 잠겼다. 예전에 CDS 개발 팀장인 카만 박사에게 들었던 CDS 시스템의 구동 원리가 떠올랐다.

'설마 카만 박사가 말했던 이상 신경계를 가진 아이가…… 넬! 만약 그렇다면 카만 박사를 만나 보는 게 좋을 것 같군.'

"여러분, 식사 다 됐어요."

부엌에서 세이아의 밝은 음성이 들려왔다. 리오는 부엌으로 향하며 바로 카만 박사를 만나야겠다는 생각을 했다.

한참 동안 카만 박사와 얘기를 나누던 리오는 박사의 안색이 그리 좋지 않자 실눈을 뜬 채 걱정스러운 표정을 지었다. 박사는 한숨을 깊게 내쉰 뒤 모니터를 켜며 말했다.

"설마 했지만 그 아이가 드물게 나타나는 신경계 돌연변이일 줄은…… 돌연변이는 일상생활에는 장애가 없지만 CDS형의 웨드를 타면 일이 심각해지지요. 자, 여길 보십시오, 리오 님."

카만 박사는 모니터에 떠오른 두 개의 측정 그래프를 보여 주었다. 리오는 그래프 막대의 차이가 크다는 것을 느끼며 궁금한 듯 박사를 다시 쳐다보았다. 박사는 포인터를 이용해 짤막한 그래프를 가리키며 리오에게 말했다.

"이 그래프는 챠오 양이나 마티 양과 같은 정상인의 콤바인율을 나타낸 것입니다. 그 상태는 웨드의 운동 장치들이 거의 1백 퍼센트에 가까운 성능을 발휘할 수 있죠. 그리고 이쪽은 저희가 모형을 이용해 실험해 본 이상 신경계의 콤바인율입니다. 정상인의 콤바인율이 1백 퍼센트라고 한다면 이상 신경계를 가진 인간의 콤바인율은 5백 퍼센트에 육박합니다. 이 정도라면 웨드의 모든 기기들이 한계를 뛰어넘어 버리지요. 챠오 양이나 마티 양이 넬 양을 이기지 못하는 이유가 그것입니다. 다섯 배의 성능 차이가 나는데 이길 수가 없죠. 하지만 결코 좋은 건 아닙니다. CDS의 CPU에 인간의 정신이 갇혀 영원히 나올 수 없게 되는 상황이 벌어질지도 모르기 때문입니다."

"그런……!"

리오는 그 말을 듣는 순간, 벌떡 일어나 나가려 했지만 아직 박사의 말은 끝나지 않았다. 카만 박사는 급히 자리에서 일어나 리오를 제지하며 말했다.

"잠깐, 기다려 주십시오, 리오 님! 방법은 있습니다. 아주 간단합니다."

리오는 다시 자리에 앉으며 박사를 쳐다보았다. 박사는 한숨을 돌리며 다시 말했다.

"지금 사용하고 있는 CDS는 보통 인간에 맞춰서 조정되어 있는 것입니다. CDS를 이상 신경계를 가진 인간에 맞춰 재조정을 한다면 참사는 막을 수 있습니다. 그리고 5백 퍼센트에 육박하는 콤바인율을 이용해 지금보다 훨씬 성능이 뛰어나고 강력한 웨드도 제작할 수 있지요. 물론 서룡족의 과학기술로는 대형의 웨드가 만들어지겠지만요."

리오는 카만 박사의 말을 듣고 한편으로는 다행이라고 생각했지만, 왠지 석연치 않았다.

"당분간 넬을 CDS 시뮬레이터에 탑승시키지 않겠습니다. 이상 신경계를 가진 사람들을 위한 전용 웨드 계획은 장로님과 상의해 주십시오. 오늘 말씀 감사했습니다."

"아, 예……."

연구실을 나선 리오는 곧바로 시뮬레이터실로 향했다. 시뮬레이터이긴 하지만 혹시라도 넬이 잘못되기라도 할까 봐 불안했기 때문이다. 다른 분야라면 모를까, 기계 쪽이라면 리오라 하더라도 불안할 수밖에 없었다.

그리 오래 걸리지 않아 리오는 시뮬레이터실에 도착했다. 그곳에 BSP 신인들이 북적거리는 것을 보고 리오는 이후에 개시될 탈환 작전에 문제가 없음을 느꼈다. 그러나 그들의 낯빛이 그리 좋아보이지 않았고 신인들을 관리하는 챠오 역시 안색이 좋지 않아 물어보았다.

"아, 챠오 양. 이 사람들 표정이 모두 왜 이런가요? 챠오 양도 그렇고……."

"넬 때문이죠. 지금 현재 89연승째예요. 아, 90연승이군요."

리오는 깜짝 놀라며 한참 흔들리고 있는 웨드 시뮬레이터를 바라보았다. 다른 쪽 시뮬레이터에는 신인들이 길게 줄지어 서 있었지만 한쪽 시뮬레이터엔 아무도 줄을 서지 않고 있었다.

"넬은 정말 대단해요. 웨드 조종만큼은 제가 봐 왔던 BSP 파일럿 중 최고죠. 저와 마티, 케빈 선배님조차 상대가 되지 않아요. 매직 유저용 항목까지 포함해 모든 항목을 켜 놓고도 무리가 없고, 어떠한 상황에서도 최고의 전투 능력을 발휘하죠. 심지어 사이킥 유저용 옵션까지 사용하면서 말이죠."

"대단하군요. 그런데 왜 내리지 않고 있는 거죠?"

리오의 질문에 챠오는 한숨을 길게 내쉬며 대답했다.

"자신을 이기는 사람이 나타날 때까지 내리지 않겠다고 해요. 억지로 끌어낼 수도 없는 상황이라……."

"그렇군요."

리오는 91명째의 패배자가 시뮬레이터에서 내려오는 것을 보고 고개를 끄덕였다. 어떻게 할까 생각하던 리오는 결국 회심의 미소를 지으며 챠오에게 말했다.

"좋아요. 제가 처리해 보죠."

"예? 하, 하지만 리오 씨는 웨드를 한 번도 조종해 본 일이 없으신데……?"

챠오는 깜짝 놀라며 리오를 말리려 했으나, 리오는 걱정 말라는 듯 챠오의 어깨를 두드리며 말했다.

"아, 물론 제가 하진 않을 겁니다. 하지만 웨드 조종이라면 눈에 불을 켜고 기다리고 있는 녀석이 있잖아요? 부르면 즉시 달려올 겁니다."

그 말에 챠오는 혹시나 하는 표정으로 불안해했다. 그녀의 불안은 곧 사실이 되어 5분 뒤, 한 사나이가 날아오듯 시뮬레이터실로 들어섰다. 사나이는 크게 웃으며 리오에게 악수를 청했다.

"우하하하핫! 넌 역시 내 형제야, 리오! 기다려라, 넬! 이 지크 님이 널 구해 주마! 목을 내밀어랏!"

지크는 99번째의 패배자가 시뮬레이터에서 내리자마자 그 안으로 들어갔다. 줄을 서 있던 BSP 신인들은 환호성을 터뜨렸다.

"우아! 지크 선배다! 우리가 드디어 2P 쪽의 기계를 만져 보게 됐어!"

"오오옷!"

"하핫! 자, 더욱더 환호해라, 귀여운 신인들이여! 와하하핫!"

챠오는 시뮬레이터 위에 올라가 두 손을 모은 채 분위기를 고조시키는 지크를 보며 씁쓸한 표정을 지을 뿐이었다.

"신났군…… 바보 같은 녀석."

"자! 지크 님이 들어오셨다! 각오하는 게 좋아, 넬!"

지크의 통신 시도에도 불구하고 넬은 아무런 응답이 없었다. 지크는 이상하게 생각하며 시뮬레이터와 콤바인했다. 넬은 이미 콤바인한 상태였고, 조금 후 시뮬레이터를 통한 지크와 넬의 대결이 펼쳐졌다.

"음, 지크는 하이스피드 컨버터와 오버 드라이브 시스템 항목만 선택했군요. 하긴 녀석에겐 그 이상의 항목도 필요 없지만…… 웅?"

화면을 통해 가상으로 꾸며진 웨드 두 대의 전투를 지켜보던 리오는 순간 움찔하며 말을 멈췄다. 챠오를 비롯한 다른 BSP들도 경악을 금치 못했다. 시작한 지 1분도 채 되지 않아 지크가 넬의 옵션 공격에 쩔쩔맸기 때문이다.

"우아아악! 넬 녀석, 이제 아이스크림은 없다!"

지크는 그렇게 소리치며 사방에서 공격하고 있는 옵션을 모두 터뜨린 뒤 넬의 웨드를 향해 돌진했다. 지크가 넬의 레이저 개틀링 건의 사격을 눈 깜짝할 사이에 피하면서 계속 접근하자 신인 BSP 들 사이에서 감탄사가 터져 나왔다. 사실 넬의 옵션 공격조차 피하지 못하고 패배한 사람이 대부분이었기 때문에 지크의 모습은 놀라움을 안겨 주었다.

"우아! 역시 지크 선배!"

넬의 웨드와 밀착하게 된 지크는 일격에 넬의 웨드 어깨에 장착된 레이저 개틀링을 날려 버렸고, 적당히 거리를 벌리며 넬에게 소리쳤다.

"자, 이제 각오해라! 시뮬레이터에서 내리게 한 다음 볼기를 쳐 줄 테다!"

「지크! 사정 봐주지 말고 부숴 버려! 상황이 심각하다!」

"엉? 뭐라고, 리오?"

순간 지크의 웨드 두부를 향해 넬의 강렬한 일격이 날아들었다. 지크는 급히 웨드의 왼팔에 장착된 강판 실드로 넬의 차기 공격을 막아 냈다.

"악!"

지크는 왼팔의 강판 실드가 충격을 이기지 못하고 날아가 버리자 움찔하며 물러났다. 어느새 웨드의 강판 실드가 떨어져 나가고 없었다. 지크는 침을 꿀꺽 삼키며 긴장된 목소리로 리오에게 말했다.

"리오, 넬 녀석 도대체 어떻게 된 거야?"

「설명하려면 복잡해. 간단히 말하자면 넬과 시뮬레이터의 트랜율이 483퍼센트라는 거야. 즉 지금 넬의 웨드는 네 웨드보다 5배의 성능을 나타내고 있지. 네가 웨드에 탔을 때 1백 퍼센트의 실력 발휘를 못하는 것을 생각하면 지금 넬은 봐줄 상대가 아니야.」

"다, 다섯 배?! 콤바인율이 483퍼센트라고?"

그 말을 들은 지크는 잠시 동안 허망한 표정을 짓다가 재미있다는 듯 씩 웃으며 소리쳤다.

"좋아! 다섯 배면 어떻고 열 배면 어떠냐! 이 지크 님께서 이긴다는 건 이미 정해진 사실! 하지만 시뮬레이터 수리비는 책임 못진다!"

지크는 어디서 힘을 얻었는지 무턱대고 넬의 웨드에 돌진하기 시작했다. 넬의 웨드는 빠른 속도로 그의 웨드에 정권타를 날렸다.

"아직 어리다!"

순간 지크의 웨드가 빠르게 몸을 돌렸고 그와 함께 넬의 공격은 무위로 돌아갔다. 지크는 틈을 봐주지 않고 곧장 자신의 웨드 다리에 넬의 웨드 팔을 걸쳤고 그대로 힘을 가해 웨드의 팔을 동강 냈다.

"좋아! 어서 나와! 잘못했다고 빌어!"

순간 넬의 웨드의 메인 부스터가 믿을 수 없을 정도의 출력을 냈고 지크의 웨드는 공중으로 딸려 올라갔다. 뭔가 위험하다는 것을 느낀 지크는 본능적으로 몸을 틀며 웨드의 손바닥을 넬의 웨드 옆구리에 대고 기를 폭발시켰다. 오버드라이브 시스템에 의해 증폭되어 분출된 기는 넬을 멀찌감치 밀어냈다. 지크는 가볍게 지면에 착지하며 웨드의 성능 차이에 대해 생각해 보았다.

'부스터 출력이 거의 다섯 배…… 힘이나 속도도 마찬가지…… 하지만!'

지크의 웨드는 공중에서 자신을 내려다보고 있는 넬의 웨드를 바라보며 한 방에 날려 주겠다는 듯 주먹을 불끈 쥐었다. 그 웨드를 조종하는 지크 역시 자신감에 찬 얼굴로 넬에게 소리쳤다.

"기체의 장갑은 아무리 콤바인율이 1백 퍼센트에 육박한다고 해도 변하지 않아! 자, 와 봐라, 넬!"

지크의 웨드 주위에 커다란 기류가 생성되었고 기체의 장갑이 붉은색으로 달아올랐다. 화면으로 둘의 싸움을 지켜보고 있던 신인 BSP들과 챠오는 흠칫 놀랐고, 리오는 재미있다는 듯 눈을 크게 뜨며 중얼거렸다.

"웨드로 증폭력을! 하지만 오버드라이브 시스템이 견뎌 낼까?"

리오의 말대로 지크의 웨드 각 부분은 한계를 경고하며 붉은빛을 번뜩였고 장갑판 역시 붉게 달아올랐다. 하지만 지크는 상관하지 않는 건지, 아니면 모르는지 그대로 넬의 웨드로 돌진했다.

"먹어라! 하아아앗!"

지크의 권이 폭풍과도 같은 강한 기류와 함께 뻗어 나가는 순간 넬의 웨드 역시 주먹을 뻗었다. 두 권이 충돌하며 넬이 타고 있는 시뮬레이터는 강한 스파크를 일으키며 동작을 멈추었다. 지크가 타고 있던 시뮬레이터 역시 약간의 스파크를 일으켰으나 부서질 정도는 아니었다.

리오는 즉시 넬이 탄 시뮬레이터로 달려가 강제로 뚜껑을 뜯어 낸 뒤 넬을 꺼내 상태를 확인했다.

"넬! 넬, 정신 차려!"

리오가 상태를 확인하는 동안 지크 역시 시뮬레이터에서 나와 넬에게 달려갔다. 다행히 넬은 곧 의식을 회복했다.

"욱…… 머리 아파!"

넬이 머리를 비비며 눈을 뜨자 리오와 지크, 챠오는 안도의 한숨을 내쉬었다. 지크가 넬의 머리를 만져 주며 물었다.

"이봐, 아가씨, 아픈 데는 없어?"

"모, 모르겠어요. 응? 근데 제가 왜 시뮬레이터 밖에 있죠? 탄 지 얼마 되지도 않은 것 같은데?"

"……뭐라고?"

리오와 지크는 넬의 말을 듣고 의아한 표정을 지었다. 넬의 말로 는 시뮬레이터에 탄 뒤부터 기억이 없다는 것이었다. 둘은 이상하 다는 생각을 하면서도 일단은 덮어 두고 시뮬레이터실의 뒷정리 를 하기 시작했다.

"한쪽 시뮬레이터는 수치 계산의 한계를 뛰어넘은 충격과 여러 사항에 의해 부서졌고, 다른 한쪽은 시뮬레이터의 한계를 넘은 힘 이 인식된 탓에 부서졌고…… 뭐, 그래도 넬 양이 무사하다니 다행 이군요. 허허헛."

리오에게 넬의 얘기를 들은 장로는 괜찮다는 듯 웃으며 리오를 안심시켰다.

"감사합니다, 장로님."

"음, 그런데 리오 님. 이번에 지크 님께서 웨드 시뮬레이터에 탑 승한 결과와…… 화이트 나이트의 일을 잘 생각해 보니 분명 화이 트 나이트는 우리의 기술로 만들어진 물건이 아닌 것 같습니다. 지 크 님이 탑승하신 시뮬레이터의 경우가 그렇지요. 웨드가 파일럿 의 힘을 받쳐 주지 못해서 시뮬레이터가 고장을 일으킨 것이니 말 입니다. 가즈 나이트의 힘을 소화할 수 있는 괴물 병기 제작은 아 직 우리 기술력으로 역부족입니다."

"하지만 서룡족의 기술력도 전 차원계를 포함해서 최고 수준이

아닙니까?"

리오의 반문에 장로는 슬며시 고개를 저으며 대답했다.

"살아 있는 생물 중에서는 그렇지요. 하지만 신계를 포함한다면 얘기가 다릅니다."

"자자, 화이트 나이트에 대한 얘기는 이쯤에서 접어 두도록 하지요. 그가 완전한 아군인지 아닌지는 아직 확실하지 않지만 그래도 도움을 주고 있지 않습니까. 나중에 가면 다 밝혀지겠지요. 아, 조카분의 활약이 요즘 상당하더군요."

그 말에 리오는 고개를 푹 숙이며 장로에게 한탄하듯 말했다.

"자, 장로님마저……."

"예?"

"돌아오셨군요, 숙부님."

"아, 별일 없었어, 플루소?"

리오는 어느 때인가부터 집에 들어오기가 두려웠다. 시간이 지나면 적응이 되겠지 했지만 그렇지도 않았다.

리오가 힘없이 대답하자 플루소는 흑적색 눈동자를 반짝이며 말했다.

"예, 그렇긴 합니다만…… 리오 숙부님, 안색이 좋지 않군요?"

"아, 아냐. 안 좋긴……. 그런데 지크와 넬은 들어왔어?"

"예. 지크 숙부님은 지금 2층에 계시고, 넬은 라이아 님과 함께 있습니다."

"다행이군. 그럼 플루소도 좀 쉬도록 해."

"예. 감사합니다, 숙부님."

플루소는 곧 2층에 있는 자신의 방으로 갔다. 리오는 소파에 누워 오늘 일을 생각해 보았다. 화이트 나이트라 불리는 순백색의 괴물 웨드…… 어째서 웨드가 자신의 기술을 거의 완벽히 소화할 수 있는지 그도 알 수 없었다. 그리고 이상 신경계의 넬. 오늘은 금전적인 피해 말고는 무사히 끝났지만 잘못했다가는 지크와 넬의 실제 전투가 언제 일어날지 모르는 상황이었다. 리오는 당분간 넬이 웨드 시뮬레이션을 하지 말도록 해야겠다고 생각하며 천천히 잠에 빠져들었다.

5일 후. 호주 시드니.

"후퇴! 후퇴하라! 저 괴물 녀석은 상대할 수가 없다!"

이미 화이트 나이트의 공격으로 대부분의 병력을 잃어버린 시드니 주둔 동룡족 함대는 모든 것을 포기한 채 급히 후퇴했다.

팔짱을 낀 채 가만히 그 광경을 지켜보던 화이트 나이트는 이윽고 양손을 늘어뜨렸다. 곧 화이트 나이트의 백팩에 하나로 뭉쳐진 상태로 장비되어 있던 두 정의 거대한 라이플이 차가운 기계음과 함께 분리되며 화이트 나이트의 손에 떨어졌다. 화이트 나이트는 두 개의 거대한 라이플을 양팔에 끼고 후퇴하는 동룡족 함대를 정조준했다.

"사령관님! 후방에 2억 메가와트를 상회하는 에너지가 반응하고 있습니다! 에너지 속성은 서룡족 드래고니스의 주포인 듀얼 하이드로서 레이저와 같습니다!"

"뭐라고?! 드래고니스까지 왔단 말인가!"

"아, 아닙니다! 화이트 나이트입니다!"

"뭐라고!"

순간 화이트 나이트가 가리고 있던 두 정의 라이플은 거대한 에너지의 기둥을 방출했고 직경을 상상할 수 없는 두 개의 광선은 일순간 동룡족 함대를 광폭하게 집어삼켰다. 그 빛이 멈춘 뒤 동룡족 함대는 거의 파손되었고 함선의 파편만 재처럼 흩어져 지상으로 떨어질 뿐이었다.

묵묵히 전장을 지켜보던 화이트 나이트는 가지고 있던 라이플을 제자리로 수습한 뒤 급속도로 사라졌다.

서룡족은 화이트 나이트를 정령이나 수수께끼의 웨드 정도로 생각하고 있었지만, 동룡족은 그렇지 않았다. 그들에게 있어서 화이트 나이트는 백야(白夜)의 사신일 뿐이었다.

2

계속되는 수수께끼

릭은 열심히 사무를 처리하고 있는 플루소를 흘끔거리며 바라보았다.

그녀가 전룡단 제2단장이 된 지 한 달이 넘은 지금, 그녀의 얼굴에 난 흉터는 예전에 비해 그다지 흉측하게 보이지 않았다. 화장을 하고 있어서 그렇기는 했지만 실제 상처가 점점 호전되고 있었다.

"용건이 있으십니까?"

릭의 시선을 느꼈는지 플루소가 릭을 돌아보며 물었다. 릭은 움찔하며 아니라는 듯 고개를 세차게 저었다.

"아, 아닙니다, 플루소. 그냥…… 오늘 너무 아름다우셔서……."

순간 릭은 손으로 입을 막으며 얼굴을 붉혔다.

잠시 멍한 표정을 짓고 있던 플루소는 곧 미소를 지으며 고맙다는 듯 고개를 끄덕였다.

"고맙습니다, 릭 단장님."

플루소는 다시 사무를 보기 시작했고, 릭 역시 서류에 눈을 돌리며 왜 그런 말을 했는지 당황스러워했다.

'내, 내가 도대체 무슨 생각으로 그런 말을! 아아, 난 여자에게 너무 약해!'

그도 그럴 것이 릭은 가족 중에서도 여자라곤 어머니 한 분뿐이었고, 남자 사관학교를 다닌 탓에 여자와의 접촉이 거의 없었다. 게다가 전룡단 단장 중에서 플루소를 제외하고 여자는 단 두 명뿐이었기에 공석에서도 여자를 거의 만나지 못했다.

그런 그가 요즘 고민에 빠져 버렸다. 마음 한구석은 이미 세이아에게 빼앗겨 틈만 나면 고뇌에 빠졌고, 제2전룡단 단장으로 플루소가 부임된 후 업무상 그녀와 늘 대면해야 했기에 마음이 더더욱 싱숭생숭했다.

게다가 흉터 때문에 그리 예뻐 보이지 않던 플루소가 시간이 지날수록 점점 아름답게 보이기 시작했다.

"릭 단장님, 식사 안 하십니까?"

"네?"

한창 상념에 빠져 있던 릭은 플루소의 말에 화들짝 놀라며 고개를 들었다. 플루소는 오늘따라 릭의 행동이 이상하다고 생각했는지 인상을 찡그리며 재차 물었다.

"오늘 무슨 일이라도 있으십니까? 왜 그러시죠?"

"아, 아닙니다. 정말 죄송합니다. 식사하러 가실 겁니까?"

"예. 즐거운 점심시간이니 시간을 엄수해야겠죠. 같이 가시겠습니까?"

릭은 둔중한 둔기를 맞은 듯 머리가 얼얼했다. 플루소는 릭이 아무 대답 없이 심각한 표정으로 바라보고만 있자 쓸쓸히 웃으며 뒤

돌아섰다.

"릭 단장님께서는 아직 저를 믿는 듯하군요. 그럼 저 혼자 가겠습니다. 수고하십시오."

'자, 잠깐!'

그러나 속으로만 외칠 뿐 말이 목구멍에 걸린 듯 입속에서만 맴돌았다.

결국 플루소는 사무실에서 나가 버렸고 제정신을 차린 릭은 책상을 손으로 내려치며 화를 냈다.

"어, 어째서 난! 왜 아무 말도 못 한 거야! 그저 식사를 같이 하자고 했을 뿐인데!"

릭은 사무실 안에 전룡단 단장들과 그들의 부관들이 있다는 것을 눈치채지 못하고 있었다. 그들은 시선을 일제히 릭에게 집중하고 있었다.

"헉……."

릭은 그것을 모른 채 책상 위에 엎드려 울분만 토해 냈다. 릭의 일진은 그날 최악이었다.

"지, 지크 님!"

다음 날 릭은 식당에서 한참 햄버거를 먹고 있는 지크에게 다가가 허리를 굽히며 인사를 했다. 릭이 의외의 태도를 보이자 지크는 인상을 쓰며 말했다.

"왜 그래, 릭? 오늘 식권이 안 나온 거야?"

"그, 그게 아닙니다! 제 말 좀 들어 주십시오, 지크 님!"

릭은 지크를 끌다시피 하며 식당 밖으로 데리고 나왔다. 지크는 계속 햄버거를 먹으며 릭의 고민거리를 들었다. 처음 접하는 여자들 때문에 고민이 된다는…….

눈물겨운 그의 사연을 들으며 고개를 끄덕이던 지크는 속으로 중얼거렸다.

'바보.'

"……어제도 플루소 씨에게 실례를 범했습니다. 아아, 도대체 이 일을 어떻게 해야 할지…… 제발 가르쳐 주십시오, 지크 님!"

그러나 릭이 모르고 있는 게 한 가지 있었다.

보통 때 지크는 그런대로 도움이 될지 모르겠지만 장난기가 발동한 지크는 도움은커녕 위험하다는 것을…….

"헤헷, 좋아. 가르쳐 주지. 그럼 내가 시키는 대로 해!"

"아, 예! 감사합니다!"

다음 날, 사무실 안의 전룡단 단장들은 모두 릭을 향해 시선을 집중하고 있었다. 평상시에는 제복만 입고 다니던 릭이 그날따라 무슨 일인지 말쑥한 정장 차림을 하고 출근했기 때문이다.

릭 역시 사람들의 시선을 느끼고 부끄럽고 어색했으나 각오만큼은 단단한 듯 애서 시선을 무시했다.

이윽고 플루소가 출근했다. 그녀가 자리에 앉자마자 릭은 플루소에게 다가가 심호흡을 한 뒤 당당하게 말했다.

"플루소 단장, 오늘 저녁에 시간을 내주실 수 있습니까?"

"네?"

순간 사람들 모두 경악했다. 플루소 역시 당황스러운 눈으로 릭을 바라보았다.

그러나 릭은 단단히 결심했는지 진지한 얼굴로 말했다.

"며칠 전 일도 사과드릴 겸 오늘은 제가 저녁을 사고 싶습니다.

부탁드립니다. 플루소 단장."

플루소는 아무 말 없이 릭을 바라보다가 고개를 저으며 말했다.

"죄송합니다. 저는…… 릭 단장님의 제의를 받아들일 자격이 없습니다. 정말 죄송합니다."

"아……."

릭은 침울한 표정을 지었으나 곧 고개를 끄덕이며 말했다.

"알겠습니다. 하지만 저는 포기하지 않을 겁니다."

그렇게 말한 릭은 다시 제자리로 돌아가 앉았고, 그와 동시에 모든 전룡단 단장들은 약속이나 한 듯 사무실 밖으로 슬금슬금 나가 버렸다. 릭은 사람들의 행동을 눈치챌 여유가 없었다.

사실 릭은 지크가 시키는 대로 했을 뿐이었고, 제의를 거절당했을 때도 그가 하라는 대로 했을 뿐이다. 자신의 말 한마디가 무엇을 뜻하는지 모르는 릭은 곧바로 지크를 찾아가 이유를 물었다. 릭에게 자초지종을 들은 지크는 순간 안색이 하얗게 변하고 말았다.

"너, 너 진짜로 한 거야? 그것도 사람들 앞에서?"

"예? 그렇습니다만……."

지크는 잘 알고 있었다. 이후 릭에게 어떤 소문이 따라다닐 것인지를…….

지크는 한편으로는 후회하면서도 릭이 아무것도 모르는 천진난만한 표정을 짓자 죄책감이 들었다. 그는 자신이 벌인 일을 매듭짓기 위해 리오에게 상담을 의뢰했다.

이야기의 전모를 들은 리오 역시 황당한 듯 한숨을 길게 내쉬며 말했다.

"이봐, 어쩌자고 그런 말을 한 거야…… 게다가 릭은 자신의 말이 뭘 뜻하는지도 모른다면서…… 장난을 칠 상대가 따로 있지!

이 일을 어쩐다?"

"실제로 그렇게 할 줄은 몰랐다고. 그건 그렇고 그 순정남을 구해 줄 방법 없을까? 이제 소문이 퍼지면 그 녀석 나를 죽이려고 할지 모른다고!"

리오는 불안에 떠는 그의 어깨를 두드리며 슬쩍 고개를 저었다.

"설마 릭 성격에 널 죽이기야 하겠어. 하지만 너를 조금은 원망할 것 같군. 어쩔 수 없지. 그런데 이런 일로 나에게 상담을 청한 이유가 뭐지?"

지크는 당연하다는 듯 리오를 바라보며 말했다.

"넌 바람둥이잖아."

"빌어먹을 녀석……."

다음 날. 정오께에 전룡단 사무실을 찾은 지크는 창문 너머로 열심히 사무를 보고 있는 플루소의 모습을 보았다. 때마침 릭은 전선 방어를 위해 주둔하고 있는 전룡단의 문제로 장로를 만나기 위해 자리에 없었다.

지크는 절호의 기회라고 생각하며 전룡단 사무실로 들어갔다.

"아, 지크 님!"

그가 들어서자마자 사무실 안에 있던 전룡단 단장들은 자리를 박차고 일어나며 경례를 붙였고, 지크는 앉으라는 손짓을 한 뒤 플루소에게 다가갔다.

"이봐, 플루소. 잠깐 시간 좀 내주겠어?"

"무슨 일이십니까, 지크 숙부님?"

"잔말 말고 나와!"

지크는 곧바로 플루소의 목을 팔로 감고 납치하듯 밖으로 끌고 나갔다. 그 모습을 본 전룡단 단장 레소드는 고개를 저으며 나지막이 중얼거렸다.

"인기가 많군. 심지어 숙부에게까지……."

플루소를 끌고 식당으로 간 지크는 햄버거와 음료수를 앞에 두고 양손을 모은 채 애원하는 표정을 지었다.

"도대체 무슨 일로 이러시는 겁니까?"

플루소가 설명을 듣기를 원하자 지크는 정색하며 자초지종을 얘기했다.

"……말했다시피, 릭 녀석은 비 전투 상황 시 여자 앞에서 손가락 하나도 움직일 수 없을 정도의 바보가 된다고. 우리 집에서 세이아를 보고 기절한 적도 있었다니까. 그러니까 오늘 한 번만 릭하고 저녁 식사를 하면서 그 녀석 얘기를 좀 들어줘. 제발…… 흑흑흑……."

한참 얘기를 듣던 플루소는 빙긋 웃었다. 그녀가 갑자기 웃자 지크는 인상을 찡그리며 물었다.

"갑자기 웃은 이유가 뭐지?"

플루소는 손으로 입을 가리며 말했다.

"실례라면 용서해 주십시오. 하지만 숙부님들과 한 가족이 된 지한 달 반 동안 저는 정말 놀라운 점을 느꼈습니다. 물론 지금도 그렇습니다."

지크는 이해가 안 된다는 표정을 지었다. 플루소는 산더미처럼 놓인 햄버거 중 하나를 집어 포장을 풀면서 말했다.

"동룡족 장군이었던 시절…… 아버님께서 가즈 나이트였다는 것을 모르던 때부터 저는 가즈 나이트가 피도 눈물도 없는 그저 주신의 명령만을 이행하는 기계 같은 존재인 줄 알았답니다. 아버님께서 가즈 나이트라는 사실을 안 직후 그 생각을 확신하게 됐고요. 하지만 숙부님 주변 사람들과 한 달 반 동안 생활하면서 그 생각을 지울 수 있었습니다. 이렇게 재미있는 분일 줄 정말 몰랐습니다."

지크는 턱을 괸 채 진지하게 플루소의 얘기를 들었다. 플루소는 햄버거를 지크 앞으로 밀며 말을 이었다.

"저는 최근 들어 이 상처가 고맙다는 생각이 듭니다. 이 상처가 있기 전에는 소중한 사람이 한 명이었지만, 상처가 난 뒤에는 헤아릴 수 없을 정도로 많은 사람들을 가지게 되었기 때문입니다. 그리고 행복이 어떤 것인지를 느낄 수 있게 됐습니다. 그 때문인지 예전까지는 상당히 흉했던 이 상처가 시간이 지날수록 점점 나아지더군요. 마치 아물듯이 말입니다."

햄버거 먹는 것을 뒤로하고 플루소의 얘기를 듣던 지크는 마음의 벽이 풀린 듯 그녀의 머리를 쓰다듬어 주며 고개를 끄덕였다.

"슈렌에게도 들었고 너에게도 들었지만 네 얼굴에 난 상처는 슈렌이 만든 상처인 동시에 마음의 상처인 것 같아. 그러니 무슨 수를 써도 그 상처가 나을 리 없겠지. 상처가 낫기 시작했다는 건 네 마음의 상처가 아물기 시작했다는 것일 테고…… 헤헷. 이제야 조카로 보이는군. 루이체도 설득할 수 있겠어. 하하핫. 자, 그럼 식사나 해 볼까!"

"저, 그런데 숙부님들께서 자주 말씀하시는 루이체라는 분은 도대체 누구십니까?"

플루소가 햄버거를 집어 들며 묻자 지크는 음료수를 한 모금 마신 뒤 가볍게 대답했다.

"우리 동생이자 네 고모. 언젠가 만나게 해 줄게."

"그렇군요. 그럼 잘 먹겠습니다, 숙부님."

"나만이라도 제발 삼촌이라고 불러 줘. 괜히 나이 들어 보이잖아.'

"후훗…… 네."

"리오 숙부님. 대련을 부탁드립니다."

"뭐."

플루소의 갑작스러운 부탁에 TV로 화이트 나이트의 영상 자료를 보던 리오는 흠칫 놀라 돌아보았다. 그녀의 눈빛은 진지했다.

"왜 이 사람이나 저 사람이나 나만 보면 일대일로 대련하자는 건지…… 뭐, 좋아. 이유나 들어 보지."

"예. 아버님께서 지금보다 더 강해지고 싶다면 리오 숙부님께 한 수 가르침을 받으라는 말씀을 하셨기 때문입니다."

"나 말고 지크는 안 될까?"

리오는 힘겹다는 표정을 지으며 플루소에게 부탁하듯 말했다. 그러나 플루소의 결심은 확고했다. 그녀는 단호히 고개를 저으며 말했다.

"부탁드립니다, 숙부님. 숙부님께서 어느 정도 강한 분이신지 제 눈으로 확인하고 싶습니다. 제발 부탁드립니다."

플루소의 간절한 요청에 한참 망설이던 리오는 잠시 시계를 바라본 뒤 할 수 없다는 듯 TV를 끄고 자리에서 일어났다.

"좋아. 단, 지금 시간이 오후 1시 30분…… 미안하지만 내가 오후 3시 30분까지는 바이칼에게 가 봐야 하니 3시까지만 하도록 하지. 괜찮겠어?"

"예! 영광입니다!"

플루소는 허리를 굽혀 감사를 표했다. 리오는 망토와 검을 챙겨 플루소와 함께 집 밖으로 나갔다.

마침 세이아의 집에 잠시 머물고 있던 리진이 플루소와 함께 나오는 리오를 보고 손을 흔들며 인사했다.

"어머, 리오 씨! 조카분하고 어딜 가세요?"

"아, 리진 양. 오랜만이군요. 조카가 부탁한 일이 있어서 제궁안에 있는 훈련장으로 가는 중입니다. 리진 양은 어딜 가시죠?"

"중동 지방의 수비부대에 물자를 보급하라는 지시가 있어서 지금 부두로 가는 중이에요."

"그렇군요. 그런데 설마 혼자 보급부대의 호위를 맡으신 건 아니겠죠?"

리오가 의아한 표정으로 묻자 리진은 곤란한 표정을 지으며 머리를 긁적거렸다.

"헤헤…… 사실 좀 늦었거든요. 늦잠을 자느라…… 마티랑 티베가 전화로 깨워 줘서 이제야 부랴부랴 가는 중이에요."

"저런! 아, 부두까지는 저희와 방향이 같으니 얘기도 나눌 겸 같이 가시겠습니까? 요즘 통 리진 양을 뵙질 못해서 심심하던 참이었거든요."

"어머, 정말 그래도 될까요? 저야 당연히 거절할 이유가 없죠, 호호홋."

"저…… 숙부님께서는 왜 모든 여자분들께 잘해 주십니까?"

리진을 부두까지 바래다주고 제궁으로 향하는 길에 플루소는 넌지시 리오에게 물었다. 리오는 의아한 표정을 지으며 그녀를 바라보았다.

"음? 무슨 뜻이지?"

"아, 아뇨. 예전에 포로 신분이었던 저에게도 정말 잘해 주셨고…… 지금도 그러시지만 말입니다. 그리고 챠오, 프시케 중위님과 티베, 마티 소위님께도…… 리디아 공주님과 세이아, 라이아 님께도 잘해 주시잖아요. 심지어는 넬과 데스 발키리들에게도……이유를 듣고 싶습니다, 숙부님."

플루소가 나열한 여자들의 이름을 한참 듣고 있던 리오는 자신이 그 정도였나 생각하며 미소를 지었다.

"플루소는 어떻게 생각할지 모르지만, 플루소가 나열한 사람들에겐 공통점이 있지. 물론 여자라는 것도 있지만 그 사람들은 모두나와 친한 사람들이야. 친한 사람들에게 잘해 준다고 해서 이상할건 없다고 생각해. 그리고 난 오해를 살 만한 일은 하지 않았으니까. 이해해 줄 수 있겠지?"

"예."

리오의 대답을 들은 플루소는 가만히 생각해 보았다. 친한 사이라 해도 부부가 아니면 엄격히 행동을 구별해야만 하는 동룡족의사상과, 이성 간에 허물없이 친하게 지내는 서룡족의 사상은 동룡족인 자신이 이해하기에 너무도 심오했다.

고민하면서 걷고 있는 플루소를 본 리오는 그녀의 어깨를 두드리며 말했다.

"무엇이든 과하다거나 적으면 좋지 않지. 예절이나 사상도 마찬가지야. 이성 간의 행동이 너무 무분별한 것도 그렇고 반대로 엄격하게 규제되는 것도 나쁘지. 양쪽 사상 자체는 나쁘지 않지만……적당하면 좋겠지. 적절하게 원칙을 만드는 것은 두 사상에 젖어 있는 사람들이 해야 할 몫이야. 플루소도 이해하려고 노력하는 것이좋다고 생각해."

"그렇군요."

리오의 얘기를 들은 플루소는 말없이 리오의 뒷모습을 바라보았다. 한참을 그렇게 바라보던 그녀는 웃으며 생각했다.

'어째서 다른 여자들이 숙부님을 따르는지 이유를 조금이나마 알 수 있을 것 같군. 조금이나마……'

조금 후 둘은 제궁 안에 마련된 훈련장에 도착했고 그곳에서 한참 수련을 하고 있는 슈렌을 만날 수 있었다.

플루소가 리오와 대련한다는 말을 들은 슈렌은 그룬가르드를 플루소에게 넘겨 주며 말했다.

"네 무기인 삼절곤으로는 리오와 대련하기 힘들 테니 잠시 이것을 쓰도록."

"예? 하지만 아버님, 저는 삼절곤만으로도 충분하다고 생각하는데……"

"리오가 나와 같은 수준이라고 생각하지 마라. 그룬가르드를 쓰라는 이유는 보통의 무기로는 리오의 공격을 받아 내지 못하기 때문이다. 그럼 지켜보겠다."

그룬가르드를 넘겨준 슈렌은 잠시 쉬려는 듯 다른 이들과 함께 의자에 앉아 대련장에 있는 리오와 플루소를 바라보았다.

플루소는 하는 수 없이 그룬가르드를 감싼 헝겊을 풀고 대련 자세를 취했다. 리오는 미리 꺼낸 디바이너로 어깨를 툭툭 치며 플루소에게 물었다.

"좋아, 준비는 됐나, 플루소."

"예. 그럼, 부탁드립니다, 리오 숙부님!"

시작 신호가 떨어지기 무섭게 플루소는 그룬가르드를 앞세우며 리오에게 돌진했다. 선제공격은 그녀의 특기이자 강점이어서 보통 상태의 슈렌은 막거나 피하기 어려울 정도로 강하고 빨랐다.

리오와의 거리를 순식간에 좁힌 플루소는 그의 가슴에 찌르기 공격을 감행하기로 마음먹었다. 그러나 다음 순간 플루소는 그룬 가르드를 뒤로 빼고 리오와 거리를 벌린 뒤 정신을 가다듬었다.

리오는 그 자리에 서서 아무런 행동도 하지 않았다. 그저 디바이너를 어깨에 걸친 채 플루소를 바라보고 있을 뿐이었다.

'뭐지? 마치 벽에 부딪친 것 같은 이 느낌은? 틈이 보이지 않아!'

플루소가 잔뜩 긴장한 채 자신을 보고 있자 리오는 미안하다는 듯 머리를 긁적이며 말했다.

"음? 아아, 미안 미안. 실제 상황으로 착각해 버렸어. 다시 하도록 하지."

리오는 빙긋 웃으며 자세를 바꾸었으나 플루소는 여전히 긴장하고 있었다. 그녀는 지금에야 쥬빌란이 왜 리오만 보면 피하라는 지시를 내렸는지 알 수 있었다.

'무기도 맞댄 일이 없는데…… 이런 경험은 처음이야. 리오 숙부님이 한 달 전만 해도 나의 적이었다니!'

"뭐 하나, 플루소. 조금 있다가 바이칼을 만나러 가야 하니 신경 좀 써 줘."

"아, 죄송합니다, 숙부님."

리오의 재촉에 플루소는 다시금 리오에게 달려들었고, 리오 역시 이번에는 전진했다.

"하앗!"

리오의 일격이 전광석화처럼 플루소의 옆으로 날아들었고 예상보다 느린 공격에 플루소는 여유 있게 공격을 받아 냈다.

파앙.

"윽?"

공격을 막아 낸 순간 플루소는 옆으로 한참을 밀려나 버렸다.

대련장 밖으로 튕겨 나갈 뻔한 그녀는 부들부들 떨리는 손을 보며 놀라움을 감추지 못했다. 눈에 보일 정도로 상당히 느린 공격이었는데도 그 힘은 그녀가 지금껏 느껴 보지 못한 강렬한 것이었다.

그러나 플루소가 모르고 있는 사실이 있었다. 그 공격은 눈에 보일 정도로 느렸지만 리오가 그녀와 밀착했을 때 공격 속도를 급가속시켰다는 사실을.

그것은 슈렌 말고는 아무도 알지 못했다.

"아, 이런…… 손이 저릴 정도로 했다니, 나도 참……. 괜찮아, 플루소? 더 할 수 있겠어?"

"아, 아닙니다. 감사합니다, 리오 숙부님. 다음에 다시 부탁드리겠습니다."

리오가 걱정스럽게 묻자 플루소는 허리를 굽혀 감사를 표한 뒤 더 이상의 대련을 사양했다. 리오는 고개를 끄덕이며 디바이너를 거뒀다.

"좋아, 그럼 다시……."

"리오 님! 큰일 났습니다!"

그때 제1전룡단 단장 릭이 대련장으로 급히 들어와 리오를 찾았다. 리오의 표정이 일순간 경직되었다.

"무슨 일인가, 릭?"

릭은 이마에 흐르는 땀을 닦아 낼 생각조차 하지 않고 리오에게 보고했다.

"화이트 나이트입니다! 화이트 나이트가 중동 지역에 보급할 물자를 싣고 가던 보급부대에 접근해서……!"

"뭐라고! 그럼 보급부대를 습격했단 말인가!"

"아, 습격된 것은 맞지만 습격한 건 화이트 나이트가 아닙니다. 동룡족 기동부대의 습격으로 교전을 벌이는 중에, 화이트 나이트가 나타나서……!"

한창 불꽃을 튀기던 전장은 갑자기 등장한 존재에 의해 침묵의 도가니로 변했다.

격전을 벌이던 마티, 티베, 그리고 리진은 순백색의 웨드, 화이트 나이트의 위용에 숨이 멎을 것만 같았다.

"티, 티베…… 저게 바로 그 괴물 웨드, 백야(白夜)야?"

"그런 것 같은데…… 왜 아무런 반응도 없지? 생명이 느껴지질 않아. 내 웨드가 잘못된 건가? 마티는 어때?"

"기도 느껴지지 않아. 그냥 기계 덩어리 같아. 하지만…… 뭔가 강력해."

웨드 부대를 지휘하던 셋은 팔짱을 낀 채 공중에 떠 있는 화이트 나이트가 움직이기만을 기다렸다.

화이트 나이트가 움직이기 시작한 것은 동룡족 기동부대가 구축함에서 중형 기동병기 촌정을 꺼냄과 거의 동시였다.

하반신이 잘려 나간 신상처럼 생긴 촌정은 어깨와 가슴 부위에서 대량의 미사일을 쏟아냈다. 그 미사일들이 자신들을 향해 날아오자 리진 일행은 급히 라이플을 잡으며 반격 자세를 취했다.

그러나 그보다는 화이트 나이트의 등에 장착된 대형 라이플이 더 빨랐다. 라이플 중 하나를 옆구리에 낀 화이트 나이트는 즉시 라이플의 방아쇠를 당겼고, 광선이 발사됨과 동시에 그녀들은 뒤로 나가떨어지고 말았다.

"우, 우아악!"

힘없이 밀려 나간 리진 일행과는 달리 대형 라이플을 이용해 미사일들을 소거한 화이트 나이트는 라이플을 거둔 뒤 검을 뽑고 동룡족 기동부대를 향해 빠른 속도로 돌진했다.

그런 화이트 나이트의 모습을 보던 리진, 마티, 티베는 마치 환상을 보듯 믿을 수 없다는 얼굴로 중얼거렸다.

"리오 씨?"

"이봐, 플루소! 리오 녀석이 갑자기 드래고니스 밖으로 나가던데, 무슨 일 있는 거야?"

리오가 드래고니스 밖으로 번개같이 나가는 모습을 바이칼의 방에서 목격한 지크는 무슨 일이 벌어진 건가 알아보기 위해 제궁을 나가다가 플루소와 마주쳤다.

"예. 중동지방으로 향하는 보급부대가 동룡족 기동부대의 습격을 받았는데, 리오 숙부님께서 그 자리에 화이트 나이트가 나타났다는 말을 들으시자마자 전하께 죄송하다는 말씀을 전하라 하신 뒤 곧바로 그곳을 향해 가셨습니다. 큰일이 나지 않으면 좋겠습니다만, 그래도 동룡족들은 숙부님의 별칭만 들어도 일단 사기가 저하되니 안심입니다."

지크의 물음에 플루소는 걱정스러운 표정으로 고개를 끄덕이며 대답했다.

"그래. 아, 플루소는 이제부터 뭐 할 거야?"

"예? 전하께 리오 숙부님의 말씀을 전해 드려야……."

플루소가 의아한 얼굴로 대답하자 지크는 잘됐다는 듯 플루소를 끌고 제궁 안으로 들어가며 말했다.

"아, 그거 잘됐군! 지금 안에서 트럼프를 하고 있는데 사람이 적어서 재미가 없거든? 바이칼에게 보고할 겸 같이 하자고!"

"예? 하, 하지만 저는……."

"괜찮아 괜찮아! 설마 리오가 죽어서 돌아오겠어? 헤헤헤헷……
자, 어서 가자!"

플루소는 지크가 과연 현실감각이 있는 사람인가 의심하며 함께
제궁 안으로 들어갔다. 하지만 방 안에서 리디아와 함께 여유 있게
TV를 보던 바이칼을 보자 그녀의 불만은 사라지고 말았다.

"리오가 그곳으로 갔다고. 흥! 그 녀석은 원래 그런 놈이니 신경
쓰지 마. 난 또 무슨 대단한 보고인가 했군."

"외람된 말씀이오나 전하께서는 리오 숙부님이 걱정되지 않으
십니까?"

플루소의 질문에 바이칼은 짜증 난다는 듯 인상을 구겼다.

"내가 걱정할 정도로 위험한 일이면 그 녀석은 항상 날 귀찮게
끌고 다니지. 몇백 년간 항상 그래 왔으니까. 귀관이 하는 질문은
처벌 대상 1호야."

바이칼의 대답을 들은 플루소는 움찔하며 고개를 숙였다. 카드
를 한참 섞고 있던 지크는 피식 웃으며 바이칼에게 말했다.

"이봐, 아무리 수백 년간 들어온 질문이라지만 처벌 대상 1호는
또 뭐야. 자자, 인상 펴고 다시 하자고. 근데 바이칼, 너 괜찮아? 오
늘 계속 맞기만 했잖아."

"신경 쓰지 마."

바이칼은 붉게 변한 손목을 매만지며 카드에 시선을 집중했다.
지크는 카드를 돌리면서 리디아에게 물었다.

"근데 리디아, 생각보다 잘하네? 오늘 무패 행진이잖아?"

"아, 아니에요. 오라버니께 죄송할 뿐이죠."

"그렇게 말하면서도 심사숙고하며 카드 치는 저의를 알고 싶군."

"죄, 죄송해요!"

플루소는 카드를 받으면서 이 사람들이 과연 서룡족의 최고 권력자이며, 주신의 명을 받아 일하고 있는 가즈 나이트인가 의심했다. 하지만 고민해 봤자 머리카락만 빠진다는 지크의 지론을 익히 들어온 그녀였기에 예전처럼 큰 불만은 없었다.

"자자! 바이칼, 승부다! 이번에도 리디아에게 맞지 않기를 빌어 주지, 키키킥."

"너나 먼저 깔아."

"쳇, 난 쓰리 카드! 리디아는?"

"풀하우스……인데요?"

순간 바이칼은 근엄한 몸짓으로 히든카드 두 장을 펴며 중얼거렸다.

"스트레이트 플래시."

"헉!"

자신의 패가 제일 낮은 것을 안 지크는 말없이 바이칼에게 손을 내밀었다. 그러나 아직 게임은 끝나지 않았다.

"저, 숙부님. 이 패가 뭐죠?"

"엉? 헉!"

지크는 순간 할 말을 잃고 말았다.

스페이드 에이스를 정점으로 하는 같은 마크의 킹, 퀸, 잭, 10번의 절묘한 조화. 로얄 스트레이트 플래시를 본 바이칼은 쓸쓸한 표정으로 패를 덮으며 플루소에게 묵묵히 팔목을 내밀었다.

"쳐라."

443

리진, 마티, 티베는 눈앞에서 벌어진 살극에 입을 다물지 못했다. 무사한 것은 서룡족의 부대뿐. 화이트 나이트는 동룡족의 한 명까지도 놓치지 않고 저승으로 보낸 상태였다.

"무, 무서운데? 리오 씨하고는 완전히 달라! 단 전투 방식만 리오 씨와 같을 뿐이야!"

리진의 말에 공감한다는 듯, 마티와 티베는 언제 닥칠지 모르는 상황에 대비해 웨드의 무기를 점검하며 말했다.

"그런데 가지 않고 뭐 하는 거지? 내가 듣기로는 일을 끝내면 홀연히 사라진다고 하던데."

"누군가 기다리는 걸까? 봐, 또 팔짱을 끼고 폼을 잡잖아."

티베의 예상이 맞은 건지 얼마 지나지 않아 동쪽에서 강력한 기가 빠른 속도로 접근해 오더니 웨드들의 앞을 가로막으며 소리쳤다.

"모두 괜찮습니까! 다친 데는 없나요!"

리진 일행은 숨을 헐떡이며 날아온 리오를 보자 안도의 한숨을 내쉬었다. 리진은 괜찮다는 듯 손을 흔들며 무전으로 말했다.

"아, 괜찮아요, 리오 씨. 그건 그렇고……."

리진의 말을 듣던 중 리오는 화이트 나이트의 시선을 느끼고 돌아보았다.

뭔가 이상한 느낌이 리오의 몸을 엄습했다. 강력하긴 하지만 차가운…… 게다가 감정 없는 무인 카메라에 일거수일투족이 촬영되는 듯했다.

리오는 빠르게 화이트 나이트에게 접근했지만 화이트 나이트는 미동도 하지 않았다. 리오는 화이트 나이트에게서 아무런 기척도 생명도 느껴지지 않자 혹시나 하는 생각에 귀에 낀 마이크 폰을 떼며 디바이너를 꺼내 들었다.

"어째서지? 이런 기분은 처음인데?"

그러나 다행히 그 이상의 일은 일어나지 않았다. 리오가 검을 꺼내 들자마자 화이트 나이트는 등에 장착된 부스터를 가동해 전장에서 이탈했다.

추격할 마음이 없었던 리오는 디바이너를 거두며 화이트 나이트가 사라진 곳을 응시했다.

"단순한 기계인가? 아니면……."

리오는 처음 대면한 화이트 나이트의 느낌을 지울 수 없었다. 보통 기계와 같지만 어떤 면에서는 그렇지 않은…… 그러면서도 자신과 똑같은 행동하는 화이트 나이트는 수수께끼처럼 그의 마음을 석연치 않게 만들었다.

리오는 스스로를 위안했다.

"언젠간 밝혀지겠지. 계속 그래 왔듯이……."

<계속>

외전 10
내면의 불꽃

슈리메이어 반 스나이퍼.

아직 어린아이 티를 벗지 못한 그 파란 머리카락의 소년은 나이에 비해 상당히 과묵했다. 그렇다. 한마디로 모범생 타입이었다.

나는 주신 하이볼크 님께서 그 소년을 왜 데려오셨는지 이해할수 없었다. 불 같은 의지도 강인한 체력도 느끼지지 않는 그 소년이 어째서 4대 속성 가즈 나이트 계획의 첫 대상이 되었을까. 난 오랫동안 그 이유를 알지 못했다.

내 이름은 피엘. 프로토 타입 가즈 나이트이자 주신의 현 직속비서인 나는 주신의 명에 따라 그 소년을 전담하게 됐다. 난 소년의 이름을 슈렌이라 부르기로 했다.

슈렌은 사실 귀족의 자제였다. 하지만 슈렌은 자신의 유년시절에 대해 일체의 언급을 피했다. 좋은 기억이 있었는지, 잊고 싶은 기억뿐인지는 슈렌과 하이볼크 님만이 알고 있다.

귀족 출신이어서 그런지, 슈렌은 처음부터 상당한 검술 실력을 갖추고 있었다. 물론 주신계의 고급 투천사들에 비할 바는 아니었 지만 나이를 생각했을 때 거의 천재적인 수준이었다. 게다가 이미 가즈 나이트로서 개조된 후였기에 그 발전 속도 또한 대단했다.

슈렌은 외모도 출중했다. 주신계 여천사들에게 알게 모르게 칭 송받고 있던 휀 라디언트의 외모도 충분히 능가할 수 있을 듯했다. 게다가 과묵하고 신비로운 성격은 여천사들에게 상당한 인상을 심어 주었다. 하지만 슈렌 자신은 그런 것에 전혀 신경을 쓰지 않 았다. 그저 묵묵히 수련에만 정진할 뿐이었다.

주신께서는 슈렌을 가즈 나이트로 만드셨을 뿐 그 이상은 전혀 관여하지 않으셨고 모든 수련 과정을 나에게 일임하셨다. 결국 난 휀과 바이론의 기록을 참고하여, 그들이 어려움을 겪었던 학술적 부분까지 슈렌에게 가르쳐 주었다. 무술과 학문, 그 두 가지를 모 두 익히기는 어려웠지만 슈렌은 힘든 기색 없이 그 어려운 수련 과 정을 통과했다.

슈렌은 스무 살이 될 때까지 나와는 사적인 얘기를 전혀 하지 않 았다. 그런 얘기를 할라치면 슈렌은 항상 할 일이 있지 않느냐며 말머리를 돌리곤 했다. 난 그가 내 수련 과정에 불만이 있어서 그 러는 것이라고 생각했지만 사실은 그렇지가 않았다. 그는 일부러 여자를 피하고 있는 것이었다.

그 사실을 알게 된 계기는 아주 단순했다.

우연히 슈렌의 생일을 알게 된 나는 그의 생일에 맞춰 손수 짠 스웨터를 선물해 줬다. 그때 예상치 못한 일이 벌어지고 말았다. 언제나 과묵하던 그의 표정이 일순간 새파랗게 변하는 것이었다. 심지어 헛구역질까지 하면서 나에게서 떨어지려 하는 그에게 이유를 물었다.

"슈렌 군, 도대체 무슨 일이죠? 무슨 사정이라도 있는 건가요?"

"가, 가까이 오지 말아 주세요! 저는 싫습니다! 여자의 관심 따위 싫단 말입니다!"

슈렌은 그런 말을 남기고 어디론가 사라져 버렸다.

난 경악하지 않을 수 없었다. 도대체 왜 여자의 관심이 싫단 말인가. 결국 난 굳게 결심하고 주신에게 이유를 여쭤 보았다.

"하이볼크 님, 슈렌 군에 대해 여쭙고자 합니다만."

변함없이 『운명의 책』을 읽고 계시던 주신은 내가 그런 질문을 할 줄 아셨는지 책을 덮으며 말씀하셨다.

"슈렌의 여성기피증 때문이겠지. 그래, 이제 자네도 알 때가 되었으니 말해 주지. 이것을 보게나."

주신께서 보여 준 영상은 다름 아닌 슈렌의 어린 시절 모습이었다.

슈렌의 모친은 그가 여섯 살 때 운명을 달리했다. 그에게 언제나 책을 읽어 주던 모친의 사망 이후, 부친은 그의 외로움을 조금이나마 달래 주기 위해 주위의 반대를 무릅쓰고 재혼을 강행, 결국 슈렌은 모친과 사별한 지 단 한 달 만에 계모와 살게 되었다.

하지만 새로 들어온 계모는 친모처럼 지식이 깊지도 않았고 더구나 게으르기까지 해서 슈렌에게 무언가 읽어 준다는 생각조차 못 했다.

슈렌의 성격이 어긋나기 시작한 것은 그때부터였다. 계모는 책을 읽어 달라는 슈렌의 부탁을 교묘히 거절했다.

"아직까지 다른 사람의 도움을 받고자 하는 거니? 그런 생각은 버려. 지금부터라도 네 앞길은 네가 개척해야 하지 않겠니? 이제 스스로 하는 습관을 기르렴, 슈리메이어."

그저 계모와 함께 책을 읽고 싶었을 뿐인 어린 슈렌의 표정은 시무룩해졌고 점차 과묵하게 변해 갔다. 자신의 앞길을 스스로 개척하라는 말은 여섯 살밖에 안 된 아이에게 너무나도 벅찬 말이었다.

그때부터 슈렌은 스스로 모든 것을 다 하기 위해 닥치는 대로 배우기 시작했다. 숨겨진 무술의 재능에 눈을 뜬 것도 그때였다.

슈렌의 어린 시절을 거기까지 본 난 그가 왜 지금껏 힘든 수련을 마다하지 않았는지 조금이나마 이해할 수 있었다. 하지만 그것만으로 여성기피증이 설명되는 게 아니었으므로 난 다시 주신을 바라보며 간곡히 말했다.

"하이볼크 님, 하지만 이것만으로는 슈렌 군이 왜 여성기피증을 갖게 되었는지 알 수 없습니다. 좀더 자세히 가르쳐 주십시오."

주신은 웃으며 다른 영상을 보여 주었다.

슈렌이 여성기피증을 가지게 된 것 역시 그 계모 때문이었다.

그가 열 살이 되던 해, 슈렌은 사관학교에서 벌어진 검술시합에서 상급생들을 제치고 당당히 우승했다. 하지만 문제는 거기서부터 시작되었다. 슈렌의 부친이 주는 한 달 생활비를 하루만에 탕진해 버리는 계모의 눈에 슈렌의 무술 재능이 좋은 돈벌이로 보였다.

"저, 슈렌? 이 엄마 부탁을 들어줄 수 있겠지?"

여섯 살 이후 지금까지, 엄마라는 소리를 듣지도 말하지도 못 했던 슈렌은 계모의 달콤한 술수에 넘어가 버리고 말았다. 슈렌은 결국 계모의 속임수에 빠져 투기 검술대회에 참가하게 됐고, 어린 슈렌이 따낸 막대한 상금은 고스란히 계모가 가로챘다.

엄마라는 애틋한 말에 눈이 먼 슈렌은 열심히 검술 수련을 했고, 어린 몸에 상처가 나는 것도 아랑곳하지 않고 대회에 참가하여 우승을 휩쓸었다. 물론 부상과 상금은 모두 계모의 주머니 속으로 들어갔음은 두말할 나위 없었다.

뒤늦게 그 사실을 알게 된 슈렌의 부친은 분노한 나머지 슈렌과 계모를 함께 불러 놓고 계모의 행각을 슈렌에게 털어놓았다. 혼란에 빠진 슈렌의 눈앞에서 더 충격적인 일이 일어나고 말았다.

"쳇, 어차피 들킨 거, 순순히 쫓겨나지는 않을 거야!"

계모가 품속에 숨겨뒀던 단검을 꺼내 슈렌 부친의 심장을 정확히 찔렀다. 충격에 빠진 슈렌은 아버지의 모든 재산을 훔치고 집에 불을 지르는 계모의 모습을 멍하니 바라보고 있을 뿐이었다.

"난 슈렌을 가까스로 구해 신계로 데려올 수 있었네. 내가 자네에게 슈렌을 맡긴 이유를 알고 싶나?"

주신께서 나에게 물었다. 난 조심스레 고개를 끄덕였다.

"불은 자기 혼자 타지 않네. 간단히 모닥불을 지피려 해도 나무가 필요하고, 나무가 타는 데 도움을 주는 산소 또한 필요하지. 물론 기름이 있으면 더 좋고 말이야."

"예?"

난 주신의 말뜻을 얼른 이해하지 못했다. 주신께서는 웃으시며 말씀하셨다.

"슈렌은 지금까지 홀로 사는 법을 배워 왔네. 내가 자네에게 슈렌을 맡긴 이유는, 슈렌에게 다 함께 사는 법을 가르치라는 것이네. 하지만 8년이 넘는 기간 동안 자네가 슈렌에게 가르친 것은 더욱 완벽하게 홀로 사는 법이었네."

"……"

"아직 늦지 않았네. 슈렌은 이제 갓 스무 살을 넘겼을 뿐이야. 자네의 참교육이 필요한 시점이니 잘해 보게. 믿겠네, 자네를."

결국 내가 택한 새로운 교육법은 1백 년 동안 슈렌과 함께 각 차원계를 떠도는 것이었다. 단순할지 모르지만 그렇게 함으로써 난 슈렌에게 더불어 사는 삶의 개념을 충분히 일깨워 줄 수 있었다.

여행을 떠나기 직전, 난 슈렌에게 지금까지 써 왔던 무기인 검 대신 염창 그룬가르드를 내주었다. 화염신이 사용하던 두 개의 창 중 하나인 그룬가르드는 성능 면에서 최고급 무기였지만, 창을 한 번도 써 본 적 없는 슈렌에게는 애물단지나 마찬가지였다.

내가 창술에 관해서 둘째가라면 서러운 사람이란 것을 슈렌도 잘 알고 있었다. 결국 슈렌은 나에게 직접 창술을 전수받았고, 그로 인하여 그의 여성기피증은 차츰 나아졌다. 하지만 그의 과묵함은 어느 누구도 치료할 수 없었다.

그렇게 수백 년이란 시간이 흘렀다.

현재 슈렌은 주신계의 여성 천사들에게 없어서는 안 될 큰 존재가 되었다.

그가 임무를 마치고, 음악의 신 헤레커스가 준 다이아몬드 피아노를 칠 때면 그의 집 앞은 여천사들로 장사진을 이루었다. 하지만 슈렌은 여전히 여성들에게 눈길을 주지 않았다.

그렇다고 해서 그가 여전히 여성기피증에 걸려 있다는 말은 아니다. 그걸 증명이라도 하듯, 최근 스나이퍼 형제들에게 입양된 어린 천사 루이체의 얼굴은 밝디밝았다.

"슈렌 오빠요? 슈렌 오빠는 제가 무서워할 정도로 과묵하고, 대답도 간단히 하고 말죠. '응, 아니, 그래, 알았다', 이게 전부예요. 말할 때 늘 행동도 함께 곁들이는 지크 오빠와는 대조적이라고나 할까요? 하지만 오빠 나름대로 저를 많이 생각해 주는 것 같아요."

인간의 나이로 열 살에 불과한 루이체로부터, 나는 마지막으로 희망적인 얘기를 들을 수 있었다.

"저에게 동화책 읽어 주는 것도 슈렌 오빠는 단 한 번 거른 적 없어요. 지크 오빠가 귀찮다며 도망가 버리는 것과는 너무 다르죠?"

"……그래."

나는 행복해하는 루이체의 금발을 부드럽게 쓰다듬었다.

<외전10 끝>

외전 11
BSP의 방송 출현

— 스타의 아르바이트 도전 —

"내일은 출근할 때 모두 용모를 단정히 하고 오도록."

조회가 거의 끝나 갈 무렵 처크가 그렇게 지시하자, BSP 대원들은 의아한 눈으로 그를 바라보았다. 처크는 애써 시선을 피하며 담배를 피워 물었다. 결국 모두 무슨 사정이 있겠지 생각하며 밖으로 나갔다.

회의실에 혼자 남게 된 처크는 담배 연기를 길게 뿜으며 중얼거렸다.

"사표를 써야 할지도……."

처크는 늘 쓰고 다니는 선글라스까지 벗으며 또다시 한숨을 길게 내쉬었다.

다음 날 아침, 라이아를 학교에 데려다주고 본부에 출근한 지크는 놀랄 만한 사건들을 접했다. 대원들이 회의실로 가려면 상황실을 지나가야 하는데, 그 상황실에 방송 장비들이 잔뜩 포진해 있는 것이었다. 게다가 방송 관계자들도 여럿 모여 회의를 하고 있었다.

"할아버지께서 공금이라도 횡령하셨나? 이건 또 무슨 난리지?"

지크는 고개를 갸웃거리며 방송 장비들 사이로 발을 디디며 회의실 안으로 들어갔다. 그는 거기에서 더더욱 놀라운 사건을 접하게 되었다.

"선배님, 그 나비 넥타이는 뭐죠? 케빈은 머리에 웬 동백기름을 바르고 왔고…… 루이는 웬일로 또 머리를 풀고 왔니!"

그뿐이 아니었다. 자신과 마티, 챠오를 제외한 전 대원이 잔뜩 모양을 내고 출근한 상태였다. 헤이그와 케빈은 헛기침만 해 댔고, 루이 역시 자신의 노트북만 쳐다보았다. 지크는 고개를 갸웃거리며 리진 옆자리에 앉아 어깨로 그녀를 툭 치며 물었다.

"오늘 누가 결혼이라도 한대? 전부 다 번쩍번쩍 차려입고…… 응?"

"음? 뭐라고?"

다른 쪽으로 고개를 돌리고 있던 리진은 지크의 질문에 이쪽으로 얼굴을 돌렸다. 순간 지크의 얼굴은 돌처럼 굳어지고 말았다.

말문이 잠시 막혔던 그는 웃음조차 나오지 않는지 살짝 인상을 쓰며 그녀에게 다시 물었다.

"오늘 아침 반찬이 육회였니?"

"아, 입술? 호호홋, 신경 좀 썼지."

지크는 힘없이 웃으며 고개를 떨구고 말았다. 리진은 냉정히 거울을 보며 입술에 립스틱을 다시 발랐다.

"자, 다들 모였나? 음? 프시케가 아직 오지 않았군."

처크의 근엄한 목소리가 들리자 지크는 힘없이 고개를 들어 자리에 앉은 처크를 바라보았다. 그 순간 지크의 얼굴은 다시금 굳어지고 말았다.

"할아버지, 오늘 주례라도 보시나요?"

"무슨 소리야."

처크는 오히려 지크가 이상하다는 얼굴로 그렇게 되물었다. 처크의 모습은 그야말로 중년의 신사다운 차림이었다. 지금까지 늘 입던 갈색 제복 대신 '높은 자리'에 참석할 때만 입던 흰색 제복을 입고 머리까지 멋을 내고 있었던 것이다. 지크는 아무래도 이상하다는 표정으로 옆에 앉은 챠오에게 넌지시 물어보았다.

"오늘 회의 안건이 설마 이상한 나라의 지크는 아니겠지?"

챠오는 묵묵히 앞만 바라볼 뿐이었다.

얼마 후 처크는 오늘 일에 대해 설명했다. 그 설명이 진행될수록 지크의 얼굴은 점점 구겨졌고, 결국 그는 처크의 말이 끝나자마자 급히 물었다.

"스타의 아르바이트? 설마 방송국에서 그런 미친 생각을 하고 있단 말이에요?"

처크는 난처한 표정을 지으며 고개를 끄덕였다.

"음…… 나도 좋지 않은 일이라고 생각하지만, 방송국 측에서 유엔의 허가증도 받아 온 상태라 하는 수 없어."

"말도 안 돼요!"

순간 지크는 책상을 내려쳤고 처크를 비롯한 모든 대원들은 깜짝 놀라며 지크를 바라보았다. 지크는 여지껏 내비친 적이 없는 진지한 표정으로 언성을 높여 말했다.

"아니, 유엔에서는 BSP가 하는 일이 일반 경찰과 똑같다고 생각하는 겁니까! 저희가 이렇게 놀고 있을 때 바이오 버그들이 언제 어디서 출몰해 트위스트를 출지, 탱고를 출지 어떻게 압니까! 게다 가 이 직업은 보통 사람인 경우 책상 위에서 하는 것 외에 어느 것 도 할 수 없지 않습니까!"

처크를 비롯한 대원들은 지크가 이런 반응을 할 줄 생각도 못 하 고 있었다. 그냥 좋아할 것이라고 생각했는데 현재 지크의 반응은 좋아하는 것과는 차원이 달랐다.

"아, 늦어서 죄송합니다. 부장님, 죄송합니다, 여러분."

그때 회의실 문이 열리며 프시케가 급히 안으로 들어와 자리에 앉았다. 처크는 뛰어오느라 숨을 몰아쉬고 있는 그녀에게 늦은 이 유를 물어보았다.

"아니, 아침에 조금 늦을지도 모른다고 했지만 이건 너무 늦었는 데? 무슨 사정이라도 있었나?"

프시케는 멋쩍은 미소를 지으며 대답했다.

"아, 예…… 들어오는데 방송국 사람들이 잡더니 탤런트나 모델 을 해 볼 생각이 없느냐고 제의를 해서요. 그래서 좀 늦었습니다."

순간 챠오와 마티를 제외한 여자 세 명은 꿈틀하며 인상을 구겼 다. 어쨌든 얘기가 이렇게 흐르자 지크는 자리에 다시 앉으며 처크 에게 물었다.

"그건 그렇고 오늘 본부에서 일일대원을 할 그 스타는 누구죠?"

"아아, 그걸 말해 주지 않았군. '노아'라고, 요즘 다방면에서 활약 하고 있는 스타인데……."

"뭐라고요!"

이름을 들은 순간 지크는 갑자기 티셔츠를 벗어 던지며 소리를 질렀다. 리진은 깜짝 놀라 흥분한 지크를 말렸다.

"이, 이봐! 그렇다고 이렇게 흥분할 건 없잖아! 여기서 폭력을 휘두르면 돈이 어마어마하게 깨진다고!"

그러나 지크는 리진의 팔을 뿌리치며 일어나더니 소리쳤다.

"이건 기회야! 티셔츠에 사인해 달라고 해야지!"

"지크, 이 녀석!"

"죄송해요."

처크의 한마디에 이성을 되찾은 지크는 고개를 푹 숙이고 사과했다. 처크는 못마땅한 눈초리로 그를 바라보며 그의 행동에 잠시나마 감격한 자신을 책망했다. 얼마 후 한 남자가 회의실로 들어오더니 담담한 목소리로 처크에게 말했다.

"처크 부장님, 노아 양이 왔습니다. 이제 시작하지요."

"아, 그렇습니까. 자, 모두 나가지."

처크는 자리에서 일어나며 대원들에게 말했다. 대원들도 자리에서 일어나 회의실을 나섰다. 지크는 한숨을 쉬며 힘없이 일어나 제일 늦게 회의실을 나왔다.

"참 나, 이런 얼굴 팔리는 일을 왜 내가 도맡아서 해야 하지?"

처음 인터뷰를 찍은 뒤 지크는 길길이 뛰며 동료들에게 소리쳤다. 리진은 우습다는 듯 실소를 터뜨리며 지크에게 비아냥거렸다.

"오호, 난 지크 너에게 팔릴 얼굴이라도 있다는 사실에 놀라움을 금치 못하겠는걸? 비행기 안에서 혼자 경치 구경하며 애들처럼 소리 지르는 것은 창피하지 않았었나? 작년 초에는 F-1 레이싱 경기장에 오토바이를 몰고 들어갔지, 아마? 그리고 또 기타 등등! 그래놓고, 뭐?"

지크는 곧 꼬리를 감추는 것처럼 기가 죽었다. 결국 지크는 한숨을 쉬며 고개를 끄덕였다.

"쳇, 알았다고. 하면 될 거 아냐. 어이, 다음 스케줄은 뭐요, PD."

지크가 귀를 후비며 귀찮다는 듯 PD에게 묻자 PD는 스케줄표를 뒤적거리며 대답했다.

"사격 훈련장에서 노아 양에게 사격을 가르쳐 주는 장면입니다. 저희가 먼저 사격장으로 갈 테니 늦지 않게 와 주십시오."

PD는 곧 직원들과 함께 방송 장비를 챙겨 엘리베이터 쪽으로 향했고, 지크는 인상을 잔뜩 찡그린 채 케빈을 바라보며 물었다.

"설마 블래스터로 사격 연습을 하진 않겠지? 그건 보통 사람이 사용하기 힘들 텐데?"

"게다가 보통 여자라면 더하지. 구형 '콜트 파이슨357'도 다루는 여자가 드문데 70구경 블래스터라면 뒤로 날리고 말걸."

"그래, 장난감 총일 거야. 헤헤헷."

지크는 웃으며 엘리베이터로 향했다. 하지만 밀려오는 불안감만큼은 어쩔 수 없었다.

이윽고 지크는 대한민국에서 최근 탤런트 겸 가수로 이름을 날리고 있는 노아와 함께 사격 훈련 장면을 촬영했다. 카메라에 한두 번 잡힌 게 아닌 지크는 어색함 없이 방송했다. 지크는 자신의 블래스터를 뽑아 노아에게 설명하기 시작했다.

"BSP에서 사용하는 블래스터는 민간인에겐 절대 공급되지 않는 권총이죠. 관통력이 어마어마해서 전차도 꿰뚫을 수 있을 정도의 특수 권총입니다. 하지만 그만큼 반동력이 대단하기 때문에 보통 사람들은 쓰려고 해도 쓰지 못하죠."

"아아, 그렇군요. 그럼 시범을 좀 보여 주시겠어요?"

노아가 매력적인 미소를 지으며 지크에게 말했다. 지크는 떨떠름한 미소로 고개를 끄덕이고는 타깃을 올려 사격 자세를 취했다.

'인형 같군. 억지웃음이야.'

지크는 시범으로 네 발을 쐈으나 타깃에 구멍이 하나뿐인 것을 본 PD는 팔을 휘두르며 일갈을 질렀다.

"컷! 이봐요, 이봐! BSP가 네 발 중에 한 발밖에 명중을 못 한다니 말이 되는 소립니까!"

지크는 PD의 말에 아무 대꾸 없이 점수 계산 버튼을 눌렀다. 곧 점수판에 한 발당 최고 점수인 100점이 네 번 더해진 400이란 점수가 나왔다. 지크는 탄창을 새로 갈아 끼우며 PD에게 말했다.

"더 이상 떠벌리면 당신 머리를 타깃으로 쓸 거야."

그 순간 노아를 비롯한 방송국 직원들은 찬바람을 맞은 사람처럼 굳어지고 말았다. PD는 다시 큐 사인을 했다.

앞 장면을 다시 촬영한 지크는 곧 각본대로 노아에게 해 보라는 신호를 보냈다. 노아는 미리 받아 둔 블래스터를 들고 사격을 하기 시작했다. 놀랍게도 그녀는 분명 블래스터를 쓰고 있는데도 반동에 날아가기는커녕 약간 움찔거릴 뿐이었다.

"아, 정말 사격은 어렵군요. BSP라는 직업은 정말 힘들군요."

"예, 그렇긴 하죠. 근데 정말 초보답지 않게 사격을 잘하시네요."

이런저런 얘기를 나누는 사이 사격장 촬영이 끝났다.

방송국 직원들이 방송 장비를 가지고 나가는 동안 지크는 사격장에 홀로 남아 생각해 보았다.

"분명 권총은 블래스터였는데 왜 뒤로 밀려나지 않은 거지? 사격 솜씨는 물론 형편없었지만…… 어라?"

고민하고 있던 지크는 우연치 않게 바닥에 떨어진 탄피를 발견하게 되었다. 그 탄피를 주워 든 지크는 마침내 비결을 알았다는 듯 피식 웃으며 중얼거렸다.

"38구경 탄피잖아? 쳇, 권총 껍데기만 블래스터였군. 그러면 그렇지……."

지크는 손가락으로 탄피를 납작하게 눌러 던진 뒤 엘리베이터 쪽으로 향했다. 그는 뭔가 사기 당한 듯한 느낌을 지울 수 없었다.

밖으로 나온 지크는 노아와 함께 순찰차를 타고 PD가 정해 준 구역으로 달렸다. 미리 각본을 보았기에 지크는 어디에서 무엇이 나올지 알고 있었다. BSP에서 실험용으로 쓰기 위해 살상 능력을 저하시킨 E급 바이오 버그가 어느 순간 나타날 것이다. 노아도 물론 알고 있었다. 하지만 그녀는 바이오 버그가 어떻게 생겼는지 실제로 본 적이 한 번도 없다. 그래서 지크는 이번 촬영이 상당히 불안했다. 자칫 잘못하다간 근처에 숨어 있는 바이오 버그들이 생물적 '집단성'을 발휘해, 죽기 위해 풀어진 바이오 버그들에게 몰려들지도 몰랐다.

앞에서 지크와 노아가 대본에 나온 얘기를 마치자 뒷자석에 앉아 있던 카메라맨은 카메라를 껐고, 지크는 미소를 지으며 옆에 앉은 노아에게 충고하듯 말했다.

"스타들이 아르바이트를 해서 받은 돈을 자선기금으로 쓰고, 또 그것이 좋은 일이라는 것은 알겠는데, 이 일은 오징어 잡이나 80층 건물 위에서 용접하는 것보다 훨씬 더 위험하다는 거 알고 있어요?"

그러자 노아는 피식 웃으며 지크에게 황당한 대답을 했다.

"설마 그 실험체라는 애들이 위험하겠어요? 게다가 당신은 BSP 중 최강이라면서요. 잘만 하면 당신도 스타가 될 수 있다고요. 스타를 구해 주는 백마 탄 기사, 얼마나 멋져요?"

"백마 탄 기사는 물론이거니와 돌고래 탄 마린 보이도 바라지 않지만, 하여튼 당신들 실수하는 거예요. 이런 길가엔 진짜 바이오 버그들이 숨어 있을 수 있으니까. 미안하지만 각오하쇼."

속으로 약간 겁을 먹은 노아는 인상을 쓰며 지크에게 소리쳤다.

"이보세요! 당신 아무리 실전 경험자라지만 이건 너무 심한 거 아니에요? 이 프로그램은 시청률이 상당히 높다고요! 일에 협조해 줄 생각은 않고 왜 저에게 겁주는 거죠?"

"방송에 방해가 되긴 하겠죠. 하지만 난 당신의 목숨을 보존할 수 있도록 협조하고 있어요. 하여간 일은 이미 벌어졌으니 방송에도 협조는 해 드리죠. 아, 그리고 진짜 바이오 버그가 나타나면 그 38구경 권총은 버려요. 녀석들 앞에서는 장난감에 불과하니까."

지크가 38구경 권총에 대해 말하자 카메라맨과 노아는 움찔하며 말문을 닫았다. 어쨌든 지크와 노아 사이의 불화가 점점 커져 가는 것은 확실했다.

'액션 연기는 어색하군.'

카메라 뒤에서 팔짱을 낀 채 노아의 전투 장면을 지켜보던 지크는 덤덤한 얼굴로 그렇게 생각했고, 다른 방송국 직원들은 숨을 죽이고 조용히 그녀의 전투 장면을 지켜보았다. 현재 노아는 보통 총탄은 통하지도 않고 섭씨 150도의 열도 견딜 수 있는 피부를 화학 물질로 형편없이 약화시킨 바이오 버그와 '쇼'를 하고 있었다.

물론 그렇다 해도 그 바이오 버그들이 위험하지 않다는 것은 아니지만, 만약의 경우를 대비해 방송국에서 고용한 저격수들이 곳곳에 숨어 비상사태에 대비하고 있었기 때문에 지크가 나설 일은 '현재' 없었다. 38구경 권총에 픽픽 쓰러져 가는 바이오 버그들을 바라보며, 지크는 이상하게도 그들이 불쌍하다는 생각까지 들었다. 죽지 못해 실험체가 된 것도 억울한데 스타 하나 때문에 희생당하고 있다는 느낌이 들었다.

지크는 결말 뻔한 쇼를 가만히 보고만 있으려니 점점 잠이 왔다.

"어라?"

그러나 지크는 곧 눈을 번쩍 뜨고 주위를 두리번거렸다. 무엇을 느꼈는지, 진지한 얼굴로 주위를 돌아보던 지크는 옆에 있던 PD에게 넌지시 물어보았다.

"고용된 나부랭이들이 몇 명이죠?"

"모두 다섯 명이오만……?"

대답을 들은 지크는 고개를 가로저으며 옆에 세워 둔 오토바이에서 무명도를 꺼내 허리에 찼다. 그리고 촬영 중인 것을 무시하고 카메라 앞으로 불쑥 나서며 앞에 있는 노아에게 소리쳤다.

"헤이, 어서 아저씨들하고 피신하시죠. 쇼 타임은 끝났으니까."

그 순간 스태프들과 노아의 얼굴이 동시에 돌처럼 굳어지고 말았다. 잘 진행되고 있는 녹화 장면에서 생각지 못한 NG가 나왔기 때문이다. 노아는 너무 화가 난 나머지 말도 제대로 하지 못했고, 흥분한 PD는 팔을 걷어붙이며 지크에게 성큼성큼 와서 소리쳤다.

"이봐! 당신 뭐 하는 사람이야! 지금 이 녹화에 들어간 돈이 얼만지나 알아? 이건 다음 다음 주 일요일에 내보낼 거라 시간이 촉박하단 말이야! 알아듣기나 하는 거요?"

지크는 불쑥 허리에 찬 블래스터의 끝을 PD의 이마에 겨누고 씩 웃으며 말했다.

"공무집행 방해가 되겠습니다. 지금부터 당신이 말하는 모든 내용은 법정에서 증거물로 사용될 수 있으며, 선택에 따라 변호사도 선임할 수 있습니다. 그러니 닥쳐. 지금 네 명째 죽었단 말이야."

PD는 어리둥절한 표정으로 지크와 자신의 이마에 닿은 블래스터만을 바라볼 뿐이었다.

"으아아아악!"

순간 멀리 보이는 건물 옥상에서 비명 소리가 들리더니 곧 누군가가 피를 흩뿌리며 길바닥으로 추락했다. 노아를 비롯한 모든 방송 관계자들은 경악을 금치 못했고 우왕좌왕했다. 지크는 블래스터를 PD의 이마에서 거두고 노아 옆으로 다가가 소리쳤다.

"저격수 다섯 명이 다 당했으니 당신들 어서 도망쳐! 아무리 나라도 수십 명은 못 지키니까!"

결국 그들은 장비를 챙길 생각도 않고 차량에 올라타 달아났다. 홀로 남겨진 노아는 멍한 눈으로 멀찌감치 가는 차들을 바라볼 뿐이었다. 그때 차 한 대가 이리저리 비틀거리더니 건물에 충돌했다. 지크는 곧바로 노아의 눈을 손으로 가리며 중얼거렸다.

"차 안에도 한 마리가 있었군. 빌어먹을!"

"예? 예?"

노아는 눈을 막고 있는 지크의 큰 손을 떼고 무슨 소린지 알아보려 했으나, 지크는 결코 그 손을 놓아 주지 않았다. 건물에 충돌한 자동차에서 끔찍한 모습으로 변한 몇 명이 고통에 괴로워하며 길거리로 나왔다. 그러나 그들도 곧 차에서 튀어나온 바이오 버그에 의해 목숨을 잃고 말았다. 그동안 지크는 미리 노아의 눈과 귀를 막아 그녀가 아무것도 보고 듣지 못하도록 했다. 지크는 그녀에게서 손을 떼며 물었다.

"오토바이 운전할 줄 알아?"

"아, 아뇨."

"젠장, 하는 수 없군. 잘 들어, 이건 절대 쇼가 아니야. 지금부터는 서바이벌이라고. 자존심이 상할지도 모르겠지만, 영화 말고는 사람이 죽는 걸 본 것 같지 않기에 아까 눈과 귀를 가린 거야. 봐도 그리 나쁠 건 없지만 정신 건강에 좀 해롭거든. 연예인들이 사람들 앞에 나서는 담력과는 차원이 달라. 지금은 사신과 키스할 수 있을 정도로 죽음과 가까워졌으니까 내 옆에 가만히 있어. 한 걸음이라도 움직이면 당신과 나 둘 다 목숨을 부지하기 어려워. 알겠지?"

"예, 알았어요! 시키는 대로 하겠어요!"

"좋아, 그럼 이거나 좀 쓰고 있어."

지크가 자신의 고글형 선글라스를 노아에게 건네주자 그녀는 그 선글라스를 쓰고 시키는 대로 그 자리에 가만히 서 있었다. 지크는 곧 무명도에 손을 대고 사방을 향해 소리쳤다.

"나와라, 얼간이들아!"

이윽고 미리 통행을 금지시킨 이곳저곳에서 바이오 버그들이 나타났다. 그들은 곧이어 일대를 가득 메웠다. 맨홀 밑에도 문을 닫은 상점 안에도 바이오 버그들이 있었다. 숫자가 상당히 많은 것을 깨달은 지크는 심호흡을 한 뒤 주먹을 쥐며 말했다.

"돈 내고도 못 볼 멋진 광경을 보여 주지. 헤헷. 자자, 더 가까이 와 봐, 형씨들! 단숨에 구워 주마!"

순간 노아는 선글라스를 통해 지크의 양 주먹에서 스파크가 일기 시작하는 것을 볼 수 있었다. 초능력으로 물체를 움직이는 것은 한두 번 본 일이 있지만 사람의 몸에서 스파크가 이는 것은 처음 봤기 때문에 그녀는 놀라움을 금치 못했다. 주먹에서 일기 시작한 스파크가 지크의 팔 전체로 퍼졌을 즈음 바이오 버그들이 노아와 지크에게 달려들었다.

"키아아아앗!"

"어라, 안 되지!"

한 마리가 노아에게 달려든 순간, 지크는 팔꿈치로 바이오 버그의 머리를 인정사정없이 찍어 내렸다. 그 바이오 버그는 기형의 입에서 체액을 잔뜩 토한 뒤 감전된 듯 몸을 쭉 뻗고 바닥에 쓰러졌다. 다른 바이오 버그들도 마찬가지였다. 바이오 버그들의 시체가 노아와 지크를 중심으로 점점 쌓여 갔다.

노아는 바이오 버그들을 무더기로 쓰러뜨리고 있는 지크를 보며 잠시 패닉 상태에 빠지고 말았다.

자신들의 동료 반 이상이 지크 한 사람을 어쩌지 못하고 쓰러져 가자 바이오 버그들은 점차 뒤로 물러섰다. 지크는 긴장을 늦추지 않은 채 무명도를 빼 들고 바이오 버그들을 노려보았다.

"저들이 왜 물러서고 있죠?"

"진형 정비, 별것 아니야. 겉으로는 원거리 공격을 하려는 것처럼 보이지만…… 그래도 당신은 다치지 않을 테니 걱정 마. 조금 있으면 올 테니까."

"오다뇨?"

순간 맨 후열에 있던 바이오 버그 두 마리의 머리가 일렬로 관통되었고, 바이오 버그들은 시선을 도로 쪽으로 돌렸다.

두 대의 순찰차가 급속으로 이쪽을 향해 달려오는 것을 본 지크는 씩 미소 지으며 안심하라는 듯 노아의 어깨를 두드렸다.

"자, 왔습니다. 예상보다 좀 늦게 도착하기는 했지만 충분해."

"예? 그럼 설마……."

"아까 그 직원들이 도망치면서 본부에 연락했겠지. 우리의 인기 스타께서 위험에 처해 있으니 도와 달라고 말이야. 자, 순찰차에만 타면 좀 괜찮겠군. 휴, 오늘도 이걸 뒤집어썼으니 혼나게 생겼구면……."

그때 노아는 지크의 몸에서 이상한 냄새가 나는 것을 느꼈다. 그동안에는 다른 곳에 정신이 팔려 있어 모르고 있었는데 이제 조금 상황이 나아지니 그 냄새가 느껴지는 것이었다. 코를 막으며 지크를 바라본 그녀는 그의 몸이 바이오 버그의 체액으로 뒤덮인 것을 보다가 흠칫 놀랐다. 그녀 자신의 몸에는 체액이 한 방울도 묻어 있지 않았던 것이다.

'설마, 나 대신 저 체액을……?'

한편 바이오 버그들은 지크와 노아에게 신경을 끄고 자신들에게 접근해 오는 순찰차를 향해 달려들었다. 순찰차가 멈추자마자 한 명의 사이보그와 한 남자가 각각 내려서 사격을 가했다. 사이보그는 팔의 레이저 개틀링건으로, 다른 한 사람은 대형 머신건으로. 곧 차에서 다른 사람들도 나왔고 그들 역시 사격을 펼쳐 나갔다.

그리 오래 지나지 않아 수가 급격히 감소한 바이오 버그들은 흩어져 사라졌고, 몸에 묻은 체액을 대충 털어 낸 지크는 지원을 나온 자신의 동료들에게 손을 흔들며 소리쳤다.

"오오, 헤이그 선배님! 역시 와 주셨군요!"

팔의 개틀링건을 다시 원래대로 변형시킨 헤이그는 피식 웃으며 고개를 저을 뿐이었다. 그러다가 그는 지크와 노아의 주위에 쌓인 바이오 버그들의 사체를 보며 이상하다는 생각이 들었다.

"음? 이봐, 지크. 이 정도 숫자는 우리가 올 동안 혼자 다 처리할 수 있지 않았나? 게다가 전부 E급뿐이었는데 말이야. 오늘 컨디션이라도 좋지 않았던 거야?"

그러자 지크는 자신의 뒤에 서 있는 노아를 엄지손가락으로 가리키며 대답했다.

"헤헷, 홀몸이 아니었잖아요. 자자, 저는 먼저 본부로 돌아갈 테니 이 아가씨나 잘 처리해 주세요, 선배님."

뒷일을 헤이그에게 맡기고 오토바이로 향하던 지크는 그 상황에서도 자신의 오토바이 옆에 있는 카메라가 돌고 있는 것을 볼 수 있었다. 가만히 그 카메라를 보던 지크는 피식 웃으며 스위치를 껐고, 카메라에 든 메모리를 뽑아 들고 조용히 그곳에서 사라졌다.

"음, 오늘은 본부에서 샤워도 했으니 구박받지는 않겠네."

지크는 오토바이를 몰고 집 쪽으로 향했다. 원래 퇴근 시간보다 상당히 늦은 상태였는데, 그 이유는 오늘 벌어진 촬영 사건 때문이었다. 방송국 직원 두 명과 저격수 다섯 명을 포함해 모두 일곱 명의 사망자가 발생했기 때문에 이번 일은 은폐될 수 없었다. 그 뒷처리 때문에 BSP는 BSP대로 비상이 걸렸고, 방송국과 노아 측은 그쪽대로 비상이 걸려 그사이에 낀 지크는 괴로운 시간을 보냈다.

하지만 지크는 시작부터 결과가 뻔한 일이라고 생각했다. 그는 목숨을 해하는 일이 결코 '쇼'가 되어서는 안 된다는 생각을 가지고 있었다. BSP 정도의 초인들도 바이오 버그들을 상대할 때 목숨을 걸어야 하는데, 육체적으로 보통 사람일 뿐인 연예인이 총 한 자루로 BSP라는 직업을 재미 삼아 수행할 수는 없는 일이었다.

하지만 이번 일은 불행 중 다행으로 예고가 나가지 않았고, 이번 촬영을 아는 사람이 측근들뿐이었기에 촬영 중 사고로 꾸며 노아에 대한 것은 쏙 뺄 수 있었다.

'그래도 그 여자 충격이 좀 컸을 텐데…….'

지크는 속으로 그렇게 걱정할 수밖에 없었다.

며칠 후.

그날 아침 일찍 지크는 상당히 이른 시간에 BSP 본부로 출근했다. 지크는 회의실 안으로 들어가 자신이 제일 먼저 출근한 것에 기뻐하며 의자에 앉았다. 그러던 중 처크의 책상 위에 연예 잡지가 놓여 있는 것을 발견하고는 피식 웃으며 잡지를 들고 읽었다.

"헤헷, 할아버지께서도 나이를 생각하시지, 젊은애들이나 보는 잡지를 뭐하러……. 어디 보자, 톱기사? 인기 아이돌 스타 '노아' 돌연 모든 연예 활동…… 중단……?"

그 잡지의 톱기사를 본 지크의 얼굴은 굳어지고 말았다. 그 역시 그녀의 충격을 예상하고는 있었지만, 이렇게 연예 활동까지 중단할 줄은 몰랐던 것이다.

"허, 지크가 오늘은 빨리도 왔군. 음?"

막 출근한 처크는 지크가 책상 위에 놓인 연예 잡지에 시선을 둔 채 굳은 얼굴을 하고 있자 지크에게 다가와 앉았다.

처크는 지크의 어깨에 팔을 둘렀고, 그제야 그가 온 것을 안 지크는 잡지를 덮으며 고개를 푹 숙이고 말았다.

"충격이 클 줄은 알았지만, 설마 이렇게 될 줄은……."

"아아, 나도 어제저녁 퇴근하기 전에 헤이그가 가지고 온 것을 보고 놀랐단다. 하긴 별것 아닐 줄 알았는데 사람이 일곱이나 눈앞에서 죽었으니 그럴 수밖에 없겠지. 게다가 아직 스무 살도 안 된 소녀니까."

지크는 아무 말이 없었다. 처크는 호주머니에서 담배를 꺼내 불을 붙이며 지크의 어깨를 덤덤히 두드려 주었다. 평상시에는 지크를 그렇게 혼내고 나무라던 처크였지만 10년 이상 지크를 보아 온 '가족'이었기에 그는 지크의 마음이 보기보다 여리다는 것을 잘 알고 있었다.

"나도 걱정이 돼서 그 잡지를 본 즉시 노아의 집에 전화를 해 봤단다. 어머니도 굉장히 걱정을 하시더구나. 식사도 잘 하지 않고 방 안에 틀어박혀 꼼짝도 하지 않는다는구나. 유엔에서 허가증을 떼 왔다고 방송사의 제의에 덥석 허락한 나도 잘못이지."

처크의 말을 들으며 지크는 다시 잡지 쪽으로 시선을 돌렸다. 잡지의 표지 내용은 이러했다.

아이돌 톱스타 노아, 돌연 연예 활동 중단! 예전부터 돌던 스캔들의 진실인가?

"저, 오늘 하루만 빠지면 안 될까요."

지크는 고개를 숙인 채 처크에게 물었고, 지크의 말뜻을 이해한 처크는 앞에 놓인 재떨이에 담배를 비벼 끄며 고개를 끄덕였다.

오토바이를 몰고 즉시 노아의 집으로 향한 지크가 제일 처음 본 것은 그녀의 집 앞에 진을 치고 있는 기자들 모습이었다.

잡지 표지를 보고 상당히 화가 나 있던 지크는 분을 꾹꾹 누르며 대문 앞으로 다가갔다. 그가 그쪽으로 접근하자마자 기자들이 벌 떼같이 몰려들었다. 그리고 어김없이 카메라와 녹음기를 들이대며 이것저것 질문 공세를 퍼붓기 시작했다.

"노아 양과는 무슨 관계이십니까?"

"BSP 같은데, 그녀가 특정한 범죄라도 저지른 것입니까?"

"혹시 그녀 주위에 돌고 있는 스캔들에 대해 아시는 바가 있습니……?"

순간 기자들 사이에 침묵이 흘렀다. 자신과 가장 가까운 거리에 있는 기자의 안경에 블래스터의 총구를 들이댄 지크는 분노에 찬 얼굴로 중얼거렸다.

"내가 나올 때까지 그대로 여기 있다면 바이오 버그들이 왜 이 총에 쓰러지는지 직접 알게 해 주겠어."

"이, 이건! 헉?"

그 기자가 무슨 말을 하려고 하자 지크는 블래스터의 안전장치를 풀었다. 기자들은 놀라 뒤로 물러설 수밖에 없었다. 지크는 총을 내리며 다시 말했다.

"언론 탄압이라고 지껄이면 알아서 하라고. 지금 시대에도 사실 은폐가 쉽다는 건 당신들이 더 잘 알 테니 말이야."

"쳇, 당신 상부에 그대로 보고할 거야!"

"난 지옥 끝까지 쫓아가 주지."

강압적이라면 강압적이라고 할 수 있는 방법으로 기자들을 쫓아낸 지크는 조용히 노아의 집 초인종을 눌렀다. 얼마 되지 않아 그는 집 안으로 들어갈 수 있었다. 노아의 어머니는 몹시 근심 어린 표정으로 지크를 맞이했고, 지크 역시 인사한 후 걱정스럽게 노아에 대해 물었다.

"노아 양은 지금 어디 있습니까?"

"그 애는 아직도 자기 방에 틀어박혀 나오지 않고 있어요. 식사만 하면 견디지 못하고 토해 버리고, 도대체 무엇을 봤는지 고기만 봐도 구토를 하니 어쩌면 좋죠? 도대체 딸아이에게 무슨 일이 있었던 건가요!"

노아의 어머니는 결국 참지 못하고 눈물을 흘렸다. 지크는 눈을 감으며 그녀에게 부탁했다.

"제가 만나서 얘기해 보겠습니다. 안내해 주시겠습니까?"

"BSP라고 했죠? 그러면 지크라는 분을 아시나요?"

"예? 바로 접니다만……?"

지크는 노아의 어머니가 자신의 이름을 알고 있는 것에 깜짝 놀랐고, 그녀의 얼굴에 곧 화색이 돌았다. 그녀는 지크의 옷자락을 살짝 잡고 그를 노아의 방으로 안내하며 말했다.

"아, 다행이군요! 아이가 계속 '지크'라는 사람을 만나고 싶다고 여러 차례 얘기해서 마침 오늘 찾아뵈려고 했는데……."

지크는 의아한 표정으로 노아의 어머니에게 이끌려 노아의 방 앞에 섰다. 노아의 어머니는 허리를 굽히면서까지 지크에게 간곡히 부탁했다.

"제발, 그 아이를 어떻게 해 주세요. 다른 사람들과는 말도 하지 않으니 제발 부탁입니다."

"아, 예."

노아의 어머니는 눈물을 닦으며 소파에 앉아 지크를 계속 바라보았다. 지크는 마음가짐을 단단히 하며 문을 두드렸다.

"노아 양, 있어요?"

안에서 아무런 소리도 들리지 않았다. 지크는 가만히 문손잡이를 응시했다. 지크는 전자식 자물쇠라는 것을 확인한 후 손잡이를 잡고 일정한 전류를 자물쇠에 흘려보냈다.

곧 문이 열리는 소리와 함께 지크는 슬그머니 노아의 방 안으로 들어갔다. 순간 지크는 경악을 금치 못했다.

"노, 노아……?"

"우, 우우욱……!"

지크가 방에 들어가자마자 본 것은 방바닥과 침대 위에 흩뿌려진 토사물과 그것을 얼굴에 잔뜩 묻힌 채 괴로워하고 있는 노아의 모습이었다.

며칠 전 자신이 본 아이돌 스타의 모습과는 상당히 거리가 멀었다. 지금 지크의 눈에 보이는 노아는 그저 상처를 입은 연약한 동물과도 같았다. 지크는 눈을 질끈 감으며 고개를 돌리고 말았다.

'빌어먹을, 빌어먹을!'

사람과 바이오 버그들이 피를 분출하며 산산조각 나는 모습은 그것을 직접 눈으로 본 17세의 소녀에게 충격이 아닐 수 없었으리라. 게다가 마음이 여리고 감수성이 풍부한 사람이라면 충격이 더할 것임에 분명했다.

"지, 지크 씨?"

노아는 공포로 일그러진 얼굴로 지크를 바라보았다. 지크는 다시 시선을 돌렸고, 둘은 그 상태로 서로 가만히 바라보기만 했다.

지크는 재킷 안주머니에서 손수건을 꺼내, 노아의 더러워진 얼굴을 닦아 주며 억지 미소를 짓고 말했다.

"어젯밤에 상한 우유라도 마신 거야? 헤헷."

"흑! 으아아앙!"

노아는 아이처럼 울음을 터뜨리며 지크에게 안겼고, 지크는 이를 악문 채 그녀를 다독거리며 생각했다. 도대체 누구에게 잘못이 있는 것인가. 이 일을 추진한 방송국일까, 아니면 경고를 하면서도 상황을 진행시킨 자신에게 있는 것일까.

"못 먹겠니?"

노아를 데리고 패스트푸드점으로 간 지크는 며칠 동안 아무것도 먹지 못한 그녀에게 햄버거라도 먹게 하려 했으나, 노아는 결국 아무것도 먹지 못했다. 지크의 물음에 녹색 모자를 깊이 눌러쓴 채 따라 나온 노아는 고개를 가로저을 뿐이었다. 결국 지크는 햄버거

다섯 개를 혼자 모두 먹은 후 그녀를 데리고 밖으로 나왔다.

지크는 어떻게 할까 고민하다가 결국 마지막 방법을 쓰기로 하고 노아에게 말했다.

"자, 그럼 우리 집으로 가 볼래? 이런 음식점보다 요리를 훨씬 잘하는 사람이 옆집에 살거든. 정말 음식을 잘한다고."

"하지만 저는…….."

노아는 역시 사양했으나, 며칠 전보다 마른 그녀의 얼굴을 보고 있는 지크에게는 그 말이 통하지 않았다. 지크는 그녀를 자신의 오토바이에 태우고 집으로 향했다.

갑자기 현관문이 열리며 시끄러운 소리가 들려오자 바이칼은 시선을 돌렸다.

"자자, 어서 들어와. 친구들도 많아서 심심하지는 않을 거야."

"예? 예. 저, 실례합니다."

바이칼은 지크가 녹색 모자를 눌러쓴 소녀를 데리고 집 안으로 들어오자 눈을 감으며 시선을 돌려 버렸고, 리디아는 지크를 맞이하기 위해 현관으로 향했다.

"어서 오세요, 지크 씨. 어머, 손님하고 같이 오셨네요?"

"음, 그래. 자, 인사해. 노…….."

"노윤아라고 해요. 만나서 반갑습니다."

노아 스스로 자신을 '윤아'라는 이름으로 소개하자, 지크는 눈을 휘둥그렇게 뜨며 그녀를 바라보았다. 리디아와 인사를 나눈 노아는 오랜만에 미소를 띠며 지크에게 말했다.

"제 본명이에요."

"아, 그래? 자, 그럼 저 둘하고 얘기 좀 나누고 있어, 아 참, 바이칼, 리오 녀석은 어디 갔니?"

"샤워실."

"샤워하신다고……."

두 명이 동시에 대답하자, 잠시 머리가 공백 상태가 됐던 지크는 곧 킥킥 웃기 시작했고, 노아 역시 영문도 모른 채 따라 웃었다. 리디아는 우물쭈물할 뿐이었고, 바이칼은 얼굴이 약간 붉어진 채 고개를 돌리고 말았다.

"자자, 그럼 잠깐만 기다리고 있어. 요리사를 초빙해 올 테니까. 알았지?"

"네, 그럼 다녀오세요."

노아는 곧 리디아와 함께 소파에 앉았다. 얘기를 하고 있으라고는 했지만 할 말이 떠오르지 않았던 노아는 앞에 앉은 두 명을 번갈아 바라보았다.

'이 사람들은 도대체 뭐지? 웬만큼 예쁘다고 소문난 탤런트들도 무색할 정도잖아? 둘 다 비슷하게 생겼지만 남자도 남자라고 생각되지 않을 만큼 아름답고, 여자도 저렇게 예쁜 얼굴은 본 적이 없을 정도야!'

정신을 잃을 정도로 둘의 아름다움에 취해 있던 노아는 결국 두 사람에게 넌지시 물어보았다.

"저, 두 분 혹시 일란성 쌍둥이 아니신가요?"

그러자 바이칼은 손바닥으로 얼굴을 가리고 최대한 분노를 가라앉히며 중얼거렸다.

"맘대로 생각해."

리디아는 그냥 웃을 뿐이었다.

"아, 시원하군. 그런데 아까 들어 보니 지크가 손님을 모셔 온 것

480

같은데……."

멀리서 다른 남자의 목소리가 들려오자 노아는 그쪽을 흘끔 바라보고 또다시 입을 다물 수밖에 없었다.

러닝셔츠를 입고 있어서 훤히 비치는 적동색 피부, 타오르는 듯한 붉은색의 장발에 눈에 띌 정도의 준수한 얼굴, 머리카락을 수건으로 말리기 위해 움직일 때마다 꿈틀거리는 단단한 팔뚝. 그녀는 그런 리오의 모습에서 시선을 뗄 수 없었다. 그녀에게 다가온 리오는 빙긋 웃으며 인사했다.

"리오 스나이퍼라고 합니다. 편히 계세요."

"아, 안녕하세요. 노윤아라고 합니다."

인사를 마친 리오는 거실에 있는 드라이어로 머리카락을 말렸다. 노아는 넋 나간 사람처럼 리오에게서 시선을 떼지 못했다.

그런 노아를 본 리디아는 약간 인상을 찡그렸고, 그걸 흘끔 목격한 바이칼은 한숨을 푹 내쉬며 고개를 저었다.

"자, 들어오세요, 세이아 씨. 오늘 일은 세이아 씨의 솜씨에 달렸다니까요."

"예예, 호홋. 아, 리오 씨도 계시네요?"

세이아는 지크와 함께 현관으로 들어오며 맨 처음 리오에게 인사를 했다. 드라이어로 머리카락을 말리느라 완전히 산발이 된 리오는 어색한 미소를 지으며 고개를 끄덕였다.

"저야 계속 집에 있는 신세죠. 후훗."

세이아가 집 안으로 들어오자 리디아의 얼굴은 이제 완전히 퉁명스럽게 변했다. 세이아 역시 그리 달갑지 않은 얼굴로 인사를 했다.

"아, 안녕하셨어요, 바이칼 씨."

"네."

"네."

두 명이 또다시 동시에 대답하자, 이번엔 리오가 그 둘을 바라보았다. 지크는 재미있다는 듯 계속 웃고 있었다. 세이아는 어리둥절한 표정을 짓고 있다가 지크를 따라 부엌으로 향했고, 그녀를 부엌에 밀어 넣은 지크는 다시 거실로 나와 노아 옆에 앉으며 말했다.

"자자, 이제 조금만 기다리면 고급 호텔에서나 먹을 수 있는 멋진 요리가 나온다고. 헤헷, 기대하시라!"

그러나 노아의 신경은 이미 '멋진 요리'에 대한 기대에서 멀어진 지 오래였다. 그녀는 지크를 바라보며 미안한 얼굴로 말했다.

"저, 저는 지크 씨도 상당히 잘생긴 분이라고 생각했거든요?"

"무슨 의미지?"

뭔가 불쾌한 느낌을 받은 지크는 자연스레 얼굴을 찌푸렸다.

"아아, 그러셨군요, 리오 씨. 호홋, 정말 멋진 분이시네요."

"아, 그렇진 않아요, 하하핫."

지크는 리오와 즐겁게 담소를 나누고 있는 노아를 그리 즐겁지 않은 표정으로 바라보고 있었다. 이상하게도 또 한 명의 여자를 마귀의 손에 쥐어 주었다는 느낌을 지울 수가 없었다.

음식을 마무리하고 있던 세이아 역시 그리 탐탁지 않은 얼굴로 리오를 바라보았고, 리디아 역시 마찬가지였다. 그 광경을 제3자의 시각으로 바라보던 바이칼은 한숨을 쉬며 생각했다.

'이젠 아예 대놓고 바람둥이의 길로 들어섰군, 무서운 녀석.'

"자, 맛있게 드세요. 최대한 실력 발휘를 했으니 기대하시고요."

그사이 세이아가 음식을 내오자 모두 아까부터 풍겨 오던 맛있는 냄새에 기대에 찬 표정을 지었다.

지크와 리오 사이에 앉아 한참 신나게 대화를 한 탓에 예전의 기억을 잠시 잊은 노아는 세이아가 가져다 놓은 멋진 요리를 보고 예전과 같은 구토감을 느끼지 않았다. 아니, 오히려 이상하다 생각될 정도로 세이아의 요리가 맛있게 느껴졌다.

"이상해요 오늘 아침까지만 해도 분명 음식을 거의 먹지 못했는데…… 고기 요리인데도 속이 울렁거리지 않아요."

세이아는 싱긋 웃으며 노아에게 말했다.

"포도주에 양파하고 마늘을 잘 배합한 소스를 사용했거든요."

눈을 동그랗게 뜬 노아는 말없이 세이아를 바라볼 뿐이었다.

"정말 고마워요, 지크 씨. 덕분에 오늘 하루 많은 것을 느낄 수 있었어요."

노아는 오토바이에서 내리면서 집 앞까지 바래다준 지크에게 말했다.

지크는 이해가 안 가는 듯 눈을 동그랗게 뜨고 노아를 바라보았다. 노아는 빙긋 웃으며 계속 말했다.

"지크 씨와 같은 BSP들은 정말 생사를 걸고 바이오 버그들로부터 사람들을 지키기 위해 애쓰시잖아요. 그리고 일하는 도중에도 며칠 전에 벌어졌던 광경을 한두 번 보는 게 아닐 테고 말이죠. 그런데 저는 '재미'로만 그 일을 하겠다고 했고, 그런 광경이 눈앞에 벌어졌을 때 각오도 하지도 않고 각본대로 될 것이라고 생각했죠. 하지만 생각지도 못한 NG가 나버렸어요. 그리고 BSP들이 매일같이 보는 광경을 한 번 보고 며칠 동안 아무것도 먹지 못할 정도로 심한 충격에 빠져 버렸죠. 하지만 그런 일을 실제로 매일 접하는 지크 씨는 저처럼 집에 와서 덜덜 떨기보다는, 오히려 보통 사람들보다 재미있게 지내고 계셨죠. 그걸 보고 저는 한참 어리다는 생각이 들었어요. 정말 죄송해요, 지크 씨. 괜히 걱정만 끼치고…….”

그녀의 말을 듣고 지크는 씩 웃으며 양손으로 그녀의 볼을 토닥이며 말했다.

“많은 걸 배웠구나? 헤헷, 이거 원, 선생님 같은 얘기만 하는데?”

“별말씀을요. 아, 엄마가 걱정하시겠어요. 저 이만 들어갈게요.”

노아는 손을 흔들며 천천히 자신의 집 현관으로 향했다. 지크는 오토바이에 시동을 걸고 노아를 향해 엄지손가락을 펴 보였다.

“다음 음반이 나오면 보내 줘야 해, 알았지?”

“걱정 마세요, 지크 씨. 시간 나면 또 찾아뵐게요.”

“헤헷, 언제든지 환영이지! 자, 그럼 식사 잘 하라고!”

오토바이에 탄 지크는 천천히 노아의 집에서 멀어져 갔다. 점점 작아져 가는 지크의 뒷모습을 보며 그녀는 눈을 감고 조용히 중얼거렸다.

“바람 같아요. 아주 상쾌한…… 지크 씨는 정말 바람 같아요.”

노아는 어쩐지 그런 느낌이 들었다. 문득 불어온 상쾌한 바람. 그렇게 생각하니 몸뿐만 아니라 마음속에도 시원한 바람이 부는 것만 같았다.

다음 날 조회 시간.

처크는 잔잔한 미소를 머금은 채 지크를 바라보았다. 그도 그럴 것이 노아의 부모와 그녀의 측근으로부터 그녀가 하루 만에 달라졌다는 말과 고맙다는 말을 들었기 때문이다. 게다가 그들이 지크를 칭찬하기까지 해서 더욱더 놀라웠다. 처크의 그런 시선을 느낀 지크는 깜짝 놀라며 물었다.

"왜 그러세요? 오늘은 아무 짓도 안 했는데요?"

계속 지크를 바라보던 처크는 곧 실소를 터뜨렸고, 지크를 비롯한 모든 대원들은 처크의 그런 모습을 이상하다는 듯 바라보았다.

처크는 약간 흘러내린 선글라스를 고쳐 쓰고 여전히 입가에 미소를 머금은 채 말했다.

"많이 성장했군, 지크. 처음 만났을 때는 저런 망나니가 또 있을까 했는데……. 자, 잡담은 이만하고 본론으로 들어가도록 하지."

처크의 그런 모습을 본 리진은 불가사의한 일을 접한 사람처럼 얼굴이 변해 왼손 검지의 관절을 살짝 깨물며 속으로 중얼거렸다

'웬일로 지크 칭찬을 다 하시지? 오늘 어디 편찮으신가?'

한편 정말 오랜만에 칭찬을 받은 지크의 얼굴은 그 어느 때보다 밝았다.

〈외전11 끝〉

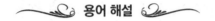 **용어 해설**

브리간트

신룡으로서, 서룡족, 동룡족, 그리고 마룡족을 포함한 모든 용족을 주관하는 신이다. 주신 하이볼크와 동급이며, 특정한 세력권에 얽매이지 않는 유일한 중립신이기도 하다. 평상시에는 은백색의 비늘로 극치의 아름다움을 보이지만, 진노하면 온몸의 비늘이 붉게 달아올라 공포를 던져준다. 하이볼크의 장기 친구로도 유명하다.

데드라인 크러시

련희와 함께 있는 시간 동안 리오가 고안해 낸 기술. 화염계 마법검의 화계 에너지와 자신의 기를 한꺼번에 응축해 실선 모양의 검기를 만들고, 그 검기로 상대를 둘러싸 폭파시키는 고급 기술이다. 반드시 화염계 마법검이 발동된 상태에서만 기술이 걸린다는 단점도 있지만, 대량살상용으로는 상당한 성능을 발휘한다.

사설(死雪)

신체와 도검의 움직임을 극대화하여 상대를 현혹하는 반사광을 만드는 지크의 기술. 마치 눈이 떨어지는 것 같은 반사광이 생긴다 하여 붙은 이름이 사설이다. 일단 이 기술에 현혹된 상대는 지크에게 당할 수밖에 없다.

강습함(强襲艦)

정식 명칭은 강습양륙함. 병력 수송용 소형함의 일종으로, 빠른 속도와 기동성, 그리고 두꺼운 장갑을 가지지만 많은 병력을 실을 수 없다는 약점을 지니고 있다. 그러나 함선 전면에 부착된 충각(衝角)을 이용해 적함 외벽을 뚫고 내부에 병력을 투입할 수 있다는 큰 장점을 지니고 있다. 서룡족 물자 수송함 등에게 동룡족 강습함은 최대의 적이다.

귀골(鬼骨)

와카루가 만든 대형 가변식 전차. 마치 요새와도 같이 생긴 이 전차는 인간형으로 변형함으로써, 훨씬 다양한 전술과 공격이 가능하도록 설계되어 있다. 그러나 변형할 때 장갑이 열리기 때문에 의외의 틈이 생기며, 또 장갑이 의외로 얇아 공격력에 비해 방어력이 현저히 떨어지는 약점을 가지고 있다.

독룡(毒龍)

두 개의 거대한 열병기 이프리트를 보유한 초대형 전차. 웬만한 전함 이상으로 크기가 크며, 또 장갑이 엄청나게 두꺼워 방어력에 있어서는 타의 추종을 불허한다. 열병기 이프리트를 위시한 독룡의 공격력은 단독으로 도시 점령작전을 수행할 수 있을 정도로 뛰어나다.

D-21 수송기

미 국방성에서 2000년경에 수립한 대형 수송기 제작 계획에 의해 탄생한 거대 수송기. 대전차나 전투용 헬기, 대륙간 탄도 미사일 등의 초대형 물자 등을 대량으로 실어 나를 목적으로 만들어졌다. 그러나 수송기의 어마어마한 덩치를 지정할 만한 엔진개발문제 때문에 2030년경에야 D-21기는 비로소 하늘을 날 수 있었다.

전열함

서룡족의 전투함 중 급수가 가장 큰 것들을 말한다. 함대전에 있어서는 기함의 역할을 주로 한다.

칠두지룡(七頭之龍)

전장 1.8킬로미터에 이르는 동룡족 최대의 전투함. 평상시에는 지면에 고정되어 쥬빌란의 궁전 역할을 한다. 일곱 개의 초대형 마스트를 가지고 있어 칠두지룡이라 이름 붙인 이 거대 전함은 서룡족 최강의 전투함인 브리간데스와 일대일 대결을 펼칠 수 있는 유일한 전함으로 손꼽힌다.

이프리트

나사(NASA)에서 개발한 열병기. 보통의 화염방사기와는 엄연히 다른 구조를 가지고 있다. 고농축 연료를 이용해 얻은 수천만 도의 열을 강하게 분사하여 단일의 적이나, 다량의 적을 효율적으로 상대할 수 있는 이점을 지니고 있다. 하지만 연료 소모가 크다는 단점도 지니고 있다.

디스파이어

악마왕 아스타로트가 가지고 있다고 전해졌던 흉검(凶劍). 검 자체의 붉은 색은 모든 생명체의 절망감이 뭉쳐진 색이라고 한다. 현재는 데스 발키리 아란 슈발츠가 사용하고 있다.

바로크

흉창으로 유명한 명계의 창, 악이나 암흑의 힘을 가진 자만이 사용할 수 있다. 창끝에 달린 언월도(偃月刀)는 날카로우면서도 표면이 거친데, 그 거친 표면 속에 수천 가지의 저주문이 쓰여 있어 베인 사람은 즉사한다.

토울 해머

고신 토울이 썼다고 전해지는 전투 해머. 해머 자체의 가공할 만한 무게는 그렇다 쳐도, 해머에 서린 엄청난 뇌력은 상상을 초월할 정도의 파괴력을 보여 준다. 파괴 외의 목적에는 전혀 어울리지 않는 신기(神器).

에릭튜드

성서 삽화에서 미카엘이 자주 들고 있는 성스러운 화염의 검이 바로 에릭튜드다. 선신계 최강의 무기로, 사용자의 기를 성력 실린 반(半)물질의 칼날로 바꾼다. 사용자의 기력이 어느 정도 이상이 아니면 사용할 수 없다.

오러

대천사장급의 천사가 사용할 수 있는 절대방어막. 마법이나 물리적 힘에 의한 충격을 가리지 않고 모조리 흡수한다. 가즈 나이트급 이상의 힘을 지닌 존재가 아니면 오러를 깰 수 없다.

군주

서룡족에 용제 아래 4대 용왕이 있다면, 동룡족에는 주룡 아래 6대 군주가 있다. 다른 군주는 용왕들과 비슷하거나 그 이하의 힘을 가지고 있지만, 무룡왕(武龍王)이란 이름을 전대 주룡에게 받은 군주 올파드는 여태까지 휀이나 바이론, 리오와 대결해서 패하지 않은 전적을 가진 무시무시한 존재로 알려져 있다. 더욱 그를 두렵게 하는 점은 외팔이인데도 무술의 기량만으로는 휀을 능가한다는 평가를 받기 때문이다.

뉴런 CPU

생물의 신경조직을 기본으로 하여 설계된 첨단 프로세서. 이전의 프로세서와는 달리 유리질 케이스에 들어 있는 생체적 물질을 이용한다.

데스 발키리

악신계 최고위 신인 아롤이 특정한 목표를 지니고 탄생시킨 특수부대를 말한다. 작업을 끝낸 후 아롤이 오랫동안 수면을 취해야 할 정도로 힘을 쏟은 부대인 만큼 그들 각자의 잠재력은 대단하다. 절망의 아란, 파괴의 레베카, 혼돈의 츄우, 살육의 알테미스 등 네 명이 원래 구성원이었으나 무슨 이유에서인지 악마왕 아스타로트의 친딸 유로가 뒤늦게 참가하여 다섯이다. 유로를 제외한 다른 구성원의 목적, 존재의 이유 등은 모두 극비에 붙여져 있다.

버추얼(Virtual) 프로그래밍

2D 작업 환경과 달리, 입체안경과 버추얼 글러브를 이용한 가상 입체공간에서 특정한 일을 처리하는 것을 말한다. 간단한 프로그램 실행 등은 글러브를 이용해 열고 닫으며, 복잡한 연산 등은 가상의 키보드를 이용해 작

업한다. 보통 수준의 사용자가 이 방식을 사용하면 그리 차이점을 느끼지 못하지만, 최고급 사용자가 이 방식을 사용할 경우 이론상 수만 개의 멀티 윈도우를 사용할 수 있는 버추얼 프로그래밍의 이점 때문에 작업 속도는 비교할 수 없을 정도로 빨라진다.

솔 스톤

다른 말로는 여의주(如意珠)라고 한다. 모든 동룡족은 반드시 하나씩 가지고 있으며, 순수한 정신체로 이루어진 그 구슬은 서룡족에 비해 월등한 동룡족의 정신능력을 대변하기도 한다. 정신체이기 때문에 분실에 따른 위험은 없다.

용족전쟁

서룡족과 동룡족 사이에서 벌어지는 모든 전쟁을 일컫는 말이다. 서룡족과 마룡족, 동룡족과 마룡족의 국지전은 용족전쟁이라 칭하지 않는다. 현 용제인 바이칼이 어릴 적 주신과 체결한 조약에 의해 117차 용족전쟁 때부터 서룡족은 가즈 나이트의 직접 지원을 받을 수 있게 된다. 아무리 급박한 전투가 벌어지고 있다 할지라도 신룡 브리간트와 관련된 '용신제' 기간과 겹치면 그 기간 동안 무조건 휴전을 해야 한다는 불변의 조항이 있다.

장갑무사대

동룡족의 부대 명칭 중 하나. 중장갑 무사대, 경장갑 무사대로 나뉘는데, 차이는 갑옷의 두께와 무기의 종류, 중량 등이다. 동룡족 사이에서는 준특수부대로 여겨지며, 전방 돌격대의 역할을 주로 맡는다.

전룡단

드래고니스와 드래고니스 호위함대에 주둔한 용제 직속 부대의 통칭. 대다수 전룡단은 기계화 무기보다는 검과 방패를 이용한 육탄전을 주로 한다. 상당한 경쟁률과 혹독한 평가를 거친 전룡단원 개개인은 자신이 전룡단이라는 것에 대단한 자부심을 가지고 있으며, 직속 단장과 용제의 명령을 절대적으로 생각한다. 주신계 서룡족의 조약 이후, 가즈 나이트는 유사시 용제 바로 이하의 권한을 가지고 전룡단을 이끈다.

전룡단장

말 그대로 전룡단의 지휘자를 뜻한다. 전룡단원이 전룡단장으로 승격되기는 상당히 어려운 일이지만 규칙상으로 볼 때 언제나 기회는 주어진다. 하지만 선대 전룡단장의 자손이 그대로 자리를 잇는 경우가 많아 겉으로 보기에는 상당히 불평등하게 보이기도 한다. 그러나 제1전룡단장의 경우 발레트 가(家)에서 7대째 대물림을 하고 있지만 전룡단장의 이름을 더럽힌 자가 나온 일은 한 번도 없었기에 대물림에 대한 의혹 제기 역시 없다.

싱크로나이즈 플러그

기계와 생물을 하나로 이어주는 반(半) 생체구조의 전선. 생물의 몸속을 파고들어 신경계와 접촉을 시도한다.

워프 드라이브 유도장치

기존의 워프 드라이브가 움직이려는 물체의 에너지만을 사용한다면 워프 드라이브 유도장치에 의한 새로운 워프 드라이브는 워프하려는 지점과 워프할 물체의 양 방향 에너지를 함께 사용하기 때문에 훨씬 효율적으로 공간이동을 하게 한다. 단, 워프 드라이브 유도장치가 설치되어 있는 장소로만 워프가 가능하다는 단점이 있다.

가즈 나이트 오리진 7

© 이경영, 2016

초판 1쇄 인쇄일 2016년 5월 25일
초판 1쇄 발행일 2016년 5월 31일

지은이   이경영
펴낸이   정은영
편집국장 사태희
책임편집 이지웅

펴낸곳   (주)자음과모음
출판등록 2001년 11월 28일 제2001-000259호
주소   04083 서울시 마포구 성지길 54
전화   편집부 (02)324-2347, 경영지원부 (02)325-6047
팩스   편집부 (02)324-2348, 경영지원부 (02)2648-1311
E-mail   neofiction@jamobook.com

ISBN 978-89-544-3568-0 (04810)
     978-89-544-3561-1 (set)